Douglas Terman
Vogelfrei

Douglas Terman

Vogelfrei

Roman

Aus dem Amerikanischen übertragen von Helmut Kossodo

Gustav Lübbe Verlag

Titel der Originalausgabe: Free Flight

Aus dem Amerikanischen übertragen von Helmut Kossodo
Schutzumschlag: Roberto Patelli, Köln
Satz: Friedrich Pustet, Regensburg
Druck und Einband: Ebner Ulm

ISBN 3-7857-0287-6

Für Seddon

Alle in diesem Buch beschriebenen Personen sind frei erfunden, und jede Ähnlichkeit mit lebenden oder toten Personen ist deshalb reiner Zufall.

1

Mallen riß sich den Gürtel ab, knöpfte sich den Hosenschlitz auf und stieg aus seinen schmutzverkrusteten Jeans. Er warf sie mit seinem Hemd in den Eimer auf den Stufen der Veranda, lehnte sich gegen die Brüstung und ließ den Schweiß auf seinem Körper trocknen, als die Sonne hinter den Zacken der Green Mountains unterzugehen begann.

Die Schatten verschlangen die Wiesen und Weiden, und nur die Zweige der höchsten Ahornbäume schimmerten noch rosig im Licht der letzten Sonnenstrahlen. Der feine Staub oberhalb des Weges flimmerte und verschwand, als die Sonne hinter den Bergen versank.

Ein Kardinal pfiff, und Mallen horchte auf die Antwort seines Weibchens. Die Vögel kehren allmählich zurück, sagte er sich. Er kratzte sich das Schienbein, wartete, aber keine Antwort kam.

Während des heißen Nachmittags war es windstill gewesen, aber jetzt in der Kühle des Abends wehte eine leichte Brise den Hang ins Tal hinunter. Es ist feucht genug, schätzte er, für einen frühen Morgennebel.

Er drehte sich um und trat wieder in die Hütte. Auf dem Brett über dem Bücherregal standen zwei Steintöpfe mit Tabak. Roberts hatte ihm erzählt, daß die Regierung den Tabak verboten hatte. Man bekam jetzt nur noch schlecht hergestellte Schwarzware, aber da der Nachmittag sehr unergiebig verlaufen war, nahm er sich etwas von dem *Borkum Riff*, den er im Frühling letzten Jahres aus einer der zerstörten Städte hatte mitgehen lassen.

War es Moretown, fragte er sich, oder Middlebury? Ein Tag ergebnislosen Wanderns durch bereits vor über einem Jahr geplünderte Geschäfte. Die Hunde liefen in Rudeln herum, und er hatte ein Brecheisen bei sich, um sie zu verscheuchen. Einem Kind mit einge-

fallenem Gesicht und eiternden Wunden war er vor einem Hauseingang begegnet. Mallen hatte gewinkt, und das Kind war erschrocken davongelaufen. »Ja, es war Middlebury«, sagte er laut.
Er stopfte sich die Pfeife, zündete sie mit dem eleganten Feuerzeug an, das Anne ihm geschenkt hatte, trat wieder auf die Veranda hinaus. Es war jetzt dunkler, das Licht wie alter Whiskey, warm und golden und mit dem Duft des Alters. Er zog an der Pfeife, genoß den bitteren und scharfen Geschmack. Es blieb noch etwas Wein, aber er verwarf den Gedanken. Er mußte Roberts etwas anzubieten haben, wenn er morgen wegen der Munition käme. Ist morgen Freitag? Er beschloß, daß es Freitag sein würde.
Abende wie dieser machten es erträglich – das Weitermachen. Er nahm sich vor, Roberts um einen weiteren Hund zu bitten; vielleicht einen von derselben Hündin. An Abenden wie diesem war es ganz nett mit dem Terrier gewesen. Sie gingen zum Bach hinunter, setzten sich unter die Zweige, und er angelte und sprach mit dem Hund, oder manchmal blickte er nur in das stille Wasser, sah sein verzerrtes Spiegelbild und fuhr sich mit dem Finger über die lange Narbe auf seiner Stirn. In der Hütte gab es keinen Spiegel, und dafür war er eigentlich dankbar.
Aber jetzt war der Hund fort. Mallen hatte im letzten Herbst Plakate gesehen, auf denen stand, daß die Füchse tollwütig seien, und da wollte er kein Risiko eingehen. Noch in der gleichen Nacht hatte er den Terrier im Schlaf getötet und ihn im Maisfeld vergraben. Vielleicht war ein neuer Hund doch keine sehr gute Idee.
Noch lag alles im Zwielicht, aber es kühlte sich rasch ab. Er ging in die Hütte, nahm eine Decke vom Ständer, warf sie sich über die Schultern, trat wieder auf die Veranda zurück, genoß den letzten Lichtschimmer. Im Westen lag das Tal im dunklen Schatten. Im Norden, dessen Höhe noch im Sonnenlicht lag, erstreckte sich ein Kondensstreifen wie ein Kreidestrich über dem blauen Schiefergestein in diesem Oktoberabend. Der Jet war ein kaum sichtbarer metallischer Punkt, der sich nach Norden bewegte. In ihm saßen Männer in sauberen Uniformen, bewegten Schalthebel und Kontrollinstrumente in rituellen Gesten von anmutiger Präzision. Und dann flüsterten sie sich die Zauberworte der Druck- und Geschwindigkeitszahlen zu. Mallen konnte sich kaum noch erinnern, wie es gewesen war. Aber es war einmal sein Leben gewesen. Gott, wie ich es vermisse, sagte er

sich. Die Höhe, die dünne Luft, das Schwarzblau des Himmels. Manchmal sah man die Sterne sogar zur Mittagszeit. Vorbei, sagte er sich und verscheuchte die Gedanken aus seiner fragmentarischen Erinnerung.
Er lehnte sich an das Geländer der Veranda, blickte in das immer dunkler werdende Tal, nackt unter der zerrissenen Decke über seinen Schultern und leicht fröstelnd in der sich abkühlenden Luft. Noch einmal wandte er sich dem Norden zu, verfolgte blicklos und doch sehend den sich auflösenden Dunststreifen, bis er verschwunden war. Die Schultern schmerzten ihn, und er wurde gewahr, daß seine Muskeln sich spannten. Wer hatte einmal gesagt, die Einsamkeit sei Linderung für den verstörten Geist? Er klopfte sich die Asche aus der Pfeife. Vielleicht jemand, der nie in Einsamkeit gelebt hatte.
Im letzten Schein des Zwielichts und unter dem bleichen Mond schritt er noch einmal den Umkreis seiner Felder ab und prüfte die Stolperdrähte. Morgen wird es besser sein, sagte er sich. Eine Menge zu reparieren, und Roberts kommt am Vormittag. Und abends könnte er noch einmal den Motor laufen lassen, vorausgesetzt natürlich, daß Nebel oder Westwind das Geräusch dämpfen würden.
Er stieg die Verandastufen empor, hielt noch einmal inne, horchte, überzeugte sich, daß es unten im Tal still war, ging ins Haus, schloß und verriegelte die Tür.
Das Abendessen bestand aus frischem Mais, Kartoffeln und getrocknetem Schweinefleisch. Er haßte das Schweinefleisch, aber es ging zur Neige, und er wußte, daß er es entweder aufessen oder wegwerfen mußte. Er zündete den Herd an, legte behutsam ein paar Stücke Fichtenholz ein, fügte dann ein paar Scheite Ahornholz hinzu. Er setzte den Wasserkessel auf, schälte den Mais, pfiff ein Lied vor sich hin, dessen Melodie er noch gut kannte, aber an dessen Worte er sich zu seinem Ärger nicht mehr erinnern konnte. Irgend etwas von Bob Dylan, und das Anne so oft gesungen hatte.
Während er die seidigen Fäden zwischen den Maiskörnern herauszupfte, konnte er plötzlich nicht mehr klar sehen.
»Scheiße!« rief er und schleuderte den Maiskolben an die Wand. Er nahm den Weinkrug vom Regal und goß sich einen ganzen Becher ein, den er mit drei Schlucken leerte. Dann lehnte er sich an die Wand, schloß die Augen und wartete auf die Wirkung des Weins. Sein Herz schlug langsamer, und er konzentrierte sich auf die

Atmung. »Scheiße«, sagte er noch einmal leise, und dann ging es besser.
Als der Mais kochte, kratzte er ein paar Gramm Viehsalz vom Block, streute etwas davon in das kochende Wasser und den Rest auf seinen Tellerrand. Das wäre eine gute Beschäftigung für den Winter, überlegte er; eine Art Salzmühle zu basteln, wie es sie in guten Restaurants gab, wo der Kellner es einem aufstreute. Ein elegant geformtes Fäßchen aus Teakholz mit einer silbernen Mahlschraube, und dazu Kristallgläser und Leinenservietten. Er klammerte sich an den Gedanken, kramte in seinem Gedächtnis.
Holländische Sauce auf knackigem Gemüse, kleine Schüsseln mit Fruchteis zwischen den Gängen, saubere Gläser mit Weißwein, die man ans Licht hält, andächtig schwenkt und dann mit der Zungenspitze kostet. Reiner Schmus, das Ganze, albern, aber doch angenehm. Anne trug immer ihr schwarzes Chiffonkleid bei solchen Anlässen.
Mallen summte vergnüglich vor sich hin, griff wieder zum Weinkrug, goß sich den Becher voll, trank ihn aus. Dann füllte er ihn wieder etwa zur Hälfte, stellte ihn behutsam auf den Tisch, schob den Stuhl rechts davor, legte Messer und Gabel an ihren Platz, stellte den Teller dazwischen. Dann rückte er den Stuhl leicht zurück, achtete darauf, daß er nicht auf den Fliesen kratzte, und setzte sich. Wie immer schmeckte das Essen nach Dreck, aber der Wein half. Ein gutes Jahr, stellte er fest. Die Radioaktivität ist gut für die Traube, wenn auch nicht für den Menschen.
Nachdem er sein Mahl beendet hatte, verstaute er das Geschirr in einem Kübel, wischte die Tischplatte ab, warf die Maisschalen und Kolben in den Herd. Gut gegen die Küchenschaben, wiederholte er sich. Keine einzige im letzten Jahr.
Er beschäftigte sich noch eine Weile in der Küche, stellte alles an seinen Platz, machte ein bißchen sauber. Und wie an jedem Abend in den letzten beiden Jahren öffnete er den Schrank, zählte seinen Vorrat an Konserven und prüfte sein Inventar. Siebzehn Büchsen Kondensmilch, ein Drei-Pfund-Kanister Chilibohnen, vier Glas gefriergetrockneten Kaffee. Roberts hatte ihm drei Decken für nur ein Glas geboten!
Er hielt inne, und der Wunsch nach einer Tasse Kaffee regte sich in ihm mit fast sexueller Intensität. Er brauchte nur den Deckel abzu-

schrauben und die Folie aufzureißen – so einfach war es. Zögernd nahm er das Glas und schnüffelte am Rand, als ob er damit bereits den Duft einatmen könnte. Aber dann schämte er sich seiner Disziplinlosigkeit und stellte das Glas wieder an seinen Platz. *Nur weiterzählen.*

Ein Sack Mehl von hundert Pfund, in Aluminiumfolie gewickelt, um die Mäuse fernzuhalten, wie er hoffte. Bis jetzt noch kein Schaden. Dosensuppe und Obstsalat. Tee, der nach nichts mehr roch. Zwei große Büchsen Schinken, reserviert für die nächsten Weihnachtsfeste. Ein einsames Glas Oliven mit Sardellenfüllung. Weiter.

Die Inventur war zwar unnötig, gehörte aber zu seiner Routine, mit der er seinem Leben Sinn und Ordnung zu verleihen versuchte. Das war ja das Schwerste von allem. Sich irgendein Ziel zu setzen. Als Anne noch bei ihm war, ging es leichter. Sie hatte sich um diese Dinge gekümmert, und er hatte für sie gesorgt. Aber nachdem sie gestorben war, war er in gedankenlose Lethargie verfallen, hatte weder das Geschirr gewaschen, noch den Müll verbrannt. Dann waren die Küchenschaben gekommen, und dann die Ratten. Eines Morgens hatte er sich den Kopf gekratzt und Läuse entdeckt. Seitdem hatte er sich, ihrem Andenken getreu, zusammengerissen.

Nachdem er die Inventur beendet hatte, schloß er den Schrank, blickte sich noch einmal in der Küche um, nahm die Öllampe und ging die neun Stufen zum Dachboden hinauf.

Er faltete die Decke, kroch in seinen Schlafsack, froh, daß der Tag vorüber war. Zum dritten Mal las er einen der alten Romane von Pynchon: *Gravity's Rainbow.* Während er las, registrierte sein Unterbewußtsein die Geräusche der Nacht: das Bellen der Füchse und das leise Rauschen des Windes in den Baumwipfeln. Geräusche, die Sicherheit verkündeten und nicht wahrgenommen zu werden brauchten.

Gegen acht klappte er das Buch zu, nachdem er einen Strohhalm als Lesezeichen eingelegt hatte, steckte es in seinen Plastikbeutel zurück. Mit einem Bleistiftstummel notierte er eine Zahl auf einem Block, den hundertzweiundfünfzigsten Tag im zweiten Jahr seit dem Kriege, und dann blies er das Licht aus und schlief fast im gleichen Augenblick ein.

2

Um die Mitte des Vormittags ertönte der Stolperdrahtalarm aus der Blechdose. Mallen erwartete Roberts, aber als Vorsichtsmaßnahme nahm er seine Winchester 94 aus dem Kasten und richtete das Fadenkreuz auf den Pfad. Endlich erschien Roberts Gestalt in den sonnenfleckigen Schatten, mühsam den Pfad emporsteigend. Durch das Zielfernrohr wirkte er wie ein Mann auf einer Tretmühle, der sich nach vorn beugte und trampelte, ohne Boden zu gewinnen, ohne näher zu kommen. Mallen stellte das Objektiv auf größte Schärfe ein.

Roberts Gesicht war gezeichnet. Die Falten und Säcke unter seinen Augen endeten in tiefen Runzeln über seinen Wangen. Die mehrmals gebrochene Nase hing wie ein Felsvorsprung auf einem sonst kahlen Berg über sein Gesicht. Der Mund hing jetzt offen, atmete keuchend die dünne Höhenluft ein, und seine gelben und mißgestalteten Zähne waren wie die eines alten Pferdes.

Jetzt kam Roberts aus der Deckung und blieb einen Augenblick im Sonnenlicht stehen, bevor er die Wiese überquerte. Er hob grüßend die Hand, wußte, daß Mallen ihn beobachtete. Mallen sah, wie sein Mund das Wort »Hallo« formte. Daraufhin schwang Mallen das Gewehr über seinem Kopf und ging wieder zur Hütte zurück. Der alte Mann nickte und stieg über die Lichtung hinan.

Er trug einen schweren Rucksack und einen Metallkanister von etwa zwanzig Litern. Allerhand für einen Achtundsechzigjährigen, sagte sich Mallen, und er freute sich ganz besonders, da das mehr Treibstoff für das Flugzeug bedeutete. Mallen grinste in der Sonne. Zwanzig Liter sind immerhin 160 Meilen. Er streckte die Hand aus.

Roberts ergriff sie und schüttelte sie schwerfällig, wie zum rituellen Gruß eines Logenbruders.

»Guten Morgen, Josh«, sagte Mallen und lehnte das Gewehr an die Hüttenwand.
»Es wird jedesmal steiler«, sagte Roberts und rang zum Beweis stöhnend nach Atem. »Nächstes Mal kommst du runter. Verdammt zu anstrengend für mein Herz.« Er schnallte den Rucksack von seinem Rücken, stellte ihn an die Türschwelle und rückte den Kanister in den Schatten. »Zwanzig Liter vom Besten. Sally hat es gestern abend durch ein Leder gesiebt.« Roberts stand unbeholfen in der Sonne, schützte die Augen mit der Hand vor dem blendenden Licht, atmete noch immer schwer.
»Komm herein«, sagte Mallen. »Ich habe ein bißchen Wein, und es ist kühl drinnen.«
Die beiden Männer traten in die Hütte, Mallen drehte sich noch einmal um und blickte über die Wiese.
»Ach du lieber Gott . . . du hast ja Bücher!« Roberts war verdutzt stehengeblieben und blickte auf das Regal. Dann ging er zögernd darauf zu, drehte sich zu Mallen um.
»Die hast du hier die ganze Zeit gehabt?«
Mallen nickte. »Einige schon seit meiner Kindheit. Die meisten gehörten . . .« er dachte an Anne ». . . einem Freund.« Das Beste, die Klassiker und die Romane.
Roberts blickte Mallen ungläubig an, dann wandte er sich den Büchern zu, fuhr mit seinen brüchigen Fingernägeln über den Rükken. »Ach du lieber Gott«, murmelte er. »Sind sie abgestempelt?«
Mallen schüttelte den Kopf und blickte wieder auf die Wiese hinaus. Nichts war zu sehen, außer einem mißgestalteten Kaninchen, das mühsam am Salat nagte. Ein Mutant, sagte er sich.
Roberts hatte Conrads *Spiegel der See* aus der Plastikschutzhülle gezogen, blätterte es durch, ließ die Seiten wie die Flügelschläge eines kleinen Vogels unter seinem Daumen flattern.
»Das hier könnte in Ordnung sein. Von Conrad. Der war doch ein Polacke, nicht wahr?« Er runzelte die Stirn. »Enthält doch nichts Politisches, oder?«
»Nicht viel«, erwiderte Mallen. »Setz dich. Ich hol ein bißchen Wein.« Mallen kehrte mit zwei Gläsern New Yorker Rotwein zurück, stellte eins vor Roberts auf den Kistenholztisch hin. Roberts hatte das Buch geöffnet und drehte langsam die Seiten um.
»Der wußte wirklich mit Worten umzugehen, was?« sagte der alte

Mann ohne aufzusehen. Das Glas Wein, das Mallen ihm hingestellt hatte, beachtete er nicht.
Mallen wurde jetzt ein bißchen ungeduldig und sagte: »Was hast du dieses Mal mitgebracht?« Er hoffte, daß Roberts die Zündkerzen nicht vergessen hatte.
Roberts richtete sich auf, blickte noch einmal auf das Buch, klappte es bedauernd zu, strich mit der Hand über den Deckel. Es war eine überraschend zarte Geste.
»Seit zwei Jahren habe ich kein Buch mehr gelesen«, sagte er. »Nicht ein einziges.«
»Was hast du mitgebracht?« wiederholte Mallen.
Roberts seufzte und legte das Buch nieder. »Das Übliche«, antwortete er. »Streichhölzer. Sechs Dosen Fischkonserven. Dörräpfel und 'ne Menge Kürbiskerne.« Er starrte wieder auf das Buch, dann blickte er zu Mallen auf. »Für die Kerne berechne ich nichts. Die Regierung verteilt sie gratis. Im Frühling kann ich dir auch Radieschen und Selleriesamen besorgen.«
»Die Zündkerzen . . .« sagte Mallen.
Roberts nahm das Weinglas und nippte daran. »Die Zündkerzen? Tja, mein Sohn Hannel sagt, er könnte welche drüben in Duxbury bekommen. Von einem Kerl, der einen alten VW hat. Der will 'ne Flasche Whiskey dafür. Eine ganze Flasche.«
Mallen schüttelte den Kopf. »Das ist zuviel. Ich gebe dir fünf Gewehrpatronen.«
»Acht«, sagte Roberts. »Und ich verspreche nichts.«
Sie stritten eine Weile umher und einigten sich schließlich auf sechs Patronen, was, wie beide wußten, reiner Raub war.
Mallen zerrte den Rucksack in die Mitte des Raums und verteilte den Inhalt behutsam auf die rauhen Fußbodenplanken. Der einzige fremd aussehende Gegenstand war eine kleine Plastikschachtel. Mallen stieß sie mit dem Stiefel an. »Was ist das?«
Roberts spülte den Rest des Weins hinunter und wischte sich den Mund mit dem Ärmel ab. »Radio. Man kriegt nur einen Sender. Kostet zwei *Otschki.*«
»Otschik?« Mallen nahm die Plastikschachtel auf. »Was ist *Otschik?*«
Roberts nahm Mallen die Schachtel aus der Hand und legte sie auf seine Handfläche. »*Otschki,* Mallen. O-tsch-k-i. Das heißt

Punkte. Hatte vergessen, daß du die Regierungszeitung nicht bekommst.« Roberts drückte auf einen Knopf, und eine dünn blecherne Frauenstimme meldete eine ergiebige Weizenernte im Mittelwesten, die die Norm weit überschreiten würde und unseren Bürgern auf der ganzen Welt zugute käme. Roberts stellte ab und gab Mallen das Ding zurück.

Mallen besah sich das kleine Gerät von allen Seiten, stellte es an und ab. »Man hört nur einen Sender«, sagte er.

»Richtig. Macht nichts. Alle Sender bringen das gleiche Programm, außer den Lokalnachrichten.«

Mallen gab es Roberts zurück. »Das Ding braucht Batterien, und ich habe keine.« *Ich will es,* sagte er sich. *Um eine andere Stimme zu hören. Musik. Seit mehr als zwei Jahren habe ich keine Musik mehr gehört.*

»Du brauchst keine Batterien«, erwiderte Roberts. »Das Ding kriegt den Strom von der Sonne. Sally stellt es nur vors Fenster, und es läuft den ganzen Tag. Lichtzellen und eine Art von Aufladebatterie. Hält ewig.«

Mallen lächelte und stellte das Radio auf den Kamin. »Okay, Josh. Ich behalte ihn. Wieviel?«

Sie schacherten zehn Minuten lang, Roberts ließ sich schließlich auf zehn Kaliber-22-Patronen herunterhandeln. Als Mallen sie in das von Roberts auf dem Fußboden ausgebreitete Taschentuch legte, sagte Roberts: »Mach es elf. Von den letzten war eine ein Blindgänger. Hat mich 'n Kaninchen gekostet. Wäre an sich nicht so schlimm gewesen, aber war 'n besonders fetter Happen.«

Mallen legte seufzend zwei weitere Patronen in das Taschentuch. »Also eine extra und eine zum Ersatz, aber das nächste Mal bring mir die blinde Patrone. Dann kann ich wenigstens das Pulver und die Kugel rauskratzen.«

Roberts zuckte die Schulter und las sein Taschentuch auf. Er fuhr sich mit der Zunge über die Zähne, dachte nach, und sagte dann: »Wie ist das mit den Büchern, Greg . . .?«

Mallen schüttelte den Kopf. »Die sind nicht zu verkaufen.«

Roberts nahm den Conrad-Band und fuhr mit den Fingerspitzen über die dünne Plastikhülle, unter der er das Material des Buchrückens fühlte. »Hatte mir gedacht, daß so was ganz toll für Sallys Geburtstag wäre. Du weißt ja – Schulbildung und so. Das würde ihr gefallen.«

Mallen dachte darüber nach. »Ich habe einige, die ich schon ein paarmal gelesen habe. Was bietest du mir dafür?«
Der alte Mann brach in ein Gelächter aus, das in einem trockenen Husten endete. Endlich hatte er sich wieder beisammen, nahm noch einen Schluck Wein, wischte sich die Lippen mit dem Ärmel ab. »Herrgott, Mann, du bist mir wirklich einer! Damals im ersten Winter, als die erste Friedensdivision durchkam, haben sie Lebensmittelmarken verteilt, aber dafür mußte man Bücher ausliefern, Extradecken, Waffen und ähnliches Zeug, sonst gab's keine Marken. Konnte mir nicht vorstellen, warum sie ausgerechnet Bücher wollten, aber der Kerl erzählte mir, sie brauchten die Papiermasse für ihre Zeitungen. Was sagst du dazu? Die Gewehre habe ich versteckt gehalten, aber wozu Bücher – wenn man Essen dafür kriegt. Gedrucktes kannst du nicht essen, Mallen.«
»Hast du je drüber nachgedacht, warum sie die Bücher wollten, Josh?«
Der alte Mann überlegte, kratzte sich besorgt an einem Pickel auf seinem Kinn. Dann setzte er sich auf die Couch und blickte Mallen an.
»Ja, ich weiß. Zahlt sich nicht aus, daß man zuviel redet, und man kann ja nie wissen, was heute so läuft, aber ich stelle mir vor, falls jemand da draußen von denen, die über diese Einöde regieren, eine neue Geschichte schreiben will, daß man da erst mal die alte loswerden muß. Ein paar Bücher sind ja in Ordnung, wenn sie abgestempelt und zugelassen sind. Aber die meisten – einfach weg.« Er betrachtete den Rand seines Glases, drehte es ins Licht, verspritzte etwas Wein in einer nervösen Geste, die anzudeuten schien, daß er nicht recht wußte, was oder wie er es sagen sollte.
»Schau, Greg«, sagte er bedachtsam, »früher einmal war es was ganz anderes – da wollte es jeder auf seine Weise machen. Die Leute waren verrückt. Man hüpfte im Kreise herum, rannte dem Geld nach, war bei der Bank im Rückstand, konnte die verdammten Steuern nicht bezahlen, die Kinder waren nur versessen auf Drogen und Sex. Es hatte doch keinen Sinn. Aber die Zeiten haben sich geändert. Wer von uns noch übrig ist, muß auf dem aufbauen, was wir gerettet haben, und das ist verdammt wenig. Aber wir essen, wir trinken sogar mal ein Gläschen, und die Regierung setzt uns nicht zu hart zu. Ist doch Tatsache, daß alles beständiger geworden ist.«

Mallen dachte an die zerstörten Städte, die untergegangene Zivilisation, die ausradierte Geschichte. »Wie kommst du zu diesem Schluß, Josh?« fragte er.
Roberts stieß einen Seufzer der Ungeduld und Ermüdung aus. »Man sagt doch, daß es keine Kriege mehr geben wird und daß wir alle gleich sind. Daß wir eine neue Epoche aufbauen. Daß jetzt alle Menschen auf der Erde genug zu essen haben. Scheiße! Natürlich haben wir jetzt ein bißchen weniger, aber wenigstens leben wir. Und was ist denn so schlimm dabei? Die gleiche Art von Leben, wie mein Großpapa es hatte. Einfaches Essen und Arbeit auf den Feldern. Keine großen Sprünge.« Er schlug sich auf den Bauch. »Neunundsechzig im Februar und gesund wie ein Pferd«, und wie zum Beweis seiner Worte grinste er, zeigte die gelben, fauligen Zähne.
»Nun ja«, sagte Mallen, der keine anderen Worte fand.
»Übrigens organisieren sie sich jetzt«, sagte Roberts. «Sie machen eine Umfrage.«
Mallen holte sich noch mehr Wein aus dem Krug. Er kam ins Zimmer zurück. »Was für eine Umfrage?«
»Eine Umfrage über die von uns, die noch da sind«, antwortete Roberts. »Sie fangen in den größeren Städten an, und dann kommen auch die kleineren Ortschaften. Sie sammeln alle Unterlagen ein, die sie nur kriegen können. Polizei, Armee, Steuern, Führerscheine und Zulassungsurkunden für Autos und dergleichen. Viele unserer eigenen Leute sind dabei. Leute, die in der früheren Regierung waren – Amerikaner.«
»Und worauf läuft die Umfrage hinaus?«
Roberts kratzte sich am Kinn, und der zerdrückte Pickel hinterließ eine Blutspur. Er schaute angeekelt auf seinen Finger.
»Was wollen sie, was bezwecken sie, Josh?«
Roberts hob die Schultern. »Nur Identifizierung. Arbeitstätigkeit und so weiter. Fotos und Fingerabdrücke. Dann geben sie einem Zuteilungskarten. Reisepässe und Arbeitsbewilligungen, falls man sie braucht.«
Mallen wurde es plötzlich sehr heiß. Und dann kalt.
»Ja«, fuhr Roberts fort. »Für alles, was du tust, brauchst du einen Ausweis, außer zum Scheißen.« Er zeigte wieder seine gelben Zähne. Dann wurde er nüchterner, sein Lächeln verschwand, und er sagte: »Du wirst auch einen brauchen. Sie machen keine Ausnahmen.

Besonders nicht, wenn du Offizier warst. Da kriegst du noch ein besonderes Verhör.«
Mallen fühlte etwas unten an seinem Schädel kriechen. »Was für eine Art von Verhör?«
Roberts nippte an seinem Wein. »Psychologisch und so. Ob du dich feindlich fühlst, etwas in der Art. Das findet in Albany statt. Besserungskliniken nennt man sie.«
»Weißt du irgendwas über diese Besserungskliniken?«
Roberts schüttelte den Kopf, wandte die Augen ab. »Kannte einen in Northfield, der hin mußte. Er ist noch nicht zurück, aber seine Frau bekommt einmal im Monat einen Brief. Hat sie mir gesagt.«
Mallen saß nachdenklich da und hatte das Gefühl, die Welt bewege sich unter ihm. »Was steht in diesen Briefen, Josh?«
»Nichts. Nur, daß es ihm gutgeht. Zwei oder drei Sätze.«
»Weißt du von jemandem, der aus Albany zurückkam?«
Roberts zuckte die Schultern und blickte auf das Bücherregal. »Nein. Aber das heißt noch lange nichts. Ich sehe ja kaum mal jemand.«
Lange Minuten saßen sie schweigend da, und man hörte nur das leise Knacken der sich in der Mittagshitze ausdehnenden Hüttenplanken. Mallen hätte gern mehr gefragt, aber er traute sich nicht. Er versuchte, das Schweigen zu überbrücken. »Du kannst das Buch haben, Josh. Ich habe es fünfmal gelesen. Aber sage ja niemandem, wo du es her hast.«
Roberts nickte und nahm das Buch ohne Dank. Er stand auf, streckte sich, hielt sich die Hände an die Nieren.
»Steif in allen Gliedern.« Er bewegte sich der Tür zu, blickte noch einmal zurück. »Komm in einer Woche oder so. Bis dann habe ich die Zündkerzen, und du kannst bei Sally und mir übernachten. Iß mit uns zu Abend. Wird dir wohltun.«
Er nahm den Rucksack, schwang ihn sich auf die Schulter, blieb noch einmal auf der Veranda stehen. »Greg«, sagte er. »Diese Umfrage. Du riskierst 'ne Strafe, wenn du dich nicht meldest. Verbrechen gegen den Staat haben sie im Radio gesagt.«
Mallen stand von seinem Stuhl auf. Der Wein hatte ihn ein wenig schwindlig gemacht. »Was für eine Strafe?«
»Gefängnis oder noch mehr.«
»Noch mehr . . . Was heißt *noch mehr*?«
Roberts wandte sich verlegen ab, zuckte die Schultern, ging schnell

die Stufen hinunter, überquerte langsam die im blendenden Sonnenlicht liegende Wiese, trat mit den Hacken fest in den Boden, als er den Hang hinunter den Bäumen entgegenschritt. Er blickte nicht zurück.
Mallen leerte seine Lungen mit einem tiefen Atemstoß. Er blickte Roberts nach, bis er außer Sicht war.

Mallen verbrachte den Rest des Nachmittags mit einigen Arbeiten längs der Nordseite der Zufahrtsstraße und mit dem Ausbessern des Stolperdrahts, den Roberts, ohne es zu wissen, beschädigt hatte. Morgen, so überlegte er, ist es an der Zeit, daß ich eine neue Senkgrube aushebe und Schlingen für die Kaninchen lege.
Er stieß den Spaten fest in den harten Boden. Menschenfalle Nummer siebzehn. Er plante noch fünf weitere, sechs Fuß tief und mit spitzen Pfählen gespickt. Er hatte sie in Südostasien gesehen und wußte, was sie einem unvorsichtigen Eindringling antun konnten. Über ihren Verwendungszweck stellte er sich keine Fragen mehr. Das Bauen von Menschenfallen war ihm zu einer Routine geworden, zu einer Beschäftigung, die ihn vor Langeweile oder Wahnsinn schützte.
Allerdings fand er, daß die Erde in Südostasien im Vergleich zum granitharten Boden der Green Mountains an Festigkeit eher einem Schokoladenpudding entsprach. Er hielt inne, stützte sich auf den Spaten, träumte vor sich hin. Roberts wollte mich nur einschüchtern, sagte er sich. Zwei Jahre sind seit dem Krieg vergangen, und falls es inzwischen eine Art von Regierung gab, so hatte es bisher noch nie irgendwelche Anzeichen von Ärger gegeben. Das ganze Land war auf eine Entwicklungsstufe abgesunken, die vom landwirtschaftlichen Tauschhandel lebte. Was wäre da mit einem organisierten Anmeldesystem zu gewinnen? Transportmittel gab es nicht mehr, und auch keine Industrien, soweit es ihm bekannt war. Und bestimmt keine organisierte Widerstandsbewegung.
Ein fernes Donnern ließ ihn aufhorchen. Das Licht im Westen hatte eine gelbliche Tönung angenommen, und zwischen den Bäumen sah er die sich aufballenden Wolken einer Kältefront, und das bedeutete Regen.
Er packte ein, legte den Spaten nieder. Er fühlte sich angenehm müde, wie man es nach einer guten, aber nicht zu anstrengenden Arbeit ist.

Mit dem Plus, vier Stunden ohne viel Nachdenken verbracht zu haben.
Nach dem Stand der Sonne mußte es etwa fünf Uhr sein, als er zur Hütte zurückging. Der frische Nordwestwind wehte stärker und kühlte ihm den nackten Oberkörper. Er vermied es, sich nach dem nahenden Sturm umzublicken, weil er sich dieses Vergnügen für zu Hause vorbehalten wollte, wenn er mit einer Pfeife und einem Glas Wein im Schutze der Veranda säße. Und falls es regnen sollte, könnte er sich in den Regen stellen.
Natürlich konnte er auch im Fluß baden, aber es war wie eine Kindheitserinnerung, unter dem niederprasselnden Regen zu stehen, nackt und singend und mit einer Gänsehaut. Und dazu Blitz und Donner – das verlieh dem Ganzen noch einen abenteuerlichen Reiz.
Als er die schützende Veranda erreicht hatte, blies der Wind bereits kräftig. Er holte sich die Pfeife und den besseren Tabak und warf sich vor, Roberts nicht um eine neue Lieferung Wein angegangen zu sein. Für ein paar Bücher hätte Roberts es bestimmt getan. Ich werde ihm Balzac geben, sagte er sich. Balzac hasse ich.
Auf der Veranda zündete er sich die Pfeife an und wollte Wein holen, begnügte sich dann aber mit kaltem Wasser. Sonst blieb nicht mehr genug für ein gelegentliches Gläschen.
Er lehnte sich in den Türrahmen, beobachtete die sich nahenden geballten Wolken, schwangere Bäuche, von Feuchtigkeit angeschwollen, aufwallend mit schwarzer Gewalt. Das Licht wurde von den Wolken aufgesogen, der Wind heulte in den Kiefern und schüttelte die toten Ähren und Maishalme unten auf der Wiese.
Die ersten Regentropfen gruben sich wie Stahlnägel in die Erde, schlugen dunkle Wunden. Dann stärker, und der Stahl verwandelte sich in breite Silberfolien, matt schimmernd im grauen Licht.
Er legte die Pfeife weg, schlüpfte aus den Kleidern und rannte in den Regen hinaus. Neben dem Pfad, wo das Gras weich und nicht zu hoch war, stellte er sich breitbeinig hin, wandte das Gesicht dem Wind und dem Regen zu. Es strömte auf ihn nieder, und er bekam mehr Wasser als Luft. Er öffnete den Mund, ließ die Tropfen auf Zähne und Zunge rinnen.
Er lachte unbeschwert, fühlte sich jung und frei trotz seiner vierzig Jahre.
»Sollen die Scheißkerle nur kommen«, schrie er in den Wind.

3

Mit dem Regen war die Feuchtigkeit des Oktoberabends weggewaschen, der Himmel war klar, und die Sterne leuchteten hell. Orion erhob sich im Osten, erfüllte die Kuppel über Mallen mit zeitlos vertrautem Glanz.

Er lag in der zwischen zwei Birken befestigten Hängematte und blickte in den nächtlichen Himmel. Prokyon mit Rigel und Deneb gingen im Westen unter. Er summte vor sich hin, während er mit den Fingern die Sternbilder nachzeichnete.

Das Radio stand neben der Hängematte auf dem Gras, die Musik klang dünn und wässrig. Aber es war Prokofjews Suite *Die drei Orangen* und die erste Musik, die Mallen seit fast zwei Jahren gehört hatte. Er ließ die Klänge durch sein Gehirn spülen, aber er wurde den einen Gedanken nicht los: Roberts hatte recht gehabt.

Zu viele Leute wußten von seiner Existenz. Zunächst einmal Roberts. Die Hooper-Kinder, die im Sommer gekommen waren, um wilde Himbeeren zu pflücken. Und wahrscheinlich Franz Mosser. Mallen hatte Mosser im vorigen Herbst mit Pfeil und Bogen jagen gesehen. Mosser hatte Mallens Winken ignoriert. Dickbackig und schmerbäuchig war Mosser wie ein aufgeblasener Amor mit Pfeil und Bogen durch die Wälder geeilt. Und dazu noch auf Zehenspitzen! Mallen hatte gelacht, und Mosser hatte lautlos ein übles Schimpfwort in seine Richtung gehaucht.

Jetzt mußte er sich entscheiden. Entweder er meldete sich an, was einer Reise nach Albany ohne Rückkehr gleichkommen würde, oder er mußte verschwinden. Hierbleiben kam nicht in Frage. Einen Mann, vielleicht zwei, konnte Mallen sich leicht vom Halse halten. Aber nicht mehr. Da waren Menschenfallen und ein Gewehr geradezu lächerlich. Raum ist die einzige Antwort.

Es schien an sich recht einfach. Er würde bleiben, bis er weg mußte,

aber nicht länger als bis zum ersten Schnee. Von dem Punkt aus, wo der Sperber in den Bäumen versteckt lag, erstreckte sich eine zweihundert Meter breite und ziemlich steil abfallende Wiese, die als Abflugpiste dienen konnte. Das Gefälle würde den Lauf verkürzen, aber er war sich ungewiß, um wieviel. Ideal wäre es bei Nordwestwind, aber zuerst mußten ein paar Bäume am anderen Ende der Wiese abgeholzt werden.
Er hatte die Berechnungen schon oft angestellt, und es war gerade am Rande des Möglichen. Der Sperber brauchte auf Meereshöhe etwa zweihundert Meter, um aufzusteigen. Davon konnte man dreißig Meter für einen Zehn-Knoten-Gegenwind und noch einmal dreißig Meter für die Geländewirkung abziehen, also etwa sechzig Meter. Schließlich hatte er die Berechnungen aufgegeben und beschlossen, sich auf sein eigenes Urteil zu verlassen.
Aber er wußte, daß er es schaffen würde. Das Flugzeug hatte ihn in den siebzehn Monaten völliger Einsamkeit einigermaßen bei Verstand gehalten. Einmal in der Woche ging er nachts hinunter und ließ den Motor zehn Minuten lang laufen, vergewisserte sich jedoch vorher, daß entweder der Nebel dicht genug war, um das Geräusch zu dämpfen, oder daß der Wind vom Westen kam und den Auspufflärm an die öden Klippen blies, die ihm den Rücken deckten.
Die Ladung war ein kritischer Faktor. Er hatte die Kissen aus dem Hintersitz herausgerissen und Platz für den Schlafsack, das Zelt, Waffen, vierzig Liter Reservebenzin und Nahrung für zwei Monate geschaffen. Er hatte die Ladung zu verschiedenen Malen anders verstaut, jedes Stück gewogen und es an den berechneten Platz gelegt. Wie es jetzt stand, konnte er es mit 12 Prozent des Bruttogewichts schaffen.
Mallen hatte sogar erwogen, die Baumkronen kurz hinter der Startbahn zu entfernen, um im kritischen Moment des Starts mehr Platz zu gewinnen. Aber das Köpfen von über dreißig Bäumen schien ihm dann doch eine zu mühselige Arbeit, und so blieb er bei seinem ursprünglichen Plan, es ganz einfach zu riskieren und zu hoffen, daß alles gutgehen würde.
Er war noch inmitten seiner Fluchtphantasien, als die Musik aufhörte und der Ansager ein Programm asiatischer Volksmusik ankündigte, gefolgt von einer Diskussion über Sammellager für alte Leute. Aber zuerst die Nachrichten.

Mallen lauschte fasziniert den ganz normal klingenden und anschaulich dargestellten Fortschrittsberichten – Weizenexporte in Rekordhöhe dank dem freiwilligen Einsatz der Jugendgruppen aus dem Mittleren Westen, Produktionsbeginn eines neuen Bustyps mit Methanantrieb, des Arbeiterbusses, ein paar Worte über einen jungen Mann in New Jersey, der für außerordentliche Dienste am Staat mit fünfzehn Punkten belohnt wurde. Worin dieser Dienst bestand, wurde allerdings nicht erwähnt.
Es war Mallens erste Begegnung mit dem neuen Vokabular. Alte Worte, die noch irgendwie vertraut klangen, aber eine neue Bedeutung hatten: *Schwarzhändler, Gleitarbeit, Nachtlager.* Und dann wieder andere Worte, die Mallen nichts bedeuteten und slawisch klangen.
Die Nachrichten endeten mit einer Bekanntmachung über die Einführung der Anmeldepflicht. Es gab eine kurze Unterbrechung, und dann erklang eine Frauenstimme, die Ansagerin des Regionalsenders, die die Liste der Städte und die entsprechenden Anmeldedaten verlas. Sie sprach mit einem starken New England-Akzent. Aus Maine wahrscheinlich, sagte er sich.
Dann tickte es, und dann hörte er verzerrte Stimmen, deren Gesang von Flöten und einem undefinierbaren Schlaginstrument begleitet wurde. Mallen lag in seiner Hängematte und beobachtete den Lauf der Gestirne. Ich muß mir nur noch eine Frage beantworten, sagte er sich.
Wohin soll ich fliehen?

In früheren Zeiten hatte Roberts darüber gesprochen. Und noch im vergangenen Jahr hatte er Gerüchte weitergegeben, wenn er von den neuen Bestimmungen sprach – Gerüchte, die er von Umherziehenden aufgelesen hatte, von einigen auf primitiven Handpressen gedruckten Flugblättern und letztendlich auch aus verschleierten und obskuren Warnungen, die die neue Regierung verbreitete. Dinge wie die angebliche Kolonie auf einer der äußersten Bahama-Inseln. Ein ehemaliger Marine-Oberfeldwebel hatte geschworen, daß es wahr sei. Er wollte hin, sagte er, weil es dort fünfmal mehr Frauen als Männer gäbe. Roberts hatte hämisch darüber gelächelt.
Eine glaubwürdigere Geschichte kam von einer Frau, deren Bruder ein Radioamateur war. Guam war angeblich nicht getroffen worden.

Die dort verbliebenen Männer hatten ihre ganzen Kernwaffenvorräte mit einem einzigen Auslöser verbunden und einen ganzen Korallenberg darüber geschichtet. Falls man sie angreifen würde, wollten sie das Ganze auf einmal hochfliegen lassen und damit die ganze Erde verseuchen. Das Jüngste Gericht, Dr. Seltsam und die Götterdämmerung, alles auf einmal, in ein schönes Märchen verpackt. Mallen glaubte nicht an die Gerüchte.
Er drehte sich zur Seite, kauerte sich zusammen. Die Nacht wurde kälter, und die ersten Tautropfen bildeten sich. Er hörte einen Hund unten im Tal bellen und die Schreie der Nachtvögel. Jetzt, da er sich zur Flucht entschlossen hatte, schienen ihm die Hütte und das Tal um ihn herum nicht mehr ein Gefängnis, sondern eine Stätte süßer Geborgenheit. Er haßte den Wechsel. Die Hütte und seine tägliche Routine gaben ihm ein Gefühl der Sicherheit, und jetzt, da er sie verlassen mußte, begriff er erst, wie fremd ihm die übrige Welt erscheinen würde.
Er schwang sich herunter auf das Gras, kletterte den Pfad zur dunklen Hütte hinauf, fühlte das Zerren seiner Rückenmuskeln nach der Arbeit am Nachmittag. Es war sehr schön, dem Regen Trotz zuzurufen, gewiß, aber das Altwerden stand auf einem anderen Blatt.
In der Dachkammer zündete er die Öllampe an, fand das Licht nicht genügend, nahm noch eine Kerze dazu. Aus einem Stapel von Karten wählte er die, auf der die Flugrouten, die von Nova Scotia südlich nach New Jersey und westlich zu den Großen Seen führten, aufgezeichnet waren. Von diesem Punkt in Vermont aus erstreckten sich sauber gezogene Radien nach Norden und Westen. Einige kühn und direkt, Blaustiftlinien in den Norden bis nach Kanada hinein, auf denen mit Hilfe der sommerlichen Südwestwinde größte Reichweite erzielt werden könnte. Andere Rotstiftlinien krochen durch Flußtäler, über Bergpässe, unter Vermeidung der festen Radarstützpunkte und Bevölkerungszentren, die vor kaum mehr als einem Jahr noch existierten und jetzt einfach unbekannt waren.
Mallen fuhr sich mit dem stumpfen Fingernagel in den Zahn, pickte einen Schweinefleischkrümel heraus, der sich zwischen die Backenzähne geklemmt hatte. Die Chancen waren die gleichen. Entweder nach Norden, nach Kanada, in die Maritimen Provinzen, oder dann westlich nach Britisch-Kolumbien. Er bezweifelte, daß die neue Regierung in den nächsten Jahren bis in die entfernten Teile Kanadas

vordringen würde, und wenn sie es einmal täte, brauchte er nur tiefer in die Büsche zu ziehen. Wie in einem Roman von Jack London. Ruhe genug für ein ganzes Leben.
Er griff nach dem Kristallfeuerzeug, fuhr mit dem Daumen über die Schraube. Erst beim zweiten Mal flammte es auf, und er zündete sich die Pfeife an. Er blickte noch lange auf die Flamme, bevor er den Deckel schloß.

»Gefällt es dir wirklich?« Sie kicherte und nahm noch einen Schluck Bordeaux.
Er drehte das lächerliche Feuerzeug in der Hand herum, ließ die Sonnenstrahlen auf den Glasflächen spielen. Miniaturregenbogen leuchteten auf den Wänden des Sommerhauses auf. Es war ein schöner Maiabend.
»Ach Gott, ja«, sagte Mallen. »Es ist elegant.« Er ließ die Flamme einige Male aufblitzen, stellte zufrieden fest, daß sie in ihren Proportionen und in ihrer Qualität auch in die Park Avenue passen würde. »Aber warum schenkst du es ausgerechnet mir? Du denkst doch sicher an irgendeinen Frauenarzt mit blauen Augen und einem grünen Jaguar. Frauen verlieben sich doch immer in ihre Gynäkologen, nicht wahr?«
Sie versetzte ihm einen Rippenstoß, und das Ding, das wahrscheinlich zwei ihrer Wochen-Gehälter wert war, wäre beinahe zu Boden gefallen.
»Du bist undankbar, Mallen«, sagte sie lachend. »Da komme ich extra in diese Höhle, verlasse die Grenzen des zivilisierten Staates New York, und du weißt es nicht einmal zu schätzen.« Sie lächelte, die Hände in die Hüften gestemmt, das Becken leicht hervorgestreckt, trotzig, herausfordernd – eine Frau, die weiß, wer sie ist, und wo sie hingeht, und was sie will.
»Tiffany«, sagte sie selbstgefällig. »Und wenn du nach einem Grund suchst, wirst du keinen finden. Ich habe es gekauft, weil es völlig nutzlos ist. Du kannst es nicht mit dir herumtragen, du kannst es nicht versetzen. Und es strahlt Schönheit aus wie eine Rose mitten in einem Scheißhaufen.« Sie wirbelte herum, machte einen kleinen Tanzschritt. Dann landete sie mit einem Sprung neben ihm auf dem Sofa, schob die Beine unter ihren Schottenrock.
»Im Ernst«, sagte sie leise. »Gefällt es dir?«

»Es gefällt mir.« Er küßte sie auf die Stirn, dann auf die Nase, dann auf den Mund. »Gefällt mir prächtig. Hat 'ne Menge gekostet, was?«
Sie stieß ihn zurück, und er verschüttete seinen Wein.
»Das nächste Mal, mein lieber Mallen, kriegst du Glasperlen oder Axteisen. Du hast keine Kultur.«
Mallen goß eine weitere Runde ein, erhob sein Glas, hielt es sanft an die Stirn. »Auf dein Wohl, Lady.« Sie tranken, saßen still, hielten sich die Hände, sahen die Sonne untergehen.
»Im Ernst«, sagte er schließlich. »Eine Frage.«
»Schieß los.«
»Was ist der Anlaß? Der erste Ausgang, die erste Verführung oder der Jahrestag von Gutenbergs Erstausgabe?«
»Nichts dergleichen, du dummer Puter.« Sie strich sich das Haar aus der Stirn, und die vom Sonnenlicht beschienenen Strähnen glänzten wie feines Kupfer. Sie tat es oft, und es stand ihr gut. Sie schien damit zu sagen: »Ich bin frei, fange mich, wenn du kannst.« Sie zündete sich eine jener lachhaft dünnen Zigaretten mit dem Feuerzeug an und stellte es behutsam auf den Tisch aus Kistenholz.
»Es macht mir einfach Spaß«, sagte sie, »hier heraufzukommen und mit dir in diesem verrufenen Schuppen zu sitzen, den du eine Jagdhütte nennst. Offen gesagt glaube ich eher, daß du hier nur kistenweise Bier und dumme Sekretärinnen vernaschst.«
Er quakte seine Donald-Duck-Imitation. »Wer? Ich?«
»Jawohl, du!« Sie lachte, nahm wieder ihre Zigarette. »Und quake bitte nicht mehr. Sonst muß ich lachen, bis es mir in den Seiten schmerzt. Hör auf!«
Er ging durch sein Repertoire – die Ente und Goffy und eine Figur, die er Puterbein nannte, und eine leicht anstößige Version Plutos.
Sie schüttelte sich vor Lachen, hatte ein gerötetes Gesicht, rollte sich auf dem Teppich.
Er legte sich ganz einfach zu ihr, und sie liebten sich im kühlen Abendwind.
Sie aßen Würstchen und Bohnen. Eine späte und zusammengewürfelte Mahlzeit. Dann warf sie die Pappteller ins Feuer und setzte sich zu ihm auf die Veranda und blickte zum Himmel.
»Wie lange hast du noch Urlaub, Greg?« fragte sie.
»Noch sechs Tage. Fünf hier und einen für die Rückfahrt nach

Andrews. Das Geschwader fliegt nächsten Monat im Auftrag der UNO. Mittlerer Osten. Ich kann meinen Urlaub nicht verlängern.«
»Das wollte ich auch gar nicht verlangen«, erwiderte sie tonlos und mit abgewandtem Blick.
»Was wolltest du denn? Warum fragst du?« Ein Glühwürmchen blinkte auf, und ein Dutzend antwortete ihm, Lichtschimmer auf der Wiese unter ihnen.
«Ich will gar nichts. Ich fragte aus keinem besonderen Grund.« Sie drehte den Kopf, gerade genug, daß er ihre Silhouette sah. »Wann ist dein nächster Urlaub?«
»Schau, Anna . . . ich kann doch nicht . . .« Er hörte den leichten Unterton von Gereiztheit in seiner Stimme, beruhigte sich. »Man sagt mir schon, wenn es wieder soweit ist. Es könnte in zwei Monaten sein . . .«
Im Dämmerlicht sah er die Tränen auf ihren Wangen.
Er seufzte. »Annie, Annie. Erzwingen wir nichts. Wir sind Freunde. Wenn es geht, geht es halt.«
Sie blickte fort. »Du hast recht«, sagte sie, und ihre Stimme klang gedämpft. »Warum sollen wir es verderben? Wir haben schließlich eine Menge Zeit, um festzustellen, ob es geht.«
Es stellte sich heraus, daß sie sich geirrt hatte. Zwei Nächte später, als sie in der Dachstube lagen, leuchtete ein Blitz auf und erhellte das Zimmer mit einer solchen Intensität, daß er völlig geblendet war. Er stieß sie vom Bett, bedeckte sie und sich mit der dünnen Matratze.
Die erste Schockwelle schlug ein, Balken brachen zusammen, Fensterscheiben krachten. Ein anhaltendes Dröhnen und Tosen der Zerstörung, splitterndes Glas, krachendes Holz, und dann die Explosion, als eine Schockwelle der anderen folgte.
Sie schrie, und er hielt sie fest, redete unzusammenhängendes Zeug, wußte, daß das Undenkbare geschehen war.
Als es aufhörte, war die Nacht unnatürlich still, als ob alles Leben aufgehört hatte. Er warf die Matratze von sich, zog Stiefel an, um sich nicht an den Glassplittern zu verletzen, trat an das gähnende Loch, wo einst das Fenster gewesen war. Die Vorhänge waren verkohlt und schwelten, und er riß sie herunter und warf sie auf die Wiese hinaus.
Das ganze Tal war dunkel, das Elektrizitätsnetz zerstört, aber hie und da flammte es in den Wäldern auf, wo trockenes Holz sich spontan entzündet hatte. Im Nordwesten erhob sich eine rot leuchtende

brodelnde Wolke in die Stratosphäre, getrieben von einem inneren Licht. »Ach du lieber Gott!« sagte er laut.

Sie schrie, und er zerrte sie aus der Dachkammer, stieß sie die enge Leiter hinunter. Dann nahm er Decken und Kleidung, warf sie nach und folgte.

Er ging in die Küche, nahm die Konserven von den Regalen, füllte Krüge mit Wasser von der Handpumpe, las alles auf, was sich als nützlich erweisen könnte. Sie lag zusammengekauert auf dem Fußboden, hatte sich eine Decke über das Gesicht gezogen, als ob sie damit die Wirklichkeit auszuschließen vermochte.

»Was war es?« fragte sie, aber ihre Stimme war gleichgültig, uninteressiert.

»Es war Plattsburgh, der Sützpunkt der Air Force«, antwortete er automatisch. War, sagte er sich, ist weiß Gott das passende Wort. Vergangenheit.

Die nächsten zehn Tage verbrachten sie in einem Graben unterhalb der Hütte. Sie aßen Konserven, saugten die Luft durch Behelfsfilter ein, die er aus Plastikmilchbehältern zurechtgeschnitten hatte. Es kam vor allem darauf an, so sagte er sich, das Einatmen des Niederschlags auf ein Minimum zu beschränken, wenn er auch keine Ahnung hatte, ob sich seine Methode als wirksam erweisen würde.

Da war doch irgend etwas mit dem Gesetz der Sieben, versuchte er sich zu erinnern. Radioaktivität hat die Tendenz, sich alle sieben Stunden um die Hälfte zu vermindern. Nein, das klingt nicht richtig. Es hängt von der Zusammensetzung des Niederschlags ab, von den Quantitäten der schnell und der langsam zerfallenden Materie. Einfach nur überleben, beschloß er schließlich. Nur Fruchtsaft aus der Dose trinken, möglichst unter der Erde bleiben, abwarten. Anne schrie des Nachts in ihren Träumen, und es war eine böse Zeit, eine Zeit, die kein Ende zu nehmen schien.

Am elften Tag sagte er, er wolle versuchen, genug Bezin für den Pinto zu bekommen, damit sie die Möglichkeit hätten, rasch nach Kanada zu gelangen, fern der hauptsächlichen Niederschlagszonen, und er ging trotz ihrer hysterischen Weinkrämpfe, versprach, in zwei Stunden zurück zu sein.

Er schritt langsam den Pfad von der Hütte zur Zufahrtsstraße hinunter, achtete auf minimalen Energieverbrauch, atmete durch eine Plastikröhre, die er in eine Fünf-Liter-Flasche geklebt hatte, und

die ihm nun als eine Art von türkischer Wasserpfeife diente. Direkt aus der Klapsmühle, sagte er sich.
Der Pinto bockte fünfzehn Sekunden lang, aber dann sprang er an. Während der Motor warmlief, wurde sich Mallen über manches klar. Keine Engel der Landstraße mehr, keine Kreditkarten für Straßenhilfe, nichts. Aus mit der Stromversorgung, und er schnitt eine Grimasse, als er an seine fünfzehnhundert Dollar auf dem Sparkonto dachte, die wahrscheinlich elektronisch gebucht waren, in einem Computer, der geschmolzen ist, nein, der sich in Nichts aufgelöst hat. Er dachte auch an die Kreditkonten bei American Express und Master Charge. Elektronisch gespeichert, jetzt Staub. Er begann, sich im Geist sein Nettoguthaben auszurechnen und stellte fest, daß es zwecklos war.
Der Atemfilter war ein Problem, aber er löste es, indem er die Flasche mit Zeitungspapier zwischen die beiden Vordersitze klemmte, um an der Plastikröhre saugen zu können. Als Waffe hatte er eine Luger – eine Pistole aus dem ersten Weltkrieg, die ihm sein Vater geschenkt hatte. Er spannte sie und legte sie auf den Sitz neben sich. So, sagte er sich, jetzt ist es an der Zeit, sich in die schöne neue Welt vorzuwagen. Er schaltete den Gang ein und fuhr los.
Die Bäume starben. Die noch leuchtend grünen Frühlingsblätter fielen bereits ab. Überall auf dem Boden lagen tote Vögel herum. Zweimal hatte er Rehe auf den Maisfeldern gesehen, die sinnlos im Kreise herumliefen und stolperten. Sie waren wahrscheinlich blind.
Der Sandweg führte auf die Landstraße und dann herunter und über die überdachte Brücke nach Waitsfield. Überall zertrümmerte Schaufenster, das Lebensmittelgeschäft ausgebrannt, schwarz, immer noch schwelend. Kein Mensch in Sicht, abgesehen von den aufgeschwollenen und verzerrten Leibern am Straßenrand, auf denen es von Fliegen wimmelte.
Die Texaco-Tankstelle war ein Reinfall. Irgend jemand hatte offensichtlich in Panik, um sich Benzin zu verschaffen, die Pumpen mit einer Axt eingeschlagen, als ob ihm das hätte weiterhelfen können. Die Zapfsäulen und der Wagen, ein Oldsmobile mit einer Massachusetts-Nummer, waren total ausgebrannt. Mallen wandte sich angeekelt von dem scheußlichen Anblick ab. Der Passagier im Wagen war völlig verkohlt, der Fahrer nicht mehr identifizierbar.
In Irasville war es das gleiche. Die Mobil-Tankstelle war unberührt,

nur hatte jemand die Auffüllkapsel von den unterirdischen Behältern entfernt und sie wahrscheinlich mit einer Handpumpe geleert. Typisch amerikanisches *Know-how*, sagte sich Mallen resigniert.
Er schaltete den Gang ein, verließ die Tankstelle. Zu seiner Rechten sah er einen Mann, der über den leeren Parkplatz rannte, ein Gewehr in der Hand, das Gesicht hinter einem selbstgebastelten Luftfilter verborgen. Der Mann blieb erschrocken stehen, winkte und rannte dann weiter. Auch ein Wanderer im fremden Land, sagte sich Mallen und winkte zurück.
Es gab nur noch zwei weitere Tankstellen im Tal, und sie waren höchstwahrscheinlich ebenfalls ausgeleert. Aber dann hatte er eine Idee – der Flugplatz.
Er lag auf einer Hochfläche, in sicherer Entfernung der geteerten Straßen – nur Ortskundigen bekannt. Er bog links von der Hauptstraße ab, fuhr den sandigen Fahrweg hinauf, der zur Piste führte, über den holprigen Hang, durch Fichten- und Birkenhaine, an den Pferdeweiden vorbei, dann um die Biegung hinter David Grahams Farm.
Mallen konnte sich noch gut an Graham erinnern, einen Mann, der lieber gab als nahm, der sich bei niemandem Rat suchte und seine Felder mit Sorgfalt bestellte. Mallen blickte nach einem Lebenszeichen aus. Das Haus war zum Teil abgebrannt, aber die Fenster der Betongarage waren mit neuen Sperrholzplatten vernagelt, vor der Tür stand ein Wagen, dessen Batteriedrähte unter die Schwelle führten. Mallen lächelte. Graham hatte es überlebt.
Hinter den Kuhställen lichtete sich der Wald zu einer offenen Weide, wo die Kühe zu grasen pflegten. Die Kühe waren noch da, sie lagen mit den Bäuchen nach oben, mit steif hochgestreckten Hufen, grüßten den Himmel. Selbst durch den Luftfilter war der Gestank zum Erbrechen. Mallen wandte den Blick ab, sah auf die Straße. Irgendwie hoffte er, daß Graham seinen Wagen gehört hatte und nun wußte, daß auch andere überlebt hatten.
Der Flugplatz war verhältnismäßig unbeschädigt. Fünf Maschinen waren nicht mehr an ihren Plätzen auf der Abstellfläche, und der unterirdische 400-Hektoliter-Treibstofftank war leer. Er war aufgebrochen, und zwei Eimer mit einer langen Nylonschnur lagen im Gras neben den Reifenspuren einer schweren zweimotorigen Maschine.

Übriggeblieben waren nur einige wenige leichte Flugzeuge mit sehr beschränkter Reichweite. Zwei hatten Flügelschaden, und man hatte sie offensichtlich mit Äxten oder Messern bearbeitet, um die Treibstofftanks zu leeren. So eine Blödheit, sagte er sich, denn bei allen lief die Treibstoffzufuhr durch den untersten Teil der Flügel. Nur ein Laie konnte das einem Flugzeug antun.

Mallen fuhr zum Hangar, dessen Fenster offen waren. Treibstoff würde er hier nicht finden, aber er hatte eine Einkaufsliste: Werkzeuge, Nylonseil, Nägel, Seife, Plastikbehälter und Motorenöl.

Als er den Pinto in die Tiefen des Schuppens steuerte, brauchten seine Augen eine Weile, um sich an die Dunkelheit zu gewöhnen. Viel war nicht mehr da. Hallerans Apache war fort, und auch Pitts Special. Übriggeblieben war nur noch ein zum Teil reparierter Hiller-Hubschrauber und einige auseinandergenommene Segelflugzeuge.

Das werde ich vermissen, sagte er sich. Das Fliegen einer viermotorigen Transportmaschine war langweilig. Aber das Segelfliegen, das er nach Absolvierung von viertausend Flugstunden im Dienst erlernt hatte, war eine beständige Freude, gab einem wieder richtig das Gefühl, ein fliegender Mensch zu sein. Das werde ich wirklich vermissen, sagte er sich.

Im Werkzeugschuppen fand er fast alles, was er brauchte, außer dem Nylonseil. Er ging wieder in den Hauptraum zurück, untersuchte den Hiller auf brauchbare Gegenstände und Treibstoff. Der Hubschrauber war alles andere als gebrauchsbereit, mußte völlig überholt werden. Aber der runde Tank war noch zum Teil voll, und es gelang Mallen, ihn ganz herauszuschrauben.

Er verstaute den Tank im Kofferraum des Pintos und wollte gerade abfahren, als er ganz hinten im Hangar eine in Zeltleinwand gehüllte Form erblickte. Er kletterte über Planken und leere Ölfässer, hob einen Zipfel der Zeltleinwand hoch und sah die leuchtend weiße Farbe des Flügels eines Segelflugzeugs. Damit hätte er fast ein Flugzeug.

Behutsam schlug er die Zeltbahn weiter zurück, und dann erkannte er es: Sperber RF-5. Dieses Flugzeug war ein Zwitterding – als Segelflugzeug konzipiert, aber mit einem kleinen Motor und mit einem Zahnstocher-Propeller. Lange Flügel, über fünfzehn Meter. Das Cockpit war zweisitzig, einer hinter dem anderen, mit einem gewölbten Kunstglasdach.

Jetzt erinnerte er sich wieder. Es hatte einem Hutchins oder Huggins

gehört. Pilot bei der Delta. Junggesellentyp, der sich in seiner Freizeit mit stets wechselnden Beschäftigungsplänen befaßte. Mallen hatte ihn nur flüchtig gekannt, aber einmal hatten sie sich bei einer Party über das Flugzeug unterhalten. Huggins hatte ihm erzählt, es sei ein Segelflugzeug mit Motorantrieb, eines der wenigen im Lande. Reichweite von sechshundert Meilen mit sechzig Liter Treibstoff. Auch ohne Motor ein recht gutes Segelflugzeug. Akrobatik? hatte Mallen gefragt, und Huggins hatte die Schulter gezuckt. Ja, wenn auch keine gewaltsamen Sachen wie Sturzsaltos, eher grazile Manöver: einfache Saltos, Überschlag über den Flügel und so weiter.
Mallen ging um das Flugzeug herum, sah es sich genauer an. Der Sperber war zwar verstaubt, aber in gutem Zustand. Die weiße Farbe ohne einen Kratzer, glatt, fühlte sich kühl an. Mallen klopfte prüfend auf den Flügel, der dumpf und hohl klang. Er klopfte noch einmal. Sperrholz. Ein Gedanke schoß ihm durch den Kopf: Sperrholz hat einen großen Vorteil gegenüber einer Aluminiumhülle; es ist auf dem Radarschirm kaum sichtbar. Es wird ja immer besser, sagte er sich.
Die Größe des Segelflugzeugs täuschte. Das über sechs Fuß hohe Höhenruder war blauweiß gestreift. Er bewegte das Seiten- und Höhensteuer mit der Hand. Beide bewegten sich leicht, und er hörte das Gleiten der Kabel im Rumpf des Flugzeugs. Plötzlich wurde sich Mallen gewahr, daß seine Inspektionstour einem Vorflug gleichkam.
Der kotbespritzte Pinto stand in der Mitte des Hangars, der Rücksitz voll von einem Haufen allen möglichen Zeugs. Ich werde mich jetzt noch nicht entschließen, sagte er sich, wußte jedoch, daß er es bereits getan hatte.
Mallen öffnete die Haube über dem Sitz und warf einen Blick hinein. Die allgemein üblichen Bordinstrumente, aber immerhin etwas vollständiger, als man es bei einem Segelflugzeug erwartet hätte. Funkgerät, künstlicher Horizont, Drehungs- und Querneigungsmesser – genug Vorrichtungen für Flüge bei Nacht und bei schlechtem Wetter. Das Winter-Variometer fiel ihm auf. Eins der neuesten Modelle. Gibt sofort den genauen Gleitwinkel an, vermittelt dem Piloten genaue Auskunft über seine Schwebelage.
Dann entdeckte er noch etwas auf dem unteren Bordbrett. Ein Druckmesser, der 1800 Pfund anzeigte. Er beugte sich näher, um die Tafel richtig lesen zu können. Es war ein Standard-A-14-Sauerstoffre-

gulator. Er tastete in das Gepäckfach, fand zwei Sauerstoffmasken, setzte sich die eine auf, stöpselte sie in die Öffnung am Armaturenbrett. Hundertprozentiger Sauerstoff. Schal und trocken, aber niederschlagsfrei. Er saugte heftig ein, froh, den Behelfsfilter los zu sein. Mit einem Druck von 1800 Pfund hatte er genug für mindestens fünf Stunden, vielleicht sogar sechs.
Mallen widerstand der Versuchung nicht, den Sperber zu stehlen. Huggins, oder wie immer er auch hieß, war wahrscheinlich tot, und falls nicht, war es halt sein Pech . . . Mallen gab sich keinen Illusionen hin, wußte, was es bedeuten konnte, mit dem Pinto durch zerstörte Städte und Ortschaften zu fahren. In Südostasien hatte er genügend Plündereien erlebt, und die bisher gesehenen Beweise von Gewalttätigkeit hier im Tal zeigten zur Genüge, daß die Amerikaner in dieser Beziehung nicht anders waren als die Asiaten.
Er ließ sich in den Pilotensitz gleiten, sah sich noch einmal das Bordbrett an. Ein elektromagnetischer Anlasser, der nur mit einem Schlüssel funktionierte. Aber im Gegensatz zu Automobilen werden Flugzeuge im allgemeinen seltener gestohlen. Es wäre leicht, den Motor auch anders zum Anspringen zu bringen. Er griff in die Seitentasche neben dem Sitz, fand den Schlüssel und eine Fluganleitung. Herzlichen Dank, Huggins . . . R. I. P.
Mallen las rasch die Anleitung durch, und darauf noch einmal mehr systematisch, berührte alle Bordinstrumente mit der Fingerspitze, wiederholte es mit geschlossenen Augen. Verhältnismäßig einfach, stellte er fest, nur das Einziehen des Fahrgestells schien etwas kompliziert. Aber er konnte es ja unten lassen, bis er hoch genug war.
Nun wußte er aber nicht, ob der Motor anspringen würde. Er ging noch einmal sorgfältig die Check-Liste durch, schaltete alles auf Motorstart ein. *Bremsen eingestellt, Choke an.* Er lächelte unter seiner Maske. Der reine Volkswagenmotor. Auf der Anleitung stand *Limbach*, aber es war Volkswagen. Er zog den Choke heraus. *Drosselklappe 1, zwei Zentimeter auf. Zündung einstellen. Anlasser einstellen.* Das Armaturenbrett wurde lebendig. Die Öldrucklampe leuchtete auf und eine elektronische Benzinpumpe tickte vorne unter der Haube. Die Benzinuhr zeigte auf dreiviertel voll. Er zog am Anlasser, und der Propeller machte zwei Drehungen, aber nichts geschah. Er ging noch einmal alles durch, begann unter seiner

Maske zu schwitzen. Dieses Mal schwang der Propeller durch, feuerte, starb, feuerte wieder, und der Motor lief stockend. Das Auspuffgeräusch war selbst im geschlossenen Hangar ein gedämpftes Brummen. Er stellte den Choke ab, das Stocken wich einem ruhigen und beständigen Rhythmus. Mallen lächelte unter seiner Maske.

Er brauchte zehn Minuten, um alles aus dem Pinto in den hinteren Sitz des Sperbers zu laden. Einiges ließ er liegen, fügte jedoch ein paar Flugzeugwerkzeuge hinzu, vier Liter Motorenöl und einen Satz Meßstäbe.

Bevor er den Pinto definitiv aufgab, las er sich noch einmal die Anleitung für den Sperber durch: Landungs- und Abflugstabellen, Steiggeschwindigkeit, Bremsstrecke. Gewiß nicht einfach, das Ding auf die Wiese südlich des Hangars zu schaffen, und noch schwieriger, es voll beladen abzufliegen. Er könnte hangwärts starten, wenn er den Abzugkanal, der quer durch die Wiese lief, auffüllte, aber auch so blieb ihm sehr wenig Spielraum.

Wenn er mit dem Sperber zurückflog, mußte er den Pinto hier lassen, und falls er dann eine Bruchlandung machen mußte, konnte er unmöglich zu Fuß von der Hütte zum Flugplatz zurückkehren und den Ford holen, bevor die Radioaktivität nachgelassen hatte. In zwei Jahren? Einem Jahr? Vielleicht schon nach einigen starken Regenperioden. Vermutlich würde doch irgend jemand von irgendeiner Regierung gegebenenfalls die Überlebenden benachrichtigen, wenn die Überlebensbedingungen wieder einigermaßen normal wären.

Er schaffte den Hiller mit einem Heber aus dem Weg, schob ihn an die Seitenwand des Hangars. Nach jeder Anstrengung rannte er zum Sperber, saugte Sauerstoff ein, rannte zurück und hielt den Atem an, während er arbeitete. Zum Schluß atmete er ganz natürlich, obgleich er wußte, daß die sauber riechende Frühlingsluft wahrscheinlich tödlich war. Strontium-90 hat bestimmt keinen Eigengeschmack, sagte er sich. Wir werden ja sehen.

Es ging ziemlich leicht. Er manövrierte das Flugzeug hinaus in die Maisonne, vermied nach Möglichkeit die Unzahl toter Vögel, die überall im Gras lagen. Zweimal blieb der Sperber fast im weichen Boden stecken, aber er lernte schnell, ihn mit kurzen Gaspedalstößen in Bewegung zu halten. Der Wind kam aus südwestlicher Richtung und wehte mehr Niederschlag vom Hudson-Tal her, bot ihm aber auch eine Windstärke von etwa zehn Knoten für den Start. Am Ende der Rollbahn trat er schwer auf den Seitenruderfußhebel und wendete das Flugzeug gegen den Wind. Mit eingezogener Bremse gab er langsam Vollgas, prüfte noch einmal alle Druckmesser. Öltemperatur 50 und steigend, Öldruck normal, 2,850 auf dem Tourenzähler. Los! Er löste die Bremse. Der Sperber tuckerte los, zum Verzweifeln langsam in der Beschleunigung. Nichts zu sehen auf dem Fahrtmesser, und die linke Flügelspitze senkt sich, stellte er fest. Steuerknüppel nach vorn, um das Heck so hoch zu kriegen, daß man über die Motorhaube sehen kann. Jetzt geht es viel besser. Er war überrascht, auf die rechte Seite der Fahrbahn abgetrieben zu werden. Linker Seitenruderfußhebel, und jetzt zeigte der Fahrtmesser zwanzig Knoten an. Dann dreißig, und das Steuerwerk gewann an Präzision. Die knospenden Bäume, zum Teil noch mit schwärzlichen Blättern, waren keine Einzelgegenstände mehr, rasten verschwommen vorbei. Holpernd ging es über die unebene Bahn, der Motor lief schneller, und Mallen erlebte wieder einmal, was jeder Pilot fühlt, wenn die Maschine sich vom Boden abhebt und dem Himmel zustrebt. Die Wiesen und Bäume fielen hinter ihm zurück. Bug senken, und Geschwindigkeit beschleunigen. Siebzig Knoten auf dem Fahrtmesser, er ging in die Schräglage, überflog das Tal, stieg gut an, und sowohl Mallen als der Motor sangen aus vollen Lungen.

Das Tal schmolz dahin, und er stieg immer weiter an, fühlte, wie das Flugzeug auf die morgendlichen Aufwinde reagierte, die sich den östlichen Haufenwolken zubewegten. Bei geringeren Umdrehungszahlen stieg er immer noch mit den warmen Luftmassen, spielte Vogelmensch. In Schräglage nach rechts, dann nach links, seidenweiche Reaktion des Steuerwerks, Flügelspitzen, die in das Sonnenlicht tauchten. Als er die Wolkenschicht erreichte, bahnte er sich seinen Weg durch wogende Täler, stieg höher und höher, bis er über ihr war.

Jetzt lachte Mallen aus reiner Freude. Die Versuchung, noch höher zu steigen, war fast überwältigend. Spielen und tollen und sich vergnügen in Licht und Schatten, und dann tief in die Wolkentäler hinabschießen, und dann wieder hinauf, die Fluggeschwindigkeit in Höhe umsetzend. Er sah auf die Uhr. Er war schon seit zweieinhalb Stunden fort. Anne machte sich bestimmt Sorgen, und er mußte unbedingt an seinem kärglichen Bezinvorrat sparen.

Er durchflog das Tal in nördlicher Richtung, folgte der Vermont-

Hauptstraße 100 bis nach Waitsfield, schwenkte dann nach Osten über der Nebenstraße ein. Das Tal erhob sich unter ihm mit seinen Wiesen und Feldern und dann mit seinen Wäldern und Felsen.
Als er die Abbiegung der Zufahrtsstraße erblickte, schaltete er auf Leerlauf und begann, tiefer zu fliegen. Es war nicht ganz einfach, der Sandstraße durch die Ahornhaine zu folgen. Als er tiefer ging, ließ er den Knüppel zurücksinken, prüfte noch einmal schnell, wie der Sperber auf einen Strömungsabriß reagierte, den er für den Augenblick der Landung brauchte. Da gibt es nämlich keine schöne lange geteerte Rollbahn. »Mach mir nur keine Bruchlandung, Mallen«, sagte er zu sich.
Bei einer Fluggeschwindigkeit von etwa vierzig Meilen hielt sich der Bug noch gut in der Horizontalen. Dann wirbelte der Sperber höflich ab, zeigte also, daß der Strömungsabriß funktionierte, und Mallen schob den Knüppel wieder nach vorn, erfreut über die guten Manieren seines Flugzeugs. Kein Absacken der Flügelspitzen, keine Störungen, alles ging wie geschmiert.
Kurz vor dem Hang sah er die Wiese. Sie schien ihm entsetzlich winzig. Einmal langsam über die Wiese hinweg, um Anne seine Ankunft zu verkünden und nach großen Steinen auszuschauen, und dann mußte er es wagen. Falls er jetzt eine Bruchlandung machte, war er geliefert und konnte nicht einmal mehr seinen Pinto holen.
Er ging noch einmal rasch die Anleitung durch. Landung: *Bremsgang einschalten, bei Aufleuchten des grünen Kontrollichts. Pumpe einschalten. Kühlungsklappe offen.* Er riß am Spoilergriff, begann an Höhe zu verlieren, bewegte sich spiralförmig dem Boden zu. Er blickte prüfend auf die Flügel, um sicher zu sein, daß die Klappen voll geöffnet waren, den Luftstrom auf die Tragflächen drückten, den Auftrieb verhinderten. Ein Vogel flog an seinem Kabinendach vorüber, erschreckte ihn. Ein Habicht, stellte er fest – widerstandsfähiger als all die kleinen Vögel.
Einige hundert Fuß über den Bäumen zog er die Spoiler zu, gab Gas, bewegte sich auf die Wiese zu. Oben am Hang sah er die Hütte und dahinter die Bäume. Anne kam gerade aus der Tür, blickte zu ihm auf, aber ohne Luftfilter. Er schaukelte von rechts nach links, winkte, und als sie zögerte, winkte er wieder, und dann winkte sie zurück. Sie hatte die Winchester, was ihn freute, denn sie hatten sich lange in Haarspaltereien und Diskussionen über das Überleben nach der

Katastrophe ergangen, und sie hatte stets Moralpredigten gehalten. Aber wie gewöhnlich hatte er gesiegt, und sie hatte sich mit ihrer Rolle als Flintenweib des Wilden Westens abgefunden. »Halt dir nur die Indianer vom Leibe, Mädel«, hatte er ihr gesagt.
Vor dem Strömungsabriß überflog er noch einmal das Landefeld, schwang dann in eine kurze Wendung ein, wie beim Landen auf einem Flugzeugträger, mit Vollgas und der Haube über dem Horizont. Über den Bäumen hätte er es fast verpaßt, fühlte das unkontrollierbare Sinken des Flugzeuges, das den Flug aufgegeben zu haben schien, aber dann gab er noch einige kurze Gasstöße und landete, die Heckräder zuerst und dann mit dem Rumpf, gerade hinter dem Zaun. Er zog den Knüppel in den Schoß zurück, achtete auf den Seitenruderausschlag, hielt die Maschine im Gleichgewicht, bremste stark. Der Sperber hielt kurz vor dem Ende der Wiese, er wendete ihn und rollte auf Anne zu. Die oberen Knöpfe ihres Jeansrocks waren offen, sie lachte. Ein tolles und glückliches Lachen, ihr rotes Haar wehte im Wind, glänzte wie Kupfer im Sonnenlicht. »Willkommen daheim, Mallen«, sagten ihre Lippen, und er schaltete den Motor aus.

Die Kerze begann zu tropfen, und Mallen blies sie aus. Er stellte das Feuerzeug von Tiffany auf das Regal zurück, versuchte, sich nicht mehr an sie zu erinnern. Anne war gestorben, und er hatte überlebt. Aus keinem besonderen Grunde, nahm er an, außer, daß er kräftiger war und sie nie den Filter benutzen wollte. Sie hatte behauptet, die Luft schmecke rein, und es war ihm nicht gelungen, sie vom Gegenteil zu überzeugen.
Eines Tages war sie dann krank geworden und konnte nichts mehr bei sich behalten. Dann fiel ihr Haar aus, und sie weinte ständig. Die Ruhr war dazugekommen, und sie starb schnell und ohne jeden Lebenswillen. Damit schied Anne aus seinem Leben aus, nach weniger als tausend Tagen. Er begrub sie noch am gleichen Abend auf dem Hügelkamm, denn er hatte gelernt, daß man sich mit dem Tod nur abfinden kann, wenn man zuerst alle seine Spuren beseitigt.
Mallen saß noch eine halbe Stunde, blickte in die Flamme der Öllampe, überdachte seine Vorbereitungen. Die Zündkerzen waren wünschenswert, aber keine Notwendigkeit. Immerhin hatte Roberts gesagt, er könne sie beschaffen. Vielleicht brauchte er noch mehr Nahrungsmittel, ein paar Konserven. Die konnte er sich für den

Kaffee einhandeln. Auch die 22er brauchte er nicht. Für diese Spielzeugpistole und drei Schachteln Munition würde Roberts sogar seine Alte hergeben.
Er beschloß, morgen ins Tal hinunterzugehen, um Roberts anzuhalten, ihm die Zündkerzen zu verschaffen und ihn gegen den Kaffee und die 22er mit Nahrungsmittelkonserven zu versorgen.
Dann würde er nach Kanada fliegen, zuerst in den Norden, jenseits der bevölkerten Gegenden, und später, falls er irgendwo Benzin auftreiben konnte, in den Westen, in die kanadischen Rockies. Die neue Regierung hatte bestimmt nicht die Absicht, bis dahin vorzudringen, und außerdem war der Boden dort viel weniger vom Niederschlag verseucht. Also Britisch-Kolumbien, sagte er sich. Der Klang des Namens gefiel ihm.
Er trommelte leise mit den Fingern auf die Flugkarten, pfiff das Thema der *Drei Orangen* durch die Zähne. Dann hörte er auf, stellte das Radio an, ließ sich auf das Bett sinken.
»Während des Wochenendes bildet sich über dem St. Lawrence Valley weiterhin vorherrschend kühle Temperatur im Nordosten. In den Bergtälern von Maine, New Hampshire und dem unteren Kanada kann es zu Frostbildungen kommen. Landwirte des Privatsektors werden ermahnt, ihre Ernten zu schützen. Morgen heiter und kühl.«
Nach den Programmhinweisen für morgen ertönte ein Männerchor. Ein Militärmarsch, sagte er sich zuerst, aber dann erkannte er die *Internationale*. Er schaltete ab und stand auf, blies die Lampe aus, zog den Vorhang zurück und öffnete das Fenster. Der Wind roch nach Herbst, verbreitete den trockenen und durchdringenden Geruch absterbender Dinge. Die wilden Hunde und Füchse bellten. Gerade die richtige Zeit für Lagerfeuer, Fußballspiele und ein Glas Cognac am Kamin, sagte er sich. Eine andere Welt, die längst verschwunden ist.
Er legte sich auf das Bett, immer noch angezogen, starrte in die Nacht.

4

Am frühen Vormittag hatte Mallen die drei Meilen der sandigen Zufahrtsstraße zurückgelegt, bog in die Landstraße ein, hielt sich in der Nähe der Bäume auf der Straßenseite. Keine Spur von irgendwelchen Fahrzeugen, außer Pferde- und Hundekarren. Nirgends irgendwelche Reifenspuren schwererer Gefährte, nur hier und da auf den lehmigen Zufahrtswegen die schmalen Abdrücke von Karrenrädern.

Das Laub der Birken und Ahornbäume hatte bereits den gelblichen Glanz, der einen frühen Herbst ankündigt. Hie und da schimmerten rötliche und rostbraune Blätter. Als kleiner Junge war er an Tagen wie diesem mit seinem Vater auf Wegen wie diesem spazierengegangen, hatte Steine vor sich her geworfen, um Staub aufzuwirbeln und den Collie zum Bellen zu reizen. Er erinnerte sich an jene Herbsttage und hätte am liebsten vor sich hin gepfiffen.

Zwei Bauernhäuser oberhalb der Landstraße standen leer. Das Gras war verwildert und hoch und die Fensterscheiben eingeschlagen. Wahrscheinlich bereits gründlich geplündert, sagte er sich, aber es könnte sich lohnen, auf dem Rückweg kurz hineinzuschauen. Er brauchte zwar nicht viel, aber ein Paar Wasserstiefel in seiner Größe könnten sich als nützlich erweisen. Seine waren schon so ausgetreten, daß er die Unebenheiten des Bodens unter seinen Sohlen fühlte.

Überraschenderweise war Mossers Bauernhof unversehrt. Er hatte Franz Mosser gekannt, wie man halt einen entfernten Nachbarn kennt, ihm im Vorbeigehen zugewinkt, aber eigentlich nie mit ihm richtig gesprochen. Er hatte einmal gehört, daß Mosser jeden, der nicht in Vermont geboren war, als einen Stadtmenschen betrachtete. New Hampshire ist zwar nicht Vermont, kann aber kaum als Stadt bezeichnet werden, fand Mallen, aber das hatte er ihm nie gesagt.

Mallen beobachtete den Hof eine lange Weile aus dem Schatten eines

Eschenhains. Das Haus war sauber und sah gut geführt aus. Ein Fenster im oberen Stock war mit Brettern verschlagen und grün angestrichen, wie die Fensterläden, aber es gab dem Haus ein ungleichmäßiges Aussehen, etwa wie ein Gesicht mit einer gebrochenen Nase. Grinsend befühlte er die seine, und seine Finger fuhren über die Narbe, die ihm die Axtklinge verursacht hatte, als sie über einem Wurzelknoten zurückgesprungen war. Da hätte ich sie beinah verloren, erinnerte er sich. Wäre fast verreckt in dem verdammten Schnee, weil ich nicht aufgepaßt habe.

Eine Gestalt in der Nähe des Hauses kam in sein Blickfeld. Eine alte gebrechliche Frau humpelte langsam über den Hof. Sie hielt einen Korb in der Hand. Unter einem aufgespannten Seil blieb sie stehen, bückte sich mühsam, pflückte Wäschestücke aus dem Korb und hängte sie auf der Leine auf, befestigte sie mit Wäscheklammern, die sie aus ihrer Schürze zog.

Mallen beobachtete sie mit Vergnügen, wie man ein Gemälde betrachtet. Ein guter Hintergrund: Ahornbäume im Herbstlaub, grünes Gras, im Wind wehende Wäsche, und dazu diese Gestalt bei ihren häuslichen Verrichtungen.

Gerade in diesem Augenblick sagte der Mann: »Legen Sie Ihre Waffe nieder und lehnen Sie sich an den Baum . . . langsam.«

Mallen fuhr zusammen, wollte sich umdrehen. Er erstarrte, als er das Geräusch eines Gewehrschlosses hörte. Ein fettes Klicken. Mit Daumen und Zeigefinger zog er die 22er aus seinem Gürtel und legte sie sanft neben sich auf das Gras. Er fühlte den Atem in seinem Nacken.

»Jetzt an den Baum vorlehnen, *Durak.*«

Mallen gehorchte, spreizte die Beine, lehnte sich mit den Händen an eine Esche. Eine Hand, die er gerade noch aus dem Augenwinkel sehen konnte, griff nach der 22er und ließ sie verschwinden. Mallen hatte den Eindruck, ein blaues Hemd mit Manschettenknöpfen erblickt zu haben.

»Und was kommt jetzt?« fragte Mallen mit bemühter Gleichgültigkeit.

»Jetzt warten wir. Immer schön ruhig stehen bleiben, dann gibt's keinen Ärger.«

Mallen versuchte, mit der Schulter zu rucken, was nicht sehr leicht ist, wenn man sich mit den Händen gegen einen Baum lehnt.

»Schauen Sie, behalten Sie die Pistole. Ich habe sie in einem Bauernhaus oben an der Straße gefunden.«
»Ach ja, ich verstehe. Deshalb ist sie so gut geschmiert und voll geladen.«
Mallen hörte den ruhigen Atem des Mannes. Ein Bauer oder das Gesetz? »Was war das für ein Wort, das Sie eben benutzt haben?«
»Meinen Sie *Durak*? Das heißt Schwachkopf. Lesen Sie denn nicht die *Standards*?«
»Nie gesehen. Komme kaum mal ins Tal herunter.«
»Ja, das hat Mosser auch gesagt. Er hat angerufen und gesagt, jemand treibe sich hier herum. Er dachte, Sie könnten es sein. Sie sind doch Mallen, nicht wahr?«
Er nickte. »Ja. Ich bin Mallen. Ich lebe oben am Bergkamm.«
Zwei oder drei Minuten verstrichen in Schweigen. Mallen konnte hören, wie der Mann sich ins Gras setzte. Zwei Vögel flogen durch den Eschenhain, jagten einander nach. So dringend habe ich die Zündkerzen nun wieder auch nicht gebraucht, sagte er sich. Verdammte Scheiße!
»Sagen Sie mal«, begann Mallen seufzend, »muß ich hier noch lange so stehen? Ich kriege Rückenschmerzen. Was ist denn eigentlich los?«
»Was los ist, Durak? Erstens einmal tragen Sie eine Waffe bei sich. Damit fängt es an. Haben Sie irgendeinen Interim-Ausweis? Transitpaß?«
Mallen schüttelte den Kopf. »Ich habe keine Ahnung, wovon Sie reden. Ich lebe doch nur da oben auf dem Hügel. Kann ich mich nicht wenigstens setzen?«
»Okay, Mallen. Setzen Sie sich vorsichtig, mit dem Gesicht von mir abgewandt.« Er hielt inne und sagte dann: »Setzen Sie sich mit verschränkten Beinen, die Hände hinter sich, zurückgelehnt.«
Sie verbrachten weitere Minuten im Schweigen. Mallen blickte auf Mossers Hof hinunter. Die Wäsche flatterte im Wind, tanzte auf der Leine, aber die Frau war fort. Plötzlich sah er einen Mann aus der Tür treten und über die Wiese in die Richtung des Eschenhains gehen. Er hinkte leicht, bewegte sich ihnen auf einem unsichtbaren Pfad zu, der das Gefälle vermied. Mallen erkannte Mosser. Rundes Gesicht, geschwollene Augen, tief in die fetten Wangen gebettet.

»Schweinchen, Schweinchen, Schweinchen«, hatte Mallen oft die Kinder im Dorf Mosser nachrufen gehört.
»*Khrascho; utrom*«, sagte Mosser, der in einiger Entfernung von ihnen stand. Sein Gesicht war schweißnaß. Er trug einen Feldstecher um den Hals geschlungen, wie ein stark aufgeblasener Rommel.
»Ja, guten Morgen«, sagte der Mann hinter Mallen. »Haben Sie die Nummer angerufen?«
»Sofort. Sie schicken einen Wagen rauf. Ihren Elektrischen lade ich hinterm Haus mit Strom auf.«
Allem Anschein nach hatte der Mann hinter Mallen genickt, denn es gab keine andere Antwort.
Mosser schien verlegen, trat von einem Bein auf das andere, wie ein Kind, das sich gleich in die Hosen machen wird, sich aber nicht zu fragen traut, ob es mal eben schnell verschwinden dürfe.
»Jetzt haben Sie ihn«, sagte Mosser schließlich und nickte Mallen zu. »Ich hatte ganz recht; er war es.« Er zeigte befriedigt auf seinen Feldstecher.
»Sie können jetzt gehen, Mosser. Das Bestätigungsschreiben bekommen Sie vom Bezirksoffizier. Wahrscheinlich um die zwölf Punkte.«
Mosser strahlte, seine fetten Lippen formten sich zu einem Mond. Mallen bemerkte, daß Mosser ihm nicht in die Augen gesehen hatte.
»Zwölf Punkte kriegt man nicht jeden Tag, nicht wahr, Franz?« sagte Mallen mit allem Sarkasmus, den er aufbringen konnte.
»Stadtscheißer«, bellte Mosser zurück, drehte sich um und hinkte wieder zum Haus.
»He, Mosser«, rief Mallen ihm nach. Er hielt sich die Hände trichterförmig vor den Mund und schrie: »Fette Sau, fette Sau, fette Sau.«
Irgend etwas stieß ihm in die Nieren – nicht zu hart, aber hart genug. Er rang nach Luft, streckte die Schultern zurück.
»Keine Bewegung, Mallen. Und Mund halten. Mosser hat ganz richtig gehandelt. Er ist der örtliche politische Leiter – sorgt für Ordnung. Zusammenarbeit bringt Punkte ein.«
Mallen knirschte mit den Zähnen, der Schmerz in seinem Rücken wich langsam wie eine verebbende Welle zurück. Nur nichts anmerken lassen, sagte er sich und schluckte. »Vertreten Sie hier das Gesetz?« fragte er schließlich. Er hatte alle Muskeln angespannt,

versuchte, den Schmerz zu einem kleinen Punkt zusammenzudrükken, ihn aus seinem Körper zu pressen.

»Ja, das Gesetz. Friedenstruppe Ost, Obergefreiter Bernshine.« Der Mann machte ein saugendes Geräusch, als versuchte er, sich einen Fleischrest aus den Zähnen zu entfernen. »Haben Sie nicht irgendeinen Ausweis? Reisepaß oder Anmeldeschein?«

Mallen sah Mosser auf seiner Veranda humpeln und von Zeit zu Zeit einen Blick auf den Hain werfen. Ein kleines Fahrzeug rollte in einer Staubwolke in den Hof, hielt kurz bei Mosser an, fuhr wieder ab, dem Gehölz zu.

»Nein, gar nichts«, erwiderte er. »Ich wußte nicht . . .«

Bernshine schnaufte hinter ihm, und dann knisterte Papier, als ob er irgend etwas auspackte. »Das sagen sie alle, Mallen. Das sagen sie alle.«

Die Sonne war jetzt höher gestiegen und brannte drückend durch das spärliche Laub der Eschen. Er roch seinen eigenen Schweiß. Angstschweiß riecht entschieden anders als Arbeitsschweiß. Letzterer mehr wie frisch gebackenes Brot und ersterer wie eine Art von Fäulnis. Er hörte den ankommenden Wagen nicht.

»Stehen Sie langsam auf und drehen Sie sich um. Hände verschränkt auf dem Rücken.«

Mallen erhob sich mühsam. Sein Rücken war steif, und die Nieren schmerzten noch immer. Er drehte sich langsam um. Sie waren jetzt drei, alle mit Gewehren bewaffnet.

Der kleinste von ihnen sprach. Es war Bernshines Stimme. Ein überraschend altes Gesicht. Oder eher verwittert. Eine Strahlungsbrandnarbe verunzierte eine Wange.

»Sein Name ist Mallen, Greg C. Eine einundzwanzig-null-eins für Waffenbesitz. Keine Papiere. Mosser sagt, er sei ein Ex-O.« Der größte der drei blickte Mallen an, als sei er ein Ausstellungsgegenstand. Dieser Mann trug verwaschene graue Wollkleidung ohne Rangabzeichen. Eine Parodie einer Kadettenuniform von West Point mit steifem Kragen und grauer Wolljacke. Mallen fand ihn eher sympathisch. Ein schmales empfindsames Gesicht, glattrasiert, tief und weit auseinanderliegende graue Augen. Sieht wie ein Mathematiklehrer aus, fand Mallen.

»Sie sind ehemaliger Offizier? Welche Waffe?«

»Air Force. Frachtflugzeuge. Ich war gerade auf Urlaub, als es passierte.«

Der Mann nickte. Dann wandte er sich an den dritten, einen schmächtigen Jüngling mit einem schlaffen Augenlid. »Laß ihn hinten einsteigen. Wie gewöhnlich.« Dann bedeutete er Mallen mit einer Geste, zum Lastwagen zu gehen.
Mallen ging zur Straße hinüber. Der Lastwagen war vierrädrig, Sperrholzverkleidung über einer Art von Stahlchassis. Die Felgen waren etwa von der Größe der eines Motorrads, und man sah eine Art von Kettenantrieb mit Zahnradwalze.
»Elektrisch?« fragte er über die Schulter, Bernshines Sprechweise nachahmend.
Er bekam einen Stoß in den Rücken, stolperte nach vorn, schlug im Laderaum auf. Er fiel ungeschickt, hatte die Hände nicht rechtzeitig vorstrecken können, um beim Sturz sein Gesicht zu schützen. Jemand schob ihm die Füße hinein und schlug die Tür zu. Dann konnte er sich nur noch an ein Zischgeräusch erinnern, wie aus einer Spraydose, und einen süßlichen Geruch wie Himbeeren oder Blau. . .

»Tee?« fragte der Mathematiklehrer und schob das Tablett über die zerkratzte Metallplatte seines Schreibtischs. Er rauchte eine Zigarette mit braunem Papier.
Mallen hob den Kopf von der Brust und sah den Mann an. Anfang Fünfzig vielleicht. Schmal und etwas weiß an den Schläfen. Sehr gütige graue Augen.
»Ja, ein Stück Zucker, und könnte ich eine von diesen haben?« Er hob die gefesselten Hände und zeigte auf das Zigarettenpaket auf dem Schreibtisch.
Der Mathematiklehrer zündete eine zweite Zigarette mit der ersten an und reichte sie ihm behutsam herüber. Mallen nahm einen tiefen Zug und war von der milden Würze des Tabaks überrascht.
»Virginia«, sagte der Lehrer und hob leicht die schmalen Lippen. Sehr weiße Zähne. »Teuer, und nur in besonderen Geschäften erhältlich.«
Mallen nickte, lehnte sich zurück, hielt die Teetasse und die Zigarette schwerfällig in den gefesselten Händen. Das Zimmer war im frühamerikanischen Kasernenstil. Außer dem Schreibtisch und den beiden Stühlen gab es nur noch einen Aktenschrank, auf dem ein paar schmutzige Krüge standen. Ein Linoleumfußboden, dessen Muster

und Farbe der Warenhauskatalog als »moorgrünes Marokko« bezeichnet hätte.
»Es würde mir weiterhelfen, wenn ich Ihren Namen und die gegen mich vorliegenden Anklagepunkte wüßte«, sagte Mallen. Seine Kehle war noch rauh von dem Gas.
Der Lehrer schnippte die Asche von seiner Zigarette und blickte Mallen eine Weile an, bevor er antwortete.
»Offizier vierten Grades, McKennon. Friedenstruppe Ost. Und gegen Sie liegt vor: Ungesetzlicher Besitz von Feuerwaffen. Nichtbesitz von Ausweispapieren. Es kommt noch mehr.« Er blätterte in einem kleinen Stapel gelblichen Faserpapiers mit Fernschreiberschrift.
»Und was passiert jetzt?« fragte Mallen.
»Ich stelle Ihnen einige Fragen, und Sie erzählen mir keine Lügen. Falls sich alles befriedigend erledigt, kommen Sie in eine Besserungsklinik in Albany.«
»Und dort?«
McKennon zuckte die Schultern. »Sie werden auf den neuesten Stand gebracht. Vielleicht ein bißchen Umerziehung. Das kriegen wir schon hin.«
Mallen rauchte die Zigarette aus und ließ sie in die halb ausgetrunkene Teetasse fallen. Es zischte leise.
»Kommt man aus der B. K. je wieder heraus?« fragte er mit erhobenen Augenbrauen.
»Das ist nicht mein Revier«, sagte McKennon und blickte auf seine Hände. »Nur das hier. Alles übrige hängt von anderen Behörden ab.«
McKennon stand auf, ging zur Tür, öffnete sie, sagte irgend etwas Unverständliches in ein anschließendes Büro. Jemand – er klang wie Bernshine – antwortete ihm. Im Hintergrund ein Geräusch wie von Kochtöpfen und Pfannen und Kohlgeruch.
McKennon kam ins Zimmer zurück, setzte sich auf die Kante seines Schreibtischs. Er zündete sich noch eine Zigarette an und blickte auf Mallen hinab. Seine Uniform roch nach Mottenkugeln und Reinigungsmitteln.
»Ich tue es wirklich ungern, Mallen, aber es hängt ganz von Ihnen ab.«
»Was hängt von mir ab?« Jemand trat hinter ihm in das Zimmer.

»Entspannen Sie sich«, sagte die Stimme, und man stülpte ihm einen braunen Lederriemen über den Kopf und dann über die Brust. Ein Metallverschluß klickte, und der Gürtel wurde fest angezogen.
»Zu eng?« fragte die Stimme, und Mallen schüttelte benommen den Kopf.
Jetzt kamen die Beine dran, einzeln in Ledergamaschen verpackt und an die Stuhlleisten geschnürt. Der Junge mit dem schlaffen Augenlid hatte seine Arbeit beendet und klopfte Mallen auf die Schulter.
»Recht so«, sagte er. »Alles okay.« Er klopfte ihm noch einmal auf die Schulter und verließ das Zimmer.
McKennon setzte sich wieder auf den Schreibtisch, Mallen gegenüber. Er zog eine gedruckte Karte aus der Tasche und las sie durch. Dann stand er auf, griff an die Decke und zog etwas herunter, das ein elektrischer Apparat zu sein schien.
»Standardausrüstung, wie Sie sehen«, sagte McKennon und stellte den Apparat auf den Tisch.
Ein Teil davon war ein Mikrofon. McKennon drehte es um, sah es sich an, knipste einen Schalter an. Er klopfte leicht auf das Mundstück und blies hinein. Ein verstärktes Ticktick und Pfff erklang aus dem Lautsprecher an der Decke. McKennon zog leicht an dem Mikrofonkabel, ließ es in Richtung der Decke aufrollen, bis das Mundstück etwa dreißig Zentimeter von Mallens Gesicht hing.
»Mikrofon«, sagte McKennon überflüssigerweise. Dann kramte er in der unteren Schublade seines Schreibtischs herum.
»Mallen, welche Handschuhgröße tragen Sie?«
Mallen zuckte die Schulter. »Weiß ich nicht. Kann mich nicht erinnern.« Der Schweiß rann ihm von den Achselhöhlen auf die Rippen.
»Diese hier sollten passen.« McKennon nahm ein Paar Gummihandschuhe, kam herüber und zog sie Mallen an. Dann nahm er vom Schreibtisch zwei Drähte, die von der Decke hingen, führte sie in die hinter den Handschuhen befestigten Stecker ein und schnürte die Handschuhmanschetten mit einem Band zu.
»Versuchen Sie, die Finger der Handschuhe aneinanderzudrücken. Wie wenn sie die Faust ballen. Manche finden es besser so.
»Herrgott, Mann«, sagte Mallen. »Sie sind doch Amerikaner.«
McKennon nickte. »Philadelphia. Gründerväter und all der Quatsch. Jetzt hören Sie mir mal aufmerksam zu, Mallen. Das ist eine ganz

normale Ausrüstung. Niemand ist je daran gestorben. Das Mikrofon geht in einen Apparat, der ihre Stimme analysiert. Wenn Sie lügen – jede Art von Lüge – klingt eine unvernehmbare Vibration in ihrer Stimme mit. Das löst wiederum einen elektrischen Schock aus, der in ihre Hände geht. Jedes Mal, wenn Sie lügen, wird der Puls . . . sagen wir mal härter. Ich habe nichts damit zu tun. Der Apparat ist programmiert. Ich kann ihn nicht abschalten, ohne danach etwa vierzehn Briefe schreiben zu müssen, um zu erklären, warum ich es getan habe. Ich darf es nur tun, wenn das Herz aussetzt. Haben Sie so weit verstanden?«

Mallen nickte, und seine Zunge war trocken und geschwollen.

»Okay«, fuhr McKennon fort. »Ich gehe also ins Nebenzimmer. Das gehört zur Prozedur. Ganz unpersönlich. Und dann stelle ich Ihnen Fragen, die sie über denselben Lautsprecher hören. Ich wiederhole nur einmal, nur einmal, falls Sie mich nicht verstanden haben. Dann sprechen Sie deutlich und geben mir die Antwort. Die wahre Antwort.«

»Wie lange dauert das?«

»Bis ich mit meiner Frageliste fertig bin. Es wird alles auf Band aufgenommen und zu Ihrer ständigen Akte gelegt. Sie haben nichts zu befürchten, Mallen. Sagen Sie die vollständige Wahrheit, und Sie kriegen keinen Schock.«

McKennon stand auf, verließ das Zimmer, schloß die Tür behutsam hinter sich.

Mallen saß da, wartete auf den Lautsprecher, blickte auf die Fensterscheibe am anderen Ende des Zimmers. Sie war schmutzig im Licht der Vormittagssonne. Ein ganzer Handabdruck verschmierte das Glas. Dahinter sah er Ahornbäume und ein Stück Ziegelmauer.

»Tocktock«, klang es aus dem Lautsprecher. »Hören Sie mich, Mallen?«

»Ja.« Eine Fliege summte vor der Fensterscheibe.

»Lauter bitte.«

»Ja, ich höre Sie gut.«

Ein Papiergeräusch im Lautsprecher. McKennon räusperte sich und sagte: »Geben Sie mir Ihren vollen Namen.«

»Gregory C. Mallen.« Die Fliege war auf der Scheibe gelandet und krabbelte im Kreis herum.

»Wo sind Sie geboren?«

»Laconia, New Hampshire. Hier in der Nähe.«
»Und wo leben Sie jetzt?«
»Nirgends.« Der Schock überraschte ihn, das Knie zuckte im Reflex. Bevor er darüber nachdenken konnte, war der Schmerz verschwunden und hinterließ eine fast angenehme Wärme in seiner Brust.
»Noch einmal, Mallen. Wo leben Sie jetzt?«
»Auf dem Bergkamm. Der Ort hat keinen Namen.«
»Wer noch?« McKennon räusperte sich wieder.
»Niemand. Ich lebe dort allein. Es ist eine Hütte, die ich mir für die Jagdsaison gebaut hatte.«
»Besitzen Sie . . .« es folgte eine kleine Pause ». . . eine Colt Woodsman Selbstladepistole mit der Seriennummer drei drei vier null sieben acht?«
Die Fliege schwirrte wieder auf und flog gegen die Scheibe an.
»Ja«, antwortete Mallen.
»Und besitzen Sie andere Waffen? Einschließlich Pfeile und Bogen?«
»Nein.« Er schluckte. Zuerst geschah nichts, und dann bohrte sich der Schmerz wie eine heiße Nadel in sein Rückgrat. Füße, Arme und Brust zuckten konvulsivisch auf. Der Schmerz verschwand. Das dumpfe Pochen war sein Herz, stellte er fest. Wieder ein Wärmegefühl, aber dieses Mal nicht angenehm.
McKennon klang ungeduldig.
»Mallen, ich kann Ihnen nicht helfen. Bei der vierten Dosis wird es ziemlich schlimm. Die meisten ertragen es gar nicht gut. Fangen wir noch einmal an. Irgendwelche anderen Waffen?«
»Ja.«
»Fahren Sie fort. Welche Art? Wie viel?«
»Eine Flinte und eine Luger.« Sein Herzschlag verlangsamte sich, war aber betäubend laut. Er fragte sich, ob McKennon es durch das Mikrofon hörte.
»Gut. Das ist schon viel besser, Mallen. Wir kommen später noch einmal auf die Waffen zurück.« Kurze Pause, dann: »Haben Sie noch irgendwelche anderen Verbrechen begangen?«
»Es ist kein Verbrechen, ein paar Waffen . . .«
McKennon unterbrach ihn sichtlich verärgert. »Mallen, der Apparat ist nicht für Diskussionen programmiert – beantworten Sie mir meine Fragen. Wenn der Apparat eine Antwort weder als Wahrheit

noch als Lüge registrieren kann, wird die letzte Schockdosis wiederholt. Irgendwelche Verbrechen?«

»Ich rauche.« Wahrheit.

Überraschenderweise reagierte McKennon gutmütig.

»Schlecht für die Gesundheit, Mallen. Was noch?«

Den Sperber hatte er sich genommen, bevor die jetzige Regierung an die Macht kam. Also kein Verbrechen. »Nein«, antwortete Mallen.

Ein kurze Pause trat ein, und jemand im Hintergrund, es war nicht McKennon, murmelte etwas.

»Die Reaktion ist unbestimmt, Mallen. Ich werde genauer sein. Haben Sie sich einer Gewalthandlung gegen den Staat schuldig gemacht?«

»Nein.«

»Irgend etwas gestohlen?«

»Nein«, aber die äußere Gehirnrinde leugnete es, und er wußte, daß er damit nicht durchkommen würde. »Auuuuuuuu!« Sein Körper war überall wie von weißglühenden Drähten durchstochen, die ihm in die zuckenden Sehnen drangen. Den Schrei hatte er ausgestoßen, aber er konnte ihn nicht hören. Allmählich ließ der Schmerz nach, er schluckte die schale Luft, das Hemd klatschnaß, die Muskeln zitterten immer noch.

»Ruhen Sie sich ein bißchen aus, Mallen. Überlegen Sie es sich noch einmal. Es lohnt sich nicht, und ich kann Ihnen nicht helfen.«

Der Lautsprecher wurde mit einem Klicken abgestellt, und er sank auf seinem Stuhl zusammen, soweit die Riemen es ihm erlaubten. Sein Herz hüpfte wild, schlug in Synkopen, *tabumm, tabumm, tabumm. Summ.* Die Fliege echote ihm nach, flog gegen die Scheibe. *Summ. Tabumm, tabumm. Summ.*

Der Lautsprecher klickte wieder an. Mallen hörte die Hintergrundgeräusche. Jemand lachte, man tippte auf einer Schreibmaschine.

McKennon sprach. »Fühlen Sie sich okay?«

Mallen hörte den fernen Klang seiner eigenen Stimme. »Ja«, flüsterte er. »Großartig.« *Einfach großartig.* Seine Hand zitterte unkontrollierbar, in seinem Kopf drehte sich alles, verschwommene Bilder tauchten auf.

Wieder der blecherne Klang des Lautsprechers. »Das waren jetzt achthundert Volt. Beim nächsten Mal sind es etwa fünfzehnhundert. Nehmen Sie sich einfach Zeit, und antworten Sie dann klar und eindeutig.«
Das Summgeräusch der Fliege wurde unerträglich. Lauter Beifall. Isolierkabine im Scheinwerferlicht. Spannungsmusik, und dann die sanfte Stimme des Fernsehmoderators: *»Die Vierundsechzigtausend-Dollar-Frage: Nennen Sie sechs Teile des weiblichen Geschlechtsorgans.«* Schweißbedeckte Stirn, angestrengtes Nachdenken. Fernsehmoderator fragt noch einmal, drängend.
»Schamlippen.« *Richtig*! Summender Applaus. »Gebärmutterhals.« *Wunderbar*! Beifall.
»Okay, Mallen, was haben Sie gestohlen?«
»Vulva . . .«
Schweigen, dann sagte McKennon: »Spielen Sie bloß nicht den Klugscheißer mit mir. Ich kann dieses Ding nicht abstellen. Noch einmal . . .«
»*WiewärsmitderVagina* . . . FOT. . .« Und der Schrei riß ihm das Wort aus der Kehle, und sein Körper war zerschlagen wie der einer Fliege, der man die Beine ausreißt und die Gedärme leert, und so geschah es auch mit seiner Blase, die dem Strom einen neuen Weg verschaffte. Er wußte nicht, wann der Strom abgeschaltet worden war – so schlimm war es –, und er vernahm nur noch ein Wort, das McKennon sagte, bevor die Welt vor ihm versank.
»Klugscheißer . . .«

Er erwachte in der Dunkelheit, und nur ein schwacher Lichtschimmer drang unter der Tür hindurch. Seine Kleider waren fort, er trug eine Art von Bademantel. Er betastete den Stoff im Halbwachzustand, versuchte, das Schwindelgefühl loszuwerden. Es roch entschieden nach Scheiße. Seine eigene.
»Bist du wach?« Die Stimme war angenehm, wie die seines Vaters. Voll und bedächtig. Tief, mit einem verschwommenen Akzent.
»Ja«, sagte Mallen und spürte den Nachgeschmack von Blaubeeren.
»Du hattest Zuckungen. Man hat dir einen *Sniff* verpaßt. Es ist nach elf.«
Mallen setzte sich auf die Pritsche, fühlte kaum noch eine Bezie-

hung zu seinem Körper. Alle äußeren Sinnwahrnehmungen waren verschwommen. Nur die zentrale Kontrolle funktionierte noch.
»Wo bin ich?« fragte er, versuchte aufzustehen und fühlte eine Welle von Übelkeit in seinem Magen aufsteigen.
»Meinst du im allgemeinen oder im besonderen?«
»Beides.«
Der andere Mann hustete und spuckte. »Im allgemeinen in Warren, Vermont. Im besonderen in einem ehemaligen Schulhaus. Den Namen weiß ich nicht. Irgendwas wie Ethan Allen.«
Mallen massierte seine Handgelenke. Die Handflächen waren verbrannt und mit einer klebrigen Salbe überschmiert. »Meine Hände sind in einem ziemlich schlechten Zustand. Mein Name ist Mallen.«
»Ich weiß. Ich heiße Wyatt.«
»Und was geschieht jetzt?«
»Morgen werden sie wieder anfangen. Von Anfang an. Ich würde dir raten, keine weiteren Mätzchen zu machen.«
Jemand ging an der Tür vorbei, und beide Männer warteten in der Dunkelheit, bis die Schritte sich entfernt hatten. Hinten im Gang öffnete sich eine Tür, man hörte kratzende Musik, dann wurde sie zugeschlagen.
»Ach du lieber Herr Jesus«, sagte Mallen, und die Übelkeit stieg ihm sauer in die Kehle.
»Ist nicht mehr ›in‹«, sagte die Stimme vom anderen Ende des Raums.
»Was ist nicht mehr ›in‹?«
»Jesus. Die *Standards* sagen, er hat nicht existiert. Oder er sei nur irgendein Prophet gewesen.«
»Die *Standards*?«
»Die Regierungszeitung. Gibt die neuen Gesetze bekannt. Russischer Sprachunterricht in Comic-Strip-Form. In zehn Jahren die offizielle Weltsprache, sagen sie.«
Mallen schüttelte ungläubig den Kopf. »So weit ist es schon?«
Wyatt lachte schnaubend. »Wer weiß. Es gibt keine anderen Nachrichten als die, die die Regierung verbreitet. Keine Reisen, außer du bist im Staatsdienst. Sie fangen ja erst an, die Zivilisation wieder aufzubauen, im Sowjetstil. Wo warst du eigentlich während der letzten zwei Jahre?«

Mallen seufzte. »In einer Hütte. Ich war auf Urlaub bei der Entenjagd, als es passierte. Hatte 'ne Menge Eßvorräte da oben. Und 'ne Menge Gewehre mit 22er Munition. Die habe ich bei einem Ortsbauern gegen Eßwaren eingetauscht. Habe auch was gepflanzt. Ich kam ganz gut aus.« Er hielt inne, fühlte die Brandwunden auf seinen Händen. »Und warum bist du hier, Wyatt?«
»Ungefähr das gleiche wie du. Anmeldeversäumnis. Apfeldiebstahl. Habe mich im letzten Jahr rumgetrieben. Meine Frau und das Kind sind tot. Ich war unterwegs nach Norden, nach Kanada.«
»Wie steht es mit Kanada?« fragte Mallen. »Ist es da anders?«
»Kanada existiert nicht mehr, genau wie die Vereinigten Staaten. Überall die gleiche Regierung. Aber manche Leute meinen, es sei etwas besser da oben. Nicht so viel Schäden und eine Menge verlassene Bauernhöfe, wo man sich niederlassen kann.«
»Also was geschieht nun mit uns?«
Wyatt schwieg eine Weile. Er knackte mit den Fingergelenken. »In vier Tagen schicken sie uns nach Albany. In eine B. K. Bernshine sagt, du hast noch drei Tage Verhör. Ich hatte vier. Immer wieder die gleiche Geschichte erzählt. Aber nimm dich vor McKennon in acht. Er ist ein Scheißkerl. Er verpaßt dir die volle Dosis, wenn er die Chance hat. Bernshine nennt ihn den Fleischwolf.«
Mallen legte sich wieder auf das Bett. Die Decken waren rauh unter seiner Haut. Der Raum stank nach Schweiß und Urin. »Wie kommt man hier heraus?«
»Mit den Füßen zuerst.«
»Das meine ich nicht. Flucht.«
»Nicht schwer, rauszukommen. Ist ja nur ein altes Schulhaus. Zwei Mann halten Nachtwache, beides alte Trottel.«
Mallen setzte sich auf, plötzlich interessiert. »Wo liegt dann das Problem?«
»Das Problem«, erwiderte Wyatt, »ist das *Wohin* und das *Wie* dorthin. Keine öffentlichen Transporte ohne Ausweis. Keine Zuteilungskarten, keine Punkte. Und falls wir hier rauskämen, hätten wir gegen Morgengrauen eine ganze Schwadron von Typen der Sonderabteilung auf den Fersen.«
»Sonderabteilung?«
»Ich weiß nicht. Nenn sie, wie du willst. Eine paramilitärische Truppe, meist Slawen oder Mongolen. Auch ein paar Amerikaner

dabei – man kann halt nie wissen –, die ihnen zusehen. Werden hauptsächlich zur Bekämpfung von Unruhen und Aufständen eingesetzt. Sorgen für Ordnung, wenn die Friedenstruppe überfordert ist.«

Mallen seufzte. »Du bist also bereit, dich nach Albany verfrachten zu lassen?«

»Eine Flucht ist gar nicht so einfach, wie du denkst, Mallen. Vielleicht könntest du es allein nach Kanada schaffen. Mit uns beiden würde es nicht klappen.«

»Ich sehe nicht . . .«

Wyatt knipste eine Bettlampe an. Er war schwarz. Purpurschwarz. Der Mann war der reinste Afrikaner, mit tiefliegenden Augen, kohlschwarzen Pupillen, die mit dem rotgeäderten Weiß seiner Augen kontrastierten. Seine Haut war pockennarbig und voller Akne, und das Gesicht bestand aus rauhen Hautfetzen über einem eckigen Schädel. Er lächelte, zeigte ebene und weiße Zähne. »Ich könnte auffallen«, sagte er.

»Ich wußte nicht, daß du schwarz bist. Es spielt keine Rolle«, sagte Mallen etwas unsicher.

»Ja, Mann, ein wahrer Knüller. Der Name Wyatt. Das hätt'st du dir nicht gedacht, was?« sagte er im Ghetto-Ton.

»Herrgott, das habe ich doch nicht gemeint. Es war deine Stimme. Ganz ohne Akzent.«

Wyatt schnaufte lachend, lehnte sich auf die Pritsche zurück, hielt sich das Knie unter das Kinn. »Über fünfzehntausend habe ich bezahlt für diese Stimme . . . ohne Akzent, wie du sagst. Fünf Jahre Rechtswissenschaft. Und ob du's glaubst oder nicht, spezialisiert in Patentrecht.«

Mallen sah sich den schwarzen Mann genauer an. Er schätzte Wyatt auf nicht mehr als ein Meter achtzig, und doch lag in diesem Mann eine Spannung, wenn man es so ausdrücken könnte. Die breite und flache Nase verschwand im Gesicht ohne das leiseste Anzeichen eines Nasenbeins. Mallen senkte den Blick, wurde sich gewahr, daß er ihn anstarrte.

»Nicht gerade typisch New England, was?« sagte Wyatt, sprang von der Pritsche auf, stellte sich vor ihn hin. »Habe ich die Musterung bestanden?« Er grinste, rollte wild die Augen, parodierte einen Stepptanz, streckte die rosa Handflächen aus.

»*Way down upon the Swanee Ribber . . .*« sang er leise und zupfte ein imaginäres Banjo.
Mallen stand auf und trat auf ihn zu. »Hör auf mit dem Quatsch. Nichts garantiert uns, daß wir nicht morgen verfrachtet werden. Wir fliehen noch heute nacht. Zusammen. Ich habe Eßwaren, Waffen und eine Transportmöglichkeit bei mir zu Haus, etwa fünf Meilen von hier. Also laß das Theater. Können wir hier raus oder nicht?«
Wyatt ließ sich auf seine Pritsche sinken. Er zog einen Stahldraht unter seinem rostigen Nachttisch hervor, hielt ihn unter das Licht, damit Mallen ihn sehen konnte.
»Ein Dietrich«, sagte er. »Habe ihn aus der Feder der Fensterjalousie gemacht. Mit Kerzenflamme und Spucke verhärtet.«
Mallen fühlte den Draht an. Er war flammenblau, mit einer leicht gebogenen Spitze. »Hast du das Schloß schon mal ausprobiert?«
»Einmal«, sagte Wyatt. »Brauchte etwa fünf Minuten. Ganz gewöhnliche Normalschlösser. Nur die Klinken haben sie ausgewechselt, so daß es nur von drinnen zugeschlossen ist, aber nicht von draußen.«
»Einfach nur so – fünf oder zehn Minuten, und dann sind wir draußen?«
Wyatt setzte sich auf das Bett, zog ein Knie unter sein Kinn, blickte Mallen forschend an.
»So einfach ist es nicht. Wenn du die Tür aufmachst, blinkt ein Licht in ihrem Wachzimmer auf. Irgendein elektrischer Schalter im Türstock. Und, falls du es vergessen haben solltest, die Burschen haben Gewehre.«
Mallen atmete langsam aus. »Also . . .?«
»Also versuchen wir es jedenfalls.« Wyatt erhob sich und blickte aus dem vergitterten Fenster. »Ich öffne die Tür, schleiche mich in den Gang, schließe wieder. Das Warnlicht wird aufblinken, und einer von ihnen wird herauskommen. Ich verstecke mich in der Klotür gegenüber. Er kommt herein und findet dich kotzend am Boden. Meine Pritsche wird so aussehen, als ob ich drin läge. Während er sich in der Nase bohrt und überlegt, was er tun soll, schlage ich ihn von hinten nieder.«
»Womit?«
»Damit.« Wyatt streckte seine Hände aus.
»Und dann?«

»Dann greifst du sein Schießeisen, damit er mich nicht abknallt. Falls ich ihn richtig treffe, wird er die Waffe fallen lassen, aber sie könnte losgehen, wenn sie runterfällt. Und dann nehmen wir uns den anderen vor.«

Mallen nickte. »Haben sie einen Elektrischen vor dem Haus geparkt?«

»Ja, den kleinen Bus. Du siehst ihn da drüben am Grasrand. Gewöhnlich ist er an den Auflader angeschlossen. Damit schaffen wir etwa dreißig Meilen, vielleicht auch weniger.«

Sie probten es mehrere Male. Mallen spielte den Wachmann, und Wyatt sprang ihn von hinten an. Wyatt wollte versuchen, ihm mit den Händen den Kopf zurückzureißen und ihm gleichzeitig einen Kniestoß ins Rückgrat zu versetzten. Er schien sich seiner Sache sehr sicher zu sein, aber Mallen war skeptisch.

»Wo hast du diesen Griff gelernt?«

Wyatt grinste. »Auf dem Pflaster von New York, Mallen.«

Sie rollten eine Decke zusammen und stopften sie in Wyatts Pritsche. Es sah wie eine zusammengerollte Decke auf einer Pritsche aus. »Es wird schon hinhauen«, sagte Wyatt achselzuckend. »Er braucht nur zwei Sekunden zu zögern, und ich habe ihn.«

»Womit werden sie uns nachjagen?«

»Hubschrauber. Immer Hubschrauber. Und es wird nicht nur Friedenstruppe Ost sein. Auch Sonderabteilung. Wahrscheinlich werden sie gegen Morgengrauen beginnen, gleich nach dem Schichtwechsel.«

»Und unsere Chancen?«

Wyatt hob die Schultern. »Vielleicht eins zu zehn, daß wir es definitiv schaffen. Aber so und so wäre es sonst die B. K., wo unsere Gehirne zu Rührei verarbeitet werden. Da ergreife ich lieber die Chance, solange sie sich noch bietet. Bist du noch dabei?«

Mallen streckte die Hand aus, Handfläche nach unten. »Ich bin dabei.«

Wyatt lächelte, schlug ihm leicht auf die Finger. »Wie eine Szene aus einem Knastausbruchsfilm. Da schüttelt man sich immer die Hände, bevor es losgeht. Der Schwarze schafft es immer, und der kleine Italiener wird erschossen.«

»Nur bin ich kein Italiener.«

»Und schwarz bist du auch nicht«, sagte Wyatt mit einem schiefen Lächeln.
Wyatt begann, das Schloß zu bearbeiten. In weniger als fünf Minuten hatte er die Tür geöffnet, ging hinaus, schloß sie leise hinter sich. Mallen sah, daß der Korridor schwach beleuchtet war.
Über eine Minute verging, und Mallen hörte nichts. Dann öffnete sich eine Tür, begleitet von der scheppernden Musik. Schritte im Gang, dann eine Pause. Mallen steckte sich die Finger in die Kehle. Ein wenig sauer schmeckende Flüssigkeit drang ihm in den Mund. Er würgte, ächzte, zwang den Finger noch einmal tief in den Rachen. Dieses Mal kam kein Erbrechen, nur keuchender Husten. Ein Geräusch, er wandte sich in seiner Hockstellung um, den Mülleimer immer noch zwischen den Knien, sah einen Mann mit schütterem Bürstenschnitt in der Tür stehen. Das schußbereite Gewehr hielt er in beiden Händen. Das Gesicht leicht aufgedunsen vom Schlaf, die Säcke unter den Augen im Schein des Deckenlichts stark hervortretend.
»Wieso . . .« begann er zu sagen, und dann knackte es plötzlich, wie wenn man ein dünnes Stück Holz über dem Knie zerbricht. Im Zeitlupentempo sah Mallen den Kopf des Mannes unter dem Druck eines Halsbandes aus schwarzen Fingern zurücksinken . . . immer weiter zurück, bis nur noch das Kinn und die schwarzen Finger über seinem Kragen sichtbar waren. Das Gewehr polterte auf den ausgetretenen Asphaltfußboden.
»Verdammt!« zischte Wyatt, hob die Waffe auf, entsicherte sie.
Jemand rief »Ziggy . . .?« vom anderen Zimmer, ein Stuhl wurde zurückgeschoben.
»Nimm ihm die Schlüssel ab. Alles«, sagte Wyatt mit zusammengebissenen Zähnen. »Blödes Arschloch.«
Mallen hockte immer noch verdutzt am Boden, den Eimer zwischen den Knien. Das Gesicht des Wachmanns (wie zum Teufel konnte dieses arme Würstchen von einem Kerl nur Ziggy heißen?) lag über seinen nackten Füßen. Der Mann mußte um die Siebzig sein, unrasiert, mit einem schlappen weißen Stoppelkinn. Die Silberblechbrille hing ihm quer über das Gesicht, der rechte Bügel noch am Ohr, der linke herunterhängend. Mallen sah sich im Brillenglas.
»Los!« zischte Wyatt ihn an. Mallen rappelte sich auf die Beine und filzte den Mann. Taschenmesser, Schlüsselbund mit Kette. Briefta-

sche. Die Stiefel waren in gutem Zustand, etwa in Mallens Größe. Er schnürte sie auf.
»Nimm auch seine Hosen. Du wirst sie brauchen«, flüsterte Wyatt, und dann hörten sie eine Tür zuschlagen.
Jemand rief »Ziggy . . .?« und dann schlurften Schritte in ihre Richtung.
Wyatt nahm einen tiefen Atemzug, sprang auf den Flur, feuerte aus der Hüfte. Zwei Schüsse in kurzen Abständen. Der Knall hallte durch das ganze Gebäude. Wyatt verschwand, rannte, kehrte nach ein paar Sekunden zurück. »Das ist alles. Türmen wir.«
»Tut mir leid«, stammelte Mallen. »Ich habe Mist gemacht. Ich hätte . . .«
Der Schwarze blickte Mallen mit weit geöffneten Augen an, atmete schwer. »Ja, du hast Mist gemacht. Gehen wir.«
Sie nahmen den toten Wachmännern Stiefel und Kleidung ab. Im Wachzimmer nahm Wyatt ein drittes Gewehr vom Ständer, verschwendete einige Minuten beim Versuch, die Stahlkassette mit der Munition aufzubrechen, gab es aber schließlich auf.
Mallen sah ihm zu, fühlte sich nutzlos. Wyatt hatte die Initiative übernommen. Die noch vor kurzem auf der Pritsche sitzende und den stereotypen Neger mimende Gestalt war wie umgewandelt.
»Beweg dich«, brummte er ihn jetzt an. »Durchsuche die Schubladen nach Ausweispapieren oder Transitpässen.«
Mallen blickte auf die Wanduhr. Zwölf Uhr fünfzehn. Noch sechs Stunden bis zum Morgengrauen. Er bückte sich und kramte die Schubladen durch. Er fand eine Menge Formulare, nahm wahllos vier von jedem Stapel, gelbe und graue, rote und weiße.
»Hier lang«, sagte Wyatt, und Mallen folgte ihm in ein Nebenzimmer. Dort rollte Wyatt Mallens Finger über eine Tintenwalze und drückte sie dann mit fachmännischer Geschicklichkeit auf die gerahmte Stelle in einem Paß.
»Um wieviel Uhr kommt die Miliz?« fragte Mallen und nickte zur Tür.
Wyatt antwortete ihm im Ghetto-Akzent. »All die weißen Leute sin' daheim im Bett. Sheriff kommt nix vor Morgen. Nachtzeit ist Niggerzeit, Junge.« Er stieß Mallen vor eine Kamera. Ein Blitzlicht, und dann noch eins. »Polaroid. Wir kleben sie später auf die Pässe. Jetzt nimmst du mich auf. Dann meine Fingerabdrücke.«

Wyatt machte noch eine letzte Runde im Gebäude, während Mallen an der Eingangstür der Schule Wache stand. Er hörte, wie Wyatt Gegenstände zerbrach, Möbel umstürzte, sich gewaltsam an dem Gebäude rächte, für die Männer, die ihm Gewalt angetan hatten. Endlich kam er die Treppe herunter, mit einem Kanister.

»Waschbenzin«, sagte er grinsend. Er ging ins Wachzimmer, nahm Ziggys Taschenmesser, schlitzte die Verkleidung des Wandtelefons auf, stopfte einen mit Waschbenzin getränkten Lappen hinein. Mit dem Rest des Waschbenzins übergoß er die Möbel und die beiden toten Männer. »Friedenstruppenzentrale in Albany ruft jeden Morgen um sechs an. Wenn es hier läutet, sprüht ein Funke auf. Das ganze Haus wird brennen wie ein vertrockneter Weihnachtsbaum.«

Der scharfe Geruch des Waschbenzins stach Mallen in die Augen. »Wozu?« fragte er.

Wyatt ging zur Ausgangstür, drehte sich um. »Gibt uns vielleicht ein bißchen mehr Zeit. Falls es so brennt, wie ich annehme, könnten sie glauben, alle seien drin umgekommen. Unfall.«

Wyatt führte ihn in die Nacht hinaus. Mallen war überrascht, die Kondensation ihres Atems zu sehen. Es roch nach Herbstlaub, Ahorn und Fichten. Sauber. Keine Karbolsäure, kein Schweiß und Urin, kein Gestank zerschundener und bereits verwesender Körper.

»Ich übernehme das Steuer«, sagte Wyatt und stieg in den Elektrischen. Er fummelte in der Dunkelheit, probierte, welcher von Ziggys Schlüsseln in das Zündschloß paßte. »Beschissene Schlüssel . . . mindestens fünfzig auf diesem Schlüsselbund. Dieser hier scheint der richtige zu sein.«

Jetzt ist es an der Zeit, daß ich mich ihm als ebenbürtig erweise, fand Mallen. »Paß auf, Wyatt, wende dieses Ding nach Norden. In Waitsfield zeige ich dir dann die Abbiegung.«

»Überleg's dir lieber noch einmal, Kumpel«, sagte Wyatt und blickte durch die verstaubte Windschutzscheibe. Mallen blickte auf und sah die Scheinwerfer aus dem Süden des Dorfes auf sie zukommen. Über ihnen flammte ein blaues Blinklicht auf.

5

Mallen starrte auf das blaue Blinklicht, das immer größer wurde, durch die Nacht blitzte wie ein irrer Leuchtkäfer. Es verschwand hinter einer Kurve, erschien dann wieder, kam direkt auf sie zu.
»Keine Sirene«, sagte Wyatt leise aufatmend.
»Keine Sirene . . .?«
»Keine Sirene, also kein Problem. Nachts haben sie immer das blaue Blinklicht an. Vorfahrtsrecht.«
Mallen starrte auf die immer größer werdenden Scheinwerfer, die jetzt die kleine Steigung vom Dorf nahmen. »Herrgott, ich hoffe nur, du hast recht.«
Ohne ein Wort stieß Wyatt Mallen auf die Sitzbank herunter, lehnte sich über ihn, den Kopf unterhalb der Windschutzscheibe. Mallen hörte das Summen des langsamer laufenden Elektromotors, dann hielt der Wagen wenige Meter von ihnen entfernt. Geräusche. Eine Tür ging auf, verschwommene Stimmen. Stiefelknirschen auf dem Kies, immer leiser werdende Stimmen.
»Sie haben das Aufladekabel nicht angeschlossen«, flüsterte Wyatt, nachdem er sich leicht erhoben hatte. »Das bedeutet, daß sie nicht lange bleiben.«
»Wie haben sie es herausgefunden?«
»Haben sie ja nicht«, sagte Wyatt. »Ganz gewöhnliche Streife. Wollen nur 'n bißchen quatschen und Kaffee trinken. Viel zu lässig für einen Alarm.«
Mallen klammerte sich fester an das kalte Metall des Gewehrs. »Los. Hauen wir ab.«
Wyatt schüttelte entschlossen den Kopf. »Können wir nicht«, zischte er. »Wenn wir die beiden Kerle nicht umbringen, haben sie innerhalb von dreißig Sekunden in Albany angerufen.« Er öffnete die Tür, nahm ein Gewehr. »Halte dich schußbereit und paß auf die Vorder-

front des Gebäudes auf«, sagte er über die Schulter und verschwand in der Dunkelheit.
Mallen fühlte sich unendlich müde, unmöglich müde. Er stieg aus dem Wagen, lud das Gewehr durch. Es war keine Angst, stellte er fest, eher jenes Gefühl, das man in den letzten Sekunden vor einer Bruchlandung hat, wenn das Flugzeug auseinanderzubrechen beginnt und man im Zeitlupentempo reagiert, die Welt sich im Kreise drehen sieht, weiß, daß der metallische Geschmack im Mund den Tod bedeutet, jedoch mehr Neugierde als Angst empfindet. Das kommt später, falls man es überlebt – das Zittern und die unbeherrschten Bewegungen und das hämmernde Herz.
Die Tür des Schulhauses war geschlossen, und die Lichter brannten immer noch ganz normal. Sehr normal sogar. Wie bei einer späten Elternversammlung. Mallen legte den Gewehrlauf auf die Haube des Wagens, drückte den Kolben fest an die Schulter. Sein Atem machte Wölkchen in der Dunkelheit, und es wurde kälter. Er hätte sich gern die Hände aneinander gerieben, um sich zu wärmen.
Sechzig Sekunden waren vergangen, schätzte er, bestimmt nicht mehr. Immer noch brannten die Lichter im Schulhaus. Kein Geschrei, kein . . .
Irgendwo hinten im Gebäude donnerte ein Schuß. Das Echo hallte durch das Tal, gedämpft durch das dichte Herbstlaub, dann wieder ein Schuß – dieses Mal sah er die weiße Flamme, und die Explosion war nicht mehr so gedämpft.
Rufe, Schreie, dann ein rascher Schußwechsel, dann ein schrecklicher Schrei.
Mallen drückte das Gewehr noch härter an die Schulter, blickte gespannt auf die Tür. Zwei weitere Schüsse knallten im Gebäude, ein Fenster stürzte in Scherben herunter. Unten im Dorf bellten Hunde, und er fragte sich, wie lange es noch dauern würde. Dieser verdammte Wyatt, sagte er sich, senkte einen Augenblick das Gewehr, um sich den Schweiß aus den Augen zu wischen.
Eine dumpfe Explosion im Gebäude, gelbes Licht flammte auf, dann noch eine Explosion. Mallens Herz begann wild zu pochen. Er stellte fest, daß sein Atem keuchte.
Die Eingangstür des Schulhauses flog auf, und ein Mann taumelte über die Schwelle. Sein Haar stand in Flammen. Er war in Panik, schlug sich mit den Händen vor das Gesicht, stieß ein schrilles und

durchdringendes Winseln aus, in einer so hohen Tonlage, daß es kaum noch vernehmbar war. Und wie ein Tannenzweig, der auf glühenden Kohlen liegt, schlug seine Jacke plötzlich in hohen Flammen auf.

Ein aus dem Schulhaus kommender Gewehrschuß schleuderte die Gestalt nach vorn ins trockene Gras. Mallen hatte die Schußflamme gesehen, und dann erschien ein Mann, rannte auf ihn zu. Er hob das Gewehr an, sah dann aber, daß es Wyatt war.

»Knall das Schwein ab«, schrie ihm Wyatt über den Rasen zu.

Mallen zielte. Die Gestalt war jetzt auf allen vieren, kroch mit gesenktem Kopf. Das Gras begann, Feuer zu fangen. Mallen zögerte.

»Gib mir das Ding!« schrie Wyatt, riß Mallen das Gewehr aus den Händen, drehte sich um und feuerte. Die Gestalt sackte zusammen. Wyatt schoß noch einmal, der Mann fiel zurück und rührte sich nicht mehr. Es schien unglaublich, aber das Feuer war verlöscht.

»Hauen wir ab«, sagte Wyatt. Er stieß Mallen auf den Sitz des Elektrischen. »Fahr du. Ich bin leicht beschädigt. Kann nicht mehr gut sehen.«

Wyatt stieg nach Mallen ein, zog die Tür zu, hielt immer noch das Gewehr in der rechten Hand. Er tastete das Armaturenbrett ab, drehte den Schlüssel. Der Elektromotor sprang an. Mallen drückte auf das Beschleunigungspedal, erwartete nichts. Der Elektrische bockte, machte einen Sprung nach vorn.

»Sachte«, sagte Wyatt. »Immer sachte. Der Motor hat keinen Leerlauf. Nur einmal runtertreten, dann läuft er . . . Dann den Fuß vom Pedal . . . und gelegentlich die Bremse. Nicht viel bremsen.« Seine Worte wurden schleppend, die Stimme verschwommen.

Mallen wendete behutsam, versuchte, sich der neuen Mechanik anzupassen. Die Kehrtwendung war ein bißchen heikel, ging leicht über die andere Straßenseite hinaus, aber er hatte jetzt keine Zeit, nach dem Rückwärtsgang zu suchen. Er blickte auf das Schulhaus zurück, es stand immer noch, aber das Innere strahlte in einem grellen weißen Licht.

Der Elektrische rollte geräuschlos über die holprige Straße. Es war ja nur eine Holzkiste mit Batterieantrieb. Unglaublicherweise

hatte Mallen seine Freude daran. Teppichkehrer mit Staubbrille, sagte er sich und blickte auf das schwache Scheinwerferlicht, das durch die Nacht flimmerte. Wyatt saß stöhnend neben ihm.
»Schlimm?« fragte Mallen.
Wyatt antwortete nicht gleich, schüttelte den Kopf, beugte sich nach vorn. Im Licht des Armaturenbretts sah Mallen die dunkle Feuchtigkeit auf Wyatts Stirn. Er fuhr weiter, vorbei an den halb abgerissenen Zäunen der Umgebung von Warren Village, vorbei am eingefallenen Supermarkt mit den verrosteten und zerbeulten Benzinpumpen, vorbei an den hinter der Straße liegenden dunklen und stillen Häusern.
»Wie schlimm ist es?« fragte er noch einmal. Jetzt erst wurde er sich bewußt, daß er Wyatts Vornamen nicht kannte.
»Weiß nicht«, sagte Wyatt fast unvernehmbar. »Glassplitter. Das Arschloch hat mich mit einer . . .« Er sank auf die Lehne zurück, sein Atem ging schwer.
»Ich habe auf den Kerl, der rauskam, nicht geschossen«, begann Mallen zu erklären. »Er brannte lichterloh.«
Wyatt nickte, bewegte kaum den Kopf. Dann machte er eine Anstrengung, drehte sich zu Mallen. »Brannte . . . ja . . . deshalb habe ich ihn erschossen . . . verstehst du?«
Mallen nickte. »Ich verstehe.«
Sie fuhren über eine Eisenbrücke mit einem Schild Mad River, dann an einem Bauernhof vorbei, der direkt an der zweispurigen Straße lag, auf beiden Seiten Maisstoppelfelder.
Während der Fahrt fragte sich Mallen, wie viele Menschen wohl überlebt haben mochten. Roberts sprach nur selten darüber. Zehn, fünfzehn Prozent der Bevölkerung? Die Alten und die Kinder haben bestimmt zuerst dran glauben müssen. Und die Blöden. Irgend etwas nagte an ihm, sagte ihm, daß er sich um eine Entscheidung drückte.
Dann beobachtete er die beiden Lichtkegel auf dem Asphalt, zwei Führhunde, die ihren Schlitten zogen. Wo die Lichter hingehen, da gehen wir auch hin. Wir. Wyatt war schwer verletzt. Es wäre eigentlich viel einfacher ohne Wyatt, überlegte er. Mehr Sprit, weniger Belastung. Und Kanada.
Er wartete, bis sie auf eine gerade Strecke kamen, und dann sah er genauer hin. Wyatts Gesicht und Haar waren mit einer Schicht geronnenen Blutes bedeckt, und er hatte die Augen geschlossen.

Kurve. Der Elektrische rollte an einer Reihe von Läden linker Hand vorbei, die alle dunkel waren. Ein Plakat leuchtete im Scheinwerferlicht auf: ›DONNERSTAG FRISCHE EIER‹. Es war mit Kreide geschrieben, kaum leserlich. Er dachte an Roberts, der ihm immer Eier brachte, die zur Hälfte faul waren.
Jetzt kamen sie nach Waitsfield. Größere Häuser, enger zusammengebaut, Orte, die er in früheren Jahren gekannt hatte. Am Ark-Restaurant vorbei, das jetzt keinen Namen mehr hatte, keine späten Lichter, keine betrunkenen Skifahrer in der Bar. An Andys Fahrradladen vorbei und dem Dorfkrämer, vertraut und doch so fremd. Dahinter der häßliche Ziegelbau der Joslin Memorial Library, wo der Bernhardiner immer mit seinem schweren Körper die Tür versperrte, und wo man erst anklopfen mußte oder von dem Tier verärgert und beleidigt angeknurrt wurde, und falls man kein Hiesiger war, kam der Bibliothekar und Besitzer des Hundes und entschuldigte sich. Jetzt hing über der Tür des Joslin ein Holzschild, auf dem *Jugend* stand.
Mallen nahm nicht die Abbiegung in die Landstraße, fuhr weiter die Hauptstraße entlang, zählte aufmerksam die linken Abzweigungen. Eine, zwei, am Platz für den offenen Markt und dem alten Fußballplatz vorbei, und dann links über einen holprigen Pfad. Der Elektrische nahm ihn gut, summte ein bißchen lauter und wurde langsamer, bewegte sich jedoch verhältnismäßig geräuschlos den steilen Hang hinan. Vom Hügel aus ging es noch einmal leicht abwärts, an einer verwitterten Scheune vorbei. Auf dem verrosteten Briefkasten stand der Name Roberts.
Das Haus war ein aus Schindeln errichteter zweistöckiger Zweckbau. Die Stufen zur vorderen Veranda fehlten. Geklaftertes Holz lag fast ein Stockwerk hoch auf der Nordseite des Hauses.
Mallen stoppte den Motor, saß im Dunkeln, lauschte. Wyatts Atem war kurz und rasch.
Einige Minuten vergingen, dann öffnete sich die Haustür, und Roberts steckte den Kopf heraus. Sein langer und knochiger Schildkrötenhals schaukelte von einer Seite zur anderen. Er hatte eine Öllampe in der Hand, die kaum sein eigenes Gesicht beleuchtete.
»Ich bin's«, rief Mallen ihm zu. Er hörte, wie Roberts etwas über seine Schulter sagte und aus dem Haus eine verschwommene Antwort erhielt.

»Du bist mit der Friedenstruppe hier? Wozu?« Roberts trat auf die Veranda hinaus.
Mallen schaltete das Licht aus, ging über die Wiese, kam auf Roberts zu. Der alte Mann hielt die Lampe ausgestreckt, blickte erschrocken auf Mallens zerknitterte und zu große Jacke, Ziggys Jacke.
»Allmächtiger Gott!« flüsterte Roberts und machte einen Schritt zurück. »Hau ab! Verschwinde!«
Mallen packte den Alten am Kragen seines Bademantels und hielt ihn fest. »Das tue ich, aber zuerst wirst du mir helfen. Sage deiner Frau, sie soll sich vom Telefon fernhalten. Falls sie kommen, werde ich ihnen sagen, du hast mir geholfen.«
Die Frau kam mit einem kleinen 22er Gewehr aus dem Haus. Es sah wie ein Spielzeug in ihren Händen aus, aber sie hielt es auf Mallen gerichtet. Hinter dem Lichtschein blieb sie stehen, und ihr Gesichtsausdruck war nicht zu erkennen, aber dafür klang ihre Stimme voller Haß.
»Sie sind Mallen«, sagte sie. »Josh hat mir von Ihnen erzählt.« Sie trat hervor, das Gewehr auf Mallens Bauch gerichtet. »Auch so einer, der hier ins Tal kommt, um sich zu amüsieren. Sitzt auf Bergen von Eßwaren und Munition und beutet uns aus. Und lacht über uns.«
»Ich habe einen Kranken hier«, sagte Mallen. »Er braucht Hilfe.«
»Und wir hier unten«, fuhr sie ihn ignorierend fort, »wir sind zur Mitarbeit gezwungen. Schuften für die Regierung. Von zehn unserer Maisstauden müssen wir neun an sie abliefern. Das reicht kaum zum Leben. Und neun Punkte haben wir endlich beisammen, aufgespart für Winterkleidung.« Sie hob das Gewehr ein wenig, aber er sah, daß sie den Finger nicht am Abzug hatte.
»Neun Punkte für Winterkleidung und Extrasachen. Und selbst wenn sie uns nicht für schuldig halten, verlieren wir sie, nur wegen Ihnen.«
Sie trat weiter ins Licht hervor, hob das Gewehr wie einen Stock. Roberts fing den Schlag mit der rechten Hand ab und stieß sie fort. Sie taumelte zurück, trat auf das Nachthemd und stürzte schwer zu Boden. Dort saß sie nun und weinte, das kleine Gewehr immer noch in der Hand.

Mallen half ihr wieder auf, fühlte sich schuldig und beschämt, als wenn er seine Eltern hätte streiten sehen. Sie schwang noch einmal das Gewehr, er nahm es ihr ab und warf es in die Dunkelheit.

»Da ist ein Mann im Elektrischen«, sagte er zu Roberts. »Du mußt mir helfen, ihn ins Haus zu bringen.«

»Du wirst ihn nicht hier lassen«, sagte Roberts entschlossen. Die Frau weinte immer noch, verschluckte sich dabei.

»Nein, aber je eher du mir hilfst, desto eher türmen wir.« Er stieß Roberts zum Wagen. Wyatt war schwer wie eine Leiche, und sie brauchten einige Minuten, um ihn ins Haus zu bringen.

Es war nicht so schlimm, wie er gedacht hatte. Wyatts Schädel und Hals waren voller winziger Glassplitter, und hinter dem Ohr hatte er eine große Beule. Wyatt stöhnte ein bißchen, als die Frau ihm die Wunden mit heißem Wasser auswusch. Sie hatte ein Wachstuch auf dem Linoleumfußboden des Wohnzimmers ausgebreitet, aber das mit Blut vermischte Wasser war übergelaufen und bildete Pfützen auf dem ausgetretenen Fußboden.

»Schöne Dreckarbeit, das wieder aufzuwischen«, murmelte sie vor sich hin. »Die Wunde ist ausgewaschen und sauber, und das Blut geronnen, aber ich habe schon Schlimmeres gesehen.«

»Habt ihr irgendwelche Antibiotika?« fragte Mallen.

Sie antworteten zu schnell. »Nein.« Sie vermied Mallens Blick. »Das ist doch der Schwarze, den sie letzte Woche verhaftet haben. Ich habe davon reden hören. Er ist es doch, nicht wahr?«

Mallen ignorierte sie, wandte sich an Roberts. »Du hast Antibiotika. Hole sie!«

Roberts schrumpfte unter Mallens Blick zusammen. »Hole sie, Sally«, sagte er und ließ sich schwer in einen zerlumpten Sessel fallen. Er rieb sich die Nase, besorgt über die vielen geborstenen Äderchen. Dann langte er über den Tisch, nahm eine Flasche und reichte sie Mallen. »Bediene dich, gehört dir sowieso. Die Zündkerzen habe ich noch nicht.«

Mallen nahm einen Schluck, und der Schnaps brannte ihm in der Kehle. Herrgott, das tut gut. Er nahm noch einen. »Was für Antibiotika habt ihr denn?« fragte er und gab Roberts die Flasche zurück.

»Tetracyclin. Ganz altes Zeug. Keine Ahnung, ob es noch etwas nützt.«

Sally kam ins Zimmer zurück und gab Mallen eine Packung – etwa dreißig Kapseln. Er steckte sie in die Tasche. »Verbinden Sie ihn, und dann gehen wir.« Sie nickte.

Roberts trank, reichte die Flasche zurück. »Was ist passiert?« fragte er mit einem Blick auf Wyatt.

Mallen nahm noch einen Schluck, dieses Mal schmeckte der Whiskey milder. Er fühlte die Wärme in seinem Magen. Er versuchte zu rülpsen, aber es gelang ihm nicht. Roberts blickte ihn forschend an.

»Nicht viel. Gestern haben sie mich geschnappt. Heute abend sind wir rausgekommen. Wir fahren nach Süden.«

»Die Medizin«, sagte Roberts. »Die kostet was.«

»Nimm dir die 22er Munition in der Hütte. Sie liegt in einer Kaffeedose auf dem Querbalken in meinem Schlafzimmer. Soll ich dir sonst noch was hinterlassen?«

»Die Bücher«, sagte Roberts.

»Die Bücher«, antwortete Mallen.

Die Frau kam ins Zimmer zurück, riß Streifen von einem Laken mit Blumenmuster ab. Sie kniete nieder und begann Wyatts Hals und Kopf zu verbinden. Mallen sah die Wölbung ihrer Brüste im Ausschnitt ihres Nachthemds. Die Andeutung einer Brustwarze zeichnete sich unter dem Stoff ab. Komisch, sagte er sich, ich habe seit zwei Jahren keine Frau mehr gesehen, und es macht mir gar nichts aus. Sie war bestimmt nicht älter als Ende Dreißig und in ihrer grauen und billigen Art ganz anziehend. Er hätte sich gerne ihr Gesicht genauer angeschaut, um zu sehen, ob ihre Augen irgendeine Wärme ausstrahlten.

Winterkleidung sind ihr sicher wichtiger als das Leben eines Menschen, sagte er sich. Wie viele Punkte würde sie wohl für mich bekommen? Vier Pullover. Einen wollenen Mantel. Stiefel. Bernshine hatte es gesagt. Richtiges Handeln bringt Punkte ein.

»Ich bin fertig«, sagte sie und stand auf. »Jetzt verschwindet.« Keine Wärme in ihren Augen. Sie strich sich das mattblonde Haar aus der Stirn.

Roberts half ihm, Wyatt in den Wagen zu bringen. Es war entschieden kälter geworden, große Atemwolken entströmten ihren Mündern und Nasen. Die Nachtluft war sehr still.

»Du wirst doch nichts sagen, ja?« schniefte Roberts. »Daß ihr heute nacht hier gewesen seid.«
Mallen schüttelte den Kopf. »Nichts, solange ihr schweigt, du und deine Frau.«
Roberts kicherte, die gelben Zähne blitzten im Dunkel auf. »Frau?« Er kicherte wieder. »Die ist nicht meine Frau. Sie ist die jüngere Schwester meiner Frau. Meine Frau starb zwei Wochen nach dem Krieg. Und dann kam Sally einfach her und übernahm das Bett.« Kichernd und schnaufend humpelte er zum Haus zurück. Mallen hörte ihn noch lachen, nachdem die Tür sich geschlossen hatte. Den verdammten Whiskey habe ich vergessen, sagte er sich, aber er wußte, daß er den Anblick Roberts nicht noch einmal ertragen konnte.
Dieses Mal ließ er die Scheinwerfer abgeschaltet. Seine Augen hatten sich an die Dunkelheit gewöhnt, und er rollte im Kriechtempo den Weg hinunter.
Etwa fünf Meter vor der Hauptstraße wartete er, blickte in beide Richtungen, horchte auf Geräusche. Nichts geschah, keine Bewegung, außer denen der Sterne am Himmel. Er bog in die Asphaltstraße ein, fuhr nach Waitsfield zurück, versuchte, die Zeit zu schätzen. Er gab es auf. Vom Bergkamm aus ist es viel einfacher, sagte er sich. Die Sterne sind die beste Uhr, falls man sie lesen kann. Stoßfest, wasserdicht, mit absoluter Garantie des Herstellers.
Er bog nach Osten ab, über die überdachte Brücke. Eine dünne Nebelschicht lag über dem Wasser, wie schmutzige Wäsche auf der Straße.
Wyatt hatte nicht zuviel Blut verloren, überlegte er. Gehirnerschütterung vielleicht, oder nur Schockwirkung. Seine Haut war weniger matt, er bewegte sich ein bißchen, redete unzusammenhängende Worte. Der Atem langsamer und weniger flach.
Mallen knobelte mit sich selbst, versuchte, sich zu entscheiden, ob er Wyatt mitnehmen oder hierlassen sollte.
Einerseits war er sich nur allzu sehr bewußt, daß er selbst überhaupt nichts getan hatte, außer in einen Mülleimer zu kotzen. Wyatt hatte die ganze Flucht organisiert und auch zum größten Teil allein ausgeführt. Aber andererseits war Wyatt eine wirkliche Belastung. Ihn mitnehmen, bedeutete weniger Gepäck, weniger Vorräte, um den Sperber nicht zu überlasten, und außerdem hätte Wyatt eine bessere

Überlebenschance, wenn er sich ein paar Tage ausruhen konnte. Vorausgesetzt natürlich, daß man sie nicht erwischte. Und das war unwahrscheinlich.
Nahm er Wyatt mit, so hätten sie Nahrungmittel für höchstens zehn Tage, eine Benzinreserve von zwanzig Litern, Waffen, ein Zelt und Schlafsäcke. Und selbst auch das wäre noch zuviel. Ach was, ich habe noch Zeit, mich zu entscheiden, sagte er sich.
Mallen fand die Abzweigung ohne Schwierigkeit, fuhr die löchrige Zufahrtsstraße hinauf, bis an der ersten Biegung vorbei, und dann hielt er an. Er schaltete den Motor ab. Jetzt hörte er nur noch Wyatts Atem und die Waldnacht, die schon frühlinghaft war.
Mallen öffnete die Tür. Es war jetzt sehr kalt, viel kälter als im Tal.
Er blickte zum Himmel hinauf und sah den weißen Dampf seiner Lungen. Er versuchte, einen Rauchring zu blasen, aber es wurde nur eine verschwommene Milchflasche daraus. Tickticktick und Summgeräusche, aber sie waren ihm vertraut – die normalen Waldlaute.
Er blickte sich um, fand einen Baum in der gewünschten Größe, pinkelte erleichtert an die Rinde, wo sich neue Kondenswolken bildeten. Das erste Mal in vierundzwanzig Stunden, aber schließlich hatte er ja inzwischen auch nichts gegessen oder getrunken.
Er knöpfe den Hosenschlitz zu, bemerkte, daß die Knöpfe aus Holz waren. Die kapitalistischen Reißverschlüsse sind jetzt für immer verbannt, zum Wohl der Arbeitermassen, die sich nicht mehr ihre proletarischen Schwänze einklemmen müssen. Der Fortschritt, Genossen, liegt im Holzknopf!
Mallen fühlte sich wohl, fast übermütig. Die Müdigkeit war zurückgedrängt, verhielt einstweilen. Er hatte noch Reserven. Der Alkohol hatte schließlich auch gewirkt, aber er brauchte jetzt erst einmal etwas zu essen, und zwar bald, und dann konnte er allen anderen Entscheidungen ins Auge blicken. Er ging voran, tastete nach den Wagenspuren. Trockene Blätter raschelten unter seinen Füßen, und manchmal lief etwas über den Weg. Dort, wo die beiden Birkengruppen die Straße einengten, mußte der Stolperdraht sein. Der Draht war zerschnitten. Ziggys Uniform fühlte sich plötzlich viel wärmer an. Mallen robbte sich langsam nach vorn mit ausgestreckter Hand, tastete nach dem zweiten Draht. Eigentlich hätte er das Gewehr

mitnehmen sollen, sagte er sich. Das Überleben bestand nicht mehr im Nüsseknacken zum Rhythmus von Griegs ›Halle des Bergkönigs‹, und dem Bücherlesen. Jetzt war es das, was Wyatt bereits irgendwie erkannt hatte – Koordination und rasche Reaktion und genaues Planen, auch in den kleinsten Dingen. Der zweite Draht war in Ordnung. Er seufzte erleichtert auf.

Er ging zum Wagen zurück, griff das Gewehr, nahm das Magazin heraus, ließ die Patronen in seine Hand gleiten. Insgesamt fünf, und in der Hütte vielleicht noch acht.

Wyatt bewegte sich und sagte: »Wo sind wir?«

»Fast zu Haus«, erwiderte Mallen bemüht, zuversichtlich zu klingen. »Wie fühlst du dich?«

»Tut verdammt weh.« Wyatt biß die Zähne zusammen und versuchte, sich aufzurichten.

Mallen legte ihm die Hand auf die Schulter. »Beruhige dich. Wir sind aus dem Tal heraus.«

»Wie lange noch bis zum Morgengrauen?«

Mallen blickte in den Nachthimmel. Orion stand tief im Westen. Vier Stunden, vielleicht etwas weniger. »Noch lange genug«, sagte er.

Der Elektrische war überraschend wendig auf dem zerfurchten Sandweg, rollte mühelos über die Schlaglöcher mit seinem hohen Bodenabstand. Das Hochgefühl verflog, wich einer dumpfen Niedergeschlagenheit. Mallen war müde, die Augenlider schwer wie Blei. Noch zwei Meilen.

Der Weg war von Ahornbäumen gesäumt, die zum größten Teil noch belaubt waren. Die Gefahr, beim Fahren mit Licht entdeckt zu werden, war hier minimal. Er schaltete die Scheinwerfer an, erschreckte ein Reh, das vor ihm auf dem Weg stand. Ein kurzes Zucken des Schwanzes, und dann lief es in die Büsche, blickte noch einmal zurück. Wir alle flüchten vor irgend etwas, dachte er.

Hinter dem kleinen Wald kamen sie auf die Wiese am Südhang, und Mallen schaltete das Licht wieder aus. Es ist zwar unwahrscheinlich, daß jemand die Hütte gefunden hat, sagte er sich, aber sicher ist sicher. Er stieg aus, ließ sich zu Boden gleiten, nahm das Gewehr, ging gebückt die Wiese hinauf, schlich um die Hütte. Die Wirkung des Alkohols war verflogen und hatte stechendes

Kopfweh hinterlassen. Er lauschte an der hinteren Hüttenwand, hörte jedoch nur die üblichen Geräusche der Nacht.
Drinnen war alles, wie er es gelassen hatte. Er zog den Küchenvorhang auf, zündete eine Lampe an, legte Kleinholz in den Herd. Dann zerknüllte er die Seite einer alten Zeitschrift, goß Kerosin dazu, rieb ein Streichholz an.
Er holte Wyatt, stützte und führte ihn durch das Gestrüpp welker Maisstauden und vertrockneter Sonnenblumen. Wyatt war schwach, schaffte es aber dank einer inneren Energiereserve, klagte nicht. Seine Zähne klapperten in der herbstlichen Morgenkälte, und Mallen bemerkte, daß sein Verband von Blut durchnäßt war.
Am Fuß der Stufen blieben sie stehen. Wyatt war außer Atem, trotz der relativ leichten Steigung. Er wollte sich auf die Stufen setzen, aber Mallen zog ihn fort, schleppte ihn in die Küche.
Dann legte er ihn auf die Pritsche, breitete eine Decke über ihn, ging zum Herd, legte einige Scheite Ahornholz ein.
»Wie . . .« begann Wyatt und faßte sich an den Verband.
»Wir sind in meiner Hütte. Ruhe dich aus. Ich mache was zu essen. Wir haben noch Zeit zu essen, und beim Morgengrauen brechen wir auf.«
Wyatt murmelte irgendwas, legte sich zurück, öffnete den Mund, saugte Atem ein. »Rufe mich«, flüsterte er.
»Wird gemacht,«, sagte Mallen und wußte, daß sein Entschluß gefaßt war.
Mallen verbrachte eine Stunde beim Beladen des Sperbers, den er im schwachen Licht einer Öllampe noch einmal genau überprüfte. Er filterte einen Teil des von Roberts gebrachten Benzins, füllte einen Zwanzig-Liter-Kanister, verstaute ihn im Laderaum. Er prüfte den Ölstand, es fehlte etwa ein halber Liter, er goß einen Liter nach, ließ es leicht überlaufen. Die übrigen Check-ups waren überflüssig, da er sie fast zwei Jahre lang wöchentlich gemacht hatte. Nachdem er den Propeller dreimal gedreht hatte, um den Ölumlauf vor dem Start zu sichern, stieg er wieder zur Hütte hinauf. Bis dahin hätten wir es geschafft, sagte er sich.
Wyatt saß am Tisch und trank Kaffee.
Mallen nahm die Bratpfanne und stellte sie auf den Herd. »Fühlst du dich besser?«
Wyatt nickte, die Augen halb geöffnet. »Nach der Flucht muß ich

nicht mehr ganz bei mir gewesen sein. Ganz weg war ich nicht. Fühlte mich nur benommen und ließ mich schwimmen. Wie wenn man einschläft und bereits verkatert ist.«

»Tut der Kopf weh?«

»Wie wenn mir einer 'ne verdammte Bombe draufgeknallt hätte.«

Mallen legte die Packung mit den Tetracyclin-Tabletten auf den Tisch, fügte noch zwei Tabletten hinzu, die er aus einem Krug mit einem Etikett in Annes Handschrift gefischt hatte, Worte, die längst bis zur Unleserlichkeit verwelkt waren. »Kodein«, sagte er. »Die in der Schachtel sind Antibiotika. Nimm zwei von jedem.«

Wyatt schnaufte angewidert. »Na ja. Kodein könnte ich brauchen. Das andere Zeug . . . ich glaube kaum, daß ich an einer Infektion sterben werde.«

Mallen füllte einen Becher mit kaltem Wasser, stellte ihn auf den Tisch. Ohne weitere Widerrede nahm Wyatt je zwei Pillen, schluckte geräuschvoll und schmatzend.

Die Bratpfanne war heiß. Mallen öffnete eine Dose Schinken, schnitt vier Scheiben ab, legte sie in die Pfanne und goß eine Büchse Pilzsuppe darüber. Das Fett begann zu zischen, und der Essensgeruch, an den sie sich kaum noch erinnern konnten, erfüllte das Zimmer. Wyatt öffnete den Mund in lautlosem Lachen, fuhr sich mit der Zunge über die Zähne.

»Du lebst richtig, Mallen.«

»Vorkriegsware. Was wir nicht mitnehmen können, können wir essen.« Er drehte den Schinken um. Mallen mußte wiederholt schlucken, um all den Speichel runterzukriegen, der ihm den Mund füllte. Er goß sich eine Tasse Kaffee ein, füllte Wyatts Tasse nach.

»Wie ist dein Vorname?« fragte Wyatt, während er am Kaffee nippte.

»Greg.«

»Gregory. Ein guter Name für einen WASP.*

»Ein Papst hieß . . .«

»Gregor«, unterbrach ihn Wyatt. »Ja, ich weiß. Gregor der Siebente, 1073 bis 1085. Auch Hildebrand genannt.« Er hielt inne, spielte mit einer Gabel. »Hast du vor, mich hier zu lassen, Greg?«

»Der Gedanke ist mir gekommen, äh . . .«

* White Anglo-Saxon Protestant. Ironische Bezeichnung für die Elite Amerikas.

»George. George W. Wyatt. Das W steht für Washington. Berühmter Sklavenbesitzer. Über alles geliebt und verehrt von seinen Landsleuten.« Er hielt inne, faßte sich an den Verband. »Du hast natürlich völlig recht.«
»Worin?« Mallen nahm den Schinken aus der Pfanne, verteilte ihn auf zwei Teller, stellte sie auf den Tisch.
»Mich hier zu lassen. Würde uns beiden nichts nützen. Mit dieser Wunde kann ich keine langen Reisen machen. Würde kaum zwanzig Schritte schaffen.«
Mallen spießte sich ein Stück Schinken auf die Gabel, kaute. »Hatte nicht geplant, zu Fuß abzuhauen.«
»Den Elektrischen kannst du vergessen. Zu langsam und keine Reichweite. Einen Wagen kannst du vergessen. Ist schon oft versucht worden. Du schaffst keine fünzehn Meilen, bevor du in eine Straßensperre gerätst.«
Mallen spießte sich einen weiteren Bissen auf. »Flugzeug«, sagte er. »Zweisitzig und mit einer Reichweite von fünf- bis sechshundert Meilen.«
Wyatt riß die Augen auf, starrte ihn an. Er streckte die Arme wie Flügel aus, und Mallen nickte.
Wyatt ließ das Essen stehen und wollte alles wissen. Mallen aß weiter, erklärte alle Einzelheiten, fragte ihn schließlich nach seinem Gewicht.
Wyatt blickte auf mit erhobenen Augenbrauen, fingerte an seiner Gabel. »Hundertfünfzig Pfund, vielleicht weniger nach der letzten Woche. Warum?«
»Weil ich mir ausrechnen will, wieviel wir mitnehmen können.«
»Ich kann 'ne Menge auf den Schoß nehmen. Belade mich, wie du willst.«
Mallen schüttelte den Kopf. »Es geht hier nicht um Raum, sondern um Gewicht. Bei zuviel wird das Flugzeug schwanzlastig. Beim Start müssen wir ein paar hohe Bäume überfliegen.«
»Wohin fliegen wir?« fragte Wyatt, holte ein Paket Zigaretten aus der Tasche, bot Mallen eine an.
»Nach Nordost. Mit dem Südwestwind haben wir größte Reichweite und höchste Geschwindigkeit. Wir landen dann irgendwo da oben, wo die Gegend nicht zu bevölkert ist. Dann rühren wir uns eine Woche nicht vom Fleck, bis sie es aufgegeben haben und die Suchak-

tion abblasen, und dann geht's ins westliche Kanada. Den Treibstoff müssen wir uns noch irgendwo klauen, wo was zu finden ist.«
Wyatt nickte. »Klingt durchaus machbar. Du hast es gut geplant.«
Mallen nahm das Tiffany-Feuerzeug, gab ihm und sich Feuer.
»Ein tolles Ding«, sagte Wyatt mit einem Blick auf das Feuerzeug. Er blies eine blaue Wolke an die Decke.
Mallen drehte das Feuerzeug in seinen Händen, versuchte, durch die Tiefen des Glases zu sehen, erblickte nur Bruchstücke der Vergangenheit. »Ein Geschenk«, sagte er.
»Freundin . . . Frau?«
»Fast.«
»Weg?« Wyatt beobachtete seine Augen.
Mallen nickte. »Weg.« Auf dem Bergkamm, unter einer Schicht von Erde und Steinen. Er stellte das Feuerzeug auf das Regal zurück, wo er es nicht sehen konnte.
Sie rauchten schweigend während einiger Minuten, jeder in seine eigenen Gedanken versunken. Dann drückte Mallen seine Zigarette aus und stand auf.
»Schlaf noch ein bißchen«, sagte er. »Ich wecke dich kurz vor Morgengrauen.«
Wyatt blickte an die Decke, blies Rauchringe. Ganz unvermittelt begann er zu sprechen, gab seiner Stimme keinen Ausdruck. »Es ist nicht, wie du glaubst, Mallen. Es hat mir weiß Gott keine Freude gemacht, diese Männer zu töten. Es war einfach etwas, das getan werden mußte.« Er sagte es sehr präzise, und alle Spuren des gespielten Ghetto-Akzents waren verschwunden.
»Ich habe nicht viel getan«, sagte Mallen achselzuckend.
»Nein, aber du hättest mich sitzenlassen können. Allein hättest du eine bessere Chance gehabt.«
»Ich hatte daran gedacht. Dachte, dich bei dem Bauern zu lassen. Hoffte vielleicht, du würdest einfach sterben.« Er stellte die Teller in den Ausguß. »Aber dann fiel mir ein, daß ich deine Schau ja noch nicht bis zu Ende gesehen habe – den guten alten Harlem-Step.«
Ihre Blicke begegneten sich, und Wyatt lächelte.
»Du bist schon in Ordnung, Mallen«, sagte er. »Du bist in Ordnung.«

6

Nach der Uhr auf dem Armaturenbrett des Sperbers hatte die Morgendämmerung um fünf den östlichen Himmel durchbrochen. Mallen stand neben dem geöffneten Plastikdach , blickte zum Bergkamm, dessen rosige Tupfer deutlicher wurden. Die Bäume begannen, Form und Gestalt anzunehmen. Granitene Felsvorsprünge mit ihren Schieferflecken erglommen im ersten Licht. Der Tag versprach sonnig zu werden.
Mallen prüfte noch einmal die Bordinstrumente, der Steuerknüppel fühlte sich kalt an. Seit zwei Jahren nicht mehr geflogen, sagte er sich. Eine lange Zeit. Dann packte er den Rest der Eßwaren in den Gepäckraum.
Noch eine Fahrt zur Hütte herauf. Die Batterien des Elektrischen wurden bereits schwach, und er fand, daß Wyatt in seiner Schätzung der Reichweite übertrieben optimistisch gewesen war.
Wyatt schlief immer noch auf der Pritsche, das Gewehr am Boden, in Reichweite. Hie und da zuckte sein Gesicht im Schlaf.
»Zeit zum Abschied«, sagte Mallen, als er Wyatts Fuß schüttelte. Er war sofort wach, wie eine Maschine, die man in Gang gesetzt hat – keine Panik im Blick, keine Verwirrung.
»Wie spät ist es?«
»Morgengrauen. Wir brechen auf.«
Wyatt erhob sich vorsichtig, schonte seinen Nacken. Der Verband war schwarz von getrocknetem Blut, und Mallen spürte den fauligen Geruch.
»Mallen, ich habe es mir überlegt«, sagte er und streckte die Halsmuskeln. »Du gehst ohne mich.«
»Das haben wir bereits besprochen. Du kommst mit.«
»Deine Chancen stehen besser ohne mich. Schon allein der Abflug.«

Mallen nahm ihn beim Arm. »Halt's Maul und komm. Jetzt bin ich an der Reihe, eine Runde zu bezahlen.«

Sie fuhren zum Hain hinunter, die Felder lagen noch im weißen Frost. Sie redeten nicht viel, dachten an den kommenden Tag. Nach einer Weile beschloß Mallen, sich keine weitere Gedanken zu machen. Zuviel Nachdenken zerstört die Reflexe, Instinkt ist immer noch das beste. Er blickte auf die hohen Bäume am anderen Ende der Wiese. Zu hoch, sagte sein Verstand. Und wenn schon, antwortete sein Unterbewußtsein.

»Herrgott! Hast du nicht gesagt, du hättest ein Flugzeug? Dieses verdammte Ding ist ja ein Spielzeug!« Wyatt besah es sich von allen Seiten, klopfte mit den Fingerknöchel auf die stoffüberzogene Oberfläche. Dann wandte er sich Mallen zu. »Dieses Ding ist ja die reinste Pappschachtel.«

Mallen amüsierte sich. »Stoff und Sperrholz. Womit, glaubst du, ist man in den dreißiger Jahren geflogen?« Er zeigte Wyatt die übrigen Einzelheiten, fühlte sich vergnügt und stolz. Der schlaue, schlaue Mallen.

Da hörten sie die Hubschrauber. Das ganze Tal hallte von ihrem Lärmen wider. Kolbengeräusche, keine Turbinen erkannte Mallen fachmännisch. Der Sperber lag unter den Ahornbäumen versteckt, eine halbe Meile von der Hütte entfernt, und Mallen hatte eine Zeltbahn über die Maschine genagelt, um sie sowohl vor der Witterung als vor der Entdeckung durch niedrig fliegende Flugzeuge zu schützen. Aber er war sich nicht so sicher, ob diese Tarnung einer aufmerksamen Inspektion durch einen langsam fliegenden Hubschrauber standhalten würde.

»Jetzt sind wir geliefert«, sagte Wyatt, der mit ins sonnige Tal hinunterschaute. »Ich hätte nie erwartet, daß sie so früh kommen.«

Mallen lauschte angestrengt, versuchte, die Anzahl der Hubschrauber und ihre Größe einzuschätzen. Wyatt murmelte immer noch vor sich hin, und Mallen fuhr ihn an: »Halt's Maul, und laß mich horchen.«

Es klang wie zwei, vielleicht auch drei Hubschrauber, aber sie mußten verhältnismäßig klein sein, mit drei, höchstens vier Mann Besatzung. Die Piloten ausgenommen, bedeutete das eine Truppe von allerhöchstens neun Mann.

Er erblickte den ersten, der rasch über den Hügelkamm kam. Die

Sonne schien auf die Plastikkabine und die Schraubenblätter schnitten leuchtende Schwaden in die blaue Herbstluft. Der Helikopter machte eine kurze Wendung und flog in die Richtung zurück, aus der er gekommen war, schien besonders die Landstraße im Auge zu behalten. Der Typ war Mallen nicht bekannt – kein Bell oder Hughes oder Sikorsky. Möglicherweise ein russisches Modell. Aber eins fand er bestätigt: es war eine gewöhnliche leichte Maschine für den allgemeinen Bedarf mit Platz für einen Piloten und drei Mann. Es war keine besondere Kanonenaufhängung zu sehen, also war die Feuerkraft auf automatische Handfeuerwaffen beschränkt. Geschwindigkeit wahrscheinlich etwas über hundert Knoten, aber nicht viel mehr. Nach dem Motorengeräusch zu schließen, war die PS-Zahl nicht groß.

Mallen nahm das Gewehr aus dem Hintersitz des Sperbers und die Luger aus dem Vordersitz. Wyatts Augen leuchteten auf, als er die Winchester mit Zielfernrohr sah. Er nahm sie Mallen ab, legte sie sich unbeholfen an die linke Schulter. Mallen schüttelte den Kopf, nahm sie zurück, gab ihm die Luger.

»Geht nicht«, sagte er. »Mit dem Verband kannst du nicht linkshändig schießen. Die Luger ist gut genug.«

Wyatt nickte. »Okay, und was nun? Fliegen wir oder nicht?«

»Ja, wir fliegen. Aber erst, wenn der richtige Zeitpunkt gekommen ist. Im Tal schwirren zwei, möglicherweise drei Hubschrauber herum. Sie sind wahrscheinlich mit Höchstgewicht beladen und werden phantastisch viel Sprit verbrauchen. Wir müssen warten, bis einer oder zwei wieder auftanken müssen, wahrscheinlich in Montpelier. Dann bleibt nur noch ein Hubschrauber. Unsere Chancen sind viel besser, wenn wir nur einen auf den Fersen haben. Und wenn wir erst mal in der Luft sind und er uns nicht in der ersten halben Stunde einholt, geht ihm der Sprit aus.«

»Welche Reichweite hat dieses Ding hier?« Wyatt betonte das Wort *Ding*, denn der Sperber schien kaum seinen Begriffen von einem Flugzeug zu entsprechen.

»Etwa fünfhundert Meilen, so wie wir es fliegen werden. Vielleicht noch mehr, falls wir Motorkraft einsparen und genügend in die Höhe kommen können.«

»Und die Hubschrauber?«

Mallen scharrte mit dem Stiefel im Sand, überlegte. »Höchstens zweihundert. Aber wahrscheinlich sind sie um zehn bis zwanzig Kilometer in der Stunde schneller als wir.«

Wyatt blickte ins Tal hinunter. Dann wandte er sich um und sagte zu Mallen: »Wenn ich richtig rechne, brauchen wir also etwa dreißig Kilometer Vorsprung. Wie schnell können wir das schaffen?«

»Vielleicht zwölf Minuten. Wir steigen voll beladen auf und schaffen nicht mehr als hundert bis hundertzehn.«

»Verdammt.« Wyatt blickte auf die Luger. »Da zeigst du mir lieber zuerst mal, wie man dieses Ding hier bedient.«

Mallen zeigte ihm den Mechanismus.

»Aber benutze sie nicht, bis wir nicht ganz nahe dran sind. Im Mittelbereich nehmen wir das Gewehr.«

Inzwischen stand die Sonne über dem Bergkamm. Es wurde rasch wärmer, wie gewöhnlich nach einer kalten Herbstnacht. Hie und da tauchten die Hubschrauber in ihrem Blickfeld auf, wenn sie das Dorf im Süden des Tales überflogen. Mallen zählte nur zwei, einen mit einem gelben Heckrotor und einen anderen, der mit einer dunklen Khakifarbe überstrichen war und neuer zu sein schien.

Sie öffneten eine Büchse Pfirsiche, aßen sie mit den Fingern, teilten sich den Saft. Mallen bemerkte, daß Wyatt das Tetracyclin, aber nicht das Kodein nahm.

Wyatt leckte sich die Lippen, sah den fragenden Blick und sagte: »Zu viel los heute früh, Mann. Da will ich nicht eindämmern.«

Er schaute auf die Wiese. »Hier soll der Abflug stattfinden? Hab' schon größere Schrebergärten gesehen.«

Mallen nickte. »Ein bißchen kurz«, gab er zu. »Ich habe die Distanz abgeschritten, sie ist etwas über dreihundert Meter, aber das Gelände fällt ab, und das gibt uns zusätzlichen Spielraum, um über die Bäume zu kommen. In der Mitte läuft ein Graben, aber den habe ich aufgefüllt und auch ein paar Bretter über die weiche Erde gelegt. Wir sollten es gerade noch schaffen.«

»Bist du dessen sicher?«

Mallen biß die Lippen zusammen. »Nein. Etwa acht Prozent sicher. Es wird verdammt heikel sein.«

»Aber ohne meinen fetten Arsch im hinteren Sitz würdest du es schaffen?«

Mallen zuckte die Schulter. »Das steht nicht zur Diskussion. Ich habe die Sache so genau wie möglich ausgetüftelt und noch etwas Spielraum gelassen, und ich glaube, wir können es schaffen. Wir türmen zusammen oder wir bleiben zusammen hier.«

Wyatt blickte ihn mit einem amüsierten Lächeln an. »Man hat uns schon immer gesagt, daß die Weißen blöde Hornochsen sind.« Er grinste. »Aber es bleibt uns wohl keine andere Wahl.« Er nickte dem Sperber zu. »Wie lange braucht der Motor, um warm zu werden? Falls wir hier schnellstens weg müssen.«

Mallen stand auf, schlang sich die Winchester über die Schulter. »Zwei bis drei Minuten. Aber beruhige dich. Es wird noch eine Weile dauern, bis denen der Sprit ausgeht, und ich nehme an, sie kämmen jetzt die Felder vom Dorf aus durch. Ich bin gleich zurück.«

»Wo gehst du hin?«

»Ich habe noch was vergessen.« Mallen ging zur Hütte hinauf.

Wyatt hockte sich auf einen Baumstumpf und hielt sich die Hand über die Augen. »Bleib nicht zu lang, Käpt'n, und pfeife ›Dixie‹, wenn du durch die Bäume zurückkommst.«

Mallen hielt sich vorsichtig am Waldrand, blieb stehen, lauschte auf Stimmengeräusch oder Schritte. Eine Krähe krächzte, aber sonst hörte er nur das Seufzen des Windes auf dem Gras.

Es war einer jener Herbstmorgen, an denen man, besonders in Vermont, nicht an den Winter denkt. Warme Sonne und ein dunstfreier blauer Himmel. Die Felder waren noch naß vom schmelzenden Reif, Büschel von Roggenhalmen nickten in der leichten Westbrise. Zwei Eichhörnchen trugen einen kleinen Territorialstreit aus, und es roch nach Beständigkeit, als ob nichts sich geändert hätte, als ob ein Wechsel sich nur in Jahrhunderten messen lasse.

Anstatt auf die Hütte zuzugehen, schritt er quer durch das Maisfeld und kletterte dann den steilen Hang zum Bergkamm hinauf. Erschöpft erreichte er die Höhe, setzte sich unter den wilden Apfelbaum, der ihr Grab beschattete. Er sah Wildspuren im Sand und Stellen im Gras, wo die Rehe geäst hatten. Seufzend zündete er sich eine Zigarette an.

Die Hubschrauber überflogen immer noch das untere Tal. Wie Hunde, die eine Fährte wittern, schwirrten sie hin und her, erfüllten die Luft mit ihrem metallischen Dröhnen. Es würde nicht mehr lange dauern, bis ihnen der Sprit ausging. Und dann war es Zeit zum Aufbruch.

Vom Bergkamm aus überblickte er den größten Teil des Tals, ein herrlicher Blick, wie immer im Herbst. Die flammenden Farben auf den Höhen leuchteten an einigen Stellen bis in den Talboden herab, aber eines baldigen Tages, mit den ersten Äquinoktialstürmen, wird sich alles über Nacht entblättern, und die Äste werden grau und kahl in den Wind ragen. In der Mitte des Tales sah er das Glitzern des Flußes und die weißen Sandbänke, die infolge des Regenmangels in diesem Herbst besonders stark hervortraten. Die einzigen Narben waren verstreute braune Flächen, wo ganze Teile des Fichtenwalds sich in Flammen aufgelöst hatten.

Noch ein letzter Blick, und dann drückte er die Zigarette aus.

Ihr Grab war nur noch eine leichte Senkung im Boden und ein Felsbrocken, auf den er ihren Namen geritzt hatte. Es gab nichts, was er hätte sagen können, keine Worte, die er kannte, kein Gebet, an das er glaubte. Endlich stand er auf, machte sein näselndes Entengeräusch, flatterte ein bißchen mit den Armen, wußte, daß es töricht war, wußte aber auch, daß es ihr gefallen hätte. Dann stellte er noch einmal fest, daß weder sie noch er je gelernt hatten, Lebewohl zu sagen.

Auf den Feldern um die Hütte regte sich nichts. Er bewegte sich langsam, stieg vom Kamm hinab, hielt sich dicht bei den Bäumen, ließ seinen Blick abschweifen, aber immer noch nichts.

»Hast du was gesehen?« Wyatt trat hinter einem Ahornbaum hervor, die Luger an seiner Seite.

»Nichts. Im Westen nichts Neues. Die beiden Hubschrauber spielen immer noch Haschmich über der Gegend von Waitsfield. Ich glaube, es wird allmählich Zeit, den Motor anzuwärmen.« Er lehnte die Winchester an einen Baum und drehte sich nach Wyatt um. »Behalte die untere Wiese gut im Auge. Wenn sie kommen, kommen sie wahrscheinlich aus dieser Richtung.«

Wyatt nickte, hockte sich nieder, kaute an einem Strohhalm und beobachtete das untere Feld. Zusammengekauert sah er wie ein schwarzer, gedrungener Wasserspeier an einer Kathedralenfassade aus.

Anstatt den elektrischen Starter zu benutzen, beschloß er, den Motor mit der Hand anzudrehen. Die Batterie begann bereits, schwach zu werden, und während des Anwärmens des Motors konnte sie sich wieder aufladen. Er öffnete die Drosselung bei abgestelltem Magnetzünder, drückte den Gashebel um einen Zentimeter vor, zog die Bremse scharf an. Dann drehte er den schmalen hölzernen Hoffmann-Propeller zweimal durch, um die Zylinderkompression zu sichern und das träge Öl zum Fließen zu bringen. Dann ging er zum Cockpit zurück, stellte den elektrischen Hauptschalter ein, die Benzinpumpe und die Elektromagnetik.

Jetzt genügte ein einmaliges Durchdrehen des Propellers, um den kleinen VW-Motor in Gang zu bringen. Aus dem großen Chromstahlauspuff hörte man nur ein ganz leises Geräusch. Mallen blickte ein paar Minuten lang auf die Meßinstrumente, und dann, als die Maschine warm war, stellte er den Choke wieder ab. Der Motor lief jetzt auf hundert Umdrehungen pro Minute, und die Auspuffgase waren so durchsichtig wie das Oktobersonnenlicht. Mit einer Grimasse dachte er an die Zündkerzen, die ihm – reichlich abgenützt – einen Leistungsverlust einbringen würden. Ich muß mit dem auskommen, was ich habe, stellte er verbittert fest. Roberts hatte bestimmt gelogen, als er ihm sagte, er könne ihm Ersatz verschaffen.

Der Motor tuckerte leise. Dadurch hörte er den Hubschrauber erst, als er fast über ihm war. Sein Schatten fiel durch das Herbstlaub, und dann war er fort, summte in nördlicher Richtung über die Wiese. Er trat aus seiner Zeltbahntarnung hervor und sah, wie das Ding südlich vor der Hütte schwebte. Das gefiel ihm gar nicht. McKennon drängte früher als erwartet zur Entscheidung. Es wäre eine gute Taktik gewesen, zuerst herauszufinden, wo sich Mallen und Wyatt befanden, dann die Truppen zu landen und sie einzukreisen. McKennon hatte sich zu einem Frontalangriff entschlossen.

Die verstärkte und verzerrte Stimme eines Megaphons plärrte über die Wiese und kam im Echo von der Felswand zurück.

»Mall . . . en . . . en. Komm . . . en . . . en . . . Sie . . . ie . . . raus . . . aus.«

Der Helikopter schwebte, schaukelte leicht im Morgenwind. Er sah eine Gestalt auf dem Pilotensitz, die sich herausbeugte und irgendeine Waffe in der Hand hielt. Das Megaphon wiederholte den Aufruf, und dann folgten einige andere Worte. Dann hörte er ganz deutlich Gelächter. Es echote vom Felshang und wurde dann vom Wald verschluckt.

Jetzt fiel ihm sein Funkgerät ein. Was für ein verdammter Blödarsch ich doch bin. Blödarsch! Die Hubschrauber benutzten natürlich die regulären Flugfrequenzen, um ihre Suchaktion zu koordinieren. Falls ihre Frequenz nicht höher als die Militärfrequenzen war, konnte er sie finden und sich genau über ihre Bewegungen informieren. (Der zweite Hubschrauber, der mit dem gelben Heck, flog am Bergkamm entlang, bog nach Westen ab, wo Mallen ihn nicht mehr sehen konnte, schwebte jetzt wahrscheinlich nördlich vor der Hütte. Er hörte das Geräusch der auf Schwebeflug umgeschalteten Schrauben.

Wyatt kam durch die Bäume auf ihn zu, gebückt laufend, die rechte Hand am Verband, die linke die Luger umklammernd.

»Was jetzt?« fragte er ruhig und nicht zu schwer atmend, aber Mallen wurde sich plötzlich gewahr, daß die Führung nun ganz allein in seinen Händen lag. Wyatt hatte ihm diese Rolle überlassen.

»Ein Schuß mit dem Gewehr. Nur einer, und nicht zum Töten – nur zur Warnung.« Mallen nahm die Winchester und schlich sich fünfhundert Meter hügelan. Die Distanz war immer noch groß, aber das Ziel bot eine ziemliche Fläche. Falls der Schuß zu gut war, könnte er den Helikopter runterholen, aber dann hatte er drei oder vier bewaffnete Männer mit automatischen Waffen auf den Fersen, was seine Chancen ganz wesentlich verringern würde. Nur ein Schuß, nahe genug, um sie zur Vorsicht zu mahnen.

Er schob den Lauf in eine Astbeuge, legte eine Patrone ein, zielte auf den hinteren Teil der Kabine. Einmal einatmen, ausatmen und dann drücken. Der Schuß ging leicht ab, ohne Rückschlag. Zuerst glaubte er, er habe nicht getroffen, aber Sekunden später senkte der Hubschrauber die Nase, stieß nach vorn, wechselte die Höhe. Er verlor ihn aus dem Blick.

Er rannte zum Sperber zurück, stellte das Funkgerät an, voller Ungeduld und in blinder Wut über seine Blödheit. Er setzte sich den Kopfhörer auf, ging die Kanäle durch, horchte gespannt. Er fand sie ziemlich leicht auf 123. 8. Alles ging sehr schnell, fachmännisch, nonstop . . . »zehn und zurück auf Abschnitt neun.« Die Stimme klang südstaatlich, wie Alabama.

»PD Neun zurück. Roger. Wir kämmen das südliche Gebiet durch. Kann nicht genau sagen, woher der Schuß kam. Springmaker ist verletzt. Plexiglaseinschnitte und Scheiße. Sollen wir ihn bei der Bodenkontrolle absetzen?«

Dieses Mal war es eine junge Stimme mit mittelatlantischem Akzent.
Ein Dritter mischte sich ein, unverfehlbar McKennon.
»An beide Einheiten. Hier spricht die Bodenkontrolle. Ladet Springmaker hier aus. Ich übernehme seinen Platz. PD Fünf: Haltet euch nördlich der Hütte in fünfhundert Meter Distanz oder noch mehr. Wir sind in etwa zehn Minuten da, und dann nehmen wir ihn in die Zange. Ich habe Bodentruppen unterwegs.«
PD Fünf meldete sich bereit, begab sich mit verstärktem Motorengeräusch auf die angegebene Position, und der andere Hubschrauber schwirrte in südlicher Richtung ins Tal hinab.
Mallen prüfte noch einmal die Bordinstrumente. Öltemperatur ausreichend für den Start, alles andere normal. Drei bis vier Minuten, bis der abgeflogene Helikopter im Tal landet, eine Minute für das Aus- und Einladen, dann etwa fünf Minuten für den Rückflug. Er blickte auf die Borduhr.
»Jetzt fliegen wir ab«, sagte er zu Wyatt. »Laß das Gewehr. Wir haben nicht genug Platz.«
Zwei Minuten verstrichen.
Wyatt hockte sich in den Hintersitz, zog die Sitzgurte fest an. Er streckte die Hand aus, und Mallen nahm sie zögernd. Wyatt drückte.
»Du weißt ja, vor dem Start. Alte Tradition.« Mallen drückte und grinste.
Dreieinhalb Minuten. Der Sekundenzeiger rückte vor. Jetzt mußte der Hubschrauber im Tal gelandet sein, und McKennon würde gleich einsteigen.
Sie wußten noch nicht, daß er ein Flugzeug hatte, und er mußte zuerst PD Fünf loswerden, der im Norden schwebte, um ihm die Flucht abzuschneiden. Das war einen Schuß wert. Er nahm das Mikrophon, knipste es an. »PD Fünf, hier ist die Bodenkontrolle. Hört ihr mich?«
Die Antwort kam sofort. Der Scheißkerl war mißtrauisch. »Hier spricht PD Fünf. Bitte wiederholen Sie Ihr Rufzeichen.«
»PD Fünf, hier ist die Bodenkontrolle. McKennon ist gerade beim Einsteigen. Er möchte, daß ihr hier herunterkommt und noch einige Bordwaffen abholt.« Mallen schwitzte, hielt das Mikrophon in der glitschigen Hand.
»Bodenkontrolle, hier spricht PD Fünf. Bestätigen Sie, daß wir Bordwaffen abholen sollen.«

Mallen knirschte mit den Zähnen, bemühte sich, wütend zu klingen. »Roger, ich bestätige. McKennon sagt, ihr sollt endlich eure Ärsche in Bewegung setzen.« Zu stark, sagte er sich. Das war übertrieben.
Ein langes Schweigen. Vier Minuten und fünfzehn Sekunden waren verstrichen. PD Fünf kam zurück, die Übertragung war unterbrochen. ». . . soll sich doch endlich entschließen, verdammt. Bin unterwegs.«
Von weitem sah Mallen den Hubschrauber anfliegen, mit beschleunigtem Tempo ins Tal schwirren. Vier Minuten und fünfzig Sekunden verstrichen.
Mallen drehte sich um, sagte zu Wyatt: »Bist du bereit?« Wyatt gab ihm das Okay-Zeichen. »Setz dir die Kopfhörer auf.«
Wyatt nickte, legte sie sich an. Mallen warf einen kurzen Blick auf die Meßgeräte. Überall grünes Licht. Er zog das Dach zu und verschloß es, und das Motorengeräusch wurde zu einem leisen Summen.
»Hörst du mich, Wyatt?«
»Wie wenn du mir ins Ohr schreist. Hören die uns über den Funk?«
»Nein. Es ist nur eine einfache Wechselsprechanlage. Für die Funkübertragung muß ich auf einen Knopf drücken. Wir starten in etwa dreißig Sekunden. Falls wir es nicht über die Bäume schaffen, werfe ich das Dach über Bord, sowie wir stürzen. Und dann . . .«
Wyatt schnitt ihm das Wort ab. »Du wirst es schon schaffen. Nur los.«
Mallen gab langsam Gas, brachte den Motor auf höhere Touren. Zweitausendneunhundert. Es sah soweit ganz gut aus.
»Jetzt geht's los«, sagte er und löste die Bremse.
Der Sperber rollte langsam unter seiner Zeltbahntarnung ins Sonnenlicht hinaus. Beim geringsten Höcker oder Loch reagierte das ganze Fluggestell, und Mallen mußte besonders auf die Reaktion der Tragflächen achten.
Die Beschleunigung war zum Verzweifeln langsam, selbst beim Abwärtsrollen. Noch immer nichts auf dem Fahrtmesser, stellte er fest, aber die Umdrehungszahlen stiegen. Über dem Motorengeräusch hörte er seinen rauhen und keuchenden Atem aus dem Kopfhörer.
Die Räder ratterten schwer über den unebenen Wiesenboden. Jetzt waren sie über den Graben gesaust und rollten über die Bretter. Die Steuerung fühlte sich ein bißchen fester an. Er hatte bereits Querru-

derlenkung, die Tragflächen waren gut ausgerichtet. Und dann flog die Maschine auf, sackte ab, rollte ein Stück, flog wieder auf.
Mallen gab ihr höhere Geschwindigkeit, warf einen raschen Blick auf den Fahrtmesser. Fünfundvierzig. Über dreiviertel des Feldes lagen hinter ihm, die Bäume erhoben sich gigantisch vor seiner Windschutzscheibe, die Kronen in schier unerreichbarer Höhe.
Er wußte, daß er nicht klar darüber hinwegkommen konnte. Keine Zeit, die Räder einzuziehen, und er sah bereits die einzelnen Blätter. Er riß den Knüppel zurück, und der Sperber schoß empor, setzte einmal kurz aus, die rechte Flügelspitze sackte ab. Rote und gelbe und braune Blätter schlugen an die Flügelspitze, und ein Geräusch wie von einer Säge kratzte an dem Bauch entlang. Dann waren sie drüber weg, verloren aber gleich wieder an Höhe.
Der Abhang fiel hinter ihnen zurück. Mallen schob den Knüppel nach vorn, streifte über die Baumkronen, beschleunigte langsam die Fluggeschwindigkeit. Fünfzig . . . sechzig . . . und jetzt wußte er, daß er es geschafft hatte.
Er löste den Sicherheitshebel, versuchte, das Fahrgestell einzuziehen, brachte es jedoch nicht weiter als bis zur Höhe der Achsen. Das Pfeifen des Windes im Rad unter ihm war ihm Beweis genug, daß das Fahrgestell klemmte.
Er ließ vorläufig alles, wie es war, prüfte noch einmal die Bordinstrumente. Alles normal, nur die Fluggeschwindigkeit zu niedrig. Steiggeschwindigkeit etwa sechzig Meter in der Minute, und um über den Bergkamm zu kommen, brauchte er mindestens dreihundert. Also fünf Minuten. Das schaffte er nie.
»Mein Gott«, stöhnte Wyatt ins Mikrophon vom Rücksitz aus.
»Wir haben Probleme«, sagte Mallen und steuerte nach Norden. »Ich kriege das verdammte Fahrgestell nicht rauf, und dadurch verlieren wir an Geschwindigkeit. Wahrscheinlich ein paar verfluchte Zweige im Aufzugsmechanismus.«
»Ich sehe den Hubschrauber. Schau mal nach Süden.«
Mallen schaute, sah zuerst nichts, aber dann, als der Hubschrauber in die Sonne kam, sah er ihn im Licht funkeln. Er schwirrte direkt auf sie zu.
Der Hubschrauber begann, irgend etwas über den Funk zu sagen, die Stimme klang dringlich, aber Mallen hörte nicht zu. »Wyatt«, rief er ins Mikrophon, und seine Zähne knirschten. »Bist du je einmal geflogen?«

»Ja, einmal, als . . .«
Mallen unterbrach ihn. »Hör mal zu, ich werde versuchen, das Fahrgestell mit Gewalt raufzukriegen. Dazu brauche ich beide Hände. Fliege dieses Ding nur geradeaus. Halte dich fest an den Horizont und achte, daß die Tragflächen ausgerichtet sind. Kümmere dich nicht um das Ruder.«
Es gab kein Zögern. Der Knüppel bewegte sich unter Wyatts Hand, zuerst etwas unsicher und dann fester. Die Tragflächen gut in Horizontallage, der Bug ein bißchen niedrig, Geschwindigkeit leicht zunehmend.
»Zieh ein bißchen hoch. Schau, daß du die Geschwindigkeit auf etwa siebzig halten kannst.« Der Bug schwankte ein bißchen, zog dann leicht herauf. Guter Schüler, fand Mallen.
Mallen löste die Schulterriemen, um sich besser nach vorne beugen zu können. Die Fahrgestell-Einziehsperre war ein neunzig Zentimeter langer Hebel, den man vom Boden des Cockpits herauf und dann zurück in die Sperrstellung ziehen mußte. Der Sperrmechanismus war bereits gelöst, aber der Hebel klemmte auf halber Höhe. Jetzt packte er ihn mit beiden Händen, zog scharf an, spannte Rücken- und Beinmuskeln. Unter dem Druck fühlte er, wie die Blasen auf seinen verbrannten Handflächen aufplatzten, und es war ihm, als hätte er ein glühendes Eisen angefaßt. Das Ding ging ein kleines Stück höher und klemmte dann wieder. Fluchend machte er einen letzten Versuch, warf sich mit seinem ganzen Gewicht gegen den Hebel und riß ihn zurück. Mit einem Krachen glitt das Fahrgestell in das Gehäuse.
Mallen lehnte sich zurück, keuchte ein wenig infolge der Anstrengung. Das Signallicht »Fahrgestell nicht gesichert« ging aus, die Geschwindigkeit erhöhte sich, das Windgeräusch über dem Dach wurde stärker. »Geschafft«, sagte er in die Sprechanlage, übernahm wieder den Knüppel, steuerte mehr nach Nordosten, zog hoch, um über den Bergkamm zu kommen.
»Fahrgestell eingezogen?« fragte Wyatt.
»Ja. Siehst du den Hubschrauber?«
Wyatt brummte, drehte sich um, was in der Enge des hinteren Cockpits nicht so einfach war. »Nein . . . doch, ich sehe ihn. Fliegt ziemlich tief hinter uns. Etwa drei oder vier Meilen.«
»Behalte ihn im Auge, und sage mir sofort, wenn er den Kurs wechselt.«

»Wird gemacht. Kannst du ihn abhängen?«
Mallen blickte auf den Bergkamm, schätzte Raum und Zeit. Der Sperber zog jetzt gut an, stieg um hundertzwanzig Meter pro Minute. Er brauchte noch hundertachtzig, um über den Kamm zu kommen. Anderthalb Minuten. Er schwebte die Steigung aus, erhöhte die Geschwindigkeit, hoffte, noch gerade über den Kamm zu streifen. Der Sperber war ein gutes, leistungsfähiges, aerodynamisch erstklassiges Flugzeug, aber der Motor hatte allerhöchstens 60 PS. Und er nahm es mit einem schwerfälligen und nicht sehr leistungsfähigen Hubschrauber auf – dessen Motor jedoch stark genug war, um ihn zu überholen. Wenn er sich nicht bald etwas einfallen ließ, war ein Zusammentreffen im leeren Raum und zu einer mathematisch berechenbaren Zeit unvermeidlich.
»Nein, ich muß ihm im Denken überlegen sein«, sagte Mallen.
Der Kamm verlief von Norden nach Süden in einer Reihe von grünen Wellen, die sich von den White Mountains von New Hampshire nach Westen ausdehnten. Der Kompaß war auf Nordosten ausgerichtet. Hinter ihm, im Helikopter, beobachtete man bestimmt den hellen weißen Fleck, der auf den Kamm zuflog, achtete auf die geringste Kursabweichung. Im Laufe der wenigen Minuten, bis der Hubschrauber ebenfalls über dem Kamm war, war der Sperber ihren Blicken entzogen. Natürlich würden sie annehmen, daß er, einmal über den Kamm, radikal den Kurs wechseln würde, wahrscheinlich in südlicher Richtung. Und natürlich würden sie in Voraussicht dieses Fluchtmanövers versuchen, ihm den Weg abzuschneiden. »Ich muß mich bemühen, sie zu überlisten«, sagte Mallen in das Sprechgerät. »Sowie wir über dem Kamm sind, mache ich eine scharfe Wendung nach rechts und gehe unterhalb der Grathöhe im Steilflug runter.«
»Du meinst, zurück und auf ihn zu?«
»Ja, aber nur für eine Sekunde. Ich will, daß er den Beginn der Wendung sieht. Sind wir einmal außer Sicht, so drehe ich wieder in die vorherige Richtung ein. Wir haben eine fünfzig zu fünfzig Chance, daß er darauf reinfällt. Das gibt mir eine zusätzliche Meile Vorsprung. Wenn nicht, haben wir nur hundert Meter verloren.«
»Ich verlasse mich auf dich, Kumpel.«
Der Sperber war jetzt in der Grathöhe, und Mallen schwebte die Steigung aus, beschleunigte die Fahrtgeschwindigkeit. Sie schossen auf den Kamm zu, einzelne Bäume traten aus der Verschwommen-

heit des Waldes hervor, wirbelten in einer Wolke aus Grün, Gold und Gelb hinter ihnen zurück. Ein kurzer Blick über die Schulter, und dann riß er den Knüppel hart nach rechts, setzte das rechte Steuerruder dem ganzen Druck aus. Der Sperber bäumte sich in einer vertikalen Wendung nach unten, der Schwerkraft preisgegeben, dann stieß er den Knüppel bei vollem Steuerruder nach links zurück, die Wendung wurde weniger steil, bis er wieder Nordost im Kompaß hatte.

»Glaubst du, sie haben uns wenden sehen?«

»Weiß ich nicht«, sagte Wyatt. »Müssen wohl. Hörst du sie im Funkgerät?«

Mallen schüttelte den Kopf. »Nein. War zu beschäftigt.«

Die Öltemperatur kroch aus der grünen in die gelbe Zone. Mallen konnte den Sperber nicht mehr lange auf den höchsten Tourenzahlen halten, ohne den Motor zu überheizen. Er ließ sich etwas tiefer schweben, erreichte damit mehr Luftgeschwindigkeit und bessere Kühlung. Seit über einer Minute hatten sie den Kamm passiert.

Jetzt ertönte wieder etwas im Funk, und Mallen hörte es ganz klar. Eine slawische Sprache. Dann die Stimme McKennons.

»Ich sehe ihn!« Wyatt klopfte ihm auf die Schulter, zeigte nach Süden. »Den Scheißkerl hast du ganz schön verladen!«

Mallen blickte nach Süden. Weit entfernt, meilenweit entfernt, hing der Hubschrauber ganz benommen in der dünnen Oktoberluft, nicht größer als ein Stecknadelkopf. Fünf oder sechs Meilen, schätzte er und lächelte. Endlich mußte der Hubschrauber sie gesehen haben und nahm Kurs auf Norden, aber jetzt war er im Vorteil, stellte Mallen fest. Denn vor ihm lag noch ein Kamm, und dann noch einer, und das Spiel mit den fünfzig und fünfzig Chancen konnte wieder und wieder gespielt werden, bis der Hubschrauber kein Benzin mehr hatte.

»Mallen, hier spricht McKennon. Hören Sie mich?«

Mallen blickte nach Süden, suchte den zweiten Hubschrauber, McKennon. Der erste flog immer noch in nördlicher Richtung, war über den Bergkamm hinaus, aber schien ihm nicht viel näher zu sein. Einen zweiten sah er nicht.

Mallen stellte das Mikrophon ein. »McKennon, lecken Sie mich am Arsch.«

Eine lange Pause, knisternde Geräusche im Kopfhörer. Dann McKennons Stimme. »Sie schauen in die falsche Richtung, Mallen. Ich bin links von Ihnen. Schon mal gehört, wie man Zwickmühle spielt?«

7

Der Hubschrauber war weniger als eine Meile links von ihm, in leichtem Vorsprung und langsam auf ihn zu kreisend. Grotesk und doch irgendwie schön. Wie ein vorgeschichtliches Insekt, das begierig auf seine kleinere Beute zuschwirrt.

»Hören Sie mich, Mallen?« McKennon klang zuversichtlich. »Verlangsamen Sie Ihr Tempo. Wir kommen näher. Eine falsche Bewegung, und sie kriegen eine Ladung Leuchtspurmunition.«

Die Öltemperatur war am Rand der roten Zone, der Öldruck verringerte sich. Mallen drosselte das Gas, wußte, daß der Motor sonst bald aussetzen würde. Die Geschwindigkeit verringerte sich, ging auf neunzig herunter.

»Wie konnte er . . .«? fragte Wyatt.

»Hat unser Manöver vorausgesehen«, erwiderte Mallen. »Hat geradewegs Kurs auf Norden genommen, während der andere nach Süden abdrehte. Sie haben auf beide Möglichkeiten pariert.«

»Hast du sonst noch irgendwelche Einfälle?«

Öldruck und Temperatur bewegten sich allmählich wieder in den normalen Grenzen. Die Uhr auf dem Bordbrett kam in sein Blickfeld. Zuerst wollte er es nicht glauben. Zwölf Minuten waren seit dem Start vergangen. Ihm war es eher wie eine halbe Stunde erschienen. Noch drei oder vier Minuten, und er hätte eine Chance gehabt – und jetzt? Nichts. Er ließ sich auf den Sitz sinken, ein Gefühl des Besiegtseins fraß sich bis in seine Eingeweide.

»Keine Einfälle mehr?« Wyatt wurde dringlicher.

»Nein.«

»Du läßt ihn einfach rankommen und uns runterknallen?«

»Das wird er nicht tun. Er will, daß wir landen. Das ist viel wahrscheinlicher.«

Der Hubschrauber war nur noch eine halbe Meile entfernt, fast

konnte man die Gesichter erkennen. Eine Gestalt auf dem rechten Vordersitz in Blaugrau, die übrigen in Khaki. Mallen sah sie langsam auf sich zukommen.
Hubschrauberpiloten, die er gekannt hatte: Cal und Pete, Bob Teising. Hubschrauberpiloten sind eine ganz andere Rasse, sagte er sich. Stolz und starrköpfig. Finden immer eine Entschuldigung für die Schwächen ihrer Luftfahrzeuge, und sind voll fast mystischen Lobes über ihre Vorteile. Man vergleiche Hubschrauber mit Starrflüglern, sagte er sich. Wo sind die schwachen Punkte? Kurze Treibstoffreichweite, hohes spezifisches Leistungsgewicht. Häßlich. Was noch? Keine Akrobatik. Nicht dafür gebaut.
Der Hubschrauber wechselte leicht den Kurs, flog parallel mit dem Sperber. Mallen schätzte die Entfernung auf fünfhundert Meter.
»Mallen, hören Sie mich?«
»Ich höre Sie, McKennon.«
»Wir werden jetzt alle in Montpelier landen. Nehmen Sie einen Steuerkurs von . . .« Irgend jemand sprach im Hintergrund, »von null sechs fünf Grad. Sehr langsam, Mallen. Sehr langsam.«
Mallen seufzte, nahm die Wendung, ließ die Sonne durch das Dach scheinen. Herrlich hier oben, sagte er sich. Herbst in Vermont. Klarer Himmel, bis auf einige Kumuluswolken im Norden. Wenn er die erreichen könnte!
»Beabsichtigst du, zu landen?« fragte Wyatt, und seine Stimme klang angespannt in der Sprechanlage.
»Ich glaube, uns bleibt keine andere Wahl. Sie sind uns an Geschwindigkeit überlegen. Wir könnten vielleicht schneller steigen, aber ich habe keine Lust, mir den Arsch mit Leuchtspurmunition beschießen zu lassen.«
Er fühlte einen kühlen harten Druck im Nacken. Er wußte, was es war, bevor Wyatt es ihm sagte.
»Eine Neun-Millimeter«, sagte Wyatt. »Ich gehe nicht da runter, Greg. Auf keinen Fall, Bruder.«
Mallen blickte verzweifelt nach links. Der Hubschrauber hielt seine Position, paßte sich den kleinen Schwankungen an Höhe und Luftgeschwindigkeit an, flog etwas oberhalb des Sperbers und immer noch in einer Entfernung von einer viertel Meile. Ein schlaues Früchtchen. Gute Schießdistanz und keine Kollisionsgefahr.

»Was spielt es noch für eine Rolle? McKennon kriegt uns so oder so. Hier oben oder unten auf dem Boden.«
»Was eine Rolle spielt, Mallen, ist wie wir dran glauben müssen. McKennon hat noch andere Mätzchen für seinen kleinen, elektrischen Stuhl. Nicht deine Hände. Etwas sehr anderes. Und das kann er tagelang fortsetzen.«
Die Ölmesser sahen jetzt ganz normal aus, tief in der grünen Zone, und der Treibstoffdruck war gut. Die Umdrehungen waren beständig auf zweitausendachthundert, der Höhenmesser auf etwas über dreitausend. Die Wolken am nördlichen Horizont schienen ein klein wenig näher zu sein.
»Siehst du diese Wolken, Wyatt?«
Der Druck im Nacken war fort. »Ja, ich sehe sie.«
»Wenn wir die erreichen, kann ich sie abhängen. Hubschrauber wie der von McKennon sind im allgemeinen nicht für Instrumentenflug eingerichtet.«
»Und das heißt?«
»Instrumentenflug – blinder Flug. Und da geht es hart zu. Wir werden ganz schön durchgeschaukelt. Er kann es nicht.«
»Mallen, es ist mein Ernst. Wenn du versuchst, dieses Ding zu landen, knalle ich dir eine Kugel in den Kopf.«
»Ich glaube dir«, sagte Mallen. »Ich glaube dir.«
Entfernungen im Himmel sind bei klarem Wetter schwer zu schätzen. Die Wolken ballten sich stärker auf und waren entschieden näher, fünfzehn Meilen, vielleicht noch weniger. Im Nordwesten waren sie besonders schwer, formten bereits eine Art von Maiskolbenoberfläche, drängten sich zu einer großen Masse zusammen, die sich wahrscheinlich im Laufe des Nachmittags in einem Gewitter entladen würde.
Mallen knipste das Mikrophon an. »McKennon, hier spricht Mallen. Was sind Ihre Absichten?«
Keine sofortige Antwort. Dann sagte eine Stimme: »Warten Sie.« Eine Pause, dann McKennons Stimme. »Schießen Sie los, Mallen.«
»Was sind Ihre Absichten, McKennon?« Die Wolken kamen näher. Zwölf Meilen und zwölf Lichtjahre vor ihnen.
McKennon lachte. Das Geräusch des Hubschraubers schnarrte im Hintergrund. »Absichten? Sie klingen ja geradezu, als ob Sie eine Wahl hätten, Mallen. Sie werden in drei bis vier Minuten landen.

Wenn nicht, werden Sie abgeschossen. Wie gefällt Ihnen das als Wahl?«
»Ich muß es zuerst mit Wyatt besprechen. Er sagt, er wird mich umbringen, falls ich lande.«
»Dazu hat er nicht den Mumm, Mallen. Wenn er Sie tötet, bringt er sich selber um. Ihr bekommt ein faires Gerichtsverfahren.« Der Hubschrauber kam näher, sichtlich näher.
Mallen gab ein wenig Gas, drehte leicht ab. Dann sprach er wieder ins Mikrophon. »Kommen Sie nicht näher, McKennon. Ich kann Sie immer noch rammen. Wyatt und ich, wir brauchen ein bißchen Zeit, um die Sache zu besprechen.«
Eine Gestalt im Rücksitz des Hubschraubers drückte das Gewehr an die Schulter, und Mallen zuckte zusammen. Dann sah er McKennon, mit dem Arm den Lauf runterdrücken. Sie waren nahe genug, daß Mallen die Wut auf McKennons Gesicht sehen konnte.
»Sie haben zwei Minuten, Mallen. Dann gehen Sie zur Landung nieder, oder wir schießen Sie ab. Leuchtspurgeschosse können Flugzeuge ganz schön zum Brennen bringen.«
Mallen versuchte, sich in McKennons Geisteszustand zu versetzen, wie er da saß und das weiße Flugzeug zu seiner Rechten beobachtete. Vielleicht rechnete er sich einen guten Schußwinkel aus. Aber es lag bestimmt in McKennons Interesse, sie lebend zu bekommen, denn der Staat sieht lieber eine klare Lösung als ein geschludertes Ende.
Mallen knipste das Mikrophon an. »Okay, McKennon. Wir einigen uns schon. Nur fünf Minuten.«
Die Antwort kam sofort, er mußte die Verzögerung vorausgesehen haben. »Keine fünf Minuten, *Durak*. Zwei! Von jetzt angefangen!«
»Es ist mein voller Ernst«, sagte Wyatt. »Wenn du versuchst, dieses Ding zu landen, spritzt dir das Gehirn an die Decke.«
»Und was machst du, du Held?«
Wyatt machte ein knallendes Geräusch ins Mikrofon. »Ich auch«, sagte er. »Du kennst McKennon nicht. Er ist ein Tier.«
»Es gibt eine Möglichkeit.« Mallen hielt inne, dachte nach.

»Hast du bemerkt, wie der Hubschrauber sich leicht über uns hält? Das tun sie, damit sie auf uns schießen können, ohne ihre Flugschrauben zu treffen. Falls wir ihn irgendwie unter uns bringen könnten, könnten wir . . . könntest du ihn vielleicht mit der Luger treffen.«

»Durch das Fenster?«

Mallen versuchte, sich vorzustellen, wie das zu schaffen wäre. »Nein, so geht es nicht, aber wenn wir ihn links unter uns kriegen, kann ich eine scharfe Linkswendung machen, und dann solltest du klar zielen können.«

»Und wenn ich durch das Kabinendach schieße?«

»Ich glaube, es würde zerbersten. Und ohne Kabinendach büßen wir an Fluggeschwindigkeit ein, weil die Luft ins Innere dringt. Dann gibt es keine Fluchtmöglichkeit mehr.«

»Worauf soll ich schießen? Den Motor?«

»Den Piloten. Falls du ihn verfehlst, kannst du noch auf eine Flugschraube schießen. Der Motor ist die letzte Wahl.«

»Noch eine Minute, Mallen.«

»Wie kriegst du ihn unter dich?« zischte ihm Wyatt zu. Lange Pause.

»Dreißig Sekunden, Mallen.« Der Hubschrauber gewann mehr Höhe und kam näher. Dieses Mal hatten McKennon und der Mann auf dem Rücksitz ihre Waffen an die Schulter gedrückt.

Mallen knipste das Mikrophon an. »Okay, McKennon. Wir spielen Ihr Spiel mit.«

»Sehr vernünftig, Mallen. Sehr vernünftig.« McKennon hielt inne, kam wieder zurück. »Mein Pilot sagt, Montpelier liegt in Ihrer Zwölf-Uhr-Position, etwa fünf Meilen von hier. Nehmen Sie Ihr Gas weg und beginnen Sie den Landungsflug. Sie werden im Südwesten landen. Bleiben Sie im Flugzeug, nachdem Sie gelandet sind. Beim leisesten Versuch, am Boden auszusteigen, werden Sie erschossen.«

»Verstanden«, sagte Mallen und legte Resignation in seine Stimme. Er nahm das Gas weg, ließ den Bug um ein paar Grade sinken. Verdammt heiß in diesem Treibhaus unter dem Plastikdach, sagte er sich. Sein Rücken war von Schweiß bedeckt.

McKennon war wieder da, durch die Nähe der beiden Flugzeuge war seine Stimme verzerrt. »Mallen, mein Pilot sagt, Sie sollen den Kurs auf null drei null wechseln. Lange Rückenwindlandung mit einer Hundertachzig-Grad-Wendung am Schluß. Keine Mätzchen . . . keine Tricks.«

Null drei null war gerade um eine Haaresbreite nach rechts die nördliche Richtung. Mallen schätzte, damit noch näher an die sich ballenden Kumuluswolken zu gelangen. »Okay, McKennon. Aber kommen Sie mit Ihrem verdammten Hubschrauber meiner Tragfläche nicht zu nahe.«

Der Helikopter schwenkte weiter nach links ab, gewann noch ein wenig mehr Höhe. McKennon kannte sich in den Spielregeln aus, behielt sich stets die erste Wahl vor.

Die beiden Luftfahrzeuge kamen über einen niedrigen Bergkamm, bahnten sich dann einen Flugweg über ein abfallendes Gelände. Vor ihnen lag ein See, blau und kraus im Morgenwind. Vom Norden zum Süden lief eine vierspurige Autobahn wie ein lässig gewundenes Band durch die Felder. Mallen sah keinen Verkehr, obgleich er tief genug flog, um das Gerippe eines umgestürzten Greyhound-Busses auf dem Trennungsstreifen zu erkennen. Wahrscheinlich jemand, der versucht hatte, aus den Städten zu entkommen. Das Greyhound-Symbol war immer noch sichtbar, ein Windhund, der nun auf ewig und vergeblich einen imaginären Hasen verfolgte.

Weiter entfernt erblickte er die eckigen Umrisse einer kleinen Stadt, über der eine Rauchwolke lag. Wahrscheinlich heizt man jetzt mit Kohle, vermutete er, oder vielleicht nur mit Holz. Ein schöner Morgen, wenn das Feuer im Kamin brennt.

Er blickte auf die Uhr. Zweiundzwanzig Minuten seit dem Abflug. Höhe: sechshundert Meter. Fluggeschwindigkeit: achtzig Knoten.

Wyatt brummte in die Sprechanlage. »Da unten . . . gerade vor dem rechten Flügel.«

Mallen streckte den Hals heraus, sah zuerst den Schatten, dann den Hubschrauber. Es war der mit dem gelben Heck, der in die südliche Richtung geflogen war und jetzt gerade landete.

»Der hat keinen Sprit mehr«, sagte Mallen. »Einer weniger.«

Wyatt brummelte irgend etwas.

»Wie war das?«

»Wann«, wiederholte Wyatt. »Sag mir nur, wann.«

Mallen nickte. Es war jetzt wirklich sehr heiß im Cockpit, eine Siedehitze unter dem klaren Herbsthimmel. Er warf einen verstohlenen Blick auf die Wolken, wollte nicht an die zehn oder mehr Meilen denken, die er hinter sich bringen mußte, um in Sicherheit zu sein. Eine unmögliche Distanz. McKennon würde ihn in der ersten Meile einholen.

Die Zeit verrann. Sekunden vergingen. Er wußte, daß der Ausbruch nur vor dem letzten Landeanflug-Manöver möglich war. McKennon war immer noch in der vorteilhaftesten Position, flog hoch über seinem linken Flügel, hielt genau den Formationsflug ein. Er versuchte, sich McKennons Geisteszustand vorzustellen: Wahrscheinlich zuversichtlich in bezug auf den Fang, sicher, die Lage zu beherrschen. Dagegen hatte er aber auch wegen der Flucht von gestern nacht und den vier toten Wachsoldaten die Rübe hinhalten müssen.
»Mallen, lassen Sie das Fahrgestell heraus, und verlangsamen Sie das Tempo für den Landungsanflug.«
Fahrgestell, sagte sich Mallen. McKennon hat es mir auf einem Silbertablett serviert. Er entsicherte den Schalthebel, beugte sich nach unten, um ihn aufzuziehen, gab seiner Bewegung große Natürlichkeit. Er zog den Hebel halb auf und hielt ihn dann.
Jetzt gerade die richtige Portion Panik in der Stimme, sagte er sich.
»McKennon. Das Fahrwerk ist auf halber Höhe eingeklemmt. Ich kriege es nicht raus.« Er sagte es sehr laut, verzerrte die Worte leicht.
»Warten Sie.« McKennons Stimme klang etwas gereizt.
Mallen sah den Hubschrauber näher kommen, in gleicher Höhe fliegen. Der Übereifrige im Rücksitz hatte schon wieder die Waffe erhoben, McKennons Gesicht war zum Teil vom Feldstecher verdeckt, mit dem er ihn beobachtete. Der Hubschrauberpilot sagte etwas in die Sprechanlage, und McKennon nickte.
Dann war McKennons Stimme wieder da. »Mallen. Versuchen Sie, das Fahrgestell einzuziehen und dann wieder rauszulassen. Es sieht aus, als seien ein paar Blätter und Äste in der Gabelung.«
Mallen hockte sich im Cockpit zusammen, machte Pumpbewegungen mit der Schulter und dem Arm, hielt den Fahrwerkhebel fest an das Knie geklemmt. »Es geht nicht, McKennon. Irgend etwas ist eingeklemmt. Das verdammte Fahrgestell sitzt fest.« Er wackelte ein bißchen mit den Tragflächen, kippte ein wenig auf, als verlöre er die Kontrolle.
Der Hubschrauber kam tiefer, näherte sich. Mallen sah ihn jetzt ganz deutlich. Ein ausländisches Modell, und die Markierungen an der Außenwand waren in kyrillischen Buchstaben. Europäische Bauart. Einzelauspuff.
»Halte dich bereit«, sagte Mallen in die Sprechanlage. »Du wirst Zeit

für zwei Schüsse haben. Warte, bis wir ganz nahe dran sind, aber um Himmels willen laß deine Luger nicht sehen, bis ich die Wendung mache!«
Wyatt sagte etwas Unverständliches, das mehr wie ein Grunzen klang. Jetzt habe ich noch etwas zu tun, überlegte Mallen. Mir die Pisten ansehen und schauen, was sie da haben. Der Flugplatz lag gerade unter seiner rechten Tragflächenspitze, kaum einige Meilen entfernt. Die Rollbahnen waren leer, bis auf zwei Hubschrauber auf der Rampe. Der eine war der mit dem gelben Heck, der gerade gelandet war. Die Schrauben drehten sich noch, ein Tankwagen fuhr auf ihn zu. Der andere war größer, stand aber auf einem Abstellfeld, auf dem keinerlei Aktivität zu sehen war.
McKennon war wieder auf der Frequenz und klang ungeduldig. »Passen Sie auf, Mallen, Mein Pilot sagt, Sie sollen das Fahrwerk einziehen und dann auf dem Gras neben der Piste landen. Drosseln Sie die Fluggeschwindigkeit und stellen Sie den Motor ab, sowie Sie über den Zaun sind. Ich möchte Sie und Wyatt in einem Stück haben.«
Mallen wußte, daß sie ihn mit den Ferngläsern beobachteten und jede Regung auf seinem Gesicht sehen konnten. Er wollte sie nur ein bißchen tiefer und ein bißchen näher haben. Er bückte sich, pumpte mit der Schulter, ließ das Fahrgestell um einige Zentimeter weiter heraus.
»McKennon«, rief er und ließ Verzweiflung in seiner Stimme klingen. »McKennon, verflucht noch mal, der beschissene Fahrwerkhebel ist gebrochen. Wie sieht es jetzt aus?« Er wackelte ein bißchen mit dem Knüppel, reckte den Kopf unter dem Plastikdach hervor, als wenn er sich vergeblich zu sehen bemühte, wo das Problem lag. Der Hubschrauber kam näher und ging um etwa sechs Meter unter seine eigene Höhe. Er sah die Gesichter, die zu ihm aufblickten, sich gespannt mit dem Problem beschäftigten. Das Gesicht des Hubschrauberpiloten war bleich vor Wut, er schien sich mit McKennon oder jemandem in der Sprechanlage zu streiten, gegen McKennons blöde Befehle zu protestieren.
Noch ein bißchen näher, McKennon. Nur noch ein bißchen näher. »Bist du bereit?« an Wyatt gewandt.
»Bereit«, sagte Wyatt leise.
»*Jetzt!*« rief Mallen, schlug den Knüppel nach links, schoß seitlich

empor, brachte den Hubschrauber unter sich in das Schußfeld. Ein, zwei, drei Schüsse dröhnten ihm in die Ohren, und dann sah er das Hubschrauberdach zerbersten. Ein Gesicht mit Sonnenbrille drehte sich nach oben mit weit geöffnetem Mund, und dann war der Hubschrauber verschwunden. Mallen gab Vollgas, stieg senkrecht an, ließ das Fahrwerk ins Gehäuse zurückschnappen.
»Scheißkerle«, schrie Wyatt in die Sprechanlage. Er schoß noch einmal, und dann schwirrten Leuchtspurgeschosse wild durch die Luft.
Fluggeschwindigkeit einhundertzehn. Er richtete die Flügel aus, wendete nach rechts, nahm Kurs auf Norden. Die Umdrehungszahlen an der Grenze der roten Zone, Geschwindigkeit hundertzwanzig. Die Kumuluswolken im Norden schienen ebenso weit entfernt wie der nächste Planet.
»Erwischt«, sagte Wyatt immer wieder. »Erwischt.«
»Wo ist er?« Mallen reckte den Hals, blickte über die Schulter.
»Kann ihn nicht sehen, da unten. Nein . . . er dreht auf uns zu. Er kommt.«
»Scheiße«, sagte Mallen zu sich selbst. Hundertfünfundzwanzig Knoten auf dem Geschwindigkeitsmesser, und höher geht's kaum mehr. Er trimmte kurz zurück, um den Druck auszugleichen, und konzentrierte sich auf den nördlichen Horizont.
McKennons Stimme erklang in seinem Kopfhörer, wild vor Wut. Die Hintergrundgeräusche waren viel stärker als vorher, und irgend jemand schrie, verzerrt und wie von weit entfernt.
»Verdammt noch mal, Mallen! Ich werde . . .«
Mallen knipste den Funk ab, wollte es nicht hören. »Wie weit zurück, Wyatt?« fragte er. Die Wolken schienen näher zu sein.
»Eine Meile. Er holt auf. Ich habe dem Scheißkerl nicht genug Blei verpaßt.«
»Du hast es sehr gut gemacht. Es gibt uns Zeit.«
»Genug?«
»Genug«, log Mallen.
Die Öltemperatur stieg wieder gefährlich an, der Motor überdrehte. Er stieß leicht abwärts, beschleunigte das Tempo um zwei Knoten. Das Armaturenbrett vibrierte heftig, der Motor zitterte. Nun komm schon, du Scheißkiste. Nur noch zwei Minuten.
Wyatt seufzte stöhnend in die Sprechanlage, atmete tief aus. »Zwecklos. Er kommt direkt auf uns zu.«

8

Das zerborstene Plastikdach des Klistow-Hubschraubers brach unter dem Luftdruck immer mehr zusammen. McKennon saß zusammengekauert, aber auch das Armaturenbrett bot ihm wenig Schutz. Der Motorenlärm donnerte derartig, daß man kaum noch denken konnte.

»Wir haben Schaden«, schrie der Pilot in McKennons Ohr. »Die Vibration und der Öldruck . . .«

»Ist mir scheißegal«, schrie McKennon zurück. »Halten Sie Kurs auf Norden und verfolgen Sie ihn. Legen Sie alles rein.« Er zeigte auf Mallens weißes Flugzeug, das eine halbe Meile vor ihnen den Wolken am nördlichen Horizont entgegenstieg.

Der Pilot nickte. Sein Gesicht war aschfahl. Er legte langsam mehr Gas ein, ging in die Flachlage, folgte Mallens Flugweg. »Ich glaube nicht, daß dieses Ding durchhalten wird.«

McKennons Gesicht war schwarz vor Wut, er beugte sich herüber, schrie, und seine Spucke sprühte dem Piloten ins Gesicht. »Behalten Sie Ihre Meinung für sich, *Durak*! Bringen Sie mich nur nahe genug, daß ich ihn abschießen kann, bevor er in dieser Wolkenwand verschwindet.« McKennon entsicherte die Kalaschnikow AK-47 und lud durch. Dann stellte er den Wahlhebel auf Vollautomatik. Zweihundert Meter wären nahe genug, beschloß er. In Mallens Propeller oder Motor, um ihn zur Landung zu zwingen. Und das wäre nur der Anfang, eine kleine Vorfreude. Er nahm das Mikrophon, schaltete den Funk ein. »Verdammt noch mal, Mallen! Ich werde Ihnen noch den Arsch an die Wand nageln!« Keine Antwort, nur die knisternden Nebengeräusche im Kopfhörer.

Der Obergefreite der Sonderabteilung im Rücksitz schrie immer noch. McKennon blickte über die Schulter, mußte sich fast erbrechen. Der Junge stieß hohe durchdringende Laute aus, zerrte an

seinem Gesicht, während das Blut aus der formlosen Masse von Knochen und Zähnen rann, die einmal seine Kinnlade gewesen war. McKennon wandte sich schnell wieder zurück, verspürte nur Ekel. Die Umrisse des Flugzeugs wurden immer größer, deutlicher erkennbar. Noch etwa tausend Meter Distanz. Er gab einen Versuchsschuß ab, sah die Leuchtspur absacken und heruntergehen. Noch zu weit. Die Wolkenmasse kam näher. Schwer, die Entfernungen einzuschätzen, stellte er fest. Falls Mallen es bis dahin schaffte, würde er Stunden brauchen, um ihn wiederzufinden. Jetzt fiel McKennon ein, daß der Junge die Reservemagazine hatte. Er drehte sich in seinem Sitz um, schaute nach ihnen aus. Der Blutstrom war jetzt fast schwarz, ergoß sich dickflüssig aus der offenen Wunde. McKennon stieß ihn auf den Boden, nahm ihm die Magazine ab. Das blonde Haar des Jungen flatterte im Wind, der durch das zerbrochene Dach drang, seine Augen waren noch offen, starrten McKennon an. Noch einer, über den ich Brinkerhoff Rechenschaft ablegen muß, sagte er sich. Brinkerhoff blätterte jetzt bestimmt die Morgenberichte durch, sah McKennons Namen und die ersten Einzelheiten über die Flucht. Und sicher lächelte er vergnügt bei dem Gedanken, daß McKennon in dieser Angelegenheit wieder einmal herrlich versagt hatte. Jetzt geht es um mehr als um Mallens und Wyatts Flucht, sagte sich McKennon. Jetzt heißt es: Brinkerhoff oder ich.
Er hatte die Veränderung im Motorengeräusch nicht bemerkt. Mallens Flugzeug war in verführerischer Nähe, weniger als sechshundert Meter entfernt, aber der Pilot gab auf einmal weniger Gas. »Was ist denn los?« schrie McKennon. Seine Stimmbänder schmerzten ihn vom Brüllen und von der Anstrengung.
Der Pilot klopfte auf den Öldruckmesser, und während er es tat, sank die Nadel zurück. »Wir verlieren irgendwo Öl. Der Druck nimmt immer mehr ab, und die Zylinderkopftemperatur ist schon lange über das Maximum gestiegen!« Er preßte die Lippen aufeinander und ließ das Armaturenbrett nicht aus den Augen.
»Ist mir scheißegal!« schrie McKennon verzweifelt zurück. »Los, weitermachen.«
Der Pilot nickte, gab mehr Gas. Die Vibration war so stark, daß die Nadeln der Bordinstrumente zitternd hin und her schlugen. Der Hubschrauber schüttelte sich, krachte in allen Fugen, als der Motor zu klemmen begann.

Die Distanz war jetzt fünf- oder sechshundert, und McKennon gab noch einmal Feuer. Die Geschosse sausten in die Höhe, fielen im Bogen ab, erreichten das Flugzeug noch immer nicht, aber sie waren nahe dran. McKennon legte ein neues Magazin ein. »Geben Sie mir noch dreißig Sekunden«, sagte er. »Dreißig Sekunden . . .« Die Wolken lagen wie eine dicke Mauer vor ihm, grauschwarz in der Vertikalen, die abgerundeten Gipfel silbern im Sonnenlicht. »Zwanzig Sekunden«, sagte er zu sich selbst, kaum die Lippen bewegend. Die Kalaschnikow schien ihm die Verlängerung seines Willens und seines Denkens zu sein.

Die Vibration wurde immer schlimmer, Stücke der Windschutzscheibe splitterten ab, Sprünge zeichneten sich auf dem Plexiglas ab. McKennon nahm das Geräusch quietschenden Metalls über dem Rotorenlärm wahr, und dann gab es einen heftigen Stoß, die Kabine schwankte, taumelte im Flug. Das Quietschen wurde immer lauter, Metall kratzte auf weißglühendem Metall, und dann knallte es, und der Hubschrauber fiel zur Seite, begann zu schleudern. McKennon wurde aus seinem Sitz gerissen, schlug mit dem Kopf an die Leiste des Kabinendachs. Er sah gerade noch, wie der Pilot sich am Schaltbrett betätigte, den Motor abstellte, mit einem roten Quergriff an der Mitte der Bordtafeln hantierte.

»Kolbenfresser«, schrie der Pilot. »Ich kehre um.«

»Wir . . .« McKennon konnte den Satz nicht beenden. Ein letzter Blick auf Mallens Flugzeug, und dann rollte der Horizont aus seinem Blickfeld.

Das Geräusch war jetzt weniger laut, der Motor schwieg, und nur die Strömung des Windes durch das Cockpit erschwerte das Sprechen. McKennon sah zu, wie der Pilot sich aus der Schräglage steuerte und Kurs auf den Flugplatz nahm, der etwa tausend Meter tiefer vor ihnen lag.

»Schnallen Sie sich an und kümmern Sie sich um den Jungen da hinten«, sagte der Pilot.

McKennon nickte, tat aber nichts. »Können Sie es schaffen?«

Der Pilot nickte. »Ich glaube schon. Wir haben Rückenwind. Es wird eine harte Landung werden. Und schmeißen Sie dieses verdammte Ding weg.«

»Was?«

»Die Kalaschnikow! Ich habe keine Lust, mit dem Ding besprüht zu werden, wenn wir landen. Oder legen Sie es an einen sicheren Ort.«

Die Geschwindigkeit nahm zu, und die Rotoren schwirrten und glitzerten. Frei vom Motor drehten sie sich immer schneller, bildeten ein schwarzes Rund über dem Kabinendach. McKennon blickte fasziniert herunter, sah ganze Landstriche zu Feldern werden, die Felder auf sich zukommen. Jetzt konnte er einzelne Bäume erkennen, und Felsblöcke, und dann eine Straße. Ein Mann auf der Straße blickte auf, mit offenem Mund. Ein Haus im Umkreis der Rollbahn glitt unter dem Bug des Hubschraubers vorbei, viel zu nahe, die längst überflüssige Fernsehantenne fast in der Höhe des Cockpits. Der Flugplatz war unter ihnen, und sie sausten fast in der Vertikalen dem Boden zu. McKennon war gelähmt vor Schrecken.

Der Hubschrauberpilot hatte gut kalkuliert, wechselte die Luftschraubeneinstellung im letzten Augenblick vom flachen zum Steilgang, nutzte das Schwungmoment der Rotoren und die Schraubeneinstellung maximal, um den Schock der Landung abzudämpfen. Sie schlugen hart auf, brachen eine Kufe, standen endlich. Der Pilot ließ sich in seinen Sitz zurückfallen, atmete schwer.

McKennon schnallte sich ab, griff nach der AK-47, eilte im Laufschritt über die Rampe zum zweiten Hubschrauber, der sich gerade lebendig hustete, blaue Wolken von Ölrauch aus seinem Auspuff verbreitete. Er drehte sich um, lief schwerfällig ein paar Meter zurück, blickte auf den verschwindenden Fleck am nördlichen Horizont. Er starrte noch eine Sekunde, dann war der Fleck verschwunden, verschlungen von der schweren Wolkenmasse. »Scheiße«, sagte er und spuckte aus.

Ein fettbäuchiger Sergeant in der grauen Uniform der Friedenstruppe Ost kam ihm entgegen. Wie er mit seinen dicken Beinen stapfte, sah er eher wie ein aufgeblasenes Plastikspielzeug aus. Weiter oben an der Rampe, vor dem außer Betrieb gesetzten Flughafengebäude sah er eine Gruppe von Männern in ähnlichen grauen Uniformen, die jetzt auf ihn zurannten.

McKennon packte den Mann beim Arm. »Hören Sie«, fuhr er den Fettwanst an. »Benachrichtigen Sie sofort die Führung der Friedenstruppe Ost in Albany über Funk, und sagen Sie ihnen, sie sollen Hubschrauber entlang der alten Grenze ausschicken. Von Montreal bis nach Trois Rivières. Alles, was sie sonst noch auftreiben können. Und sie sollen alle Postenkommandos alarmieren, nach einem Flugzeug Ausschau zu halten. Es hat Kurs auf irgendwo zwischen Nordost und Nordwest genommen. Wir benutzen die zwei einundvierzig Komma fünfundachtzig als neue Operationsfrequenz. Mallen hat die alte abgelauscht.«

»Aber . . .« begann der Mann zu sagen, doch McKennon stieß ihn zur Seite und sprintete zur Klistow mit dem gelben Heck. Er drehte sich noch einmal um und rief ihm zu: »Zwei einundvierzig Komma fünfundachtzig.«

Der Mann nickte, senkte den Kopf und schien sich etwas auf den Handrücken zu notieren.

McKennon erreichte den Helikopter, als die Flugschrauben bereits zischend durch die Luft peitschten, sich immer schneller drehten. Der Pilot saß vornüber gebeugt, sprach angespannt in sein Mikrophon. Er würdigte McKennon kaum eines Blickes. Ein Mann in Khaki kletterte bereits auf den Rücksitz. Er trug eine rohrartige Waffe mit Schulteraufsatz und Zielfernrohr. McKennon nickte ihm kurz zu und zeigte auf die Wolkenwand im Norden. Der Mann, ein Latino, lächelte zurück und klopfte auf das Rohr. Innerhalb von dreißig Sekunden war der Hubschrauber aufgestiegen und wandte sich nach Norden.

McKennon lehnte sich in seinen Sitz zurück, schnallte den Sitzgürtel an. Der Pilot – Baines stand auf seinem Namensschild – zeigte auf einen Kopfhörer, der an einer Klammer über ihm hing. McKennon setzte ihn sich auf, froh, den Höllenlärm der Flugschraube und des Motors nicht mehr hören zu müssen.

Allmählich gewannen sie an Höhe, und Baines konzentrierte sich, den Motor auf Höchstgeschwindigkeit zu bringen. Die Stadt unter ihnen huschte vorbei. Vereinzelte Gebäude, die verschwommenen Umrisse eines Einkaufszentrums, die Ruinen eines Kentucky Fried Chicken Restaurants, völlig abgebrannt, Ziegelsteine und Müll auf dem leeren Parkplatz.

»Sehen Sie ihn?« fragte McKennon, immer noch außer Atem.

Baines schüttelte den Kopf, sagte mit südstaatlichem Akzent: »Das Aas ist irgendwo da oben. Wir kriegen ihn schon.« Seine Backenmuskeln bewegten sich, er kaute Tabak. McKennon betrachtete Baines' Gesicht. Es verriet nichts, keinerlei Gefühl. Seine Augen lagen hinter gelb getönten Brillengläsern, die die Iris

schwarz erscheinen ließen. Er schenkte McKennon keine Aufmerksamkeit, blickte forschend auf den Horizont.
Ein Profi. Das gefiel McKennon. »Wieviel Treibstoff haben Sie?«
Baines griff herunter, tippte an die Benzinuhr. Dann wandte er sich leicht um, die Augen immer noch auf den Horizont gerichtet, lächelte breit, zeigte eine Reihe schmutziger Zähne. »Voll. Reicht für zwei Stunden. Beruhigen Sie sich, McKennon, das ist noch 'ne ganze Weile.«
Der Mann auf dem Rücksitz hatte sich angeschnallt, saß zurückgelehnt mit geschlossenen Augen. Die Waffe hatte er über seine Knie gelegt. McKennon versuchte, ihn einzuschätzen. Wahrscheinlich Kubaner, als bevollmächtigter Offizier bei der Friedenstruppe, äthiopische und angolanische Ordensbänder auf der Khakijacke, zwei weitere darunter für die südafrikanische Kampagne, Verdienstband der Friedenstruppe West. McKennon blickte auf sein Gesicht und sah, daß der Mann ihn durch halb geschlossene Augen beobachtete.
Der Kubaner lächelte. »Santilla«, sagte er ins Sprechgerät.
»Wieviel Schuß haben Sie in der SA-7?« fragte McKennon, auf die Waffe weisend.
Der Kubaner hielt drei Finger hoch. »Wärmesensor«, sagte er. »Einer genügt.« Er schloß wieder die Augen, das Lächeln war nur noch ein dünner Druck auf den Lippen.
McKennon setzte sich wieder zurück. Er war zufrieden. Einer genügt, wiederholte er sich. Zwei Meilen Reichweite mit einer Dreieinhalbpfund-Ladung. Der Motor in Mallens Flugzeug wird mehr als genug Wärme für einen guten Zielschuß bieten. Aber falls McKennon eine Chance hätte, würde er noch lieber versuchen, nahe genug heranzukommen, um die AK-47 abzufeuern. Der Raketenwerfer kam nur als letzte Instanz in Frage, denn dann hätte er nicht mehr die Möglichkeit, Mallen und Wyatt lebendig zu kriegen.
Er versuchte, sich zu entspannen. Die Felder unten wichen jetzt bewaldeten Bergen, als sie weiter nach Norden flogen. Vereinzelte Gehöfte mit von Unkraut überwachsenen Feldern an nicht mehr benutzten Straßen. So wenig Menschen sind übriggeblieben. Ein ganzes Land, das bis auf die tiefste Überlebenswirtschaft gesunken

ist, wo jeder verbittert und emsig herumscharren muß, um sich am Leben zu erhalten. Die neue Ära – so nannte es der staatliche Rundfunk. Wohl eher die Steinzeit, fand McKennon. Er versuchte, nicht an Brinkerhoff zu denken, aber es gelang ihm nicht.

Als es im vorigen Sommer in Rochester zu Aufständen gekommen war, hatte Brinkerhoff mal wieder einen schönen Mist gebaut und einundvierzig seiner Männer eingebüßt. McKennon wäre beinahe der zweiundvierzigste gewesen. Die Friedenstruppe Ost in Langley hatte eine Untersuchung eingeleitet, und McKennon, anstatt Brinkerhoff zu decken, hatte sich in aller Behutsamkeit ein Paket von Lügen und Hörensagen zusammengestellt, Brinkerhoff scharf wegen seiner Schlamperei getadelt. Und dafür hatte man McKennon zu einem der sieben Bezirkskommandanten unter Brinkerhoff ernannt, persönlich von Giorgi Antoniwitsch, dem Oberbefehlshaber der Friedenstruppe Ost auserwählt.

Seit dieser Zeit hatte McKennon vorsichtig seine Netze ausgelegt, sich die Gunst der richtigen Leute verschafft und immer wieder auf Brinkerhoffs Fehlschläge angespielt. Dann kamen die Aufstände in Troy und Ithaca. Angeblich hatte Brinkerhoff an Antoniwitsch Kritik geübt, also ein guter Punkt für McKennon. Noch ein paar Monate, überlegte McKennon, und ich könnte Brinkerhoffs Posten haben. Giorgi hatte es ihm sogar vorgeschlagen.

Aber der einzige Ärger war, daß Brinkerhoff genau wußte, wer ihn da anzuschwärzen versuchte. Und Brinkerhoff hatte einfach abgewartet, sich Zeit genommen, bis er eine gute Gelegenheit hatte, McKennon festzunageln. Plötzlich wurde sich McKennon bewußt, daß Mallen vielleicht gerade dieser Nagel sein könnte, und daß die Zeit, oder das Fehlen der Zeit, der Hammer sein würde.

Jetzt waren sie unter den Wolken, die sich in der Vormittagssonne immer mehr aufballten, die Feuchtigkeit des sich erwärmenden Bodens aufsaugten. Sie kamen durch Luftwirbel, und McKennon verspürte leichte Übelkeit. Er schaute auf seine Uhr und sah, daß es erst kurz nach acht war. Baines steuerte ruhig und methodisch, ließ den Hubschrauber ansteigen, hatte alle Bordinstrumente unter Kontrolle, kaute an seinem Tabak.

»Irgendeine Spur von ihm?« fragte McKennon durch die Sprechanlage.

Baines starrte gerade vor sich hin, schüttelte den Kopf. »Nein. Der

Bursche ist wahrscheinlich über den Wolken. Und wo geht es jetzt hin?«
»Welchen Kurs hätten Sie an seiner Stelle genommen?«
Baines zuckte die Schulter. »Ihr Bier, McKennon. Ich fliege nur dieses Ding.«
Die Luftwirbel wurden stärker, und der Hubschrauber erzitterte bis in seine Eingeweide. Das Sonnenlicht war hinter den sich auftürmenden Wolken verschwunden. McKennon fühlte sich noch übler, ein leichter Brechreiz. Ein Stück blauer Himmel tauchte im Norden auf, und dahinter weitere Wolkenwände.
»Na schön, nehmen Sie Kurs auf Nordost«, sagte McKennon. »Und steigen wir ein bißchen höher.«
Baines, der aus dem einstigen Texarkana stammte, bevor fünf Megatonnen es ausradiert hatten, brachte den Motor auf höhere Touren für den Steigflug, nickte und sagte »Die Friedenstruppe kann mich mal«, gerade laut genug, daß McKennon ihn hören konnte.

9

Der Sperber kämpfte sich schwer durch die Wirbelströmungen, machte eine Fünfundvierzig-Grad-Wendung und stieg an, als wäre er ein Expreß-Fahrstuhl. Mallen blickte kurz auf den Variometer und sah die Nadel auf der äußersten Grenze, und das bedeutete eine Steiggeschwindigkeit von über dreihundert Meter in der Minute. Hinter der regenbespritzten Plexiglashaube war die Welt eine grauschwarze Leere, in der es gewaltig wirbelte. Wyatt hustete, das Geräusch kam verstärkt durch die Sprechanlage. Ihm wird schlecht, dachte Mallen. Kein Wunder. Er rückte tiefer in den Sitz, zog sich mit seiner freien Hand den Sitzgürtel so fest wie möglich.
Für Mallen gab es außerhalb der dünnen Plexiglasscheibe seines Schutzdachs kein Oben oder Unten, kein Links oder Rechts. Von der ersten Sekunde an, als er in die Kumuluswolken gedrungen war, hatte es keinen Horizont mehr gegeben. Er hielt den Knüppel sehr vorsichtig, blickte aufmerksam auf den künstlichen Horizont am Armaturenbrett, schaute hie und da kurz auf Fahrt-, Höhen- und Steigungsmesser. Eine Bö schleuderte den Sperber zur Seite, trieb ihn vom Kurs ab, und Mallen benutzte beide Hände, um ihn wieder zurückzuzwingen. Er fragte sich, wie die Tragflächen wohl der Stoßbelastung standhalten würden. Und dann erinnerte er sich an Rudi Meyers.

Mallen war Rudi an einem nassen Aprilnachmittag begegnet. Der Wind peitschte von Nordwest über die Green Mountains hinein, fegte Wolken und Regenschauer ins Land. Mallen hatte ihn seit einer Weile beobachtet: Ein Mann Anfang Sechzig in Drillichhosen und einer alten Lederjacke. Ein eckiges und glattes Gesicht, außer den Runzeln in den Augenwinkeln, die ihm den Anschein gaben, als habe er sein Lebenlang in die Sonne geblinzelt. Das schüttere Haar

kämmte er sich ständig mit einer vernarbten Hand zurück, aber dann flatterte es gleich wieder im Wind.
Mallen ging neben ihm her, nickte dem Wind zu und sagte: »Nicht gerade ein schöner Tag für eine Segelflug-Regatta.«
»Morgen auch nicht«, sagte der Mann. »Oder übermorgen.« Er zog eine Pfeife aus der Tasche, stopfte sie, unterließ jedoch jeden Versuch, sie anzuzünden. Dann wandte er sich Mallen zu, steckte die Hand aus und sagte: »Rudi Meyers.«
Meyers Voraussage bestätigte sich am Spätnachmittag. Der Wettbewerbsleiter sagte ihnen, die Segelflugregatta sei um einige Tage verschoben, wegen der stationären Kaltwetterfront. Die Männer schlurften aus dem Sprechzimmer, kehrten in ihre Wohnwagen und Hotelzimmer und zu ihren gelangweilten Ehefrauen zurück.
Mallen traf Meyers wieder auf den Stufen des Flughafengebäudes. »Sie hatten recht«, sagte Mallen und zündete sich eine Pall Mall an. Meyers zuckte die Schulter. »Das ist etwas, worin ich mich auskenne«, sagte er, wies mit dem Pfeifenstiel auf die tief hängenden Wolken. »Das Wetter.« Er zog sich die Lederjacke enger, schloß sie mit dem Reißverschluß, und Mallen sah, daß seine Hand verkrüppelt war. Meyers wandte sich ab, nahm zwei Stufen in Richtung des Parkplatzes, drehte sich dann um. »Trinken Sie einen Cognac mit mir?«, sagte er, und es war mehr eine Aufforderung als eine Frage.
Meyers hatte in den dreißiger Jahren zu jenen deutschen Wunderkindern der Segelfliegerei gehört, die über die bisher bekannten Grenzen des Fliegens hinausstrebten. Laut dem Vertrag von Versailles war es Deutschland verboten, eine neue Luftwaffe aufzubauen, und die Piloten, die damals im geheimen für den Kampfflug trainiert wurden, benutzten Segelflugmodelle, die noch zwanzig Jahre später als die fortschrittlichsten und modernsten galten. Die neuesten technischen Errungenschaften und Geld in unbeschränkten Mengen wurden in den Dienst dieses Sports gestellt, der sich wachsender Beliebtheit erfreute. Meyers zeigte Mallen ein verblichenes Foto, auf dem Hermann Göring einem hübschen jungen Mädchen, das lächelnd im Cockpit eines knickflügligen Segelflugzeugs saß, einen großen Blumenstrauß überreichte. »Meine Braut«, sagte er.
Sie bestellten eine zweite Runde Cognac und Kaffee. Meyers blickte aus dem Fenster des Restaurants über das Tal zu den wolkenbehangenen Bergen im Osten hin. »Viele von uns haben damals ihre Dumm-

heiten mit dem Leben bezahlen müssen«, sagte er und zündete sich die Pfeife an. »Wir wußten nicht viel vom Wetter.«
»Sind Sie Meteorologe?« fragte Mallen. Er nippte an seinem Kaffee, wartete, wußte, daß Meyers ihm etwas zu erzählen hatte.
»In gewissem Sinne, ja. Ich besitze eine Firma, die Instrumente für die Wetterkunde herstellt.« Er paffte eine blaue Rauchwolke aus. »Nein, Sie haben ganz recht. Ich habe Meteorologie studiert, besonders Wolken. Alles übrige ist reiner Zufall.«
Meyers begann, langsam und behutsam von der Frühzeit des Segelflugs zu erzählen . . . vom relativ harmlosen Gleitflug entlang der Windseiten der Berghänge, wo man von einem weichen Kissen aufwärtsstrebender Luftströmungen getragen wird. Und dann von den thermischen Aufwinden. Wie man annahm, die Kumuluswolken bildeten sich aus einer aufströmenden warmen Luftmasse, und wie die Piloten schließlich lernten, wie die Habichte in den unsichtbaren thermischen Aufwinden herumzukreisen und die neuentwickelten Variometer benutzten, um die steigenden Luftmassen auszuwerten.
Meyers stieß seinen Stuhl zurück und stützte sein Bein auf das niedrige Fenstersims, während er immer noch ins Tal blickte. »Wir fanden heraus, daß der thermische Aufwind am Fuß der Wolke am stärksten war. Einige von uns glaubten, die Aufwinde setzten sich bis in das Innere der Wolke fort und schwächten dann ab, je höher man kam. So beschlossen wir, uns Gewißheit zu verschaffen.« Er blickte Mallen in die Augen und lächelte. »Ich habe an diesem Tag fünfzehn Pfund verloren«, sagte er und klopfte sich auf das Bein. Erst da bemerkte Mallen, daß Meyers Reißzwecken als Sockenhalter benutzte.
Es war an einem heißen Nachmittag im August 1935. Die bayrischen Alpen füllten den südlichen Horizont. Drei Segelflugzeuge wurden vorbereitet und zum Abflug gebracht. Der vorgesehene Plan war, daß jeder von ihnen sich eine Kumuluswolke aussuchen, in sie eindringen und nach bestem Vermögen die Stärke und die Charakteristiken des inneren Mechanismus der Wolke ermitteln sollte.
»Bei der Vorbesprechung klang alles sehr wissenschaftlich«, sagte Rudi trocken. Er zog an seiner Pfeife, die ausgegangen war. »Nur hatte niemand damit gerechnet, daß wir alle junge Luftwaffenpiloten waren, die sich einen Namen machen wollten.« Er klopfte die Pfeife aus, stopfte sie wieder, starrte immer noch ins Tal hinaus. Dann

wandte er sich Mallen zu und blickte ihm in die Augen. »Wir drei suchten uns alle die gleiche Wolke aus – die größte. Horst drang als erster in sie ein. Er hatte den besten Gleiter, eine Möwe 7A. Ich war zweiter, und Erich folgte mir.« Er zündete sich die Pfeife an, warf das Streichholz in den Aschenbecher.
»Ich kann mich nur an sehr wenig erinnern. Turbulenz und Regen. Dann Hagel. Hagelkörner, groß wie Aprikosenkerne. Es gab starke Aufwinde, wie wir angenommen hatten. Aber auch steil abfallende Luftströmungen rings um den Schacht. Und wer dazwischen geriet, prallte wie an eine Steinmauer.«
Meyers Steuerung vereiste irgendwo auf etwa dreitausend Metern. Die Sturmzelle spie ihn nach der Seite aus, riß ihm den größten Teil der Heckverkleidung ab. Das Dach war unter der Wucht des Hagels eingebrochen. Man fand ihn bewußtlos in den Trümmern seines Segelflugzeugs. Horsts Möwe wurde im Sturm total auseinandergerissen, und kein erkennbarer Teil des Flugzeuges blieb übrig. Der Pilot war aus über viertausendfünfhundert Metern Höhe abgestürzt, der Fallschirm in Fetzen gerissen.
»Und der dritte?« fragte Mallen.
»Erich . . . Er war mein bester Freund und der Bruder meiner Braut. Irgendwie gelang es ihm, abzuspringen und den Fallschirm zu öffnen. Er wurde noch viel höher getragen, dann nahe dem Gipfel ausgespien, kam wieder herunter, gelangte aber wieder in den Schacht der Sturmzelle.« Meyers spielte mit dem Kaffeelöffel, stieß ihn behutsam in die genaue Mitte seines Tischsets. »Er muß mindestens fünfmal durch den Schacht geflogen sein. Als er schließlich landete, war er schon längst tot. Völlig eingefroren. Der Hagel hatte ihm fast die ganze Haut abgerissen. Im Bericht nannte man es ›eine zyklische Hölle‹.«

Aber diese Sturmzelle hat zuerst noch gar nicht reif ausgesehen, sagte sich Mallen. Eher wie ein junger Zuchtbulle, kräftiger und größer als die niedrigeren Kumulus-Kühe, die neben ihm grasten. Aber jetzt schien es doch anders zu sein.
Ein kurzer Regenschauer prasselte auf das Plexidach, und dann war er weg, hinterließ nur graue und schwarze Fetzen vor dem Perspex. Er stellte den Motor auf Leerlauf, bemühte sich, die Fluggeschwindigkeit in den niedrigen Siebzigern zu halten. Höhe gewinnen und nicht

an die Geschwindigkeit denken, sagte er sich. Er blickte auf das Armaturenbrett, prüfte aufmerksam alles nach. Die Fahrtmessernadel vibrierte und schwankte, der Höhenmesser pumpte, zeigte jede Sekunde höhere Steigung an. Achttausend Fuß, neuntausend Fuß. Jetzt wieder Regen, gegen das Dach peitschend, betäubend laut. Es tropfte bereits durch das Dach, kleine Wasserbäche ergossen sich in die Kabine und über das Armaturenbrett.
Die Turbulenz wurde immer schlimmer, so schlimm, wie er es noch nie erlebt hatte. Bald wurde er auf seinen Sitz heruntergedrückt, bald schnellte er hoch, gegen die Schulterriemen, der ganze Rumpf schüttelte sich wie ein Spielzeug im Maul eines Hundes. Die Instrumente verschwammen vor seinen Augen bis zur Unleserlichkeit. Der Höhenmesser ruhte während des Bruchteils einer Sekunde auf etwas mehr als dreizehntausend Fuß, Blindleistungsmesser konstant. Seine Ohren sausten vom Druckwechsel, und er begann sich zu fragen, ob sie schon den Gefrierpunkt erreicht hatten, vereisten. Läßt sich nicht feststellen, befand er. Starke Kondensation auf dem Plexidach, im Cockpit eine Art von Nebel, der vom Temperaturwechsel herrührte. Prasselnder Hagel, dann Regen, dann wieder Hagel. Schweres Zeug, stellte er fest, und dann bäumte sich das Flugzeug seitlich auf, schlug mit unkontrollierbarer Geschwindigkeit in die Höhe . . . trudelte ab. Mallen stemmte den Knüppel nach vorn, zog negative Beschleunigungskraft, konterte mit vollem Querruder und Seitenruder, die Fluggeschwindigkeit steigerte sich wieder, und dann war er mit einem Schlag wieder im Kern zurück, überzog die Steuerung, bemühte sich, das Ding aufrecht zu halten.
Wyatt würgte und hustete im Rücksitz, stammelte unzusammenhängendes Zeug. Mallen fühlte sich elend, schwindlig, verwirrt, von nagenden Zweifeln erfaßt. Nicht weit von Panik entfernt.
Noch mehr Hagel, Gott sei Dank etwas leichter. Der vorige hatte das Plexidach beschädigt. Und dann geriet er in einen blendenden, flimmernden, kristallisierten Nebel aus Eispartikeln, den die bleiche Sonne durchschien.
»Du lieber Jesus«, sagte Wyatt, und dann hustete und kotzte er.
Mallen steuerte der Sonne entgegen, tauchte plötzlich in blauem Himmel und ruhiger Luft auf einer Höhe von 16580 Fuß auf. Jetzt gab er mehr Gas, langsam und allmählich, und hielt die Luftgeschwindigkeit niedrig. Sein Herz pochte, die Höhenluft erschwerte

ihm das Atmen, aber das Flugzeug war wenigstens unbeschädigt. Mit einer Wendung hielt er sich am Rand der Kumuluswolke, überblickte die Täler und Engpässe, wendete, nahm noch einmal den gleichen Weg. Alles war ruhig, sie schienen in Sicherheit zu sein. Er flog vorsichtig, bemühte sich, die Spannung in seinem Körper loszuwerden. Die Vereisung auf den Steuerflächen schmolz langsam in der Sonne, fiel in Scheiben und Klumpen von den Flügeln ab. Es war ja nicht allzu schlimm gewesen, sagte er sich, wußte jedoch, daß er solche Mätzchen in Zukunft lieber den Deutschen überlassen würde, falls es sie noch gab.

Der Geruch des Erbrochenen drang bis zu ihm, und er verspürte leichte Übelkeit, gleichzeitig aber auch jenes Gefühl der Heiterkeit, das man empfindet, wenn man bis an die letzten Grenzen seines Glücks vorgestoßen und noch einmal davongekommen ist.

»Wie geht's dir jetzt dahinten?« fragte er.

»Mir war schlecht. Jetzt geht's wieder einigermaßen. Was war denn das für eine Scheiße in den Wolken?«

»Nur eine heftige Turbulenz. Hagel und Regen. Jetzt sind wir raus.«

»Scheint für dich nichts Neues zu sein.«

»Schon, aber nicht so schlimm. In einem großen Flugzeug merkt man es nicht so sehr.« Mallen wendete um hundertachtzig Grad, flog auf ein blaues Tal zwischen den Gewitterwolken zu. »Kannst du was tun, um die Kotze wegzukriegen?«

»Ich habe es nach bestem Vermögen aufgewischt«, erwiderte Wyatt. »Mit einem deiner Hemden. Was soll ich damit tun?«

»Stopf es durchs Lüftungsfenster raus. Aber nicht alles auf einmal.« Mallen griff nach der Sauerstoffmaske, nahm einen tiefen Atemzug des hundertprozentigen Sauerstoffs. Er konnte wieder klarer denken, besser sehen. Auf einer Höhe von sechszehntausend Fuß machte sich der Sauerstoffmangel schleichend bemerkbar, wirkte auf das Bewußtsein ein, zerstörte die Sehkraft und das Denkvermögen. Er nahm einen zweiten Zug, stellte dann ab.

Er hörte das Geräusch des flatternden Hemdes im Nachstrom, als Wyatt es aus dem Lüftungsfenster hielt, dann das Dröhnen des Windes. Wyatt schloß das Fenster wieder, und plötzlich war es sehr still im Cockpit.

»Und McKennon?« fragte Wyatt durch die Sprechanlage. »Was ist mit ihm?«

»Hast du den Höhenmesser gesehen? Über sechzehntausend. Er ist tief unter uns. Kein Hubschrauber der Welt kommt durch diese Wolken durch. Momentan sind wir okay.«
»Und wie geht's weiter? Um Himmels willen, dreh die Heizung an. Hier hinten herrscht eine Eiseskälte.«
Mallen seufzte. »Das ist nicht so einfach. Die Heizung in diesem Ding ist nicht sehr wirkungsvoll. Reicht gerade aus, um die Scheiben trocken zu halten. Und es wird noch schlimmer, nicht besser.« Er hielt inne, dachte nach. »Schau, Wyatt, die Lage ist so: Wir können es von hier aus direkt nach Kanada versuchen. Aber das ist genau das, was McKennon erwartet. Er hat zwei Hubschrauber da unten und kann im Norden wahrscheinlich noch mehr auftreiben.«
»Folglich . . .«
»Folglich bleibt uns nur, entweder umzudrehen und nach Osten oder sogar nach Süden in bevölkertere Gegenden zu fliegen, oder einfach hierzubleiben.«
»Hierbleiben? Das scheint mir blöde«, sagte Wyatt.
»Und gerade darum werden wir es tun.« Mallen stellte den Motor auf Leerlauf und trimmte auf bestmögliche Gleitgeschwindigkeit. »Das hier ist ein Segelflugzeug mit Motor, verstanden? McKennon glaubt, es sei ein richtiges Flugzeug. Er wartet, daß wir irgendwohin fliegen, wahrscheinlich in den Norden. Aber wenn ich den Motor abstelle und mich auf Gleitflug umstelle, können wir noch stundenlang hier oben bleiben und einfach an den Wolken entlangsegeln. McKennon wird alles aufbieten, um uns im Norden zu suchen. Je länger wir hier oben bleiben, desto weiter nördlich wird McKennon nach uns Ausschau halten.«
»Und wie ist es mit dem Radar?«
»Weiß ich nicht, aber vergiß nicht zwei Dinge. Dieses Flugzeug besteht zum größten Teil aus Holz und Segeltuch. Das bedeutet, daß es auf dem Radarschirm fast nicht sichtbar ist. Außerdem enthalten diese Donnerwolken um uns herum eine Menge Niederschlag, der starke Radarstörungen verursacht. Ich glaube nicht, daß sie hier oben nach uns suchen werden, und falls sie es tun, ist nicht anzunehmen, daß ihre Radargeräte uns identifizieren können.«
»Aber schließlich und endlich wirst du dann doch Kurs auf Norden nehmen?«
»Gewiß. Der Bodenwind kam aus Südwest. Diese Wolken ziehen

nach Nordost. Wir bleiben bei ihnen und benutzen sie als Deckung für etwa die nächsten zwei Stunden. Dann schießen wir nach Nordosten vor, halten uns so hoch wie möglich. Bei etwas über hundertsechzig Stundenkilometern sollten wir noch etwa achthundert Kilometer schaffen. Falls er uns bis Sonnenuntergang nicht erblickt hat, wird er sich denken, wir seien immer noch südlich von ihm. Und morgen setzt er dann zwei- oder dreimal soviel Flugzeuge und Hubschrauber für die Suche ein.«

Wyatt lachte. »Du klingst, als gäbst du dir alle Mühe, dich selbst zu überzeugen.«

»Vielleicht. Aber es ergibt einen Sinn.« Mallen warf einen prüfenden Blick auf das Variometer – eine leichte Senkung, aber eine Menge Auftrieb, genug, um oben zu bleiben. Er stellte den Zündmagneten ab. Der Propeller drehte sich drei- oder viermal, stand dann still. Mallen schaltete das elektrische System aus und zog die Motorkühlklappe zu. Die Fluggeschwindigkeit sank auf siebzig Stundenkilometer, er trimmte zurück, ließ sich längs einer großen Wolke vom Auftrieb tragen.

»Kannst du das Ding auch wieder anlassen?«

Mallen nickte, wurde sich plötzlich der Stille gewahr. Er nahm den Kopfhörer ab, hängte ihn an die Klammer. »Wenigstens steht es so in der Anleitung.« Minutenlang flogen sie schweigend, verloren ein bißchen an Höhe, gewannen wieder etwas.

Ein schöner Tag, sagte er sich ganz unvermittelt. Große, sich türmende Blumenkohlwolken auf allen Seiten, und die blauschwarze Kuppel über ihm. Er ging behutsam in die Querlage, strich mit der Flügelspitze am Rand der Wolke entlang. Hie und da sah er unter sich ein verschwommenes Braun zwischen den Klüften der Wolkendecke. Fünf Kilometer über dem Boden, sagte er sich und lächelte.

»Was machst du?« fragte Wyatt.

»Versuche, im Aufwind zu bleiben. Im Aufwind, der uns durch die Wolke brachte, und den die meisten Piloten als ein unangenehmes Stoßen empfinden.« Das Variometer war gut auf der Plusseite, der Höhenmesser stieg langsam an.

»Und wie weißt du, ob du Aufwind hast?«

Mallen kratzte sich den Zweitagebart. Das Fliegen erfordert Konzentration, an dieses Flugzeug war er nicht gewöhnt, und sie waren schließlich nicht auf einem Sonntagsausflug. »Schau auf dein Armaturenbrett«, sagte er. »Der Zähler in der Mitte. Er zeigt hundertsechzig Fuß per Minute auf der Plusseite an. Bei Windstille sinkt dieses Flugzeug um hundertachtzig Fuß pro Minute. Aber wir sind in einem Aufwind, der unsere Sinkgeschwindigkeit übersteigt. Also gewinnen wir ganz klar an Höhe.«

»Aber es gibt doch auch Luftlöcher, die einen runterziehen.«

»Keine Löcher«, sagte Mallen. »Nenn es Senkungen. Ein Teil der Luft steigt, ein Teil fällt. Wenn du in eine Fallbö gerätst, gehst du runter wie ein lackierter Ziegelstein. Man muß sich halt aus den Senkungen heraushalten und die Aufwinde nutzen. Das Variometer zeigt an, was jeweils geschieht.«

Die Kälte machte sich stärker im Cockpit bemerkbar. Bei abgeschaltetem Motor gab es auch keine Heizung mehr. Mallen hörte, wie Wyatt sich in seinem Sitz bewegte, sich warmzuhalten versuchte. Siebzehntausend Fuß auf dem Höhenmesser. Kleine Eiskristalle bildeten sich an den Rändern des Daches, und Mallen fühlte die ersten Anzeichen von Hypoxie. Er nahm ein paar Atemzüge Sauerstoff und fühlte sich sofort besser.

Er drehte sich um, sah Wyatt, der die Füße auf den Sitz gezogen hatte, sich in seine Jacke hüllte. Er grinste Mallen zu. »Kalt, Massa.« Er rollte die Augen.

»Nimm dir einen der Daunenschlafsäcke aus dem Gepäckraum. Hülle dich ein, aber paß auf, daß er sich nicht in die Bordinstrumente verwickelt.«

»Noch einen Wunsch?«

»Wir sind sehr hoch. Über siebzehntausend. Falls du Schwindel oder Kopfschmerzen kriegst, atme ein paar Züge an der Sauerstoffmaske.«

»Und du?«

Mallen hob die Augenbrauen. »Ich schaffe es schon. Falls es zu kalt wird, stelle ich den Motor ein und mache die Heizung an. Ich nehme Sauerstoff, wenn ich ihn brauche. Aber mehr haben wir nicht. Also schone ihn.«

»Noch etwas«, sagte Wyatt. »Im Ernst.«

»Was?«

»Sieh zu, daß McKennon uns nicht kriegt. Er hat es nicht im Spaß gemeint.«

Dreißig Sekunden verstrichen. Immer mehr Eisblumen formten sich

auf dem Plexidach. Es war friedlich und still und weitab von allem, wie es nur in solcher Höhe sein kann.
»Was hat er nicht im Spaß gemeint?« fragte Mallen leise, wollte es eigentlich nicht wissen.
Wyatt antwortete nicht.
Wyatt schlief jetzt, den Schlafsack über den Kopf gezogen. Mallen drehte sich nach ihm um, blickte ihn prüfend an, er hatte sich eine ganze Stunde nicht mehr bewegt. Dann wandte er sich wieder dem Armaturenbrett zu, prüfte die Instrumente. Ein wenig an Höhe verloren, stellte er fest. Runter auf fünfzehntausend. Vor ihnen im Nordosten, jenseits einer Spanne offenen Blaus ballten sich Kumulonimben. Von hier bis dort nur ein paar verstreute Wolkenfetzen. Er beschloß, die Spanne zu überfliegen, hoffte, die neue Wolkenbildung würde mehr Aufwind bieten, da dieser hier rapide schwächer wurde. Müde, stellte er fest. Und kalt. Die Versuchung, das Versteckspiel aufzugeben, den Motor anzulassen und Kurs nach Norden zu nehmen, wurde immer verlockender. Einfach losziehen. Aber natürlich war es gerade das, was McKennon erwartete. Und McKennon mußte enttäuscht werden. Mallen nahm einen langen langsamen Zug aus der Sauerstoffmaske, nahm Kurs auf Nordost, beschleunigte die Fluggeschwindigkeit, um den offenen Himmel so rasch wie möglich zu überqueren. In dieser Höhe würde ihn ohnehin niemand sehen, redete er sich ein.

Aber ein Mann sah den Sperber doch, oder bildete es sich zumindest ein – George Phengal, Obergefreiter der Friedenstruppe Ost, der gerade in seinem kleinen Schrebergarten in der Nähe von Kidderville, New Hampshire, beschäftigt war.
Phengal hatte den ganzen Vormittag lang den Boden mit einem Spaten bearbeitet, bedeckte seine spärlichen Tomatenpflanzen in der müden Erde mit Stroh und Mist. Die Tomaten- und Maisernte in diesem Jahr war recht gut gewesen, wenn man den frühen Frost in Betracht zog. Marjak, der Kasernenkommandant, bekam zwei Drittel der Ernte, aber beide Männer waren übereingekommen, daß es ein fairer Tausch war, da Phengal dafür die leichte Nachtwache übernahm. Und Phengal durfte auch gelegentlich Marjaks Pferd und Wagen benutzen.
Die Sonne stand hoch, neigte sich bereits dem Westen zu. Phengal

hatte sich aufgerichtet, rieb sich den Rücken mit seinen großen klobigen Händen. Er blickte nach Nordwesten, wo sich Gewitterwolken bildeten. Es war anzunehmen, daß es am Spätnachmittag regnen würde. Er wollte sich gerade wieder abwenden, blickte aber noch einmal zurück, zögernd, hielt sich die Hand über die Augen, starrte auf die Wolkenwand. So blieb er eine Weile reglos stehen, dann drehte er sich um und lief im schwerfälligen Trab den Pfad zur Kaserne hinunter.

Sergeant Magrill blickte auf, als Phengal durch das Tor stapfte, die Tür aufstieß, sie schwer an die Mauer prallen ließ. Magrill legte seinen Sprachführer nieder.

»Was gibt es, George?«

Phengal keuchte, sein Mondgesicht war hellrosa angelaufen. »Flugzeug . . .« sagte er. »Flugzeug mit Kurs auf Nordost.«

Magrill blickte auf die Wanduhr, merkte sich die Zeit: zwölf Uhr achtzehn. »Welche Farbe? Wie hoch?«

»Weiß . . . äh . . . vielleicht eher silbern. Es war zu hoch, um es richtig zu erkennen.« Phengal ließ sich auf einen Stuhl sinken. »Aber es war ein Flugzeug, das genauso aussah, wie das, das Marjak uns beim Schichtwechsel beschrieben hat.«

Magrill fuhr sich verärgert über die Stirn. »Phengal, du hast deine Brille auf dem Pult liegen lassen. Ohne Brille kannst du nicht sehen. Und jetzt erwartest du, daß ich das melde?«

»Es war ein Flugzeug«, sagte Phengal beharrlich.

»Hast du den Motor gehört?«

»Ja«, log Phengal.

Magrill seufzte, nahm den Funktelefonhörer und sagte: »Geben Sie mir die Megantic-Kaserne. Ich habe eine Meldung für McKennon.«

McKennon las den rosa Zettel zum dritten Mal, faltete ihn zusammen, steckte ihn in die Brusttasche. Er richtete sich auf, warf die Schultern zurück, blickte nach Süden. Eine einzige Meldung, sagte er sich, und keine sehr zuverlässige noch dazu. Aber langsam fügte sie sich in das Bild, das McKennon sich von Mallen gemacht hatte. »Nicht so dumm, wie ich gedacht hatte«, sagte er laut. »Aber dafür auch nicht besonders schlau.«

McKennon stand abseits der anderen Offiziere auf der Hubschrauberrampe, blickte auf die sich ballenden Sturmwolken. Er fuhr sich mit der Hand durch das graue Haar, unterdrückte das Verlangen, sich am Kopf zu kratzen und sich die Frisur zu verderben. Die Uniform klebte ihm am Rücken, der Schweiß war getrocknet und hatte ein leichtes Hautjucken hinterlassen. Es wäre schön, sich noch einmal schnell unter die Dusche zu stellen, bevor man mit dem Auftanken fertig war.

Also ist Mallen noch immer im Süden, sagte er sich. Baines hatte gemeint, der Sperber sei eine Art von Sportflugzeug, vielleicht ein Motorgleiter. Damit konnte er wahrscheinlich bei schwachem Motorlauf lange oben bleiben, sogar ohne Motor, falls die Bedingungen es erlaubten. Es paßte alles schön zusammen.

Eine Hand berührte seine Schulter, und er drehte sich um. Santilla stand da, lächelte, den Raketenwerfer immer noch unter dem Arm.

»Funkmeldung für Sie«, sagte Santilla grinsend. Einfach ohne Anrede.

McKennon überlegte sich, wie er diesen kleinen Knoblauchfresser zur Schnecke machen könnte, aber dann beherrschte er sich, wandte sich ab, stelzte auf die Kaserne zu. Bei der Sonderabteilung hatte er nichts zu sagen, so hoch sein Rang auch sein mochte. Das hatte ihm Baines unmißverständlich klargemacht. Die Sonderabteilung war hier, um der Friedenstruppe Ost aus der Patsche zu helfen.

Er ging an den drei Hubschraubern vorbei, die mit Langstreckenflugtanks ausgerüstet wurden. Baines hatte ein Bein auf das Trittbrett gestützt, stellte eine Ladeliste für die Gegenstände aus, die McKennon im Megantic-Magazin bestellt hatte. Er blickte nicht auf, als McKennon an ihm vorüberging, sagte nur: »Dreißig Minuten, und dann sind wir bereit.« Dann räusperte er sich und spuckte in den Staub. McKennon nickte.

Die Kaserne war kühl und verhältnismäßig anständig eingerichtet. Der Kommandant hatte ein Büro mit Glaswand neben dem Aufenthaltsraum. McKennon vermutete, daß dieses Gebäude früher wahrscheinlich der *Royal Canadian Mounted Police* gehört hatte, oder zur Fischerei- und Forstverwaltung. Die solide gebauten Schreibtische und Möbel waren von einem Geländer aus Eichenholz umgeben, mit Schwingtüren.

McKennon folgte dem Gang, der zum Funkraum führte.

Der Funker, ein rothaariger Junge mit Pickelgesicht, reichte McKennon den Hörer, wandte sich wieder ab, kritzelte etwas in ein Buch. Er wußte, daß dieser Junge überall ausplappern würde, was er jetzt sagte, und dann erfuhr es jeder. Er klopfte dem Jungen auf die Schulter. »Geh raus«, sagte er. Der Junge zuckte die Schulter und verschwand.

»Hier spricht FTO-Offizier McKennon«, sagte er, und schaltete den Empfänger an.

Eine ölige und unpersönliche Frauenstimme bat ihn, zu warten. McKennon fühlte die Schweißtropfen an seinem Nacken herunterrinnen. Er wartete über fünf Minuten, wußte, daß Brinkerhoff es absichtlich tat. Ein Foto des Ersten Sekretärs blickte aus einem mit Fliegendreck beschmierten Rahmen auf ihn herab. Ein Foto von Antoniwitsch hing etwas tiefer. Antoniwitsch lächelte, eine Augenbraue leicht höher als die andere, als ob er eine Frage stellen wolle. McKennon fielen keine Antworten ein.

»Haben Sie ihn schon?« fragte Brinkerhoff durch die Anlage. Wahrscheinlich war er schon lange am Apparat.

McKennon konnte sich Brinkerhoff vorstellen, wie er in seinem geheizten Büro in Albany saß, mit einem Bleistift spielte, sich damit durch das Haar seines Schnurrbarts fuhr. »Nein, Sir, er ist südlich von uns . . .«

»Sie *glauben*, er sei südlich von Ihnen, McKennon«, sagte Brinkerhoff sarkastisch. »Aber Sie wissen es nicht. Stimmt's?«

»Also schön, ich glaube, er ist südlich von uns. Wir sind gerade beim Auftanken. In einer halben Stunde fliegen wir ab. Er hat Kurs auf Norden . . .«

»Sie *glauben*, er hat Kurs auf Norden genommen.« Ein Geräusch im Hintergrund, Brinkerhoff schien mit jemandem zu sprechen, dann sagte er: »Ziehen Sie mal den Kopf aus Ihrem Arsch, McKennon. Den Mist, den Sie da verzapft haben, haben Sie sich ganz allein zuzuschreiben. Und nehmen Sie gefälligst zur Kenntnis, daß wir im Umkreis von Kidderville keinerlei Radarmeldungen über irgendwelchen Flugverkehr bekommen haben. Sie verlassen sich auf das Wort eines alten Knackers, der nicht mehr richtig sehen kann. Ich bewillige Ihnen drei Hubschrauber. Nicht einen mehr. Und Bodentruppen. Sie haben noch zehn Tage Maximum, um die beiden Kerle zu schnappen. Gelingt es Ihnen nicht, dann steht Ihnen eine Reise nach Albany bevor, zu einem kleinen persönlichen Verhör.« Es folgte ein knackendes Geräusch, als ob

Brinkerhoff einen Bleistift in seinen Fingern zerbrochen hätte. Das gehörte wohl zur Meldung.
McKennon legte den Hörer nieder, als der kleine Funker die halb angelehnte Tür öffnete. Er lächelte, nahm den Hörer wieder auf und setzte sich auf den Stuhl vor dem Schreibtisch.
Dann wandte er sich an McKennon und sagte: »Gespräch beendet, Sir?«
McKennon hätte ihm am liebsten ins Gesicht geschlagen, denn der Lümmel hatte bestimmt die ganze Zeit an der Tür gelauscht. »Lassen Sie sich bloß nicht in meinen Bezirk versetzen, Junge«, sagte er und schlug die Tür hinter sich zu.
Im Waschraum ließ er sich kaltes Wasser über das Gesicht laufen, eiskaltes Wasser, das nach Schwefel roch und wahrscheinlich aus einem sehr tiefen Brunnen gepumpt wurde. Er trocknete sich mit einem schmutzigen Handtuch ab, kämmte sich das Haar mehrere Male, bemühte sich, den Scheitel durch die deutlich graue Stelle zu ziehen. Er betrachtete prüfend sein Gesicht im Spiegel, suchte nach Spuren der eben eingesteckten Niederlage, fand keine. Er setzte ein lauwarmes Lächeln auf, zog sich die Jacke zurecht, ging entschlossenen Schrittes durch den Korridor zurück. Die können mich alle mal, sagte er sich. Ich schnappe mir Wyatt und Mallen noch vor Abend.
Mit wiedergefundenem Selbstbewußtsein trat er in den Aufenthaltsraum, aufrecht und voller Zuversicht. Baines und zwei andere Piloten der Sonderabteilung beugten sich über einen großen Tisch, auf dem eine aeronautische Karte lag. Neben Baines erkannte McKennon den stämmigen deutschen Piloten. Der andere mußte seinem Akzent nach Australier sein. Sie schienen sich zu streiten, aber dann brachte sie Baines mit einem gedämpften Fluch zum Schweigen und fuhr mit dem Finger über eine mit Rotstift gezeichnete Linie.
McKennon trat zu ihnen, blickte dem Deutschen über die Schulter auf die Karte. Alle drei hielten inne und schauten zu ihm auf. Baines brummte irgend etwas, was McKennon nicht verstand, und dann beugten die Piloten sich wieder über den Tisch, setzten ihr Gespräch fort, schlossen McKennon aus ihrem Kreis aus.
McKennon ging zur Heizplatte, goß sich eine Tasse Kaffee ein, stellte sich ans Fenster. Die Hubschrauber waren fertig beladen. Santilla saß mit zwei Leuten der Sonderabteilung, vermutlich Kubanern, auf den Betonfliesen. Sie lachten. Einer rief Santilla etwas zu, machte eine

obszöne Geste, und Santilla stieß mit dem Rohr seines Raketenwerfers nach ihm, bis er rücklings auf die Fliesen purzelte, und dann brachen sie alle drei in Gelächter aus.
McKennon zog die Gardine zurück und nippte an dem schalen Kaffee. Er war sich jetzt seiner Sache alles andere als sicher. Seine ganze Karriere hing von einem einzigen Augenzeugen ab, und das war immerhin recht wenig. Falls der Mann in Kidderville richtig gesehen hatte, bedeutete das, daß Mallen die alte Grenze irgendwo längs einer Linie von etwa hundertzwanzig Kilometern überfliegen würde. Und eine so lange Strecke mit nur drei Hubschraubern zu überwachen, war dann doch etwas dünn gesät. Er beschloß, zwei Hubschrauber auf den östlichen Sektor anzusetzen, denn das war die Richtung, die Mallen bisher eingeschlagen hatte.
Baines kam auf ihn zu und sagte: »Wir sind bereit.« Er brachte die Worte heraus, als ob sie ihm im Mund klebten.
McKennon nickte. »Ich möchte, daß Sie und der Deutsche sich auf den Osten konzentrieren. Ich glaube, da wird er am ehesten durchkommen.«
Baines zuckte die Schulter. »Ihre Sache, McKennon. Ziehen wir also los.«
McKennon hielt ihn bei der Schulter zurück.
»Einen Augenblick, Baines.« Er zögerte, und dann sagte er: »Glauben Sie, er würde eher nach Westen fliegen?«
Baines lächelte, Falten bildeten sich auf seinen fleischigen Backen. »Falls er nach Westen fliegt, sitzen Sie, und nicht ich, in der Scheiße. Das ist nicht mein Bier. Ich überwache nur den Sektor, den Sie mir angeben. Und wenn's der falsche ist . . . haben Sie halt Pech gehabt.«
»Sie sind ein wahrer Schatz«, sagte McKennon und ging zur Tür.
Acht Minuten später waren die Hubschrauber in der Luft, schwärmten über ein Gebiet von hundertzwanzig Kilometern Breite aus, warteten auf Mallen.

10

Die Sonne hatte längst den Zenit überschritten. Mallen warf einen Blick auf die Uhr, kritzelte eine Notiz auf den Rand seiner Karte, ortete seine Position nördlich des Caribou Mountain in Maine um 13.09. Die alte kanadische Grenze mußte jetzt unter ihnen sein. Er suchte den Horizont nach zusätzlichen Orientierungspunkten ab und sah einen See jenseits seiner linken Flügelspitze, der viel größer als die anderen war. Lac Megantic hieß er auf der Karte. Vor ihm und dem Nordosten zu lagen zerfurchte und geröllhaldige Berge, auf denen sich verstreut kleine Seen und dichte Bewaldungen abzeichneten. Die für das nördliche Maine typische Wildnis. Hinter diesen Bergen fiel das Land schichtweise bis in die Küstenebenen und die Felder am Golf von St. Lawrence ab.
Der Höhenmesser zeigte zwölftausend Fuß an. Der Aufwind wurde schwächer, trat nur noch vereinzelt auf, und der Gleitflug wurde schwieriger. Er fand eine kleine Auftriebszone, kreiste, gewann zweihundert Fuß zurück, verlor sie wieder, kreiste ein drittes Mal, geriet in schwere Abwinde. Mit einem Seufzer steuerte er den Sperber auf nordöstlichen Kurs zurück.
Die Kumulonimben waren jetzt dünner und ballten sich nicht mehr zu voller Entwicklung auf. Zwischen den höheren Wallungen lagen immer breitere Strecken blauen Himmels, die nur Windstille verhießen. Er hielt sich an seinen Kurs, flog parallel der Grenze entlang.
Er blickte sich nach dem Schlafenden hinter ihm um. Wyatt hatte mehrere Stunden geschlafen, eingehüllt in den Schlafsack, die Füße unter sich gezogen. Der scharfe beizende Geruch des Erbrochenen war immer noch da, trotz der Kälte. Mallen wandte sich wieder zurück, nahm einen tiefen Zug Sauerstoff, stellte fest, daß der Druck immer noch über achtzehnhundert Pfund war. Er bezweifel-

te, daß Wyatt seine Sauerstoffmaske benutzt hatte. Ein guter Mann, dieser Wyatt. Wahrscheinlich schmerzte ihn die Wunde immer noch sehr, und viel Kodein hatte er auch nicht. Er bedauerte, nicht die Flasche Whiskey genommen zu haben, die Roberts ihm angeboten hatte. Damit hätte er wenigstens die Wunde säubern können, denn Mallen fürchtete eine Infektion, wenn das auch vielleicht im Augenblick die geringste seiner Sorgen war.
Der Höhenmesser zeigte weniger als elftausend Fuß, und vor ihm lag ein klarer blauer Himmelsstreifen, und erst dahinter ragte eine weitere Kumulusschicht über den Horizont, wo es vielleicht wieder etwas Aufwind gab. Das Variometer deutete eine durchschnittliche Senkgeschwindigkeit von etwas über zweihundert Fuß pro Minute an, und Mallen fand, daß er es damit schaffen konnte. In fünf Minuten würde er weitere tausend Fuß verlieren und fünf Meilen näher an die neue Kumuluswand gelangen, wo er dann wieder Auftrieb haben würde. Er beschloß, ungeachtet der Gleitflugbedingungen, den Motor um vierzehn Uhr zu starten und mit Hilfe des Triebwerks weiter nach Nordost zu fliegen.
McKennon kämmte jetzt bestimmt den ganzen Luftraum nach Norden zu durch, überlegte er. Mallen hatte seit der Begegnung über Montpelier keine Hubschrauber mehr gesehen. McKennon mußte sich ungefähr ausgerechnet haben, wie weit Mallen es seiner Meinung nach schaffen konnte, und dann würde er seine Suchaktion auf diesen Perimeter konzentrieren. Er knipste den Hauptschalter an, prüfte den Treibstoffstand. Es sollte noch für etwa fünfhundert Meilen reichen, kalkulierte er, vorausgesetzt, daß ich den Motor nicht überanstrenge. Und der Gleitflug hatte ihn um gute hundert Meilen weiter nach Nordosten gebracht. Wenn er diese beiden Distanzen addierte, lag er hoch über McKennons wildesten Schätzungen.
»Wie steht's bis jetzt?«
Mallen drehte sich in seinem Sitz um. Wyatt hatte sich vorgebeugt, den Schlafsack fest um seinen Körper geschlungen. »Wir kommen hin. Wie geht's dem Kopf?«
Wyatt lächelte ohne Überzeugung, lehnte sich wieder zurück. »Wie von einem Lastwagen angefahren. Habe eben noch zwei Kodeintabletten genommen.«
Mallen zeigte mit dem Finger nach Nordost. »Maine vor uns. Kanada

links der linken Flügelspitze. Wir haben etwa hundert Meilen ohne Motor geschafft.«
»Wußte gar nicht, daß diese Dinger so weit fliegen können.«
»Der Rekord liegt über tausend Meilen, Wyatt. Wurde von irgendeinem Kerl längs der Alleghenys aufgestellt. Das gleiche in Neuseeland vor ein paar Jahren. Die Dinger sind kein Kinderspielzeug.«
»Das sehe ich.« Wyatt bewegte sich, versuchte, es sich bequemer zu machen. »Ich nehme an, du kannst die Heizung immer noch nicht einstellen?«
»Noch nicht. Ich starte den Motor in etwa fünfzig Minuten, und dann geht's direkt nach Norden. Und dann haben wir es gemütlicher.«
»Und McKennon?«
»Keine Spur von ihm. Habe seit Vermont nichts mehr herumschwirren gesehen.«
»Hast du schon eine Ahnung, wo wir dieses Ding heute abend landen werden?« fragte Wyatt. Er strich ein Zündholz, zündete zwei Zigaretten an, reichte Mallen eine.
»Eigentlich nicht«, sagte Mallen, nahm einen Zug, blies den Rauch zum Lüftungsfenster. »Eine Straße, ein Feld. Dieses Ding braucht keine lange Landungsbahn. Ich denke, wir schauen eine halbe Stunde vor Einbruch der Dunkelheit nach einem geeigneten Platz aus. Dann landen wir, und in den ersten Morgenstunden geht's dann wieder los. Weiter nach Norden. Von da an brauchen wir uns nicht mehr so abzuhetzen, holen uns irgendwo mehr Treibstoff und nehmen Kurs auf Westen.«
»Glaubst du wirklich, wir haben McKennon abgehängt?« fragte Wyatt.
»Es sieht so aus. In ein paar Tagen kann ich dir eine genauere Antwort geben.«
Wyatt lachte. Er hatte seine Zigarette ausgeraucht, öffnete die Lüftungsklappe, warf sie in die Luftströmung.
»Soll ich dieses Ding 'ne Weile für dich fliegen? Ich bin einmal mit meinem Zimmerkameraden aus dem College geflogen, und er hat mich steuern lassen.« Wyatt kicherte. »Herrgott – wenn ich an all die Male denke, die wir diese alte schrottreife Cessna vierhundert Meilen weit geflogen haben, zu irgendeinem gottverlassenen Kaff, wo seine Freundin wohnte. Ich habe wenigstens gelernt, das Ding geradeaus und waagerecht zu fliegen.«

Mallen drehte sich halb in seinem Sitz um und blickte nach hinten. »Jetzt noch nicht. Nicht, solange wir gleiten. Aber wenn ich den Motor gestartet habe, kannst du mich mal ablösen. Übrigens, wo zum Teufel hast du diese Zigaretten aufgetrieben?«
»In McKennons Schreibtischschublade. Ich habe sechs Pakete. Gute Tauschobjekte.«
»Bis dahin haben wir sie längst ausgeraucht.« Er beugte sich leicht vor, prüfte die Bordinstrumente, blickte in den Himmel. »Was bedeuten eigentlich diese sogenannten Punkte? Etwas in der Art von Zuteilungsmarken?«
»Mehr oder weniger.« Wyatt gähnte. »Anfänglich waren es Zuteilungsmarken für Sachen wie Treibstoff, Zigaretten, Stiefel. Aber seit deine liebe Friedenstruppe für die Verteilung verantwortlich ist, sind sie etwas, das man bekommt, wenn man mit ihnen zusammenarbeitet. Für das Verpetzen deines Schwarzhändlers, das Denunzieren von jemandem, der gegen die Regierung gemeckert hat, das Angeben von durchziehenden Fremden – dafür kriegt man Punkte.«
Mallen zuckte die Schulter. »Dieser Roberts, mit dem ich Tauschhandel betrieb, hat sie nie erwähnt. Wir haben einfach nur Sachen ausgetauscht – Munition gegen Eßwaren.«
»Das ist die andere Hälfte des Wirtschaftssystems, wenn man es so nennen kann. Reiner Tauschhandel. Roberts hat's dir wahrscheinlich nie gesagt, aber auf Waffenbesitz steht automatisch die Todesstrafe. Die letzte Form der Schußwaffenkontrolle. Mir waren die verdammten Dinger schon immer verhaßt.«
»Du verstehst aber gut, damit umzugehen.«
Ein langes Schweigen. Dann sagte Wyatt: »Man lernt halt schnell, Mallen. Das muß man, in dieser verfluchten wilden Welt.«
Wieder ein langes Schweigen. Mallen dachte an die letzten Tage zurück. »Schlaf ein bißchen«, sagte er schließlich. Wyatt murmelte etwas, war dann still.
Mallen drehte sich um, sah, daß Wyatt sich wieder zusammengekuschelt hatte, den Schlafsack über sich gezogen. Das ist noch am besten für ihn, fand er. Mit der Kälte und dem Sauerstoffmangel würde er schneller einschlafen. Ich muß heute abend zusehen, wie ich Wyatts Wunde säubern kann. Und auch meine Hände,

die von den Brandblasen ganz aufgesprungen sind. Ein herrlicher Anfang für das schöne Leben in Kanada. Wenn ich sie nicht pflege, hole ich mir noch eine Infektion.

Der Wind war ein leises Geflüster, rauschte über das Kabinendach wie eine durchsichtige Flüssigkeit. Mallen wechselte den Griff, hielt den Knüppel zwischen Daumen und Zeigefinger, fühlte das leise Säuseln eines Aufwinds hinter dem Flügel, schwenkte ihn auf. Dann konterte er, rollte sich hinein, hielt die Schräglage flach, machte eine volle Wendung. Etwas unter fünfzig Fuß Höhengewinn. Kaum der Mühe wert. Er rollte sich in den nordöstlichen Kurs zurück, beschloß, es dabei zu belassen.

Dieser Wyatt, sagte er sich. Verschlagen, witzig, hart, schwer zu durchschauen. Eine sehr widersprüchliche Doppelnatur: halb Ghetto-Neger, halb akzentfreier Patentanwalt. Und dazwischen noch etwas, vielleicht der wahre Wyatt. Und dieser verborgene Kern war es wohl, der ihn bisher befähigt hatte, zu überleben und kühlen Verstand zu bewahren.

Während er auf Wyatt blickte, bemerkte er, daß das offene Zigarettenpaket zwischen der Verstärkungsleiste des Kabinendachs und dem Plexiglas steckte, die Streichhölzer sauber daneben geklemmt. Er nahm sich zwei, steckte eine in die Tasche, zündete die andere an, bemühte sich, gegen Langeweile und Niedergeschlagenheit anzukämpfen. Die Ereignisse seit seiner Verhaftung rollten wie ein Film im Zeitraffertempo und mit unscharfer Linse an ihm vorüber. Bilder von Bernshine, McKennon, Wyatt, Roberts. Schmerz und Spannung, und dann Warten. Und Angst – viel Angst.

Er schnippte die Zigarettenasche in die Lüftungsklappe, sah das Aufglimmen des Stummels in der Luftströmung. Wo ist das Ende? fragte er sich. Wie eine Zigarette – man verzehrt sich in der Glut, bis man ausschwelt. Er schreckte auf bei diesem Gedanken an den Tod. Er wurde sich bewußt, daß er halb eingenickt war, richtete sich auf, stieß die Zigarette durch die Lüftungsklappe, sah sie im Luftstrom verschwinden. Ich bin am Leben, sagte er sich. Am Leben. Und ich will am Leben bleiben, soviel Mühe es auch kosten mag.

Sein Blick fiel auf das Bordbrett. Fluggeschwindigkeit siebenundvierzig, ein bißchen schnell. Er schob den Knüppel leicht zurück, ließ die Geschwindigkeit absinken, trimmte auf fünfundvierzig. Der Höhenmesser war auf achttausendsiebenhundert Fuß heruntergegangen,

das Variometer zeigte immer noch eine Sinkgeschwindigkeit von zweihundert Fuß in der Minute an. Magnetnadel Nordost. Cockpittemperatur wahrscheinlich unter Null. Das Kabinendach war leicht beschlagen, mit Frostbildungen auf der Schattenseite.
Die Kumuluswolken vor ihm rückten näher, ballten sich höher in der Spätnachmittagssonne. So hoch, daß ihr Wachstum jene Phase erreicht hatte, wo ein Kumulus zu einem Kumulonimbus wird: riesige, schnell anwachsende Türme aus kondensiertem Dampf, die sich majestätisch durch das Herbstlicht bis in die Stratosphäre erheben, und auf deren Kämmen sich ganz feine Eiskristalle bilden. Später würde es schwere Regenfälle geben, vielleicht mit Hagel gemischt, Blitze und Donner, die auf das niedrige Hügelland des südlichen Quebecs niedergehen mußten. Mallen überblickte den Horizont zweimal von links nach rechts, teilte seine Suche in Fünf-Grad-Abschnitte ein. Nichts zu sehen. Direkt hinter sich und unter sich hatte er einen toten Winkel, und wenn er daran dachte, verspürte er ein unbehagliches Gefühl zwischen den Schulterblättern. Er fühlte sich unsicher, streckte den Hals so weit heraus, wie seine Schultergurte es gestatteten, aber der Himmel war leer. Er nahm die andere Zigarette aus seiner Tasche und zündete sie an.
Wie leicht wäre es, nicht zu rauchen, und dann noch einmal anzufangen. Das Paket war schlicht, ohne Aufschrift, und die Zigaretten waren aus sehr dunklem Tabak, in braunes Papier gewikkelt. Aber der Geschmack war sehr milde, fast einschläfernd.
Er dachte wieder an Wyatt, seinen Passagier, seinen Ballast. Er versuchte, seine Gedanken zu analysieren, sich irgendeine Meinung von ihm zu bilden. Ohne Wyatt hätte er Treibstoff im Rücksitz, der für zusätzliche zwölf Stunden ausreichen würde, abgesehen von dem Plus an Nahrungsmitteln. Aber andererseits säße er ohne Wyatt auf McKennons elektrischem Stuhl mit seinen Gummihandschuhen und den polierten Elektroden und man röstete ihn zu Tode.
Er hielt nochmals Ausschau, suchte nach einem Fleck, der vor seiner Windschutzscheibe zu einer tödlichen Form anwachsen würde. Unter sich sah er einen sonnenbeschienenen See außerhalb seiner Flügelspitze, über eine Meile entfernt. Achttausendeinhundert Fuß, und er sank immer noch. Gedankenfetzen husch-

ten ihm durch den Kopf, er hielt sich gerade noch genug bei Bewußtsein, um den Flug des Sperbers unter Kontrolle zu halten. Dreizehn Uhr einunddreißig. Noch ein langer Weg bis zum Sonnenuntergang.

Er nahm seine Sonnenbrille ab, rieb sich den Nasenrücken, setzte sie wieder auf. Noch ein bißchen abwarten. Dann den Motor starten und endlich ein bißchen Wärme in dieses Ding kriegen. Wyatt könnte dann das Steuer übernehmen, ihn alle fünfzehn Minuten ablösen . . .

Ein zischendes Geräusch schlug ihm entgegen, als er die Flammenspur der Rakete sah, die vor ihm den Horizont entzweischnitt. Sie schoß ein paar tausend Fuß höher hinauf und explodierte dann in einer schwarzrosa Wolke, die zerborstenen Teile überschlugen sich in alle Richtungen, fielen herab, lange Rauchschwaden nach sich ziehend. Die Schockwelle der Explosion traf ihn Sekunden später, und der Sperber erzitterte heftig. Mallen steuerte den Sperber instinktiv in eine sechziggradige Schräglage, drückte wild auf den Gashebel, vergaß in seiner Panik, daß der Motor ja gar nicht lief.

Wyatt war sofort hellwach, fluchte vor sich hin. Mallen hielt den Sperber in der Schrägstellung, machte eine Dreihundertsechzig-Grad-Wendung, suchte verzweifelt, woher die Rakete gekommen war. Fast hätte er es übersehen, es war ganz unten und weit hinter ihm. Er sah den Hubschrauber erst, als die Sonne sich auf seinem Dach spiegelte.

»Verdammt noch mal, was war das?« schrie Wyatt ihm zu.

»Rakete«, sagte Mallen. Check-list: Zündung einstellen, Choke einstellen, Treibstoffpumpe an, elektrische Hauptschalter an, Motorlüftungshaube auf. Mallen griff zum Starter.

»Was für eine Art von Rakete?«

»Halt's Maul, Wyatt! Ich will den Motor einschalten.« Dann fiel Mallen plötzlich ein, daß Wyatt etwas sehr Kritisches gesagt hatte. Was für eine Art von Rakete? Radar? Nicht wahrscheinlich bei einem Handwerfer und von einem Hubschrauber aus. Frei gezielt? Nein. Blieben nur noch zwei Möglichkeiten: Panzerabwehrrakete, aber er wußte gleich, daß das nicht sein konnte, viel zu unpraktisch als Luft-Geschoß. So mußte es also eine mit Wärmezielung sein. Und sie hatten sie abgefeuert, weil sie einfach vermutet hatten, daß sein Motor lief, also ein gutes Wärmeziel bildete. Und wenn er jetzt den

Motor startete, bot er ihnen eine Zielscheibe. Er knipste den elektrischen Schalter wieder aus.
»Was für eine Art von Rakete? Von wo kam sie? So antworte doch, Mallen!« Wyatt schrie es.
»Wärmezielung. Der Hubschrauber fliegt ganz tief rechts von dir.«
»Der Motor springt nicht an?«
»Verdammt noch mal, Mensch, ich kann ihn jetzt doch nicht starten. Motoren produzieren Wärme.« Mallen stieß die Rumpfbugnase tiefer, gewann an Fluggeschwindigkeit. Die Kumuluswolken waren fleckige kleine Ballungen vor der Außenwand des größeren Kumulonimbus. Noch ziemlich weit entfernt, schien es ihm.
»Ich sehe ihn«, sagte Wyatt. »Er ist tief, steigt aber rasch.«
»Behalte ihn im Auge. Wenn er wieder schießt, sage es mir. Ich kann dieses Ding nach Belieben hin und her drehen. Ohne Wärmequelle haben sie kaum eine Chance, uns zu treffen.«
»Quatsch, Mallen. Falls sie automatische Waffen haben, kriegen sie uns aus dreihundert Meter Entfernung. Du mußt einfach den Motor starten!«
»Wie viele Raketen, glaubst du, haben sie?«
»Drei, vielleicht vier.«
Mallen nickte. »Vier. Mehr bestimmt nicht. McKennon hat sicher erwartet, uns mit dem ersten Schuß zu kriegen. Die Vietcongs hatten diese Dinger auch. Sie treffen mit neunzig Prozent Sicherheit beim ersten Abschuß. Vier wären mehr als genug.«
Wyatt hustete. »Wir warten, bis sie viermal geschossen haben? Mallen, bis dahin sind sie uns bereits in den Arsch geflogen.«
Die Kumuluswolken kamen nicht näher. Mallen machte eine vorsichtige Schätzung, schloß auf eine Distanz von fünf Meilen. Fünf Minuten bei einer Geschwindigkeit von sechzig. Er ging leicht mit der Bugnase herunter, wartete, bis die Geschwindigkeit beständig wurde. »Wie weit sind sie zurück?« Er hörte, wie Wyatt sich umdrehte, mit dem Kopf gegen das Kabinendach anschlug.
»Höchstens eine Meile, vielleicht noch weniger.«
»Und sie haben nicht noch einmal geschossen?«
»Nein. Ich beobachte sie.«
Die Sekunden tickten vorbei. Es war sehr still, man hörte nur die Windströmung.

»Immer noch nichts«, sagte Wyatt schwer atmend. »Sie folgen uns. Kommen näher.«

Tick. Der Minutenzeiger rückte einen Strich weiter. Vier Minuten, bis dahin müssen wir es schaffen. Mallen fühlte, wie ihm der Schweiß trotz der Kälte an den Rippen herunterrann. Er schien sich auf nichts mehr konzentrieren, keinen zusammenhängenden Gedanken fassen zu können. Doch dann fiel ihm plötzlich ein, daß McKennon die erste Rakete ohne Aufschaltung abgefeuert hatte, also voraussetzte, daß die Rakete die Wärmequelle aufnehmen würde, wenn sie nahe genug dran war. Und jetzt saß McKennon da hinten, blickte durch die Röhre, fragte sich bestimmt, warum es keine Wärmequelle gab.

»Hast du noch ein volles Zündholzheft?« fragte Mallen über die Schulter.

»Zwei. Eins fast verbraucht. Das andere ist voll.«

Tick. Wieder eine Minute verstrichen. Mallen wechselte den Kurs auf ein Wolkental zwischen zwei kleineren Kumuli, das immer noch Minuten entfernt lag. Er atmete langsam ein und aus. Jetzt nur keinen Fehler machen, sagte er sich.

»Hör mal aufmerksam zu, Wyatt. Denn wenn du die Sache verpatzst, sind wir beide tot . . .«

»Ich weiß schon, an was du denkst, Mallen. Ich zünde ein Streichholz an und werfe es raus. Wir schwindeln ihnen eine Wärmequelle vor, auf die sie sich einstellen.«

»Das genügt nicht. Ein Streichholz ist zu wenig. Öffne die Sturmlüftung und zünde das ganze Heft an. Schmeiß es erst heraus, wenn du sicher bist, daß es brennt. Und sage mir genau, wann sie schießen.«

»Jetzt?«

»Scheiße . . . willst du vielleicht erst zu Mittag essen?«

»Also jetzt oder wann, verdammt noch mal?«

»Ja, jetzt, verdammt noch mal, und lasse sie nicht aus den Augen. Wenn ich richtig geraten habe, werden sie fast sofort schießen.«

Tick. Mallen sah den Sekundenzeiger an der Zwölf vorbeiticken. Und die Kumuluswand kam näher, ballte sich vor ihnen auf. Er stellte den Kurs genauer auf das Wolkental ein. »Hast du das Ding immer noch nicht angezündet?«

»Streichholz ist ausgegangen . . . Ich versuche es noch mal.«

Mallen ging noch einmal die Check-list durch, stellte den Motor auf Start ein. Noch ein bißchen runter mit der Nase . . . Noch ein

bißchen mehr Fluggeschwindigkeit. Ein Licht flammte auf, und er hörte die Sturmlüftungsklappe auffliegen.
»Es ist raus. Hab mir die Hand verbrannt.«
»Siehst du sie noch?«
»Ob ich sie sehe? Natürlich! Drei Mann. Kann nicht sagen, ob es McKennon ist, aber . . . Sie haben geschossen!«
Mallen zog scharf hinauf, riß den Knüppel bis zur äußersten Grenze zurück, die Schwerkraft riß ihn auf seinen Sitz zurück, zerrte an seinen Wangen. Ein rascher Blick auf das Bordbrett – Fluggeschwindigkeit rasch abfallend, bei fast vertikaler Steigung – und dann riß er den Knüppel ganz nach links, mit dem linken Steuerruder, rollte sich ganz um, bis der Horizont sich umgedreht hatte, hielt es so, während die Nase sich wieder senkte, sich wieder zurückdrehte . . .
Die Rakete schoß an ihnen vorbei, kaum eine Flügelspanne von ihnen entfernt. Mallen sah sie. Wie ein flammender Korkenzieher drehte sie sich in Uhrzeigerrichtung mit dem Horizont vor ihm ab. Er ging in die Horizontallage, Rumpfnase gesenkt, Fluggeschwindigkeit nahe an der roten Linie. Dann wieder aufwärts, und zu seiner Rechten sah er den Sprengkopf in einer weißen Flamme zerbersten, und die Schockwelle erschütterte den Sperber eine Sekunde später.
Die Höhenmessernadel schnellte wie ein verrückt gewordener Uhrzeiger zurück. Mallen drückte den Knüppel fest nach hinten, schwebte den Sturzflug aus, ließ die Fluggeschwindigkeit allmählich abnehmen. Herunter durch die sechstausend bis auf fünftausendachthundert. Fluggeschwindigkeit einhundertvierzig.
»Er ist immer noch da«, sagte Wyatt. »Kommt näher.«
Tick. Weniger als eine Minute, und dann müßten sie in den Wolken sein.
»Ich starte den Motor. Wir brauchen die Kraft.«
»Du hast doch gesagt, daß die Raketen mit Wärmezielung sich immer auf einen laufenden Motor richten.« Wyatts Stimme war sehr nervös.
Mallen zog den Starthebel. Der Propeller drehte dreimal durch, ohne anzuspringen. Fluchend zog er den Choke voll heraus, dann noch einmal den Starter. Der dünne Propeller beschrieb einen langsamen Bogen, dann sprang der Motor an, und der Bogen wurde ein verschwommenes Rund.

»Und die Heizung?« rief Wyatt, lehnte sich nach vorn, nahe an Mallens Gesicht.
Mallen drosselte weit auf, der Motor stockte und spuckte, sprang dann voll an. »Der Motor braucht eine Zeit, bis er warm ist. Ich brauche jetzt die ganze Kraft. Schnall dich fest an, denn wir gehen jetzt in die Wolken. Halte mich über McKennon auf dem laufenden.«
Mallen hatte dieses Gefühl schon einmal erlebt. Auf einer vereisten Bergstraße in Colorado waren die Reifen des Buicks ins Schlittern gekommen, der Wagen hatte sich in einer langsamen Wendung dem Abhang zubewegt, der nicht gesichert war. Er hatte alles versucht, die Standspur angesteuert, ganz sanft die Bremse betätigt – aber nichts hielt den rutschenden Wagen auf. Schließlich hatte Mallen es aufgegeben, sich ruhig und entspannt zurückgelehnt, das Unvermeidliche erwartet. Und irgendwie hatten die Reifen dann in den Kies am Straßenrand gegriffen, und als Mallen den Wagen zum Stehen brachte, hing ein Rad über dem Steilhang.
So war es jetzt, als sie auf die Wolkenwand zuflogen. Der Motor lief auf den höchsten Touren, Sekunden tickten auf der Uhr vorbei, und es blieb ihnen nichts anderes zu tun übrig, als abzuwarten. Mallen überlegte, daß McKennon nicht viel Zeit brauchte, um nachzuladen und abzufeuern. Der Motor des Sperbers würde noch kalt sein, aber nicht mehr lange. Der Auspuff zuerst. Er hatte Flugfilmaufnahmen der Hughes Flugzeugwerke gesehen, auf denen eine ihrer Infrarotraketen direkt in das Abgasrohr eines Turbojets eingeschlagen war. Es müßte Rektalthermometer für Flugzeuge geben, sagte er sich, halb lächelnd.
Tick.
»Wir halten unsere Distanz«, rief Wyatt vom Rücksitz. »Ich kann jetzt besser sehen. Es ist der Hubschrauber mit dem gelben Heck. Ich bin mir fast sicher, daß McKennon vorn neben dem Piloten sitzt.«
»Siehst du einen Raketenwerfer? Ein dickes rohrförmiges Ding?«
»Nichts dergleichen. Den muß der Mann im Rücksitz haben.«
Die ersten Kumulus-Wattebälle flogen an seiner Flügelspitze vorüber, wie die außen grasenden Schafe einer Herde. Nur noch einige Sekunden. Er blickte auf die Armaturenuhr, sah die Sekunden vorbeiticken, wollte sich von der Qual des Wartens ablenken. Alles

soweit in Ordnung, Öldruck hoch, Öltemperatur kaum aus der Kältezone heraus. Schlecht für den Motor, vom Kaltstart gleich in die höchsten Tourenzahlen zu gehen.
»Jetzt sehe ich den Raketenwerfer!« schrie Wyatt. »Der Kerl auf dem Hintersitz lehnt sich raus und hält das Ding auf der Schulter . . . sieht aus, als habe er Schwierigkeiten. Der Wind behindert ihn . . . er hat sich wieder zurückgezogen.«
Mallen bog den Kopf herum, versuchte, den Hubschrauber zu sehen. Mit Schrecken stellte er fest, daß er aufgeholt hatte und nur noch etwa tausend Meter hinter ihnen war, wahrscheinlich noch weniger. Dann sah er ihn Höhe gewinnen und das Tempo verlangsamen. Die Gestalt erschien wieder in der offenen Klappe, schien sich eine Art von Riemen um die Brust geschnallt zu haben. Er hielt den Werfer auf der Schulter, und dieses Mal war die Geschwindigkeit des Hubschraubers langsam genug, daß der Wind das Rohr nicht zur Seite drücken konnte. In einigen Sekunden würde er feuern.
Mallen knipste die Zündung aus und ging mit der Rumpfnase in einen fast vertikalen Sturzflug. Es knallte im Auspuff, obwohl die Zündung abgestellt war. Der Propeller drehte sich immer noch. Er stellte den Choke ein, kühlte den Motor mit kaltem Benzin. Die Fluggeschwindigkeit stieg rasch in die rote Zone und darüber hinaus. Vor ihm und links waren Wolken. Er zog den Knüppel zurück, ohne zu wissen, ob die Tragflächen es aushalten würden. Er fluchte über die Schwerkraft, die ihn an seine Rückenlehne preßte. Die Nadeln auf dem Bordbrett wackelten und schwankten. Die Sicht wurde grau, alles verschwamm vor ihm, das Blut wich ihm aus dem Kopf.
Er stieß durch eine geballte Wolkenwand, kam wieder ins Freie. Der Sperber flog fast waagerecht, mit abnehmender Geschwindigkeit, und im Augenblick war seine Sicht wieder klar. Vor ihm war eine weitere Wolkenwand, so nahe, daß er gerade noch Zeit hatte, das Bordlicht einzuschalten und in die Horizontallage zu gehen, bevor die schwarze Finsternis ihn verschlang.
Regen peitschte auf das Kabinendach, ließ etwas nach, zischte dann nur noch schwach. Mallen konzentrierte sich auf den Höhenmesser, steuerte in kleinen Stößen, um das winzige Flugzeug in der Horizontallage zu halten. Seine Augen gewöhnten sich allmählich an die Dunkelheit. Zu seiner Linken sah er einen Lichtfleck in der Wolkenwand, er machte eine flache Rechtswendung, versuchte, den Kern der

Kumuluswolke zu finden, aber es gab keinen eigentlichen Aufwindschacht, nur leichte Turbulenzen. Sein Herzschlag wurde langsamer. Er stieß den Atem aus, bemerkte erst jetzt, daß er den Atem angehalten hatte.

»Bist du okay?« fragte Mallen.

»Einigermaßen. Wo hast du eigentlich das Fliegen gelernt, Mallen?«

Er lächelte. »In Waco, Texas. Auf Kosten der Air Force. Sie erzählten uns, es kostete sie hunderttausend Dollar pro Schüler.«

Wyatt schneuzte sich und sagte: »In diesem Fall hat es sich bezahlt gemacht. Und was nun?«

»Wir bleiben hier drinnen, falls wir genug Aufwind finden. Er kann uns nicht sehen, und solange der Motor abgestellt ist, bieten wir keine Wärmequelle.«

»Hast du dir schon mal überlegt, daß McKennon wahrscheinlich Hubschrauberverstärkung angefordert hat? Daß er uns gefunden hat, war bestimmt kein reiner Zufall. Wahrscheinlich hat er noch fünf oder sechs mehr, die da draußen auf uns warten.«

Wyatt hat natürlich recht, sagte sich Mallen. Er traf einen raschen Entschluß. »Viel Auswahl bleibt uns nicht mehr, Kumpel. Also entscheide dich mit mir. Ich schlage vor, wir wenden nach Südosten, im rechten Winkel zur Richtung, in der wir bisher geflogen sind, halten den Kurs während vier oder fünf Minuten bei abgestelltem Motor, dann kurbeln wir an und wenden mit Vollkraft wieder nach Nordosten. Hast du 'ne bessere Idee?«

»Du fliegst dieses Ding. Tue, was du für gut hältst.«

Mallen ließ den Sperber die Drehung ausschwingen, und dann nahm er Südostkurs, betete, daß die Wolkenstruktur ihnen weiterhin Deckung geben würde. In weniger als zwei Minuten stießen sie in klaren blauen Himmel. Mallen bahnte sich seinen Flugpfad durch verstreute kleine Wolkenfetzen. McKennons Hubschrauber war nirgends zu sehen. Noch zwei Minuten. Wyatt reichte ihm eine Zigarette. Einziehen. Ausatmen. Früher stand auf den Zigarettenpackungen, daß das Rauchen gefährlich für die Gesundheit sei. Er dachte an all die gelackmeierten Nichtraucher, die am Fallout gestorben waren. So wäre ich mir auch vorgekommen, sagte er sich und nahm noch einen Zug.

Fünf Minuten. »Siehst du ihn?« fragte er Wyatt und schaltete das Armaturenbrett ein.

»Nein.«
Mallen zog den Starter, und der Limbach sprang bei der ersten Umdrehung an, lief in leicht stockendem Leerlauf. Während zwei weiterer Minuten hielt er den Kurs auf Südosten, ließ den Motor warm werden, gab dann langsam Gas, drehte nach Nordosten ab.
»Immer noch nichts«, meldete sich Wyatt.
Sie stiegen zehn Minuten lang an, gewannen möglichst viel Höhe. Unter den Flügeln sah Mallen die dunkelgrünen Wälder von Maine unter einer niedrigen Schicht von Stratus vorüberkriechen. Stellenweise war die Stratusschicht ein weiß leuchtendes Schneefeld, dann brach es wieder auseinander, ließ den Boden darunter sehen. Die Kumuli türmten sich immer noch in vereinzelten Haufen auf, waren aber dicker im Norden. Mallen schloß, daß die kälteren westlichen Luftmassen unter die feuchtwarme Küstenluft gedrungen waren, und daß daraus die Stratusschicht entstanden war. Er fragte sich, ob es nicht sicherer wäre, in die untere Wolkendeckung zu gehen, aber dann verwarf er den Gedanken. Es gab immer noch viele Berge da unten, deren Gipfel in den Stratuswolken verborgen waren.
Acht weitere Minuten waren verstrichen. Mallen zählte jede einzelne, überblickte den Horizont. Wyatt pfiff etwas durch die Zähne, eine seichte und eintönige Melodie.
»Nichts?« fragte Mallen.
»Nichts«, antwortete Wyatt. »Klarer blauer Himmel . . .«
Mallen hörte die Explosion des Sprengkopfes nicht mehr. Er fühlte nur noch die Erschütterung, fühlte den Hammerschlag, wie der Stahl ihm durch den Arm drang, fühlte den Sperber in der Schockwelle der Explosion taumeln, fühlte den Aufprall des Schrapnells, das sich in den Rumpf des Flugzeugs bohrte. Instinktiv riß er den Knüppel zurück. Der Sperber richtete sich auf, schüttelte sich, fiel seitlich ab, begann zu trudeln.
»Wir stürzen ab«, sagte Mallen, die Augen geschlossen, nur Benommenheit fühlend. Der Klang seiner Stimme schien aus der Ferne zu kommen, als hätte jemand anders gesprochen. Er öffnete ein Auge, sah den Horizont, der sich vor ihm drehte, hörte das schreiende Geräusch des Windes. Zweimal mehr trudelten sie herum, und Mallen beobachtete es, tat nichts, verstand nichts. Irgend etwas ging ihm durch den Kopf. Etwas über Steuerruder. Er zog den Knüppel stärker zurück, aber der war bereits in der äußersten Position.

Steuerruder ging es ihm wieder durch den Kopf. Irgendwie war es ihm ein Begriff, aber mehr auch nicht.

»Mallen!« Jemand schrie es. Er hörte es über dem Geräusch des Windes und des Motors. Jemand schlug ihm auf die Schulter. Er beugte sich nach vorn, versuchte auszuweichen. Nur Müdigkeit, sagte er sich. »Hör auf«, flüsterte er.

Der Schmerz begann, in seinen Arm zu dringen. Er öffnete beide Augen, blickte auf seinen Jackenärmel, der in Fetzen hing. Er wischte sich das Blut mit der rechten Hand ab, und frisches Blut strömte aus. Seine Hand und die Seitenwand des Cockpits waren rot. Damit beschäftigten sich jetzt seine Gedanken. »Habe alles verschmiert«, sagte er laut.

»Mallen!« Er erkannte Wyatts Stimme, die von hinten auf ihn eindrang, durch den Kopfhörer quälend in seine Ohren pochte. »Sei still, sei still«, antwortete er. Irgend etwas über Steuerruder. Sehr wichtig. Er versuchte zu denken. Beide Augen geöffnet, auf die sich unter ihm drehende Erde blickend. Rechtsdrehung. Gegenüberliegendes Steuerruder. Automatisch stieß er an das linke Ruder. Die Drehung verlangsamte sich. Eine. Noch eine. Die Umdrehung hielt an und begann langsam in die andere Richtung zu gehen. Er ließ das Ruder los. Keine Umdrehung. Er kicherte.

»Mallen, hörst du mich?« sagte Wyatt langsam.

Mallen nickte.

»Laß den Knüppel los.«

Mallen ließ den Knüppel los, lehnte sich zurück, die Augen geöffnet, blickte in den blauen Himmel. Er fühlte Übelkeit und konzentrierte sich eine Weile auf seine Galle. Allmählich wurde sein Bewußtsein wieder klarer, der Schmerz in seinem Arm heftiger.

Eine weitere Explosion flammte vor ihm auf, mehrere tausend Fuß über ihm. Mallen begann zu zählen, wie sein Vater es ihn gelehrt hatte. Vier Sekunden gleich eine Meile, vom Blitz bis zum Donner.

»Welche Richtung?« fragte Wyatt. Mallen blickte auf seinen Arm. Eine schwarzrote Masse mit Stoffetzen und Sperrholzsplittern in der Wunde. »Welche Richtung?« wiederholte Wyatt.

»Welche Richtung? Was?« sagte Mallen. Der Schmerz in seinem Arm pochte so sehr, daß er den Puls seines Herzens fühlte.

»In welche Richtung nehmen wir Kurs?«

Jetzt wurde sich Mallen erst bewußt, daß Wyatt das Flugzeug

steuerte, es gerade und waagerecht hielt. Er konnte sich nicht erinnern, die Kontrollen umgeschaltet zu haben. »Nordost«, sagte er.
»Verdammt noch mal, das weiß ich doch. Du hast einen Kompaß hier hinten. Da steht nicht Nordost drauf. Nur Zahlen.«
Mallen übersetzte es im Kopf. Das Denken fällt schwer. »Steuere auf null vier fünf.«
»Hubschrauber«, sagte Wyatt. »Nicht McKennons. Dieser hier hat Doppelschrauben. Er ist rechts weit unter mir.«
Mallen lehnte sich an die Scheibe. Er sah ihn fast sofort. Wie ein winziges Insekt, viele tausend Fuß unter ihnen. »Ich bin verletzt«, sagte er. »Kannst du das Ding steuern?«
»Wie schwer bist du verletzt?«
»Ziemlich schwer. Ich verliere eine Menge Blut.« Mallen blickte auf das Bordbrett. Alle Zähler waren mit Blut verschmiert. Fluggeschwindigkeit fünfundachtzig. »Geh mit der Rumpfnase ein bißchen runter. Halte dich auf etwa hundert.«
Unglaublicherweise sagte Wyatt: »Roger«. Mallen entdeckte, daß er noch lächeln konnte. Er lehnte den Kopf zurück, versuchte, klare Gedanken zu fassen.
»Hast du den Flügel gesehen?« fragte Wyatt beiläufig.
Mallen drehte den Kopf, blickte auf den linken Flügel. »Was hat er denn?« fragte er, schleppte die Worte.
»Der rechte Flügel. Wird er zusammenhalten?«
Mallen drehte sich um, lehnte die Stirn an das kalte Plexiglas. Seine Augen blinzelten müde im grellen Sonnenlicht. Langsam zählte er fünf, sechs, acht Einschläge im Flügel – und einer war so groß wie ein Ziegelstein. Aber sie waren alle in der Nähe der Hinterkante, außer dem großen neben dem Holm. »Kein Problem«, log er.
Sekunden häuften sich zu Minuten, und Minuten flossen vorbei. Mallen wartete auf die letzte Rakete, ließ seine Gedanken schweifen. Mehr Wolkendeckung jetzt, stellte er fest. Wyatt macht es gut, steuert sich schlängelnd zwischen die weißen Zinnen hindurch. Er versuchte, sich über die Schulter umzublicken. Zu anstrengend. Ein Blick auf das Armaturenbrett. Öldruck gut, Temperatur ein bißchen hoch. Treibstoff . . . er riß die Augen weit auf. Der Zeiger war auf viertel voll, und während er hinschaute, flammte das Warnlicht am Treibstoffdruckmesser einige Male auf. »Riechst du Benzin?« fragte er.

»Nein. Haben wir ein Leck?«
Mallen richtete sich auf, biß die Zähne zusammen, so schmerzte es ihn. Er klopfte auf den Zähler. Keine Änderung. »Ich glaube. Nach dem Zähler ist der Tank fast leer. Wahrscheinlich haben sie den Tank im rechten Flügel getroffen.«
»Wieviel Zeit haben wir noch?«
»Fünf Minuten, vielleicht weniger.« Er sah die Nadel noch weiter heruntergehen. »Siehst du noch den Hubschrauber da hinten?«
»Er ist immer noch da. Holt uns nicht ein. Scheint langsamer als McKennons zu sein. Auch viel größer. Ich schätze, er liegt etwa zwei Meilen zurück.«
Mallen schnallte sich den Gürtel ab, wand ihn dreimal um seinen Arm, etwas über dem Ellbogen, knotete ihn dann zusammen. Er übernahm das Steuer und sagte Wyatt, wo der Verbandkasten lag. Denkbar kläglich ausgerüstet, aber er enthielt wenigstens eine Pflasterrolle und Kompressen. Wyatt fand ihn nach langem Suchen, reichte ihn nach vorn und übernahm das Steuer, während Mallen sich eine Kompresse auf die offene Wunde legte und sie mit Klebeband befestigte.
Immer noch wartend und ein wenig erleichtert, lehnte sich Mallen in die Kissen zurück, schloß die Augen fast, blinzelte vor sich hin. »Wie weit ist er jetzt?« fragte er in die Sprechanlage.
»Gleiche Distanz.« Wyatt klang erschrocken. »Und was passiert jetzt?«
Mallen wollte nicht daran denken. Ein friedlicher Flug in der dünnen Höhenluft. Der Arm schmerzte, aber nicht allzu schlimm, wenn er ihn nicht bewegte. »Immer weiter, schätze ich. Wir haben keine andere Wahl.«
»Verdammt noch mal, Mallen. Du krepierst. Ich bin noch am Leben. Bringe mich runter, auf festen Boden.«
Wenn dieser Wyatt nur verschwinden, ihn in Ruhe lassen würde! »Aber gewiß doch«, sagte er.
»Gewiß doch *was*? Gewiß, daß du krepierst? Oder gewiß, daß du dieses Ding landen wirst? Nun komm schon!«
Vor ihnen sah Mallen eine neue Kumuluswand. Wenn sie die erreichen könnten . . .
»Aber gewiß doch, ich bringe dieses Ding zum Landen, Wyatt«, sagte er. »Will es wenigstens versuchen. Jetzt steure bitte geradewegs auf die Wolken zu . . . ein bißchen mehr nach rechts.«

»Und wenn wir in den Wolken sind?«
»Der Hubschrauber da unten weiß nicht, daß wir Treibstoff verlieren. Wird sich wahrscheinlich denken, daß wir gerade durch fliegen. Oder auf einen neuen Kurs wenden. Aber er rechnet bestimmt nicht damit, daß wir runtergehen.«
»Um zu landen?«
»Da unten sind Bäume und Seen und Berge, Wyatt. Ich werde mein Bestes tun. Du bleibst weiter am Steuer, bis wir in den Wolken sind.«
»Wieviel Sprit haben wir noch?«
Mallen klopfte auf den Zähler. Die Nadel war noch mehr gesunken, aber der Tank war noch nicht leer. »Genug«, sagte er. »Das Leck muß seitlich im Tank sein, nicht unten. Bis zur Höhe des Loches ist es ausgelaufen. Ich glaube nicht, daß wir jetzt noch mehr verlieren.« Mallen lehnte sich in den Sitz zurück, stützte den Kopf an die Lehne. Ein angenehmes Gefühl, wenn man sich gehen läßt, an nichts denkt. Der Schmerz nur noch ein dumpfes Pochen. Nur noch eins mußte er tun: Wyatt heil herunterbringen. Dann konnte er sich ausruhen. Seen und Wälder da unten. Er versuchte, sich vorzustellen, wie er da landen konnte. Auf einem See vielleicht. In der Nähe des Ufers, damit Wyatt an Land schwimmen oder waten konnte. Um diese Jahreszeit muß das Wasser kalt sein. Aber immer noch gut zum Fischen. Hechte und Barsche. Die Enten fliegen jetzt nach Süden. Angenehme Erinnerung, wie er mit seinem Vater auf die Jagd gegangen war. Kaffee in einem Emailletopf und Pfannkuchen bei Sonnenuntergang. Die abendliche Stille, wenn der Wind in den Fichten weht und die Fische aus dem Wasser tauchen . . .
»Was jetzt?« Wyatt stellte ihm eine Frage, aber er wollte noch ein bißchen weiterschlafen, und Wyatt fragte wieder: »Was jetzt?«
Mallen blinzelte mit einem Auge, sah die sich vor ihm auftürmende rosig weiße Kumulussäule, setzte sich auf, zwang sich, die Augen zu öffnen, die eine zentnerschwere Müdigkeit ihm immer wieder zuzudrücken schien.
»Hast du was gesagt?«
»Wir sind in den Wolken, Mallen. Schon seit fünf Minuten. Von hier ab übernimmst du besser das Steuer.«

Mallen fühlte sich benommen, fand es schwer, seinen Blick zu konzentrieren. Er schaute auf das Armaturenbrett. Verschwommen. Er sah die Zeiger und Zahlen auf der Uhr, vernebelt, deutlicher werdend, wieder vernebelt, bedeutungslos. Er versuchte es noch einmal, schloß die Augen, öffnete sie wieder. Die gleiche Wirkung. Wyatt sagte irgendwas, die Stimme weit entfernt, gedämpft und undeutlich. Mallen nickte benommen, nahm den Knüppel in die rechte Hand. Er versuchte, den linken Arm zum Trimmen zu heben, fand den Schmerz überwältigend. Aber dieses Stechen wie mit tausend Nadeln brachte seine Sinne sofort zum Bewußtsein zurück. Der Schmerz ist die Antwort, stellte er fest. »Ich hab's«, sagte er und nahm den Knüppel. »Siehst du den Hubschrauber da hinten?«
»Er ist da. Und noch ein zweiter. Beide folgen uns, und der kleinere holt auf. Glaubst du, du kannst dieses Ding jetzt steuern?«
Unmöglich, das jetzt schon zu wissen, sagte er sich. Vor allem, wenn man nicht klar sehen kann. Die Knochen konnte er wenigstens bewegen. Zum ersten Mal sah er die Sperrholzsplitter, die in seinen Oberschenkel gedrungen waren. Das Schrapnell mußte tiefer unten eingeschlagen haben, unterhalb der Bordwand. Sehen konnte er es nicht, aber er fühlte die eindringende kalte Luft. Er erinnerte sich an den Hubschraubersergeanten in Vietnam, der beim Fliegen stets auf einem Gullideckel saß, weil er Angst hatte, die Eier könnten ihm abgeschossen werden. Es war bei ihm zu einem wahren Komplex geworden. Mallen lächelte bei dem Gedanken: Ein alternder Flugschützensergeant, ein stahlharter Kerl, aber immer mit seinem Gullideckel. Er schloß wieder die Augen, sah den Mann, wie er seinen Kumpeln ein Zeichen gab, wie er ihnen sagte . . . und Wyatt hämmerte ihm auf die Schulter, er blickte auf und sah, daß er in die Schräglage geriet, Höhe verlor. Er ging wieder in die Horizontale, zog leicht hoch, nahm Kurs auf Nordost. Den linken Arm hoch, eine neue Schmerzwelle und wiederkehrendes klares Bewußtsein.
Die Wolkenmasse wurde immer dichter. Aus der Entfernung hatte es wie eine homogene kompakte Masse ausgesehen, aber es waren vereinzelte Felder geballter niedriger Wolken, die sich immer enger um die wirklich dichten Ballungen scharten. Er machte einen Pfad zwischen zwei sich türmenden Wolkenfeldern aus; ein enges trichterförmiges Tal, eine blaue Schlucht zwischen den grauschwarzen Klippen. Leicht mit den Flügelspitzen an den Wänden schleifend,

gewann er Auftrieb, denn er wollte den Sperber nicht in die heftigeren Sturmfelder absinken lassen. Sie gelangten über den Engpaß, und dann stellte Mallen den Motor auf Leerlauf, ließ sich in das gegenüberliegende Tal gleiten, verlor rasch an Höhe.

Ich kann es nicht ewig hinausschieben, sagte er sich. Treibstoffstand verdammt niedrig. In den Kurven muß noch eine Menge ausgelaufen sein. »Schnall dich fest an«, sagte er und war überrascht, wie klar seine Stimme klang. »Wir gehen durch die Wolken herunter. Wenn wir landen, bleibe angeschnallt, bis wir halten. Der Öffnungshebel des Kabinendachs ist auf deiner Rechten – der rote Hebelknopf.«

»In Ordnung«, sagte Wyatt. »Immer noch alles klar hier hinten. Keine Hubschrauber in Sicht.«

Mallen nickte, fühlte sich jetzt besser, konnte klarer sehen.

Die Wolkenwand war nahe genug, daß man die Beschaffenheit der sich immer neu bildenden, sich einrollenden und wieder hinausdrängenden kondensierten Feuchtigkeit sehen konnte. Er dachte kurz an den möglichen Schaden, den der Flügelsparren genommen haben könnte. Der Motor läuft sicher nur noch mit den Benzingasen. Er schaltete das Bordlicht und die Ladepumpe ein. Und dann drang er in die Wand – aus dem Sonnenlicht heraus, in das graue und wollige Zwielicht, wo der Regen sich in kleinen Bächen über das Kabinendach ergoß. Er stellte das Bordlicht auf höchste Helle ein, blickte gespannt auf den Höhenmesser. Immer noch sehr dunkel, fand er, und dann riß er sich mit einem Fluch die Sonnenbrille ab. Schon besser. Es läuft nicht schlecht. Eine leichte Turbulenz machte sich bemerkbar, bereitete aber keine besonderen Schwierigkeiten. Ein Blick auf die Uhr. Schätzungsweise zwei Minuten seit dem Eindringen in die Wolkenschicht. Eine flache kleine Linkswendung. Das Miniaturflugzeug im Höhenmesser mimte exakt alle Bewegungen des Sperbers, als er die fünfzehngradige Wendung ausschwebte.

Jetzt wieder Turbulenzen, peitschende Regenschauer auf dem Kabinendach. Er beendete die erste Kreisschwenkung, blieb in der gleichen Schräglage, begann die zweite. *Runter jetzt,* verdammt noch mal, sagte er sich, kämpfte gegen den Wunsch an, die Höhe nicht aufzugeben. Er drosselte noch mehr zurück, sah die Umdrehungszahlen bis zum langsamen Leerlauf sinken. Die Benzinuhr war auf Leer, und er wußte, daß er noch Sprit brauchte, um auf ein freies Feld oder eine Straße zu gelangen. Er zog den Störklappenhebel und hörte das sofortige Dröhnen der Flügel, als die Spoiler den Luftstrom über ihnen blockierten. Der Sperber begann zu sinken, die Fallgeschwindigkeit erhöhte sich. Noch ein Blick nach rechts und links in den grauen Dunst, um sich zu überzeugen, daß die Klappen ganz offen waren. Der Arm tat entsetzlich weh, schmerzte allein beim Offenhalten der Spoiler. Er zog das linke Bein zurück, stemmte es gegen den Hebel, ließ den Arm in seinem Schoß ruhen.

Zweimal waren sie gekreist. Schwere Turbulenz. Wyatt sagte etwas, er verstand es nicht. Ein kurzes Prasseln von Hagel, und dann wieder Regen. Er konzentrierte sich auf den Fluglage- und Höhenmesser, warf hie und da einen Seitenblick auf die Fluggeschwindigkeit und die Benzinuhr. 4.900 Fuß, 4.650. Dann ein wirklich schwerer Regen, es rann eimerweise durch das Kabinendach, und er geriet ein wenig in Panik, fragte sich, ob es bis zur Landung so weitergehen würde.

Drei Kreiswendungen, oder waren es vier? Der Kompaß tanzte, und die Bordinstrumente schwankten bis zur Unleserlichkeit in der Turbulenz. Dreitausendneunhundert! Eine wahre Höllenfinsternis, und er riß am Knüppel, mühte sich, das Flugzeug aufrecht zu halten, sagte sich, Fluglage halten . . . nur die Fluglage halten – und dann brachen sie endlich aus der Wolke, kamen in einen leichten Regenschauer.

»Ach du liebe Mutter Gottes«, sagte Wyatt laut und vernehmbar.

Mallen glich aus, bückte sich vor Schmerzen, schloß die Spoiler. Ein kleiner Druck auf den Gashebel, um die Zylinder vom Auspuffgas zu befreien, und der Motor hustete einmal schwach auf und starb ab.

Verzweifelt zog er die Kühlungsklappe ganz zu, stellte den Choke voll ein. Dann zog er den Starter, der Motor hustete, knallte zurück, lief stockend an, unregelmäßig. Ladepumpe an. Blöde Scheiße! Motor regelmäßiger, und er stellte den Choke ab. Lief immer noch, irgendwie.

Nur noch Sekunden, sagte er sich, und dann ist er trocken gelaufen. Benzinuhr schon längst auf dem Nullpunkt. Wir müssen landen. Jetzt. *Jetzt, jetzt, jetzt.*

Das Gelände unter ihm war eine matt verschwommene Mischung

von Grün und Grau. Wälder und Sümpfe. Keine Straßen, wenigstens nicht soweit er sehen konnte. Ein See. Etwas abseits, links. Er wendete nach links, nahm Kurs auf den See.
Hat die Form einer Katze, fand er. Langer Schwanz, wahrscheinlich ein Strom, der hineinmündet. Eine Bucht im Norden, die wie ein Kopf aussah. Hauptteil etwa zwei Meilen lang.
Herunter durch zwölftausend Fuß und im Gleitflug würde er es nicht ohne Hilfe bis zum See schaffen. Er gab ganz langsam Gas, der Motor lief, stockte, lief wieder, stockte. Das Benzin war fast am Ende. Wenigstens ist im Falle eines Sturzes kein Feuer zu befürchten, sagte er sich.
Er sagte Wyatt, sie würden im See landen, längs des Ufers, und dann solle er das Kabinendach abwerfen. Mehr zu sagen, blieb ihm keine Zeit. Er schätzte die Entfernung bis zum See auf weniger als eine Meile, mit genügend Höhe, um hineinzugleiten. Er stellte die Zündung und den Hauptschalter ab, klopfte noch einmal auf den Schalter, der die Benzinleitung abstellte. Der Propeller hielt nach einer kurzen Drehung an.
Der See kam näher, ein leichter Südwestwind kräuselte die Oberfläche. Direkter Anflug ins stille Wasser, schätzte er. Wenn er keine Unachtsamkeit beging, würde das Flugzeug unbeschädigt ankommen. Er griff nach dem Fahrgestellhebel, ließ es mit einem sanften Druck herausgleiten. Dann erinnerte er sich, daß er es bei einer Tauchlandung hätte oben lassen sollen . . . zum Teufel damit. Zu nahe bereits und zu tief und zu langsam.
Er flog parallel zur Küste, etwa zwanzig Meter davor, wollte möglichst nahe am Ufer bleiben. Da sah er zum ersten Mal, daß das Ufer sandig war, mit wenig Gebüsch und einigen dunkelgrünen Sumpfflecken.
Ohne zu wissen, warum, vielleicht nur, weil er dem festen Boden mehr vertraute, flog er den Sandstreifen am Ufer an, benutzte die Spoiler zum Landen. Zwei Felsblöcke von Mannesgröße schossen am linken Flügel gerade noch vorbei. Das Fahrgestell schlug auf den Boden auf, sprang noch einmal hoch, fiel, rollte im weichen Sand, und der linke Flügel strich krachend durch niederes Fichtengehölz, der Sperber drehte sich nach links, grub den Flügel ein, und an mehr konnte er sich nicht erinnern. An nichts, außer dem Schmerz, und dann fühlte er auch den nicht mehr.

11

Als Mallen erwachte, lief ihm kalter Regen über das Gesicht. Wellen von Schmerz durchfluteten sein Bewußtsein, schwollen an, flossen wieder zurück. Er versuchte, sich aufzusetzen, wollte sich auf den Ellbogen stützen, aber sogleich stieg eine heftige Übelkeit in ihm auf, die Sinne schwanden ihm, er ließ sich ins Halbbewußtsein zurücksinken. Er nahm nur noch wahr, daß ein schwarzer Mann über ihm stand. Wie seltsam, sagte er sich und wurde wieder bewußtlos.

Viel später erwachte Mallen wieder, immer noch in der Dunkelheit, und stöhnte. Der Regen (war es Regen?) hatte aufgehört, und als er die Augen öffnete, sah er Sterne zwischen den schweren tiefen Wolkenfetzen. Die Sterne verschwanden, und zuerst glaubte er, so sei es also, wenn man blind ist, aber dann erschienen sie wieder, und er konzentrierte sich auf ihren Anblick, um ganz sicher zu sein, daß sie nicht für immer verschwunden waren. Ein Stern, heller als die anderen, funkelte orangenrot. Sirius, sagte er sich. Der Hundsstern.

»Wie geht's?« fragte Wyatt.

Mallen wollte sprechen, aber die Zunge war ihm geschwollen und tat weh. »Wasser«, formten seine Lippen.

Wyatt bewegte sich am äußersten Kreise seines Blickfeldes, schwarzer Schatten auf schwarzem Hintergrund, verschwand, erschien wieder mit einer Feldflasche. Er hob Mallens Kopf an, gab ihm kleine Schlucke, verschüttete das meiste. Mallen hustete, würgte, hob die rechte Hand, faßte den Flaschenhals, nahm drei lange Schlucke. Das Wasser war kalt und schmeckte nach Aluminium. Er trank noch mehr, und die Feldflasche war leer. Er wischte sich die Lippen und sagte: »Noch mehr.« Wyatt nickte, nahm die Flasche.

Wolken zogen dreimal über die Sterne, während Wyatt fort war. Mallen konzentrierte sich jedes Mal geduldig und war jetzt sicher, daß sie wiederkommen würden. Mit dem linken Auge schien er nicht gut sehen zu können. Alles war verschwommen und undeutlich.

Wyatt brachte die neu aufgefüllte Flasche zurück und lehnte Mallen dieses Mal an einen Felsblock. Jetzt bemerkte Mallen, daß er mit dem Daunenschlafsack zugedeckt war und zwischen zwei Felsblöcken lag, die mit einer Art von Zeltdach überdeckt waren, um ihm Schutz und Deckung zu geben. Ein kleines Feuer, jetzt nur noch Glut, schwelte in einem Loch am Fuße eines der beiden Felsen.
»Schon, daß du wieder zurück bist«, sagte Wyatt und gab ihm die Flasche.
Mallen trank und trank. »Wieviel Uhr . . .« Seine Stimme hatte einen rauhen und fremden Klang.
»Spielt keine Rolle. Irgendwann nach Mitternacht.«
»Die Landung . . .?«
»Nicht schlecht. Du bist mit dem Kopf an die Leiste des Kabinendachs angeschlagen. Ich habe dich rausgeholt, hierhergebracht und saubergemacht. Du wirst überleben.«
Mallen blickte auf seinen Arm. Er war mit blauem Jeansstoff bandagiert, und das Fleisch war geschwollen, drückte gegen den Verband. Mit seiner linken Wange schien irgend etwas nicht zu stimmen, und irgend etwas beeinträchtigte seine Sicht. Er berührte sie versuchsweise mit der Hand, fand eine Schwellung in der Größe eines Vogeleis, weich und schmerzend, aber ohne Fleischwunde. Ein Zahn schien gebrochen, fühlte sich rauh mit der Zunge an. Ich werde leben, sagte er sich.
»McKennon?«
Wyatt zog ein Zigarettenpaket aus der Tasche, zündete zwei mit einem brennenden Astholz an. »Bis jetzt kein McKennon. Hörte einen Hubschrauber gegen Sonnenuntergang irgendwo im Norden. Erst laut, und dann leiser, und dann wieder laut, wie wenn sie hin und her flogen.«
Mallen blickte in die sich bewegenden Wolken, die auf- und abblinkenden Sterne. Er hörte den Wind in einem unerkennbaren Wald, sah den schwachen Widerschein der Sterne auf der gekräuselten Seeoberfläche.
»Und das Flugzeug?«
»Das Flugzeug ist okay. Allerdings beschädigt. Das wirst du selbst beurteilen müssen.«
»Was für Schaden?«
Wyatt brummte angewidert. »Schlaf ein bißchen. Ich wecke dich

vor Morgengrauen.« Er nahm Mallen die Zigarette aus den Fingern und warf sie in die Glut. Dann nahm er einen Umschlag aus seiner Hemdtasche, schüttete ein paar Pillen auf die offene Hand. Er reichte Mallen die Flasche und sagte: »Kodein und Tetracyclin. Schlucke sie.«

Mallen nickte, nahm die Tabletten, spülte sie mit viel Wasser herunter. Dann ließ er sich wieder auf den Boden gleiten, und Wyatt half ihm, die Schultern und den Körper zu bewegen.

»Gute Nacht«, sagte Wyatt lächelnd, und die Zähne blitzten im formlosen Schwarz seines Gesichtes auf.

Mallen versuchte zu lächeln, fiel in Bewußtlosigkeit zurück, vernahm noch den Wind in den Bäumen und Wyatts Schritte auf dem Sandboden.

Er erwachte wieder in einer grauen Welt, deren Licht keine Umrisse erkennen ließ. Wyatt war neben ihm, richtete ihm die Schultern auf.

»Nimm noch mehr Medizin«, sagte er leise, gab ihm Pillen und die Flasche, um sie herunterzuspülen. Die Prozedur, das ungeschickte Herumhantieren der beiden, dauerte eine lange Weile. Mallen nahm einen fauligen Geruch wahr, wie verwesendes Fleisch. Der Schmerz im Arm hatte etwas nachgelassen.

Jetzt waren sie fertig, Wyatt hockte sich zurück, lehnte sich mit den Schultern an den gegenüberliegenden Felsen, zündete sich eine Zigarette an. Er zog daran, beugte den Kopf zurück, blies den Rauch durch die Zähne, die Zigarette zwischen die Schneidezähne geklemmt. »Das hätten wir geschafft«, sagte er, nahm die Zigarette aus dem Mund, streifte die Asche am Felsen ab.

Es wurde zusehends heller, das Grau wich einem dunstigen Beige. Mallen bemerkte, daß eine Nebelschicht über dem See lag. Eine Mücke summte, schwirrte in der stillen Luft zwischen den Felsen.

»Was hätten wir geschafft?«

Wyatt tippte noch einmal mit der Zigarette an den Felsen. »Was zu tun war, falls McKennon kommen sollte.« Er fuhr sich mit der Hand über das Gesicht, und jetzt wurde sich Mallen klar, daß Wyatt die ganze Nacht aufgeblieben war. Seine Augen waren blutunterlaufen und das Gesicht starr vor Müdigkeit.

»Und du hast die ganze Nacht daran gearbeitet?« sagte Mallen. Die Zigarette schmeckte seltsam süß.

Wyatt nickte. »War nicht so schlimm. Ich habe das Flugzeug so weit wie möglich in die Bäume gezogen. Die ganze Oberfläche mit Erde und Sand beschmiert, um es zu tarnen, und dann Fichtenzweige rundherum gelegt.«

»Und die Reifenspuren?«

»Mit Zweigen weggewischt. Der Regen hat den Rest besorgt. Sieht wieder ganz wie jungfräulicher Boden aus.« Wyatt lächelte.

Mallen lächelte müde zurück. »Haben wir noch Zigaretten?«

Wyatt zündete ihm eine an, füllte einen kleinen Topf mit Wasser, stellte ihn auf die Glut. »Kaffee kommt gleich.«

Der östliche Horizont zeigte rote und orangefarbene Flecke, Lichtnadeln wie die Chromspeichen eines Rades, dessen Mittelpunkt die noch nicht sichtbare Sonne war. Das östliche Ufer war dicht bewaldet, und die Baumkronen ragten über den Nebeldunst des Sees. Mallen dachte an andere Seen in anderen Jahren, als er beim Morgengrauen mit der Flinte und einem Becher Kaffee mit Rum auf die Enten gelauert hatte.

Sie saßen schweigen, kosteten den Frieden. Es war schwer zu glauben, daß heute, wie gestern und vielleicht morgen, ihr letzter Tag sein könnte. Mallen wollte die Hand ausstrecken, Wyatt berühren, um ihm zu danken und Zuversicht zu geben. Ihre Blicke trafen sich kurz. Mallen drückte es schweigend aus, und Wyatt deutete ein Kopfnicken an. Eine Geste, die ein Dritter nie wahrgenommen hätte.

Wyat goß das heiße Wasser in die Aluminiumbecher ein und fügte ein bißchen Pulverkaffee dazu. »Du glaubst, daß McKennon kommen wird.«

Es hat keinen Zweck, zu lügen, sagte sich Mallen. Geben wir uns keinen Täuschungen hin. McKennon würde kommen, mit zehn oder zwanzig oder tausend Mann. Er nickte.

»Und wie, glaubst du, wird er uns finden?«

Mallen vermied seinen Blick, blies über den heißen Kaffeebecher. Definitive Anhaltspunkte hatten sie wahrscheinlich nicht. McKennon hatte bestimmt den Norden und den Süden abgesucht. Die Bodenstationen konnten nichts Neues gemeldet haben. Er schüttelte den Kopf. Immer noch Wyatts Blick vermeidend, sagte er: »McKennon wird kommen. Oder jemand anders. Sie können es sich nicht leisten, uns laufenzulassen. Zu viele Leute getötet, und alles

Bullen, oder wie immer die Friedenstruppe Ost sich nennt. Sie werden kommen.«
Wyatt nickte zustimmend. »Das glaube ich auch. Aber wenn sie uns nicht gleich finden können, stellt sich die Frage, wie lange es ihnen möglich ist, die Suche fortzusetzen. Bestimmt nicht auf unbeschränkte Zeit. Wir müssen einfach durchhalten und dann hier rausfliegen.«
Mallen nippte langsam an seinem Kaffee, ließ sich Wyatts Worte durch den Kopf gehen. Wie lange ist lange? Proviant für zehn Tage. Vielleicht vierzehn. Und dann stellt sich das Problem mit dem Benzin. »Zwei Wochen allerhöchstens können wir hier durchhalten. Es ist Oktober. Bald kommt der Schnee.«
Wyatt stand auf, streckte sich, stemmte die Hände in die Hüften, lehnte sich zurück. Dann blickte er über den See. »Ja, bald kommt der Schnee«, sagte er, fast zu sich selbst. Er wandte sich Mallen zu, blickte auf seine Stiefel, scharrte mit dem Hacken im Sand. »Glaubst du, wir können auf diesem Gelände abfliegen? Die Distanz längs dem Ufer sollte ausreichen.«
»Ich weiß nicht, wie lang es ist. Gestern nachmittag schätzte ich es auf etwa tausend Fuß. Vielleicht weniger.«
»Mehr«, sagte Wyatt. »Ich habe es abgeschritten. Vierhundertsechzig Schritt. Und das wären meiner Schätzung nach etwa vierhundert Meter. Genügt das?«
Mallen nickte. »Zum Aufsteigen schon, aber vielleicht nicht, um über die Bäume zu kommen. Ich muß es mir mal anschauen. Und dann wäre noch das kleine Treibstoff-Problem zu lösen.«
»Ja, der Treibstoff. Wir haben den Zwanzig-Liter-Kanister. Wieviel Stunden schaffen wir damit?«
»Das reicht gerade für den Start und vielleicht noch anderthalb Stunden Flugzeit. Es hat keinen Zweck. Wir brauchen einen vollen Tank, um weit genug aus den bevölkerten Gegenden herauszukommen.«
Wyatt las einen flachen Stein auf, schleuderte ihn über das Wasser, sah ihn zweimal aufschlagen und dann versinken. »Wie wäre es mit einem dieser Campingplätze für Sportfischer? Von denen gibt es Hunderte in diesen Wäldern. Und viele haben immer Vorräte an Eßwaren und Benzin. Und in jedem gibt es Holzöfen und Herde. Da könnten wir leicht überwintern . . .«

»Und was sollen wir da essen, verdammt noch mal?« Mallen spuckte aus. »Bildest du dir vielleicht ein, wir brauchen nur zweihundert Meter in jede beliebige Richtung zu wandern, und schon finden wir eine mit allen letzten Schikanen ausgerüstete Luxushütte in den Wäldern? Wenn wir Glück haben und zufällig eine finden, ist sie bestimmt völlig ausgeplündert.« Er trank den Rest seines Kaffees und lehnte sich zurück.

»Schau, Wyatt«, sagte er. »Wir haben Proviant für kaum zehn Tage, ein kaputtes Flugzeug, und vor allem fast kein Benzin. Es kann nur noch Tage dauern, bis der erste Schnee fällt. Ich sehe es so – wir warten hier ein paar Tage, und dann gehen wir zu Fuß weiter. Nördlich von hier, über die alte Grenze hinaus, gibt's eine Menge Bauernhöfe. Da holen wir uns was zu essen, und dann trennen wir uns. Bis dahin haben wir's dann wenigstens geschafft.«

Wyatts Augen flammten auf, und er blickte Mallen wütend an. »Denkst du vielleicht, das lasse ich mir bieten, du Arschloch? Nachdem ich die ganze verdammte Nacht geschuftet habe, um das Flugzeug zu verstecken? Glaubst du, ich hätte keine Schmerzen mehr, weißer Mann? Ganz verteufelte Schmerzen habe ich, aber ich habe mir ein für allemal gesagt, daß du meine Fahrkarte bist, um von hier wegzukommen. Dachte, du wärst schlau genug, das Ding in den Büschen da wieder instand zu setzen und uns irgendwie Sprit zu beschaffen.«

Wyatt fuhr sich mit der Hand über das Gesicht, hinterließ Schmutzspuren. »Na schön – wahrscheinlich hast du recht, was die Campingplätze anbelangt. Falls wir einen fänden, wäre sicher nicht genug zu essen da, um über den Winter zu kommen. Aber eins sage ich dir: Du wirst dieses verdammte Flugzeug reparieren, und du kannst Gift drauf nehmen, daß wir uns Sprit beschaffen. Denn selbst wenn dir nichts dran liegt, Mallen« – er schlug sich auf die Brust und erhob die Stimme – »selbst wenn dir nichts dran liegt, will ich leben. Wenn wir versuchen, zu Fuß hier rauszukommen, haben sie uns innerhalb von zwei Tagen. Wir müssen es wie Superman machen und von *hier* . . .« er bohrte den Hacken in den Sand, machte zwei Schritte, bohrte ihn wieder ein, schüttete dabei Sand auf Mallen, ». . . nach *da* springen!« Er schrie jetzt, riß den Kopf zurück, zeigte die Zähne.

Er hat recht, sagte sich Mallen. Weiß Gott, er hat recht. Wir müssen es zusammen in diesem Flugzeug schaffen, oder wir schaffen es nie.

Und er ist erschöpft, und er hat mehr getan, als ich je von ihm verlangen könnte. Und das ist eine Menge. Mallen blickte zu Wyatt auf, sein Gesicht war gefaßt und ernst. »Schrei nicht so, Wyatt«, sagte er leise. »Du wirst noch die Fische erschrecken.«

Wyatt blinzelte eine Sekunde, dann lächelte er, und dann lachte er. Lachte wie ein Wahnsinniger, ließ seine Stimme über den See hallen, lachte so, daß er sich zu Boden fallen ließ, und die Tränen aus seinen Augen flossen.

Und Mallen lachte mit ihm und sagte ihm, daß sie schon irgendwie zusammen aus diesem gottverdammten Ort entkommen würden.

Sie verbrachten den Vormittag mit dem Verwischen der Spuren ihres Lagers zwischen den beiden Felsen, und dann errichteten sie ein zweites Lager hinter dem Waldrand am Seeufer. Mallen wählte einen Ort unter den Fichten aus, fern der Laubbäume, deren rote und goldene Blätter zum größten Teil abgefallen waren. Wyatt entästete ein paar junge Bäume, band die Wipfel zusammen, so daß sie ein primitives Hüttengerüst bildeten, über das er dann die Zeltbahn spannte.

Mallen sah ihm zu, lag auf dem Daunenschlafsack, döste in der Sonne. Wyatt verstand sich offensichtlich ausgezeichnet auf derartige Arbeiten, ging ohne Zögern ans Werk und brachte die Hütte mit einem Mindestmaß an Mühe zustande. Er schwitzte stark, zog sich sein Flanellhemd aus, unter dem er ein khakigrünes T-Shirt mit den verblaßten Buchstaben FTO trug.

»Bedeuten diese Buchstaben, was ich annehme?« fragte Mallen.

»Friedenstruppe Ost«, erwiderte Wyatt ohne aufzublicken, während er Steine für eine Feuerstelle sammelte.

»Nett von McKennons Leuten, die als Geschenke zu verteilen.«

»Das haben sie mir nicht geschenkt.«

Mallen tastete mit der Zunge an den gebrochenen Zahn. »Und das bedeutet . . .?«

»Das bedeutet, daß ich es auf dem Dienstweg bekam.«

»Du hast für diese Scheißkerle gearbeitet?«

Wyatt nickte, vermied Mallens Blick. »Rechtsabteilung.« Er setzte sich, lehnte sich schwer gegen einen Baumstumpf, atmete langsam aus, blickte auf. »Ich hatte vergessen, daß ich es noch trug. Eigentlich nicht meins. Eine Art von Überrest aus einem Privatkrieg. Aber es ist trotzdem wahr, Mallen. Ich habe für sie gearbeitet.«

Mallen stützte sich auf, alles verschwamm vor seinen Augen. Er blinzelte, versuchte, klarer zu sehen. »Aber du hast . . .«
». . . bisher nichts davon erwähnt?« Wyatt beendete den Satz für ihn. »Nein. Warum auch? Du hättest mir nicht mehr vertraut.«
»Wie ist es passiert?«
Wyatt zündete sich eine Zigarette an, blickte lange auf die glühende Spitze, bevor er antwortete. »Ich lebte in einer kleinen Stadt oben im Staat New York. Du weißt schon, ein Ort, wo der schlaue Ortsneger Karriere machen kann. Nicht viel Patentrecht, aber eine gute kleine Praxis. Ehefrau, zwei Kinder, ein Hund – der ganze Plunder. Hab' mich beschissen wohl gefühlt, Mallen. Die Leute grüßten einen, luden uns auf einen Drink ein. In diesen kleinen Städten vergißt man leicht, daß man schwarz ist. Und dann in einer Nacht im Mai, meine Älteste hatte ihr erstes Rendezvous, ging der Strom aus und kam nie wieder. Ich hörte das Autoradio – du kannst dich doch noch erinnern, wie sie diese Dreißig-Sekunden-Spots einfügten, um anzusagen, wenn irgendein Test für den Katastrophenfall gemacht wurde? Nur haben sie nie gesagt, was für eine Art von Katastrophe. Also, Mann, ich höre, und es kommt nichts. Kein Ton. Nur noch Nebengeräusch. Al's Cash Market, der einzige Lebensmittelmarkt in der Stadt, wurde gleich am nächsten Morgen völlig ausgeplündert. Scheiße, Mallen – Leute, die ich gut kannte, rannten mit bis zu fünf Einkaufswagen und einem Schießeisen in der Faust die Gänge herunter und fegten alles von den Regalen. Blickten einander nicht an, außer wenn sie sich um eine Büchse von diesem oder einer Schachtel von jenem stritten. Al, wie er auch immer sonst hieß, dem der Laden gehörte, versuchte, die ersten Plünderer aufzuhalten, und jemand schlug ihn zu Boden, und dann hörte man einen Schuß, und das, mein lieber Mann, war das Ende des guten alten amerikanischen Begriffs von Ordnung und Gesetz. Der Ortsbulle war auch dabei, mit all den lieben feinen Leuten. Herrgott, Mallen, dieses Schwein stellte seinen Polizeistraßenkreuzer direkt vors Schaufenster, schlug die Scheibe ein und schaufelte haufenweise Büchsennahrung in seinen Kofferraum.«
Wyatt reichte Mallen die Zigarette, der einen Zug nahm und sie ihm zurückgab. »Wir müssen sparen«, sagte Wyatt. »Sind nicht mehr viel übrig.« Er nahm einen langen Zug, schnippte die Glut mit seinem Zeigefinger ab, steckte den Stummel in die Tasche.

»Und was geschah dann?«
Wyatt fuhr sich mit der Zunge über die Zähne, lächelte schief. »Wahrscheinlich, was in den meisten Städten geschah. Wer weiß? Wie ich es sah, war es das Ende. Die Leute fuhren mit ihren Wagen davon oder igelten sich in die Keller ein. Ein paar Fremde kamen in die Stadt gewankt – es gab kein Benzin mehr und nichts zu essen. Dann versuchten sie, mit Gewalt in ein Haus einzubrechen, knallten entweder den Besitzer ab oder wurden selbst abgeknallt. Jagdsaison in vollem Schwung, mein lieber Mann. Das Seltsame war nur, daß verdammt wenig Leute am Fallout starben. Vielleicht haben wir einfach Glück gehabt, ich weiß nicht. Die Stadt fünfzig Kilometer weiter hatte genug Strahlung abgekriegt, um die ganze zweiundvierzigste Straße zu beleuchten.«
Wyatt beugte sich zurück, blickte in den Himmel hinauf, als ob er erwartete, den orangengrünen Dunst zu sehen, der charakteristisch für die schwere Ionisierung in den Niederschlagsgebieten gewesen war. »Kein Fallout – nur Rückstände und ähnliches Zeug. Zehn Röntgeneinheiten die Woche während der ersten zwanzig Wochen, also nichts besonders Schlimmes.«
Mallen wollte Fragen stellen. Er hatte ja nichts gesehen, nicht gewußt, wie es wirklich gewesen war, außer den Nachwirkungen. Aber er blieb stumm, ließ Wyatt es sich von der Seele reden.
»Komisch«, fuhr Wyatt fort, »aber zuerst schien es noch ganz nett zu sein. Die Leute hörten auf, nach Klinesberg zu kommen. Benzin gab's nicht mehr, die meisten Einwohner waren weg. Kein Radio, kein Fernsehen. Und die Leute dort waren irgendwie schweigend übereingekommen, nicht von der Vergangenheit zu reden – von den Plünderungen und der Panik. Vergessen und begraben. Dann kam der Sommer, und die meisten Leute hatten kleine Gärten. Zuerst gab's 'ne Menge Milch. Die Bauern brachten uns mehr Milch und Eier, als wir verzehren konnten. Was sie früher versandt hatten, mußten sie jetzt an Ort und Stelle verkaufen. Sie verkauften gesalzenes Pferdefleisch und Schweine. Komisch, wie wenig man sich mit den Grundlagen des Überlebens auskennt. Salz zum Beispiel, Mallen – mit Salz kannst du fast alles konservieren. Und plötzlich fanden die Leute heraus, daß es auch mit Wasserentzug geht. Und mit Einmachen – verdammt noch mal, mit Joy, meiner Frau, haben wir allein an Rüben fünfzehn, vielleicht sogar zwanzig Dutzend große Gläser eingelegt.

Die Leute hackten die Höfe vor ihren Häusern auf und pflanzten.«
»Was habt ihr als Zahlungsmittel benutzt?«
»Geld, wenigstens zuerst. Und dann alles, was irgendeinen Wert hatte. Werkzeug, Decken, Feuerholz. Ich hatte die Lichtmaschine meines Pontiacs umgebaut und mit einem selbstgebastelten Propeller versehen, und nach einigem Probieren gelang es mir, genug Strom für ein paar Lampen zu erzeugen. Die Leute kamen zu mir mit den Lichtmaschinen ihrer Wagen, und ich habe sie mit Elektrizität versorgt. Als Birnen benutzten wir die Autorücklichter und Innenbeleuchtung. Im ersten Winter schien es fast, als hätten wir es geschafft. Es war hart, darüber war man sich einig, aber durchaus erträglich. In jenem Oktober hielten wir eine Stadtversammlung ab und wählten uns eine Behörde. Ich war zwar nur ein Neger, Mallen, aber sie wählten mich zum Vizebürgermeister und Friedensrichter – juristische Erfahrung und so, verstehst du. Die Gründerväter der Stadt müssen in ihren Gräbern Purzelbäume geschlagen haben. Und dann, etwa um die Zeit des ersten Schneefalls kam die Grippe.«
»Jersey Pest?«
»Später hörte ich, daß man es so nannte. Der Ortsarzt meinte, es sei eine Art von Mutation der Grippe. Die Sterblichkeitsziffer war über achtzig Prozent. Von einer Bevölkerung von etwa vierhundert lebten um Weihnachten nur noch vierundsiebzig. Joy und meine Kinder starben. Sie . . .« Wyatt unterbrach sich, wandte sich ab. Sie saßen beide schweigend während einer Weile, Wyatt kritzelte mit einem Stock Vierecke in den Sand. Schließlich fuhr er fort:
»Im Frühling kamen dann die ersten Beamten der Friedenstruppe Ost per Hubschrauber. Untersuchten die ganze Gegend mit ihren Strahlungsmessern und erklärten sie zu einem wahren Paradies, die Scheißer. Baut Getreide an, sagten sie. Mann, sogar einen Traktor haben sie uns gebracht. Wie es sich nachher herausstellte, war es der erste und letzte und einzige, aber wir hielten es für reine Hexerei, als wir den Diesel laufen hörten, wie er die Erde umpflügte. Die FTOs sagten mir, ich sei zum stellvertretenden Ortsverwalter ernannt. Damals gab es noch so etwas wie einen Begriff von Gerechtigkeit.«
»Welche Staatsangehörigkeit hatten die FTOs?«
Wyatt zuckte die Schulter. »Zwei Amerikaner, ein Ungar. Zuerst lief noch alles ganz gut. Die Leute schufteten, wie sie noch nie zuvor geschuftet hatten. Keine Arbeit, kein Essen. Ein einfaches Rezept.

Und sie brachten noch Leute aus anderen Städten, um bei den Landarbeiten zu helfen. Im ersten Jahr war jedes Stück Erde, das nicht verseucht war, sein Gewicht an Punkten wert.«
»Glaubst du, die Sowjets hatten das alles schon vorher organisiert – Behörden, Verwaltung, FTO und so weiter?«
Wyatt schüttelte langsam den Kopf. »Wer weiß, aber ich bezweifle es. Hatte mal ein interessantes Gespräch mit einem Polen, etwa vor einem Jahr. Eine Art von Agronom, der sich mit der Entseuchung des Bodens beschäftigte. Du weißt ja, wie diese Geschichten entstehen. Einer erzählt's einem anderen, der es wieder einem anderen erzählt. Seiner Geschichte nach sollte es sich anfänglich um einen begrenzten Krieg handeln. Die Sowjets versuchten, nur unsere strategischen Raketenstützpunkte zu zerstören. Dann ist die NATO eingesprungen und hat zurückgeschlagen, während die Vereinigten Staaten immer noch versuchten, über den heißen Draht irgendeinen Kompromiß auszuarbeiten. Die Sowjets sind dann aufs Ganze gegangen – haben alles, was sie hatten, abgefeuert – und die Vereinigten Staaten dann natürlich auch. Von dem Augenblick an gibt es keine belegbare Geschichte mehr, und wer sollte sie jetzt noch berichten? Ich nehme an, daß keiner der damals entscheidenden Männer mehr am Leben ist, um seine hübschen kleinen Memoiren zu schreiben. Jedenfalls schien alles, was ich in puncto Behörden und Verwaltung sah, gut organisiert zu sein – handgedruckte Anleitungen und Vorschriften, Leute, die an Ort und Stelle mit spezifischen Aufgaben betraut wurden. Die Sowjets haben diese Kader hierhergeschickt, und ganz bestimmt haben sie die Friedenstruppe und die Sonderabteilung aufgestellt. Aber so ganz klar und einfach ist es nun auch wieder nicht. Ich sehe es eher als eine locker organisierte sozialistische Gesellschaftsform, die sich auf einen Polizeistaat stützt. Aber das Grauenhafte daran ist – und das war schon von Anfang an zu erkennen –, daß die Sonderabteilung regional ist und überall kleine Feudalstaaten bildet. Nimm zum Beispiel diesen McKennon. Er gehört zur FTO, hat aber bereits seine Fäden gezogen, um den Status der Sonderabteilung mit allem drum und dran an Ausrüstung und so weiter zu bekommen. In einem Jahr oder so könnte er sich sein eigenes Herrschaftsgebiet wie eine Scheibe aus dem Kuchen schneiden.«
»Du hast mir immer noch nicht erklärt, wie du aus der Friedenstruppe ausgetreten bist.«

»Ausgetreten, Mallen? Scheiße, nein. Austreten gibt's nicht, denn wer nicht arbeitet, kriegt nichts zu essen. Und wenn man mal so hoch ist, wie ich es war, hat man besondere Privilegien, Prämienpunkte, wer weiß was mehr. Und vergiß auch nicht, daß es zuerst ganz gut ging. Die Sowjetpolitik schien daraufhin zu zielen, uns unsere eigene Schau aufziehen zu lassen. Alles war innerhalb der existierenden Statuten geregelt. Dann bekam ich eines Tages ein Buch mit neunzig Seiten, in fünf Sprachen gedruckt. Ich habe es in einem Zug gelesen – und geweint. Es war, als seien alle Begriffe von Recht und Gesetz um tausend Jahre zurückgeschraubt. Keine Redefreiheit, keine öffentlichen Versammlungen, kein Recht auf Berufung. Dann fügten die örtlichen FTOs dem allen noch zusätzliche Bestimmungen hinzu, und schließlich trug die Sonderabteilung noch das Ihre dazu bei. Jetzt konnte ein Mensch überhaupt nichts mehr tun, ohne irgendwie mit dem Gesetz in Konflikt zu kommen. Und ich war der Schweinehund, von dem man erwartete, dieses Gesetz in unserer Gegend zu vertreten und anzuwenden. Besser gesagt, Mallen, ich war der Galgenrichter. Ich trug das Meine dazu bei, all die leidenden armen Scheißer fertigzumachen. Auf Grund von Kleinpinkeleien wie Mundraub oder Reisen ohne Ausweis.«
Mallen legte sich flach auf den Boden zurück, blickte in die Wolken, die sich hinter dem Vorhang der Baumäste bewegten. »Und das hat dir dann den Rest gegeben?«
Wyatt riß einen Zweig von einem überhängenden Ast, pflückte die Nadeln ab, peitschte das Gras. »Eines Abends . . .« er hielt inne, dachte nach. »Eines Abends ging ich zur Kaserne runter. Zwei Leute hatten Dienst, Zannick und Schofield. Sie hatten gerade irgendeinen dummen kleinen Jungen verhört, der geschnappt wurde, als er auf dem Bahnsteig ein paar Hand voll Reis aus einem verschütteten Sack stahl. Stell dir vor, Mallen! Einen kleinen Jungen verhören, wegen eines ganz einfachen kleinen Diebstahls. Man hatte ihn ja in flagranti ertappt, und er hatte sich bereits als schuldig bekannt. Dafür hätte er sechzig Tage Zwangsarbeit bei der Bodenentseuchung bekommen, vielleicht in einer heißen Zone. Aber diese sadistischen Scheißkerle verhörten ihn trotzdem immer noch. Einen Wasserschlauch haben sie ihm in die Kehle gestopft. Der Junge starb – elf Jahre alt, weil er verschütteten Reis gestohlen hatte. Da habe ich durchgedreht. Ich griff mir Schofields zwölfkalibrige Flinte und knallte sie beide ab.

Seitdem noch sieben oder acht mehr. Das Zählen habe ich aufgegeben.«
Mallen starrte ihn lange an. »Und immer ganz allein?«
Er nickte. »Ganz allein. Aber ich habe mich ständig nach einer der organisierten Widerstandseinheiten umgeschaut. Überall gibt es solche Gruppen. Keinen Kontakt miteinander, aber hie und da hört man gerüchtweise von vereinzelten Überfällen. Falls nicht mehr, geben sie der Sonderabteilung wenigstens eine Existenzberechtigung – sie fliegen dann als mobile Kampftruppe in irgendein Gebiet ein, um einzugreifen, wo die örtliche FTO nicht ausreicht.«
Mallen stützte sich auf einen Ellbogen, blickte fasziniert auf. Daß es einen Widerstand geben konnte, hätte er nicht für möglich gehalten. »Diese Widerstandsgruppen«, sagte er. »Was wollen sie erreichen?«
Wyatt warf den kleinen Zweig fort, wandte sich wieder Mallen zu. »Erreichen? Die armen Schweine haben wahrscheinlich zuerst versucht, mit klassischen Guerilla-Methoden die Eindringlinge zurückzuschlagen. Aber wer zum Teufel sind denn diese Eindringlinge? Die FTOs sind zu achtzig Prozent Amerikaner. Die Sonderabteilung – zum größten Teil Osteuropäer, aber auch da gibt's eine Menge Smith' und Millers. Jetzt sind die meisten Widerstandsgruppen nur noch kleine Räuberbanden, kapern Nahrungsmittel, plündern, machen Überfälle, suchen sich irgendwelche öde Gebiete, wo sie in Sicherheit sind.« Wyatt schüttelte langsam den Kopf. »Mallen, du kannst es drehen, wie du willst, es ergibt einfach keinen Sinn. Du kommst der Sache noch am nächsten, wenn du dir etwa Europa im vierzehnten Jahrhundert vorstellst, nach der großen Pest. Feudalherren, Banditen, Armut und Tod. Aber keine organisierte Planung. Nur Chaos.«
Sie schwiegen lange. Mallen versuchte, es zu begreifen, Wyatt hatte offensichtlich von dem Thema mehr als genug.
»Wußte McKennon von deiner Vergangenheit?« fragte Mallen schließlich.
»Er wußte alles. Mein Steckbrief hing seit über drei Monaten an jedem Schwarzen Brett. Aber er hatte nicht die Erlaubnis, mich auch nur mit einem Glacéhandschuh anzufassen. In Albany brennt man drauf, mich heil in die Finger zu kriegen. Da ist ein Kerl namens Brinkerhoff – ihm unterstehen die FTO und die Sonderabteilung im Nordosten. Er und McKennon sind irgendwie Rivalen. Obgleich McKennon in dem ganzen System nur ein kleiner Fisch ist,

hat er Freunde in den obersten Stellen. Das ist auch der eigentliche Grund, warum McKennon sich so den Arsch abwetzt, um uns zu finden. Wenn er uns nämlich verliert, ist seine Karriere im Eimer.«

Die Sonne war heiß, Mallen döste benommen vor sich hin. »Wo soll das noch mal alles enden?« fragte er.

»Man hat zwei Jahrhunderte gebraucht, um damals nach der Pest Ordnung in Europa zu schaffen.« Wyatt sagte es ganz ruhig, als habe er lange über die Zukunft nachgedacht.

»Ach du lieber Herr Jesus«, sagte Mallen leise.

Am Frühnachmittag hörten sie ein Flugzeuggeräusch – nicht das flache Rattern eines Hubschraubers, sondern das Dröhnen eines Jets, viel höher. Die Bäume boten ihnen keine klare Sicht, und sie schlichen sich an den Waldrand, wo der Blick nach Osten frei war. Den Hubschrauber sahen sie erst, als er direkt über der Seeoberfläche war, weniger als zwei Meilen entfernt, und sich rasch vorwärts bewegte. Es war nicht das gleiche Modell, das McKennon benutzt hatte. Viel größer, mit Doppelschraube und grauem Anstrich. Zu weit entfernt, um die Markierungen zu erkennen. Aber zweifellos diente er zum Truppentransport. Am südlichen Ende des Sees stieg er an, machte eine schwerfällige Wendung, kam auf der westlichen Seite des Sees mit verringerter Geschwindigkeit zurück.

Sie hockten sich beide hinter das Fichtengestrüpp am Waldrand, erwarteten, daß der Hubschrauber landete, aber er flog direkt über dem verborgenen Sperber vorbei, ohne erkennen zu lassen, ob man etwas gesehen hatte. Mallen sah ganz deutlich die Gesichter der Männer, die aus dem Cockpit schauten. Einer lehnte sich über eine Kette, die quer über der Ausstiegluke des Laderaums hing, trug eine Sonnenbrille mit Spiegelgläsern und hielt eine automatische Waffe in der Hand.

Sie warteten atemlos, bis der Hubschrauber verschwunden war. Das Knallen der Auspuffgase hallte noch lange über den See, und als es verklungen war, schien die Stille noch lauter.

»Glaubst du, er hat etwas gesehen?« fragte Wyatt, stand auf, trat aus der Deckung und blickte in den Norden.

»Ich bin mir nicht sicher«, sagte Mallen. »Wenn ja, werden wir es in einigen Minuten wissen.«

Sie rannten zu ihrem Lagerplatz zurück, nahmen die Luger und die Winchester, krochen mühsam eine steinige Rinne bis auf den Hügelkamm hinauf, und warteten. Sie hörten deutlich das Hubschraubergeräusch, ein ferner Klang im stillen Oktobernachmittag. Hoch über ihnen zeichnete der Jet kreuzweise Kondensstreifen in den Himmel, und Mallen schätzte, daß dieses Flugzeug Geländeaufnahmen zur Rekognoszierung machte. Er vermutete allerdings, daß die dichte Baumdeckung auch die genauesten Fotos nutzlos machen würde.

Das Rattern der Hubschrauber setzte sich bis zum Spätnachmittag fort, und Mallen machte sich Sorgen. McKennon mußte zwar ein sehr weites Gebiet absuchen, einige hundert Meilen in jeder Richtung von dem Punkt ihres letzten Kontaktes in der Luft über der alten Grenze, aber die Hubschrauber waren beharrlich, flogen immer wieder über den graugrünen Wäldern hin und her, und nie außer Hörweite. Auch Wyatt war besorgt und fragte Mallen, der nur die Schultern zuckte. Das lag außerhalb seiner Kontrolle.

Sie lagen den ganzen Nachmittag im Gras auf dem kleinen Hügelkamm. Mallen döste mehrere Male unter den Nachwirkungen des Kodeins ein, seine Gedanken bewegten sich am Rande des Bewußtseins, vermengten die Wirklichkeit des Hubschraubergeräuschs mit den Phantasien eines unruhigen Schlafs. Wyatt sah ihm ausdruckslos zu, lud und entlud das Patronenmagazin der Winchester, wartete ungeduldig, daß endlich etwas geschah.

Gegen Sonnenuntergang erwachte Mallen, nahm noch ein paar Tetracyclin-Tabletten, verweigerte jedoch das Kodein. Dann bahnten sie sich ihren Weg zum Lager und zum Waldrand am Seeufer zurück.

Immer noch Kondensstreifen in der Stratosphäre, und jetzt gab es auch nicht mehr den geringsten Zweifel, daß das verdammte Ding da oben ein Erkundungsflugzeug war. Das Feuer war schon längst gelöscht und die Feuerstelle mit Wasser abgekühlt worden, als sie das Lager zwischen den beiden Felsen aufgegeben hatten. Ohne andere Wärmequelle, und mit der dichten Deckung der Bäume konnten sie weder mit Infrarot-Beobachtungsgeräten, noch mit Fotos etwas ausrichten. Aber immer noch kämmten die Hubschrauber das Hügelland ringsum durch.

Wyatt zündete eine Zigarette an, nahm einen tiefen Zug, reichte sie Mallen. »Das ist unsere letzte.«

Mallen blickte ihn gereizt an. »Wir hatten aber mehr«, sagte er betont.
»Sind auch noch da«, antwortete Wyatt. »Ich hatte sie hinten im Cockpit, aber dann wurden sie vom Regen nass, als ich dich aus dem Flugzeug zog. Sie werden schon wieder trocken, aber wenn sie einmal naß gewesen sind, schmecken sie wie Scheiße.«
»Nicht gerade die schlimmste unserer Sorgen«, sagte Mallen, und Wyatt nickte.
Der Hubschrauber mußte von einem Aufwind heruntergekommen sein, denn keiner von ihnen hörte ihn, bis er tief über dem See schwebte. Er war mit hoher Geschwindigkeit über der Mitte des Sees heruntergegangen, hatte dann das Tempo verlangsamt, hing nun im Schwebeflug etwa zwanzig Fuß über der Seeoberfläche, schlug schäumende kleine Wellen auf. Dort blieb er über eine Minute lang, drehte sich ganz langsam um dreihundertsechzig Grad, wie irgendein seltsames und träges Insekt.
Mallen nahm Wyatt das Gewehr ab, blickte durch das Zielfernrohr. Er bekam McKennon im Profil, wie er gerade mit dem Fernglas auf das nördliche Ufer schaute. Als der Hubschrauber sich ihm zudrehte, legte Mallen eine Patrone ein, nahm McKennons dritten Jackenknopf ins Fadenkreuz, atmete ein, atmete aus, drückte auf den Abzug. Nichts geschah.
Entsetzt riß Wyatt ihn hinter die Büsche, warf das Gewehr zu Boden.
»Du verdammter Idiot, das Ding war doch noch gesichert!« zischte er ihm heiser durch die Zähne zu.
»Ich weiß«, sagte Mallen, und seine Lippen berührten die Erde. »Ich wußte es. Aber ich wollte ihn töten. Wollte nur wissen, daß ich ihm hätte die Brust aufreißen können. Um endlich ein Ende zu machen.«
»Hat keinen Zweck, Mallen. Wir werden leben. McKennon oder nicht.«
Sie beobachteten den Hubschrauber, wie er eine zweite Kreiswendung machte, dann langsam anflog, die Geschwindigkeit beschleunigte, nach Süden entschwand. Sie warteten Minuten, bis das Geräusch in der Entfernung erstorben war.
»Er weiß, daß wir hier sind, nicht wahr?« Wyatt nahm eine Handvoll kleine Steine vom Boden und warf sie wütend fort. »Er spielt Katze und Maus, nicht wahr?«

Mallen schüttelte den Kopf. »Das glaube ich nicht. Wahrscheinlich ist er nur der Suchfährte eines anderen Hubschraubers nachgeflogen, oder aber er sah etwas, das ihm interessant erschien. Hier oben gibt es an die tausend kleiner Seen. Sie schauen nach Orten aus, wo wir hätten landen können, wie Straßen oder Seeufer. Jetzt wird mir auch allmählich klar, warum der Jet hier ist. Schau«, sagte er, beugte sich über den Boden, fegte mit der Hand ein paar Steine und Fichtennadeln fort. Dann zeichnete er mit einem Zweig in die feuchte Erde. »Die Hubschrauber suchen die Straßen und die Seen ab. Der Erkundungsjet macht Aufnahmen vom ganzen Gebiet und bringt sie zur Analyse. Dann setzen sich dreißig oder vierzig Leute über diese Fotos und suchen die Umrisse eines Flugzeugs in den Bäumen . . . es ist viel leichter, wenn man es senkrecht von oben sieht.« Er warf den Zweig weg, wandte sich Wyatt zu. »Ob du es glaubst oder nicht, aber jedes Jahr gehen Flugzeuge in den nördlichen Teilen Neuenglands verloren. Man hat sie manchmal wochenlang gesucht, mit der Air Force, der Civil Air Patrol, Freiwilligen, Rangern, dem ganzen Aufgebot. Und in den meisten Fällen finden sie es nicht. Vielleicht später, manchmal Jahre später stolpert ein Jäger oder Förster dann über die Trümmer. Das Gebiet ist einfach zu groß.«
Wyatt wandte sich ab, blickte zu ihrem Lager zurück. »McKennon weiß Bescheid«, sagte er über die Schulter. Es war fast dunkel, als sie am Waldrand entlang zum Sperber gingen. Mallen stieß sich dran, bevor er ihn sah. Fichtenzweige bedeckten den Rumpf und die Tragflächen, und der Boden darunter war schwarze Erde.
»Was meinst du nun«? fragte Wyatt und lehnte sich an den Rumpf. »Könnte McKennon oder der andere Hubschrauber das von der Luft aus sehen?«
Mallen zuckte die Schulter. »Ich sehe nicht, wie, es sei denn, es würde ihnen auffallen, weil es zu dicht bewachsen scheint.« Er stieß einige Zweige beiseite und öffnete das Kabinendach. Der Gestank von Schweiß und Hydraulik, Erbrochenem und Blut war überwältigend. Mallen knipste den Hauptschalter an, und die Bordinstrumente leuchteten auf. Die Batterie ist noch gut, sagte er sich und schaltete aus.
Sie überprüften gemeinsam die Treibstoffzufuhr, suchten die undichten Stellen. Bei der zunehmenden Dunkelheit war es unmöglich, aber Mallen schätzte, es könnte nur die Hauptzufuhr von den Tanks zur Benzinpumpe sein.

»Morgen früh schauen wir es uns noch einmal genauer an«, sagte er und kroch unter dem Rumpf hervor. »Jedenfalls ist es keine große Reparatur. Höchstens eine Hülse, die über die brüchige Stelle gesteckt werden muß.«

Im Sternenlicht luden sie das Flugzeug aus, legten alles tastend auf den Boden, packten das nicht Verwendbare in den Kofferraum zurück. Während Wyatt die Ausrüstung zum Lager trug, überprüfte Mallen die Tragflächen auf eventuelle Schäden in der Struktur. Er fand eine abgerissene Stützleiste, ein Schrapnellstück, das noch immer tief im Sperrholz steckte. Die Löcher in der Flügelverkleidung waren nicht so wichtig, man konnte sie mit Angelleine wieder zusammennähen und verkleben. Irgendwann einmal. Klebeband auf die Einkaufsliste schreiben.

Sie kochten ihre Mahlzeit über einem niedrigen Feuer, das gut nach allen Seiten geschützt war. Sie sprachen kaum ein Wort, aßen Dosenwurst und altbackene Kekse. Sie kamen überein, am Kaffee zu sparen, und das Ergebnis war schal und ohne Geschmack. Sie beendeten das Mahl mit Zigarettentabak, den sie auf einem Stein in der Nähe des Feuers getrocknet und dann in ein Stück Klosettpapier gewickelt hatten. Er schmeckte viel zu scharf, und Wyatt warf ihn angeekelt ins Feuer.

»Jetzt bereden wir alles«, sagte Wyatt, gegen einen Fichtenstamm gelehnt.

»Was sollen wir bereden?« Mallen nagte an einem Keks, versuchte, sich Brot vorzustellen. Wie die Oblate beim Abendmahl.

»Wir wollen besprechen, wie wir aus diesem verdammten Loch herauskommen. Wie wir uns Sprit verschaffen. Und alles übrige, was du für dein Flugzeug brauchst. Und was passiert, falls McKennon mit seinen Leuten vorbeikommt.« Er hielt inne, fuhr sich mit der Hand über das Gesicht.

»Die Frage bezüglich McKennons ist am leichtesten zu beantworten«, sagte Mallen müde. »Er kommt, wir kämpfen und sterben wahrscheinlich. Weglaufen hätte gar keinen Zweck mehr. In unserer Verfassung und mit vier oder fünf Mann auf den Fersen haben sie uns in höchstens drei Stunden, falls wir Glück haben.«

»Okay, und was meinst du zu dem übrigen?«

Mallen kramte in einem Stapel Papiere, zog die Flugkarte heraus. Er bemerkte getrocknete Blutflecken auf der Rückseite. Meins, sagte er sich. Null positiv.

Wyatt blickte ihm über die Schulter, während er die wahrscheinliche Route des gestrigen Fluges einzeichnete. Theoretisch könnten sie sich an jedem der dreißig winzigen und schwer erkenntlichen Seen befinden. Keiner von ihnen sah wie ihr See wie eine Katze aus, aber dafür war ja auch der Maßstab zu klein.
»Wir sind etwa in dieser Schachtel hier«, sagte Mallen, fuhr mit dem Finger in einem Viereck über die Grenze von Kanada und dann über ödes Land in Maine, wo weder eine Stadt noch eine Straße eingezeichnet waren. »Eine Schachtel von zwanzig Meilen Länge und Breite. Wir haben die Wahl, entweder weiter in Maine vorzudringen, oder die Grenze zu überqueren.«
»In welcher Richtung?«
»Keine Wahl. Ins alte Quebec. Wir müssen irgendwohin, wo wir Treibstoff und Vorräte auftreiben können. Wir können es nicht riskieren, ohne Unterkunft und Nahrung irgendwo in den Wäldern von Maine herumzuirren. Außerdem machen sie, wenn sie uns suchen, bestimmt zuerst in Maine weiter, schätze ich.«
»Und McKennon? Was schätzt der?«
Mallen spuckte ins Feuer. »McKennon würde auf Quebec tippen.«
»Aber warum denn, um Himmels willen?«
Mallen pellte sich die Socke von seinem rechten Fuß. Der Gestank war ekelhaft. Dann die linke. Er dachte nach.
»Weil«, sagte er, »weil McKennon genau zu wissen scheint, was wir tun. Weil er uns versteht, wie ein Jäger ein Kaninchen versteht. Es spielt übrigens gar keine Rolle, denn wir müssen auf jeden Fall nach Norden, nach Quebec.«
»Wann?«
»Zwei, drei Tage. Sie haben dieses Gebiet abgesucht. Wir sind relativ sicher. Falls wir uns jetzt bewegen, könnten wir in ein noch nicht abgesuchtes Gebiet geraten. Warten wir, bis es ruhiger wird. Und außerdem sind wir beide viel zu schwach für eine Wald- und Bergwanderung. In den nächsten paar Tagen beschäftigen wir uns vor allem damit, das Flugzeug instand zu setzen und alles andere vorzubereiten.« Mallen blickte zu Wyatt, erwartete eine Antwort, aber Wyatt schlief, den Kopf gegen den Baumstamm gelehnt, den Mund weit offen. Mallen weckte ihn, und Wyatt kroch benommen in seinen Schlafsack, wo er in wenigen Sekunden erneut in tiefen Schlaf verfiel.

Mallen saß noch lange wach, dachte an die letzten drei Tage. Es war irgendwie fast surrealistisch. Gewalt und Müdigkeit liefen ineinander wie Ölfarbe auf einer Leinwand. Er hatte Mühe, sich an das Datum des Tages zu erinnen, zählte verwirrt mit den Fingern. Roberts war am Freitag gekommen. Samstag hatte McKennon ihn . . . dann mußte es jetzt fast Dienstag sein. Und dann überlegte er, daß es ja gar nichts bedeutete. Zeit war nur ein Begriff, den man auf Nahrungsvorräte oder die Distanz einer Fußreise oder die noch verbleibende Lebensspanne anwenden konnte. Er wollte nicht weiter darüber nachdenken. Eine von Mallens Lebensregel: *Um zu leben, muß man überleben.*

Er setzte einen Topf Wasser auf das Feuer, nahm den Verband an seinem Arm ab. Wyatt hatte gute Arbeit geleistet. Die Wunde war sauber, ein sternförmiger Riß im Fleisch, der eigentlich vernäht werden müßte. Die Wundränder waren weiß, bleich und tot, mit geronnenem Blut verkrustet. Er wusch alles mit warmem Wasser aus, zerdrückte zwei Tetracyclin-Tabletten, streute sie darüber, ohne zu wissen, ob es etwas nützte. Dann riß er Streifen aus dem weichen blauen Drillichhemd und verband sich wieder den Arm. Als nächtes wusch er sich die Füße, benutzte Sand als Seifenersatz. Es würde guttun, im See zu baden, aber er verwarf den Gedanken, denn erstens würde er wieder Spuren im Sand hinterlassen, und zweitens war er viel zu müde. Ruhende Körper neigen zur Unbeweglichkeit. Wessen Gesetz? Newtons oder meins? fragte er sich und legte sich ans Feuer. Die Wärme war wohliger als die Berührung einer Frau, und er schlief neben der sterbenden Glut ein, dankbar, noch am Leben zu sein.

Zwanzig Meilen nördlich und acht Meilen über der Erde machte eine vom Krieg mitgenommene MiG-25 Foxbat ihre sechste und letzte Runde über das vorgezeichnete Suchgebiet. Von der Fundy-Bucht im Osten bis zum Erie-See im Westen, entlang der Einbuchtungen und Überschneidungen der alten Grenze.

Der Pilot, ein Veteran des Sieben-Stunden-Kriegs, war Rumäne, etwas aufbrausend von Natur und im Augenblick sehr müde. Er stellte die automatische Steuerung auf westlichen Kurs ein und kuschelte sich tiefer in den Schleudersitz. Zwei der sechs Erkundungsflüge waren völlig danebengegangen. Fehlerhafte Ausrüstung. Schlechte Koordinierung der Bodenradarstationen. Zwei Erkundungsflüge und zehntausend Liter Sprit verschwendet.

Er fingerte an seiner Sauerstoffmaske, hob sie an, setzte sie wieder auf die Nase, die ihm bereits von der Reibung weh tat. Er fühlte die Bartstoppeln am Kinn, die sich an der Maske rieben. Diese Fliegendreck-Einsätze würden ihm in seiner Karriere nicht weiterhelfen, fand er. Da ist es schon viel besser, eine Chance an der chinesischen Befriedungsfront zu riskieren. Da gibt's Beförderung, man kriegt seinen Namen auf die Dachleiste eines neuen YAK-36 eingraviert, und nach erfolgreich beendetem Einsatz den Lenin-Orden. Er grübelte vor sich hin, knirschte die Zähne, während die infraroten Radartaster ein achtundvierzig Meilen breites Gebiet absuchten, bereit, die geringste Spur von durch Menschen erzeugter Wärme zu registrieren.

Fünfeinhalb Stunden später schaute sich McKennon die Abzüge an, lächelte, markierte das westliche Ufer eines namenlosen Sees in der Nähe der Tumbledown Mountains. Dann legte er den Fettstift nieder und zündete sich eine Zigarette an; die lange Sorte mit dem feinen Virgina-Tabak, die man nur in Sondergeschäften kaufen kann.

12

Noch zwei weitere Tage blieben Mallen und Wyatt am Ufer des Sees. Das Laub der Ahornbäume fiel in goldenem Überfluß, beschleunigt durch den harten Frost und das bitterkalte wolkige Wetter. Das Feuer brannte ständig. Mallen arbeitete bei Tageslicht am Flugzeug, während Wyatt trockenes Brennholz sammelte und die Mahlzeiten zubereitete. Wyatt war mürrisch geworden, murmelte beim Essen vor sich hin, war in sich gekehrt. Mallen nahm es achselzuckend wahr und fuhr fort, sich um den verwundeten Sperber zu kümmern.

Die Arbeit wäre nicht so schwierig gewesen, wenn er richtiges Werkzeug gehabt hätte. Die gebrochene Stützleiste war eigentlich kein Flughindernis. Mallen reparierte sie nach bestem Vermögen, schiente sie mit einem Stück gespaltenen Fichtenholzes ein, das er mit Kupferdraht aus dem Elektrosystem umwickelte. Er benutzte Steine als Sandpapier, um die rauhen Kanten abzurunden, und dann vernähte er die Löcher an der Tragflächenverkleidung mit einer Nadel und Dacronfaden aus dem Verbandkasten. Mit Vinylklebeband, falls er es sich einmal besorgen konnte, brauchte er dann nur noch die Kanten abzudichten.

Aber das Leck in der Treibstoffleitung war das Schlimmste. Mallen lag auf dem Rücken, langte mit seinem heilen Arm ins Innere des Rumpfes und fühlte den zerfetzten Schlauch, der teilweise so durchlöchert war, als ob ein Hund an ihm geknabbert hätte. Er tastete sich mit den Fingerspitzen entlang, bekam die beiden Messingklemmschrauben an den beiden Enden zu fassen und verbrachte die folgenden drei Stunden mit einer rostigen Zange beim Entfernen der Anschlußstücke, bis er endlich den ganzen Schlauch draußen hatte.

Er drehte das Ding in seiner Hand und wunderte sich, wie überhaupt auch nur ein Zehntel des durch den Schlauch laufenden Benzins bis in den Motor gelangt sein konnte. Das war nicht mehr reparierbar, denn

selbst wenn er die Löcher verklebte, würde das Benzin den Klebstoff schnell wieder auflösen.
Wie soll ich das flicken, fragte er sich verzweifelt. Die beiden Anschlußstücke waren mit Außengewinde versehen, aus denen kleine Kupferhülsen ragten, die durch ein kompliziertes Verdichtungssystem dem Gummi und der Schutzhülle angepaßt waren. Mallen klemmte sich den Schlauch zwischen die Knie, nahm ein stumpfes Messer und schabte die Gummireste von den Schrauben. Damit war er bis zum Sonnenuntergang beschäftigt. Und selbst als er den Schlauch endlich raus hatte, brauchte er noch weitere zwanzig Minuten, um die Verdichtungsstücke herauszuziehen.
»Wie sieht es aus, Mallen?«
Er drehte sich um, sah Wyatt in der wachsenden Dunkelheit stehen, mehr Schatten als Substanz.
»Machbar«, antwortete Mallen, hielt die beiden Anschlußstücke hoch. »Es bleibt noch genug von den ursprünglichen Anschlußstükken, um einen Schlauch darüber zu stülpen und ihn mit Klemmschrauben zu befestigen.«
»Und wo kriegst du den Schlauch und die Klemmschrauben her?« Wyatt kam herüber, setzte sich neben Mallen und stieß einen Seufzer aus.
»Aus jedem Lastwagen. Sogar ein gewöhnlicher Wagen hat bestimmt einen solchen Schlauch in der Bremsleitung oder der Benzinzufuhr.« Er nahm ein kurzes Stück des Schlauches. »Der äußere Durchmesser ist nicht so wichtig, aber er muß ziemlich genau dem inneren Durchmesser entsprechen, wenn er nicht lecken soll. Die Klemmschrauben können natürlich den Spielraum verengen.«
Wyatt grinste. »McKennons Kehle wäre gerade die richtige Größe, was?« Er legte den Arm um Mallens Schulter.
Mallen lachte und steckte das Stück Schlauch in die Tasche. »Das könnte dir wohl gefallen«, sagte er. »Nein, Wyatt. Was wir tun müssen, ist folgendes: Den Schlauch und die Klemmschrauben auftreiben, dazu sechzig Liter Superbenzin, und das alles hierher zurückschleppen. Keine Schießereien mit den Friedenstruppen, keinen derartigen Quatsch.«
Wyatt erhob sich langsam, brummte vor sich hin.
Es war fast völlig dunkel. Mallen stellte fest, wie sehr die wenigen Arbeitsstunden ihn ermüdet hatten. »Wie geht's dem Nacken?«

»Mäßig, so einigermaßen. Er ist entzündet, aber ich glaube, das gibt sich dann von allein. Warten wir noch ein paar Tage ab.« Er ging zum Lagerplatz zurück. »Bleib nicht zu lange. Ich habe ein paar Brotkuchen und eine Ente, die nicht schnell genug davonpaddeln konnte, als ich mit einem Stein nach ihr warf.«

Mallens Mund füllte sich mit Speichel. »Wahr?«

»Ich lüge doch keinen weißen Mann an, Mallen.« Wyatt lachte. Er verschwand in der Dunkelheit, so lautlos wie er gekommen war.

Mallen montierte noch den magnetischen Kompaß vom hinteren Cockpit ab, tat es tastend. Ein bißchen unpraktisch für den Gebrauch, aber er hatte nichts anderes, um sich zu orientieren. Bevor er das Kabinendach wieder zumachte, stand er noch eine Weile am Sperber, fuhr mit der Hand über das Sitzpolster, und die Bordinstrumente. Wir waren so nahe dran, sagte er sich – so nahe dran, es zu schaffen. Es wurde ihm klar, daß er McKennons Hartnäckigkeit unterschätzt hatte, und jetzt mußte er dafür büßen. Und zu Fuß gehen.

Wyatt hatte die Ente aufgespießt, mit feuchter Erde bedeckt und sie auf den Holzkohlen geröstet. Das Herz, die Lunge und die Leber hatte er in einer Konservenbüchse gekocht. Sie aßen schweigend, nagten die Fleischstücke ab, lutschten an den Knochen.

»Ich hab' mir gedacht, wir gehen morgen«, sagte Wyatt schließlich, wischte sich die Hände ab und lehnte sich zurück. »Das meiste ist schon gepackt.«

Mallen warf die Knochenreste ins Feuer, beugte sich vor, wärmte sich die Hände. »Fühlst du dich wohl genug?«

Wyatt schnaufte. »Wohl genug. Falls wir hier noch länger warten, kann es nur schlimmer werden. Wie steht's mit deinem Arm?«

Mallen beugte ihn, fühlte die Länge der Wunde. »Heilt gut. Kann ihn einigermaßen bewegen. Du hast ganz recht – es hat keinen Zweck, hier noch lange herumzusitzen, während der Proviant zur Neige geht und die Nächte kälter werden.« Er zog die Landkarten aus seinem Rucksack und breitete sie auf dem Boden aus.

Sie kamen überein, weiter nach Norden zu gehen, sich möglichst an Berghänge und enge Täler zu halten, bis sie über die letzten niedrigen Bergkämme längs der Alpengrenze gelangten. Dann herunter ins St. Lawrence Valley, über die Felder, und nur während der Nacht.

»Wo hätten wir deiner Meinung nach die besten Chancen«? fragte Wyatt.

»Du meinst, wo wir uns das Zeug am leichtesten besorgen können?«
Wyatt nickte gähnend. »Ja. Ich dachte an entlegene Bauernhöfe.«
Mallen überlegte es sich, verwarf den Gedanken. »Hat keinen Sinn. Da finden wir bestimmt nichts.« Er fuhr mit dem Finger über die Karte weiter nach Norden, tiefer in das St. Lawrence Valley hinein. »Irgendein kleines Dorf wäre schon besser, ein Dorf mit etwa fünf oder sechs Häusern. In einem solchen Kaff haben wir bessere Chancen, Benzin zu finden. Dort haben sie wahrscheinlich gemeinsame landwirtschaftliche Maschinen mit Motorantrieb.« Er zeigte auf einen kleinen Ort namens Ste. Sabine. »Etwas in dieser Art.«
Wyatt zuckte die Schultern. »Die Gegend scheint soweit in Ordnung zu sein. Wir können ja an Ort und Stelle weitersehen. Wenn wir Glück haben, finden wir ein paar Pferde, um unsere gestohlenen Waren zurückzubringen.« Er zog ein langes Gesicht und sprach mit gekünstelt tiefer Stimme. »Du Lone Ranger, ich Tonto. Wir Ponys holen und Lebenssaft für großer weißer Vogel.«
Mallen lachte, zog den Reißverschluß seines Schlafsacks auf und begann hineinzukriechen. »Zuerst eine Feinschmeckermahlzeit, und dazu noch einen Komiker als Attraktion. Da lohnt sich ein gutes Trinkgeld.«
»Noch etwas – ganz im Ernst«, sagte Wyatt zögernd, schob einen weiteren Tannenzweig ins Feuer, sah ihn Feuer fassen, dachte nach. »Hast du dir schon mal überlegt, was wir tun werden, *falls* wir die Ersatzteile und das Benzin bekommen und *falls* es uns dann gelingt, den großen weißen Vogel von hier zum Abfliegen zu bringen?«
Mallen krümmte die Schultern. »Zuerst nach Norden, nehme ich an, wie geplant. Dann vielleicht in den kanadischen Westen – Britisch-Kolumbien.«
»Und wie lange wird es deiner Meinung nach dann dauern, bis wir arschtief im Schnee stecken?«
»Wäre dir vielleicht Miami Beach lieber?«
Wyatt grinste. »Warum auch nicht?« Er blies die Asche vom Feuer, wurde ernst. »Nein, Mallen. Wir brauchen etwas Besseres.

Ein Haus mit einem Kaminfeuer und Frauen, und genug Nahrungsmittel für einen langen Winter.« Er drehte sich um, blickte Mallen im Feuerschein an, und Schatten vertieften die Falten in seinen Augenwinkeln. »Ontario. Genau gesagt Lochrane, Ontario. Da habe ich Verwandte. Eine kleine Farm und eine Werkstatt, in der früher einmal Reifen runderneuert wurden, in einem Vorort.«
»Weißt du denn, ob sie noch am Leben sind?«
»Nördlich von Sault Ste. Marie wurde nichts getroffen. Und wie ich sie kenne, haben sie überlebt.«
»Und du meinst also . . .?«
Wyatt rieb sich die Nase, blickte in den grauen Nachthimmel. Die Temperatur war etwas unter Null, und es wurde zusehends kälter. »Kalt wie ein Negerarsch. So pflegte man doch zu sagen, nicht wahr? Aber es stimmt. Heute nacht gibt es Schnee.« Er zog die Flugkarte zu sich und zeigte auf die nördliche Ecke. »Ja, das meine ich. Ich schlage vor, daß wir nördlich über den St.-Lawrence-Strom fliegen und uns dann nördlich der größeren Städte halten. Ich glaube nicht, daß es mehr als fünfhundert Meilen von hier entfernt ist. Vielleicht noch weniger.«
Mallen beobachtete seine Augen. Dunkel und glänzend und hart. Einige Flecken, in denen sich der Feuerschein spiegelte. »Und wie passe ich in diesen Plan?«
»Du fliegst mich da hin. Ich besorge dir mehr Benzin, und dann kannst du weiter nach Westen fliegen oder den Winter über bei mir bleiben.«
»Einfach so?«
»Einfach so. Wir beschaffen uns Papiere oder fälschen die, die wir in McKennons Büro geklaut haben.«
Mallen fingerte am Reißverschluß seines Schlafsacks. Die Kälte nahm so rasch zu, daß man hätte meinen können, jemand habe das Quecksilber aus dem Thermometer rinnen lassen. Er blies eine lange Wolke dampfenden Atems aus. »Wer sind diese Verwandten von dir?«
»Ein Onkel mit dazugehöriger Frau, Gören, Katzen und Hunden. In jeder Beziehung zuverlässig.«
»Ich habe nur nicht die richtige Hautfarbe«, sagte Mallen und vermied Wyatts Blick.
»Du wirst es schon schaffen«, sagte Wyatt lächelnd. »Rassisch

integrierte Wohngemeinschaft. Etwa fünfzig oder sechzig Familien, über zwanzig Quadratmeilen verstreut. Ich werde dich lehren, wie man melkt und wie man Mist schippt. Habe meine Sommerferien dort verbracht, als ich noch ein kleiner Junge war.«

Mallen kramte in seinem Rucksack, zog eine Streckenkarte heraus. Es sah vernünftig aus: nördlich über den St. Lawrence und dann nach Westen, unter Umgehung der südlich liegenden Städte Quebec und Montreal. Ödes Land.

»Es lohnt einen Versuch«, sagte er. »Es hängt vom Benzin und vom Wetter ab. Fünfhundert Meilen sind vielleicht ein bißchen weit, besonders falls wir Westwind haben. Hat dein Onkel eine große Weide, einen Landstrich von etwa dreihundert Meter Länge?«

»Sogar noch was Besseres«, sagte Wyatt und schob sich tiefer in seinen Schlafsack. »Eine unbefestigte Straße von etwa einer Meile Länge. Zweigt von einer Landstraße ab und ist kerzengerade. Ich weiß es, weil ich da immer langging, um die Post aus dem Briefkasten zu holen. Keine Häuser in der Nachbarschaft. Und dazu liegt sie hinter einem Wald, ist also vor allen Blicken geschützt.«

Eine große nasse Schneeflocke fiel durch den Feuerschein, und dann noch eine. Sie hatten wirklich nicht mehr viel Zeit, wenn der Winter so früh kommen sollte.

»Wir sollten jetzt lieber ein bißchen schlafen. Wer zuerst erwacht, weckt den anderen«, sagte Mallen.

Wyatt brummte, rollte sich herum, mit dem Rücken zum Feuer.

Mallen blieb noch eine Weile länger wach, starrte ins Leere, lauschte auf das leise Stöhnen des Windes in den Baumwipfeln. Nichts zu verlieren, nicht viel zu gewinnen. Einfach in Bewegung bleiben. Als er einschlief, glaubte er, das ferne Dröhnen eines Jets im Höhenflug zu hören, und halb träumend beneidete er den Mann da oben weit über der Erde, der unter sich nur schwarze Finsternis sah, aber die hellen Sterne über sich.

McKennon starrte über den welken Rasen der Megantic-Kaserne und beobachtete die dicken Schneeflocken, die durch das Scheinwerferlicht fielen. Falls der Schnee liegen blieb, würde es das Auffinden von Spuren erleichtern, und Mallen mußte während der Nacht ein Feuer brennen lassen, überlegte er. Die Wettervorhersage meldete für morgen aufklarendes Wetter und sinkende Temperaturen – also keine Wolken, die Infrarot-Suchgeräte behindern könnten.

»Sie haben noch sechs Tage, McKennon«, sagte Brinkerhoff und lehnte sich in einem Segeltuchsessel zurück. »Sechs Tage.« Er kratzte sich das Ohrläppchen mit einem Fingernagel.

McKennon atmete schwer, so daß sich die Scheibe beschlug. Er wandte sich Brinkerhoff zu, hielt seinem Blick stand. »Ich habe sie«, sagte er. »Jetzt, wo es kälter wird, müssen sie aus ihrem Versteck raus.« Er fügte noch zögernd ein »Sir« hinzu.

»Sie flunkern mal wieder ganz beschissen, McKennon. Sie wissen überhaupt nichts, verdammt noch mal. Wir verschwenden Menschen und Material. Ziehen Sie los, und holen Sie sie mir, und zwar *jetzt*!«

Brinkerhoff zündete sich eine Zigarre an, ohne McKennon eine anzubieten. Er warf das abgebrannte Streichholz auf den Fußboden.

McKennon sah den Mann an. Dick und kräftig. Alles in Grau: Uniformjacke, Schnurrbart, Haar und Gesicht. Er setzte Fett an, aber die Augen . . . Wieselaugen. Er stellte fest, daß Brinkerhoff nun auch allmählich ängstlich wurde. »Ich kriege sie bestimmt«, sagte McKennon mit ruhiger Stimme. »Aber wenn ich zuschlage, habe ich Menschenverluste, und das ist doch genau, was Sie wollen, nicht wahr, Eric?«

Der dicke Mann zuckte die Schulter. Ohne McKennon anzusehen, sagte er: »Ist mir scheißegal.« Er tippte die Asche auf den polierten Holzfußboden.

»Ihnen scheißegal ist reiner Bluff«, erwiderte McKennon verächtlich. »Sie wollen mich ja nur so tief in der Scheiße sehen, daß Sie's riechen können. Sie sind derjenige, der Mist gebaut hat, und Antoniwitsch hat mich bereits als Ihren Nachfolger vorgemerkt.«

»Glauben Sie nur, was Ihnen Spaß macht. Ich bin hier offiziell, um die Gefangennahme zu überwachen. Der Bericht geht an Antoniwitsch mit meinen Empfehlungen. Und daraus wird hervorgehen, daß Sie nicht willens waren, die beiden zu holen.«

Er lehnte den Kopf zurück, zog an der Zigarre, blies den Rauch an die Decke. »Diese Männer sind keine dummen Bauern, die Futter stehlen, McKennon. Antoniwitsch und ich, wir wollen sie unbedingt haben. Sie haben sie aus Ihrem Gefängnis entkommen lassen. Bisher hat es schon fünf Tote und einen Schwerverletzten gegeben. Wie erklären Sie das?«

McKennon wandte sich ab, blickte über den Rasen. Der Schnee blieb nicht liegen, aber es wurde kälter. Alles, was er verlangte, war ja nur eine nasse Schneeschicht von fünf Zentimetern. Dieser verfluchte Mallen und dieser Wyatt! Er drehte sich wieder um. »Sie sind derjenige, der sich Sorgen machen sollte, Brinkerhoff. Zwei Aufstände haben Sie nicht niederschlagen können. Und eine Widerstandsgruppe macht die Adirondacks unsicher. Von denen haben Sie noch keinen gekriegt.«

»Wer redet hier von Widerstandsgruppen, McKennon? Ein paar elektrische Leitungen lahmgelegt, ein Eisenbahngerüst niedergebrannt. Was bedeutet das schon? Hundertfünfzig Mann in Lammfellmänteln und mit Karabinern, die auf Ponys in der Gegend herumreiten? Sie lesen zu viele Bücher.« Er versuchte einen Rauchring. Es wurde eine vollkommene Null. »Spielt auch keine Rolle«, sagte er. »Und falls es ein Problem ist, ist es mein Problem. Wir reden jetzt über Ihr Problem. Antoniwitsch sagt, falls Sie noch mehr Leute verlieren, sind Sie definitiv im Eimer.«

»Deshalb schlage ich nicht zu, bevor Mallen und Wyatt sich in Bewegung setzen.«

Brinkerhoff drückte die Zigarre auf dem Sessellehne aus und warf sie in den Papierkorb. Er blickte McKennon an und lächelte. »Sie werden es wohl nie lernen, was? Mallen und dieser Nigger sind irgendwo da draußen im Busch. Sie werden sich noch tiefer ins nördliche Maine verkriechen. Diese Kerle haben seit über einem Jahr in der rauhen freien Natur gelebt. Waffen haben sie auch. Warum sollten sie dann ausgerechnet ins St.-Lawrence-Tal herunterkommen?«

»Sie werden kommen«, sagte McKennon leise, und sein Atem beschlug die Fensterscheibe. »Einer von ihnen ist verletzt, oder sie brauchen irgendwelche Vorräte. Irgendwas. Aber sie werden dort hinkommen, und dann haben wir sie auf offenem Gelände.«

»Und das Flugzeug?«

»Nichts. Wir haben alle Seen und Straßen abgesucht, in einem Umkreis von fünfzig Meilen von dem Punkt aus, wo wir die Wärmereaktion aufgenommen hatten. Entweder ist es in einem Wald abgestürzt, wo wir es nicht sehen können, oder es ist in einem See versunken. Wenn er es noch hätte, wäre er ausgeflogen.«

Brinkerhoff blickte auffällig auf die Uhr. »Es ist jetzt nach Mitternacht. Nur noch fünf Tage, *Durak*. Und eins sage ich Ihnen – falls Sie mir Mallen und Wyatt nicht bringen, täten Sie gut daran, im Laufe Ihrer Bemühungen zu sterben.« Er hievte sich auf, trat zur Tür. »Ich sehe Sie dann, McKennon«, sagte er und schloß die Tür leise hinter sich.

McKennon stand noch eine lange Weile, blickte auf den fallenden Schnee, die aneinanderklebenden Flocken in der windstillen Nacht. Brinkerhoffs Hubschrauber bellte auf, und die Flugschrauben drehten sich im Scheinwerferlicht. McKennon sah Brinkerhoff in die Kabine steigen, einem Mann von der Bodencrew gespielt kameradschaftlich auf die Schulter klopfen. Er machte sich beliebt. Ein harter und meistens auch kompetenter Mann. Und rücksichtslos, sehr rücksichtslos. Falls ich Mallen und Wyatt nicht kriege, wird er mich auf die schmerzhafteste Art fertigmachen, und niemand wird etwas dagegen einzuwenden haben, sagte er sich, als der Hubschrauber anstieg, nach Süden abschwenkte, das Tempo beschleunigte. Aber wenn ich siege, wird Brinkerhoff sterben, und die Zentrale wird keine Fragen stellen. Sie wollen ja nur Resultate, und ein paar innere Streitereien bringen das Unternehmen erst richtig in Schwung. Brinkerhoff würde sich gut auf einem Fleischerhaken ausmachen. McKennon zeichnete einen auf die beschlagene Scheibe und hängte einen dicken Mann daran.

Nun komm schon runter, Mallen, sagte er leise vor sich hin und blickte in die weiße Nacht. Nun komm schon.

Kurz nach dem ersten Dämmerlicht brachen sie auf, schlugen die Richtung zehn Grad westlich vom Norden ein. Mallen führte, blickte auf den Flugkompaß, hatte die Streckenkarte unter sein Hemd gesteckt. Wyatt stolperte hinter ihm her, schleppte das Gepäck auf dem Rücken.

Der Nordwestwind war scharf wie Glas und kalt wie Stahl. Selbst im Dämmerlicht war der Himmel blauschwarz und wolkenlos. Eine leichte Schneeschicht lag auf den kahlen Zweigen der Ulmen und Ahorn- und Tannenbäume, fiel in Schauern zu Boden, als sie sich ihren Weg durch die beladenen Zweige bahnten.

Unter den Bäumen hatte sich sehr wenig Schnee angesammelt, nur eine hauchdünne Schicht über den gefallenen Blättern und Nadeln.

Aber in den Lichtungen, auf dem welken Grasboden, in den Felsspalten und auf den Schieferblöcken lag er oft über zehn Zentimeter dicht. Sie hielten sich zuerst in den Bäumen, aber die dadurch verursachten Umwege wurden so zeitraubend, daß sie beschlossen, möglichst geradeaus zu wandern. Sie hofften, daß der Wind ihre Spuren im Schnee verwischte.
Mallen schlug eine kurze Rast vor, als der Morgen sich dem Mittag zuneigte, und sie brauten Kaffee auf einem schnellen Feuer aus Birkenrinde und Ahornzweigen unter einem Felsvorsprung.
»Was liegt hinter diesem Bergkamm?« fragte Wyatt und zeigte auf einen weißen Gipfel am nördlichen Horizont.
Mallen blickte auf die Karte und sagte: »Ein weiterer Bergkamm. Und dann noch einer, aber dann sind wir in Kanada.«
»Im ehemaligen Kanada«, berichtigte Wyatt.
Fast den ganzen Vormittag irrten sie in der Gegend herum, und immer wieder mußte Mallen auf die Karte blicken, sich nach Bergspitzen orientieren und sie einzeichnen.
»Hast du mir nicht eben noch gesagt, du hättest keine Ahnung, wo wir sind?« fragte Wyatt mürrisch und folgte Mallen mühsam einen langen Geröllhang hinan.
»Ich bin mir nicht ganz sicher«, erwiderte er. »Diese Markierungen könnten auf drei oder vier verschiedene Gebiete passen. Aber sowie wir auf etwas klar zu Erkennendes stoßen, kann ich unseren Weg nachzeichnen und herausfinden, wo wir waren. Für den Rückweg«, fügte er hinzu.
»Für das Benzin. Wieviel Liter müssen wir zurückschleppen?«
»Vierzig Liter mindestens. Mit den fünf, die wir noch haben, gibt uns das eine Reichweite von etwa fünfhundert Meilen.«
»Und wieviel wiegen vierzig Liter?« fragte Wyatt keuchend.
»Sechzig Pfund ohne die Kanister. Wir müssen vielleicht etwas von unserem Zeug zurücklassen.«
»Verdammte Scheiße!« fluchte Wyatt.
Die Luft war immer noch bitterkalt um die Mittagszeit, und der Wind wehte jetzt vom Nordwesten, aber der Himmel war klar, blank wie ein Kieselstein. Die beiden Männer plagten sich, und ihre an physische Anstrengungen ungewohnten Lungen schmerzten von der kalten Luft. Der anfänglich feuchte Schnee verkrustete sich.
»Unsere Spuren sind meilenweit zu sehen«, sagte Wyatt.

»Wir haben keine Wahl«, sagte Mallen, und Wyatt nickte mit saurem Gesicht.

Gegen fünf Uhr schlugen sie ihr Lager am Fuße des ersten Berghangs auf. Die Sonne hing tief und bleich im Westen. Der Wind erstarb, als die Sonne unterging, und die Temperatur sank. Während des kurzen Zwielichts schnitten sie sich noch ein paar Tannenzweige ab, die sie auf die beiden Seiten des schwachen Feuers legten, das Mallen gemacht hatte. Gegen sechs waren sie beide in ihren Schlafsäcken. Sie teilten sich eine Büchse Schweinefleisch mit Bohnen, die Wyatt im Feuer gewärmt hatte.

»Wie weit sind wir heute deiner Meinung nach gekommen«? fragte Wyatt, stopfte sich den letzten Rest der Bohnen in den Mund und riß das Etikett von der Dose.

Mallen zog sich den Schlafsack höher um das Gesicht. Temperatur zwischen fünf und zehn Grad unter Null, schätzte er. »Acht . . . zehn Meilen vielleicht. Beim ersten Dämmerschein brechen wir wieder auf.«

Wyatt zog ein Kuvert aus der Jackentasche, schüttete den Inhalt auf einen Streifen des Dosenetiketts. Dann rollte er es und leckte daran. »Rauchen«? sagte er und bot Mallen einen Zug an.

»Du gibst es wohl nie auf, was?«

»Erhält mich bei Verstand.« Er nahm einen tiefen Zug. »Besser«, sagte er.

Mallen lachte. »Besser als was?«

Wyatt kuschelte sich in den Sack. »Einfach besser. Feierabend und so. Meister kehrt von der Arbeit heim. Hund bringt die Pantoffeln. Feuer im Kamin. Das meine ich.«

»Was für eine Art Hund?« Mallen war halb eingeschlafen und merkte zu spät, wie blöde es war, die Vergangenheit heraufzubeschwören.

Wyatt blickte lange ins Feuer. »Labrador«, sagte er schließlich. »Schwarz wie ich. Fraß und furzte und tat sonst überhaupt nichts, außer jeden zu lieben, der ihm auf eine halbe Meile entgegenkam.« Er nahm noch einen Zug, warf die Zigarette in die Glutasche. »Treffen wir eine Vereinbarung, Mallen – keine Plaudereien über die Vergangenheit. Sie haben's nicht geschafft, und ich habe es geschafft. Natürliche Auslese der Stärksten.«

»Bist du wirklich so zähe, Wyatt?«

Ein langes Schweigen, und man hörte nur den leichten Wind in den

Zweigen und das Zischen des Feuers. Irgendwo unten am Berghang bellte ein Fuchs.
Endlich sagte Wyatt: »Nein.«

Beim Morgengrauen waren sie auf und zogen los. Wyatt übernahm die Führung, und Mallen trug die Schlafsäcke und den Rucksack. Es war weniger kalt, hohe Lämmerwolken verhängten die Sonne mit einem weißen Schimmer, und der Wind war wechselnd, kam in kurzen Stößen, ließ dann wieder nach.
Wyatt machte es gut, überblickte prüfend die Landschaft, suchte und fand den besseren Weg. Gegen elf waren sie am zweiten Berghang, und Wyatt schlug eine Rast vor. »Nur fünfzehn Minuten«, sagte er, schüttelte den Schnee von einem jungen Ahornbaum und setzte sich auf den Felsboden.
»Es läuft doch recht gut«, bemerkte Mallen, nahm den Packen ab und setzte sich drauf. Wyatt sagte nichts, stopfte den Rest des schalen Tabaks in die Reste des Dosenetiketts, fügte ein paar Fichtennadeln dazu, leckte die Ecke an, nahm sich Feuer.
Mallens Wunde begann zu jucken. Er zog sich den Verband zurück und blickte prüfend auf die sternförmige Wunde. Sie hatte sich mit einer braunen Kruste geschlossen, aber die Mitte war rötlich und hatte einen gelblichen Ausfluß. Er kniff sie versuchsweise, ein Blutstropfen kam heraus, aber mehr nicht. Sie müßte gewaschen werden. Er beschloß, es am Abend zu tun.
»Wie geht's deinem Kopf«? fragte er, und Wyatt nickte.
»Einigermaßen. Manchmal habe ich Kopfschmerzen, und mit dem linken Ohr höre ich nicht mehr.« Er bot Mallen die Zigarette an.
Mallen schüttelte den Kopf. »Das linke Ohr?«
»Ja. Seit der ersten Nacht. Ich dachte zuerst, es sei nur vorübergehend. Komm, gehen wir weiter.«
Zehn Minuten mühsames Klettern, und dann gelangten sie auf den Kamm, der eine sich schmal zuspitzende Felswand war. Wyatt nahm die Winchester und überblickte die unter ihm liegende Landschaft durch das Zielfernrohr, während Mallen sich ausruhte, Schnee von seiner Stiefelspitze kratzte.
»Eine Straße da unten«, sagte Wyatt und gab Mallen das Gewehr. »Hier unten und dann rechts. In der Nähe des kleinen Hügels mit den Büschen.« Er führte Mallens Arm.

Die Straße war da, gerade durch die Bäume sichtbar und vielleicht drei Meilen entfernt. Mallen konnte sie nicht gut genug sehen, um eventuelle Radspuren auf dem von den Bäumen beschatteten Schnee zu erkennen.
Wyatt führte den Abstieg, zuerst in östlicher Richtung den Felsgrat entlang, der dann in ein Fichtengehölz auslief. Von dort ging es unter der Deckung der Bäume bergab, schlitternd, rutschend, sich an Baumrinde und Zweigen festhaltend, um nicht zu stürzen. Der Wald hörte am Fuße des Berghang auf, lief in einer sumpfigen und jetzt mit einer dünnen Eisschicht bedeckten Wiese aus. Bei ihrem Kommen schreckte ein kleiner Sperlingsschwarm auf, flatterte davon.
Am frühen Nachmittag gelangten sie auf eine Hügelkuppe oberhalb einer Holzabfuhrstraße, deren mit einer dünnen Schneeschicht bedeckte Oberfläche durch die tiefen Radspuren und Furchen wie ein Waschbrett aussah. Einige dieser Spuren – Pferdewagen, die nach Osten gefahren sein mußten – waren noch ganz frisch.
»Friedenstruppe«? fragte Mallen schwer atmend von der Anstrengung des Abstiegs.
Wyatt kratzte seine Bartstoppeln. Er sah sich die Furchen noch einmal genauer durch das Fernrohr an und schüttelte den Kopf. »Ich glaube nicht. Eins der Wagenräder muß schwer geeiert haben. Schau, wie die rechte Spur sich schlängelt. Da war entweder die Radnabe oder die Felge kaputt. Gehen wir.«
Sie stiegen zur Straße hinunter, beugten sich aufmerksam über die Spuren. Zwei Pferde, beide ohne Hufeisen. »Das war bestimmt nicht die Friedenstruppe«, sagte Wyatt. »Die haben gute Pferde mit Hufeisen. Das muß ein Bauernkarren gewesen sein.«
»Folgen wir ihm«, sagte Mallen.
Wyatt prüfte die Straßenrichtung mit dem Kompaß. »Nordost«, sagte er. »Nicht gut. Wir hinterlassen Spuren, wenn wir uns auf der Straße halten. Ich vermute, daß wir wahrscheinlich nur im rechten Winkel von unserer Richtung abkommen würden. Gehen wir lieber weiter nach Norden. Nach dem letzten Berghang sollten wir ins St. Lawrence Valley hinabblicken können. Überqueren wir die Straße, ohne Spuren zu hinterlassen.«
Den ganzen Nachmittag kletterten sie mühsam eine enge Geröllhalde hinauf, an deren beiden Seiten sich steile Berge erhoben. Die Bäume waren alles neugewachsene Blaufichten, die wild um die Stümpfe der

vor Jahren in der Katstrophe verbrannten Bäume wuchsen. Der Bergkamm vor ihnen lief in einen leicht abfallenden Hang aus, und dahinter war ein weiterer Kamm, höher als der vorige. Sie fluchten und schwitzten und stolperten, aber sie kamen immer höher.
Gegen fünf überquerten sie den Kamm. Der letzte Hang war ein kahles und zumeist baumloses Gelände, und das verbliebene Buschwerk war vom Druck des Nordwestwinds niedergedrückt. Vor ihnen lag nun ein leicht abfallendes Gelände, das durch Wälder und Wiesen zu vereinzelten Bauernhöfen inmitten einer Flickendecke von kleinen Feldern führte. Dahinter lagen Dörfer, und ganz weit entfernt sah man den silbernen Schimmer des St.-Lawrence-Stroms.
Im Tal lag nicht viel Schnee. Einige der Felder hatten noch einen mattgrünen Glanz, aber die meisten hatten die umbra- und braungraue Farbe der nach der Ernte umgepflügten Erde.
»Sieht gut aus«, sagte Wyatt und wischte sich den Rotz von der Nase.
»Aber immer noch meilenweit. Morgen früh können wir dann genau feststellen, wo wir sind«, sagte Mallen. »Ich bin entsetzlich müde.«
Wyatt sagte nichts mehr, hielt aber das Gewehr an seine Wange, überblickte langsam die vor ihm liegende Landschaft durch die Linse. Hie und da nahm er die Karte zur Hand, machte Notizen an den Rand. Dann zeichnete er die Kompaßpeilungen auf der Karte nach. »Wir sind hier«, sagte er schließlich. »Siehst du, wo die Insel im St. Lawrence liegt?« Er zeigte auf die Karte. »Dort, auf drei fünf zwei Grad, und wir wären demnach auf dieser Linie. Was ja auch mit der kleinen Bergkette westlich von uns übereinstimmt.«
»Also liegt Ste. Sabine ein bißchen weiter nordwestlich.« Mallen zog den rechten Handschuh ab und nahm die Karte. »Da sollten wir uns vielleicht lieber etwas Näheres aussuchen.« Er wandte dem Tal den Rücken zu und ging zum Fichtengestrüpp zurück. »Machen wir für heute Schluß. Wir haben nicht mehr viel Tageslicht, und wir müssen noch ein Feuer machen.«
Wyatt folgte ihm. »Kein Feuer«, sagte er. »Es sei denn, wir klettern wieder über den Kamm zurück. Hier sind wir zu exponiert.«
»Ach Quatsch«, sagte Mallen, wußte jedoch, daß Wyatt recht hatte. Und um zurück in den Wald zu gelangen, wo ein Feuer möglich wäre, brauchten sie mindestens eine halbe Stunde, und dann wäre es ohnehin zu dunkel, um Holz zu sammeln.

Wyatt blickte ihn fest an. »Kein Feuer, habe ich gesagt«, und Mallen nickte zustimmend.
Sie breiteten ihre Schlafsäcke unter einem Felsvorsprung aus, benutzten Fichtenzweige als Matratze. Ihr Abendessen bestand nur aus Kondensmilch und einer Büchse eiskalter Suppe, die sie unter den flimmernden Sternen verzehrten.
Wyatt rollte sich seine abendliche Zigarette, und dieses Mal teilte Mallen sie mit ihm. Sie rauchten schweigend, lauschten dem Wimmern des Windes über dem Bergkamm.
Wyatt kuschelte sich in seinen Schlafsack. Einen Augenblick lang berührten sich ihre Hüften. Mallen rückte leicht ab, und eine Weile sprach keiner von ihnen.
Die Sterne zogen ihre Bahnen nach Westen, hinterließen keine Spuren. Mallen betrachtete sie, erkannte die größeren Konstellationen. Orion, freundlich, treu und vertraut. Drei Sterne im Gürtel, außen Rigel und Beteigeuze. Kapella und die Pleiaden. Sieben Schwestern. Weit entfernt, sauber und klar. Wyatt sagte etwas.
»Was«? fragte Mallen.
»Glaubst du, wir kriegen es je zurück?«
Mallen stützte sich auf den Ellbogen. »Kriegen was zurück?«
»Das Land.«
»Im Radio heißt es, wir hätten es nie verloren. Nur ein Bündnis zum beiderseitigen Nutzen.«
»Eine erstunkene Lüge«, sagte Wyatt.
»Jeder weiß, daß es eine erstunkene Lüge ist. Aber die Russen haben es sehr gut angestellt. Uns zu Partnern gemacht. Wir produzieren Nahrungsmittel und Technologie für den Export. Wir wählen Behörden und Polizei. Für die meisten war es ein leichter Übergang, für die, die es überlebten.«
»Einige von uns werden kämpfen.«
Mallen seufzte, legte sich zurück, die Hände hinter dem Nacken verschränkt, blickte in die Sterne. Herrliche reine Sterne. »Eines Tages«, sagte er. Er schlief ein, während er noch in die Sterne blickte.

Mallen erwachte im grauen Morgenlicht, ein Gemisch aus Regen und Schnee kam vom Südwesten. Der Magen knurrte ihm vor Hunger, und er stieß Wyatt an. »Morgen. Zeit, aufzubrechen«, sagte er. Er

nahm den Geruch ihrer Körper wahr, ein Gemisch aus Müdigkeit und Schmutz.
Sie bewegten sich nördlich, kletterten den kurzen Steilhang herunter, während der Regen ihnen ins Gesicht peitschte, ihre Jacken durchnäßte. Mallen übernahm dieses Mal die Führung, peilte noch einmal die Insel auf dem St. Lawrence mit dem Kompaß an, bevor sie sich in den Wald begaben. »Ste. Anne also«, sagte er über die Schulter. Wyatt hinter ihm grunzte zustimmend. Bei schwachem Tee und kalten Bohnen hatten sie sich geeinigt, daß Ste. Sabine zu weit im Westen lag.
Sie bahnten sich ihren Weg durch Fichten und Ulmen, durch matschigen Schnee und strömenden Regen. Der Geruch des Fichtenharzes war stark, fast wie im Frühling. Mallen pfiff eine Melodie vor sich hin, etwas, das Anne einst gesungen hatte. Dann schlug er es sich aus dem Kopf . . . Lebensregel Nummer eins. »Nummer eins«, sagte er laut zu sich selbst.
»Nummer eins, was«? fragte Wyatt hinter ihm.
»Nichts«, sagte Mallen. »Nummer eins von nichts.«
Gegen Mittag kamen sie an den Waldrand, beide völlig durchnäßt, aber zufrieden, es so schnell geschafft zu haben. Vor ihnen und unter ihnen erstreckten sich die Felder bis in die Talsohle, zum Teil gepflügt, zum Teil noch voller Maisstoppeln und nicht eingefahrenem Heu. Durch das Zielfernrohr konnte Mallen ein paar weidende Ackergäule sehen, und etwas weiter eine Kuhherde. Eine dünne Rauchschicht erhob sich aus den Schornsteinen der Häuser.
»Häusliche Gegend«, sagte Wyatt. »Und was nun?«
Sie setzten sich auf den nassen Boden, und Wyatt rollte eine seiner Zigaretten, die sie sich hin und her reichten.
»Wir warten, bis es dunkel ist«, sagte Mallen.

McKennon blickte zum dritten Mal auf den ausgedruckten Text des Computers, zerknüllte ihn dann zu einer Kugel, warf sie in die Ecke des schäbigen Zimmers, trat ans Fenster. Der Regen prasselte langsam und regelmäßig auf das Metalldach. Er hoffte, daß es in den höheren Zonen schneien würde. Niedergeschlagen rührte er in seinem Tee und trank ihn.
Auf der welken Wiese des Kasernenhofs ritten zwei Männer der Sonderabteilung ihre Pferde aus. Einer von ihnen hatte stark ausge-

prägte mongolische Gesichtszüge. Er riß ständig am Zügel eines Braunfuchses, trieb ihn zur Bewegung an. McKennon sah den dampfenden Atem der Männer und Tiere im eiskalten Regen. Ein wahres Sauwetter zum Reiten, sagte er sich. Brinkerhoff hatte bis auf weiteres die Benutzung der Elektrowagen verboten. Jetzt müssen also die Pferde herhalten, sagte er sich und kratzte mit dem Absatz auf dem Holzfußboden.
Eine Generalstabskarte hing an der Wand. Er trat auf sie zu und zeichnete die Infrarotwahrnehmungen der letzten fünf Tage ein. Geradewegs nach Norden. In der letzten Nacht hätten sie auf dem ersten Bergkamm südlich des St. Lawrence Seaways sein müssen, aber der MiG-25 hatte nichts gemeldet. Mallen könnte zweierlei tun, überlegte er. Entweder weiter nach Norden, über den St. Lawrence und dann ins nördliche Kanada fliehen, oder – und das wäre wohl wahrscheinlicher – immer nördlich bis zum Seaway, dann irgendwo ein Boot auftreiben, und dann weiter nach Nordost in die Fundy-Bucht. Mallen war ja auch in nordöstliche Richtung geflogen, mit Kurs auf irgendwo in Nova Scotia, vielleicht darüber hinaus. McKennon dachte ein paar Minuten lang darüber nach, trank den letzten Rest seines Tees.
Nur noch vier Tage nach Brinkerhoffs Zeitplan. Er griff zum Telefon, wählte eine Nummer. Baines antwortete schläfrig.
»Hier ist Baines.«
»McKennon. Sagen Sie der Sonderabteilung, ich möchte noch einen Erkundungsflug, sowie sich das Wetter heute nachmittag aufgeklärt hat. Und einen pro Stunde heute abend. Dreißig Kilometer nördlich und südlich von ihrer letzten Position. Und dann die ganze Strecke herunter zum St. Lawrence.«
»Noch etwas?«
McKennon berührte die Kette an seinem Hals, ließ die Finger daran entlanggleiten, bis zur Münze, die an ihr hing. Er zog sie unter seiner Jacke hervor, betrachtete sie, drehte sie in seiner Hand.
»Noch etwas, McKennon«? wiederholte Baines mit leicht gereizter Stimme.
McKennon ließ die Münze wieder unter seine Jacke gleiten. »Ja«, antwortete er. »Sind Sie im Augenblick beschäftigt?«
»Nichts Besonderes . . .«
»Kommen Sie auf mein Zimmer. Ich möchte diese Angelegenheit Privat mit Ihnen besprechen.«

Ein paar Sekunden war es still in der Leitung, Baines schien über irgend etwas nachzudenken. »In zehn Minuten«, antwortete er schließlich und hängte auf.
Es bleibt nicht mehr viel Zeit, sagte sich McKennon und ging zu seinem Schreibtisch. Er ließ sich schwer auf seinen Stuhl sinken, beugte sich über die Tischplatte, lehnte den Kopf in die Armbeuge. Brinkerhoff hat geduldig auf die Chance gewartet, mich loszuwerden – nur noch ein Versager, und dann bin ich geliefert.
Er setzte sich auf, zog die Münze wieder heraus, drehte und wendete sie in seiner Hand. Wie oft hatte er Gelegenheit gehabt, sie für alles, was er sich nur wünschen konnte, zu verkaufen? Heutzutage kann man sich mit einer Goldmünze alles und jeden kaufen, aber er hatte sie beharrlich für sich behalten. Ihretwegen? fragte er sich. Vielleicht, aber die Erinnerung an ihr Gesicht war allmählich in seinem Gedächtnis verblaßt, in die Vergangenheit verdrängt, wie alles andere auch.

Die Beförderung zum Detektivsergeanten war ganz überraschend gekommen. Trotz des stets eisern eingehaltenen Dienstaltersystems der Polizeibehörde hatte Crowell zwei ältere Beamte übergangen und McKennon ausgewählt, was bei der Polizeibehörde von Philadelphia bis dahin noch nie dagewesen war. Dazu kam eine Gehaltserhöhung von 923 Dollar pro Monat, eine beträchtliche Summe, selbst in der miserablen Wirtschaftslage der mittleren achtziger Jahre.
McKennon hatte seiner Frau noch nichts von der Beförderung erzählt, wollte es erst tun, nachdem er den ersten neuen Gehaltsscheck erhalten hatte. Im Laufe der folgenden Monate konnte er noch mehr für das künftige Studium seines Sohnes beiseite legen, und vielleicht blieb ihm dann noch genug, um die Sonnenveranda in einen Raum für Partys umzubauen.
Aber dieser erste Scheck war für etwas Besonderes bestimmt, eine Überraschung für sie – etwas, das er ihr schon immer hatte schenken wollen und ihr versprochen hatte. Es war ein bißchen heikel gewesen, aber ein Hehler, den er kannte, hatte ihm schließlich die Münze für etwas über siebenhundert Dollar, etwa die Hälfte ihres wahren Marktwertes verkauft. McKennon hatte den Mann in die Enge getrieben, ohne Drohungen auszusprechen. Nur ein paar kleine Anspielungen auf eine nicht existierende Akte über das Juwelier-

geschäft des Mannes an der Front Street, mit Berufung auf einen gemeinsamen Bekannten, der gerade eine lange Zuchthausstrafe absaß. Er hatte den Mann aufmerksam beobachtet und kleine Anzeichen von Nervosität bemerkt, wie das Schwitzen unter den Achselhöhlen trotz der Kühle des Herbstnachmittags.

Als McKennon dann schließlich auf die Goldkette mit der Münze zu sprechen kam, war Wessellkind fast über seine eigenen Füße gestolpert, um sie ihm aus dem verschlossenen Glaskasten zu holen.

»Fünfzehn Prozent Rabatt«, sagte Wessellkind und legte die Kette auf ein rotsamtenes Präsentierkissen. »Bei dem Preis verliere ich Geld, Sergeant.« Lächelnd und mit schwitzender Stirn blickte er zu McKennon auf, der einen Kopf größer war.

Es war ein goldener Doppelalder, in eine achtzehnkarätige Umrahmung gefaßt, und mit einer feinen dazugehörigen Kette. McKennon hielt die Münze unter die fluoreszierende Lampe, sah sie sich genau an. Sie war in tadellosem Zustand.

»Da sind ein paar Kratzer drauf«, sagte McKennon. »Bringen Sie den Preis noch ein bißchen runter.«

Wesselkind lief vor Ärger rot an. »Der Qualität nach war sie noch gar nicht im Umlauf«, rief er und riß sie McKennon aus der Hand. Er nahm eine Juwelierslupe, beugte sich über die Münze, und seine Hand zitterte dabei.

McKennon griff in seine Hüftentasche, zog seine Brieftasche heraus, ließ sie offen auf den Ladentisch fallen. Die vernickelte Dienstmarke glänzte im Lampenlicht, und ihr gegenüber war McKennons Dienstausweis. Er öffnete den Innenteil, zog sieben Banknoten heraus und breitete sie wie einen Fächer auf dem Tisch aus.

»Wenn Sie genau hinschauen«, sagte McKennon mit eindringlicher Stimme, »können Sie die Kratzer sehen. Das muß den Preis um einiges herunterbringen, Wessellkind.« Er schob die Geldscheine dem alternden Estländer zu.

Wessellkind stieß einen langen Seufzer aus, legte die Münze mit der Kette auf das Samtkissen, nahm das Geld und steckte es ein. »Sie ist doppelt soviel wert«, sagte er schließlich. »Mindestens doppelt soviel.« Er setzte ein gezwungenes Lächeln auf, trat einen Schritt zurück, verschränkte die Arme. »Aber vielleicht könnten Sie mir später einmal noch etwas . . . äh, dazuzahlen, oder mir eine kleine Gefälligkeit erweisen.«

»Wie zum Beispiel?«

»Es wird Ihnen schon was einfallen«, erwiderte Wessellkind, »oder besser gesagt, etwas in Vergessenheit geraten.«

McKennon nickte, steckte sich behutsam die Münze und Kette in die Manteltasche. »Für einen Freund – warum nicht?«

Noch am gleichen Abend hatte er sie Barbara gegeben, lange nachdem David und der Köter bereits schliefen. Er hatte zwei Drinks eingeschenkt und war hinter sie getreten, als sie gerade mit dem Geschirrwaschen fertig war. Dann hatte er die Gläser auf das Abtropfbrett gestellt, ihr die Kette mit der Münze über den schmalen feinen Hals gleiten lassen. Ohne hinzusehen, hatte sie sofort gewußt, was es war. Und dann hatte sie sich umgedreht, sein Gesicht mit ihren immer noch nassen Händen umschlungen, ihm die Wangen mit Seifenflokken und Küssen bedeckt.

»Oh Mac . . .« hatte sie immer wieder ausgerufen und dann schließlich die Münze unter das Licht gehalten. Von diesem Tage an hing die Münze ständig an ihrem Busen, ganz gleich, wie sie gekleidet war. Noch jetzt bildete sich McKennon ein, daß er die Wärme ihres Körpers in der Goldmünze spürte.

Drei Monate später hatte sie sie auf dem Weg zum Krankenhaus getragen. Die Gewebetests waren positiv verlaufen, und natürlich gab es neue erfolgversprechende Behandlungsmethoden, qualifizierte Versprechungen und gekünstelte Zuversicht. Aber dann kam das Endurteil an einem nassen Februarnachmittag. McKennon wurde mitgeteilt, daß ihr Zustand »nicht operierbar und im Endstadium« sei.

»Versprich mir etwas«, hatte sie gesagt. Er hatte am Fenster gestanden und einen kleinen Lastkahn beobachtet, der sich im Schuylkill River stromaufwärts bewegte, hatte ihr den Rücken zugewandt. Tränen waren eine Schwäche, die er sich seit seinem zwölften Lebensjahr nicht mehr erlaubt hatte. Er sah, wie der Fluß vor ihm verschwamm, wollte sich nicht umdrehen.

»Was soll ich dir versprechen?«

Er hörte das metallische Geräusch, als sie etwas auf die Emailleplatte des Nachttisches legte. Irgend jemand rief draußen nach irgend jemand durch einen gedämpften Lautsprecher, und aus dem Neben-

zimmer – so unglaublich es auch McKennon schien – tönte Gelächter.
»Daß du das hier immer für mich behältst. Laß es das Allerletzte sein, von dem du dich je trennen wirst.«
McKennon hatte die Hände auf seiner Brust verkrampft, grub sich mit den Nägeln der rechten in den Rücken der linken. Er fand, daß er keine Kontrolle über seine Lungen oder Kehle hatte, als wenn sie gelähmt wären. Aber er hörte sehr deutlich den Schrei in seinem Gehirn.
Einen Monat später wurde sie begraben. Seine unverheiratete Schwester, die übermäßig dem Alkohol zusprach, zog nach Weihnachten zu ihm, um sich um den Jungen, den Hund und McKennon zu bekümmern. Abgesehen von dem zwölf Stunden lang eingeschalteten Fernseher und den hohen Spirituosenrechnungen lief alles einigermaßen gut.
Im Mai flog McKennon nach Albany, um an einem Fingerabdruck-Computerseminar teilzunehmen. Wie er es sich später ausrechnete, gingen die ersten sowjetischen SS-18 Sprenköpfe gerade auf die SAC-Silos nieder, als er in einem Holiday Inn bei seinem abendlichen Roastbeef saß.
Fünf Tage lang saß McKennon mit drei anderen Polizeibeamten im Wäschezimmer des Hotels, wo sie gemeinsam eine ganze Kiste Whiskey leerten. Einer von ihnen, ein älterer Kerl aus Cincinnati, stand am dritten Tage auf und sagte, er wolle nur mal oben im Korridor pinkeln gehen. Sie hörten ihn durch die Tür, wie er vor einem imaginären Priester ein Reuebekenntnis ablegte, und dann knallte ein Schuß.
Überraschenderweise war Albany unversehrt geblieben. Sechs Monate später, als die neue Regierung gebildet wurde, trat McKennon der Friedenstruppe bei. Der sowjetische Major erklärte ihm in akzentlosem Englisch: »McKennon, Sie sind am Beginn einer neuen Ära.«

Baines klopfte und trat ein, ohne auf eine Antwort zu warten. Er schloß die Tür hinter sich, lehnte sich gegen sie, die Hände in den Jackentaschen vergraben.
»Was gibt's«? fragte er mit gelangweilter Stimme.
»Was halten Sie von den Wahrnehmungen der Infrarotgeräte?«

Baines zuckte die Achseln. »Das ist nicht mein Bier, McKennon. Aber ich glaube, Sie sind immer auf der Spur. Das Problem ist nur, daß sie in dichter Deckung sind. Wenn wir versuchen, ein paar unserer Leute in der Gegend dort abspringen zu lassen, könnte es ein katastrophaler Reinfall werden. Sie würden uns kommen hören. Wie ich von den Typen in Warren hörte, haben sie Waffen.«

McKennon nickte, setzte sich auf den Schreibtisch, verschränkte die Arme, blickte Baines ins Gesicht.

»Sie meinen also, wir sollten auf sie warten – sie in offenes Gelände herauskommen lassen?«

Baines lächelte, schüttelte traurig den Kopf. »Sie sind mir ein Komiker, McKennon«, antwortete er schließlich. »Sie wissen genauso gut wie ich, daß sie auf offenem Gelände täglich dreißig bis vierzig Kilometer zurücklegen können. Das ist ein Gebiet, das wir auch mit sechs Hubschraubern nicht überwachen können, und Brinkerhoff ist dem hiesigen Kommandanten heute früh per Funk ganz schön in den Arsch getreten. Er zieht morgen den anderen Hubschrauber aus dem Gefecht und beschränkt den Treibstoff meines verbleibenden Vogels auf allerhöchstens zwei volle Tanks pro Tag. Sie sollten lieber ein paar berittene Patrouillen ausschicken, bevor er Ihnen auch noch die Pferde wegnimmt.«

McKennon blickte eine Weile auf seine Stiefelspitzen. »Sie wissen, wie es zwischen Brinkerhoff und mir steht, nicht wahr, Baines?«

»Ich habe die Geschichte gehört.« Baines faßte sich an die Nase, schien nachzudenken. »Ich nehme an, einer von euch beiden gewinnt, und der andere verliert, je nachdem, ob wir Wyatt und Mallen kriegen oder nicht.«

»So steht es«, erwiderte McKennon. »Und dazu kommt, daß er mir eine Frist gesetzt hat. Ich habe noch vier Tage, andernfalls . . .«

»Was verstehen Sie unter andernfalls?«

McKennon ging ans Fenster, blickte über den Hof. Der Regen fiel jetzt stärker, vermischt mit nassen Schneeflocken.

Er drehte sich wieder um, stellte sich Baines Blick. »Betrachten wir die Sache mal anders. Falls ich die beiden Kerle nach Albany bringe, kriege ich von Antoniwitsch sozusagen einen Blankoscheck.

Ein Teil dieses Schecks verschafft mir zunächst einmal Brinkerhoffs Posten. Kurz danach wird Brinkerhoff höchstwahrscheinlich einer kleinen Korrekturtherapie unterzogen, unter meiner Überwachung.«
Baines kramte in seiner Tasche, holte eine Walnuß heraus, knackte sie, steckte sich den Kern in den Mund. Er blickte McKennon an, sagte jedoch nichts, kaute weiter.
Zäher Kerl, sagte sich McKennon. Baines war Berufssoldat, und Berufssoldaten hielten Politik und Arbeit streng auseinander.
»Ich will es mal anders sagen, Baines«, versuchte es McKennon mit einem neuen Manöver. »Wenn ich gewinne, brauche ich einen Piloten, der sich um den Flugsektor in Albany kümmert. Wir holen uns Mallen und Wyatt, und Sie kriegen den Posten. Und noch etwas – fünfzig Punkte im Monat, plus eine Zulage von fünfzig Rubel.«
»Sie springen ja verdammt großzügig mit dem Budget der FTO um, wenn man bedenkt, daß Sie den Posten noch gar nicht haben.« Baines rückte auf seinem Stuhl, überschlug die Beine, griff nach einer zweiten Walnuß. »Und meiner Schätzung nach haben Sie weniger als eine Chance zu vier, den Posten zu bekommen.«
McKennon atmete langsam ein, hielt inne, atmete aus. »Sie können sich hier scheint's eine Menge erlauben«, sagte er leise. »Sie verfügen frei über Treibstoff, ungeachtet der Anweisungen des Kommandanten. Ich habe mir Ihre Befehlsanweisungen angesehen.«
Baines ging zum Waschtisch, goß sich einen Schluck von McKennons Pflaumenschnaps in ein Glas, trank es langsam, aber ohne Unterbrechung aus. Er stellte das Glas behutsam hin, goß sich noch einen ein. »Sie haben ganz recht, McKennon«, sagte er. »Aber ich bin immer noch vor Brinkerhoff verantwortlich. Ich werde mir nicht den Arsch zerbrechen, nur weil Sie mir ein paar unsichere Versprechungen machen.«
McKennon zog den Doppeladler heraus, warf ihn Baines zu.
Baines hielt ihn ans Licht, betrachtete ihn prüfend, rieb die Münze in seinen Fingern. »Ist die echt?«
»Sie ist echt. Und wenn Sie mir Wyatt und Mallen liefern, gehört sie Ihnen.«
Zum ersten Mal, seit McKennon den Piloten kannte, lächelte er wirklich. »Wissen Sie, was ich auch nur mit einem Viertel dieser

Münze machen kann, McKennon?« Er trat ans Fenster, hielt sie noch einmal ans Licht, blickte auf den stilisierten Adler in Flugstellung. »Mit nur einem Stück von dem kann ich mir in Langley einen grünen Paß kaufen, um aus dieser beschissenen Einöde zu kommen und mich dafür in die Sektion Fünf in Südmexiko versetzen zu lassen. Für eine weitere Hälfte bekäme ich ein paar Pferde, ein Dutzend Kühe, einen Zuchtbullen – und eine nette saubere Mama, die mich warm hält.« Er schloß die Faust über der Münze.

McKennon streckte die Hand aus. »Ich habe gesagt, *nachdem* Sie mir Mallen und Wyatt geliefert haben, und nicht vorher.«

Baines hob die Augenbrauen, machte ein sanftes Gesicht, legte die Münze und dann die Kette in McKennons Hand. »Sie verstehen doch, daß ich immer noch für Brinkerhoff arbeite, nicht wahr, McKennon?« Er zog sich die Hosen hoch, zog den Reißverschluß seiner Jacke zu. »Ich kann Ihnen also nur innerhalb der Grenzen dessen helfen, was ich verantworten kann. Falls wir sie nämlich nicht kriegen, darf ich es mir nicht mit *Numero Uno* verderben. Verstanden?«

»Verstanden.« McKennon zog sich die Kette über den Hals und schob die Münze unter seine graue Jacke. Er ging zum Waschtisch, goß sich etwas Schnaps ein, verdünnte ihn mit Wasser. Mit erhobenem Glas toastete er schweigend Baines zu und trank die Mischung aus. Zu früh am Tag, sagte er sich. Zu viel Druck, und mein Magen verträgt es nicht. Er stellte das Glas hin, wandte sich Baines zu, ließ die Schultern hängen. Müde.

»Ich möchte, daß Sie heute nachmittag die Bergkämme überfliegen. Arbeiten Sie sich vom Süden nach Norden vor. Machen Sie es auffällig. Ich will diese beiden *Duraks* tiefer ins St.-Lawrence-Tal treiben. Und schicken Sie heute nachmittag auch ein paar berittene Patrouillen aus. Sorgen Sie dafür, daß jeder Abschnitt genau durchkämmt wird. Falls sie nicht beisammenbleiben können, macht es auch nichts, solange mindestens ein Typ von der Sonderabteilung bei jeder Gruppe bleibt. Diese FTOs sind faule Schweine.«

Baines hatte die Hand auf der Türklinke. »Wird gemacht. Noch etwas?« Er öffnete die Tür einen Spalt.

»Finden Sie sie«, antwortete McKennon. »Und zwar bald.«

Der Regen hielt den ganzen Vormittag an, zuweilen in dichten Schauern, aber meist in dünnem, durchdringendem Geniesel. Mallen

und Wyatt zogen zweimal um, versuchten, einen Ort mit gutem Abfluß zu finden, und eine Stelle mit dicht genug aneinanderstehenden jungen Bäumen, die ihnen als Stütze für die Plastikzeltbahn dienen könnten. Sie richteten sich schließlich in einer Abzugsrinne ein, breiteten die Zeltbahn über zwei Bäumchen und den Stumpf eines verfaulten Ahornbaums. Das Mittagessen bestand aus kaltem Konservenfleisch, das faulig roch. Sie aßen beide, würgten das Fleisch herunter, aber Wyatt erbrach sich kurz danach, und später hatten beide heftigen Durchfall.
Während des Nachmittags versuchten sie zu schlafen, zogen die Schlafsäcke fest zu, suchten Wärme, aber immer wieder zwang der Durchfall sie, wieder herauszukriechen und sich im Regen unter triefende Ahornbäume zu hocken. Mallen dachte kurz, daß er lieber sterben wollte – verwarf es aber.
Gegen Abend hörte der Regen auf, sie brachen von ihrem Lager auf, hinterließen den größten Teil ihres Gepäcks, um es auf dem Rückweg abzuholen. Mallen trug den Rucksack mit dem letzten Rest des Proviants und die Luger. Wyatt nahm die Schlafsäcke und das Gewehr. Die Säcke waren völlig durchnäßt, und sie verbrachten lange Zeit beim Versuch, sie auszuwringen.
»Wird Wochen dauern, bis sie trocken sind«, sagte Wyatt, während er mürrisch am Stoff knetete. »Ich schlage vor, wir lassen sie hier.«
»Mach, was du willst«, sagte Mallen. »Ich nehme meinen. Falls wir bei Einbruch der Dunkelheit nicht irgendwo Unterschlupf finden, überleben wir die nächste Nacht nie.«
Wyatt blickte zu Mallen auf. »Glaubst du, wir schaffen es?«
Mallen zuckte die Schulter. »Ja,« sagte er ohne Überzeugung.
Sie traten im Zwielicht aus den Büschen, überquerten eine Wiese voller Felsblöcke. Es regnete zwar nicht mehr, aber jetzt bildete sich Nebel über den Feldern.
Orion fing gerade an, am westlichen Horizont unterzugehen, als sie die Straße erreichten. Sie war nichts Besonderes – einspurig und zerfurcht von Lehm und Schmutz. Eine dünne Eisschicht lag über den Pfützen. Sie machten ein paar Minuten Pause, gingen dann zum nächsten Feld. Wyatt fluchte, glitt auf der Befestigung aus und rutschte in einen felsigen Abzugsgraben. Das Gewehr war in der Dunkelheit verschwunden, lag irgendwo begraben unter Unkraut, unter dem eisüberzogenen Wasser.

»Ich verdammter Idiot!« wiederholte Wyatt sich ständig, während er in der Dunkelheit umhertastete.
Mallen kletterte in den Graben herab, ließ seine Sachen oben. Nun tasteten sie beide, suchten Fuß für Fuß den Graben ab.
»Herrgott im Himmel!« brummte Mallen. »Wie konntest du nur ein Gewehr verlieren?«
»Leck mich am Arsch«, sagte Wyatt. »Dieser Graben ist mindestens zehn Fuß tief. Taste dich mehr nach rechts vor.« Wyatt faßte ihn an die Schulter und stieß ihn ziemlich unsanft in diese Richtung. Mallen fand es schließlich, aber das Teleskop war verbogen, und die Linsen in Scherben. Er wollte gerade Wyatt etwas zurufen, als der schwarze Mann, fast unsichtbar in der Finsternis, vor ihm auftauchte und ihm mit der Hand ins Gesicht schlug.
Zuerst glaubte Mallen, daß Wyatt wahnsinnig geworden war, aber dann hörte er das Geräusch der Pferdehufe. Wyatt zerrte ihn herunter, und sie lagen regungslos im eiskalten Wasser, während die vier Reiter langsam an ihnen vorübertrabten. Ihre Silhouetten hoben sich vor dem Nachthimmel ab.

13

Sie horchten auf das Stampfen der Hufe im gefrorenen Schlamm und rührten sich nicht, bis sie nur noch den Wind und ihren eigenen schweren Atem hörten. Wyatt war von einem unkontrollierbaren Zittern ergriffen. Mallen kletterte auf allen vieren bis zur Straße hinauf und lauschte. Die Reiter waren in der Dunkelheit verschwunden, aber er hörte, wie einer der Männer etwas rief und ein anderer ihm antwortete, aber es war zu weit, und er konnte die Worte nicht verstehen.

Inzwischen war Wyatt gekommen, und nun humpelten sie und schleppten sich über das offene Feld in nördlicher Richtung. Der Boden war hart und uneben und voller schneidend spitzer Maisstoppeln. Zweimal stürzte Mallen, fluchte auf sich selbst und Wyatt.

Sie rasteten im Schutz einer zerbröckelten Steinmauer, beide völlig erschöpft. Mallens Herz pochte heftig, wollte ihm schier den Brustkasten zersprengen, aber er schrieb es eher der Angst als der physischen Anstrengung zu. Er betastete sich. Seine Kleidung war ganz durchnäßt und mit kotigem Schlamm bedeckt.

»Herrgott, das war . . .« Wyatt keuchte, ». . . das war aber nahe dran.« Sein Atem dampfte weiß in der Dunkelheit. »Kalt. Elend kalt.«

»Steh auf«, sagte Mallen. »Wir müssen uns bewegen und uns einen Schutz für die Nacht suchen.«

»Nein. Hier. Wir bleiben hier.« Der Wind pfiff durch die Mauerritzen. Wyatt rollte seinen pitschenassen Schlafsack auf.

Mallen schätzte die Temperatur auf mehr als zehn unter null, und ständig sinkend. Der Wind war noch kälter, und sie würden hier bestimmt erfrieren. Er riß Wyatt auf die Füße und nahm den Schlafsack.

»Häng dir das Ding um die Schultern. Wir können nicht bleiben, wenn wir die Nacht überleben wollen, und selbst wenn wir morgen noch am Leben wären, sind wir dann bei Tageslicht auf offenem Feld.« Er stieß Wyatt unsanft vor sich hin, nach Norden.

Sie schleppten sich weiter durch die Nacht, erschöpft, aber in dem Wissen, daß ein Ausruhen den sicheren Tod bedeutete. Mallen ging voran, überquerte einige Felder, dann ging es parallel einer Landstraße entlang, immer weiter dem unteren Tal zu. Irgendwann nach Mitternacht kamen sie über eine geteerte Straße, wandten sich nach Westen, liefen auf dem Kies am Straßenrand. Alle paar Minuten blieb Mallen stehen, lauschte, trieb zum Weitergehen an.

Regulus war hinter dem Horizont verschwunden, und Mallen schätzte die Zeit auf etwa zwei Uhr morgens, als sie über einen kleinen Hügel gelangten, von dem aus man drei Häuser in einer Talsenke erblickte. Ein Licht brannte hinter einem geschlossenen Vorhang, und ein Hund bellte ununterbrochen.

»Wir müssen von hinten herum gehen. Können nicht riskieren, gesehen zu werden«, flüsterte Mallen, ging weiter nach Norden, über den Graben, auf ein offenes Feld zu. Sie brauchten dreißig Minuten, um an den Häusern vorbeizukommen und wieder auf die Hauptstraße zu gelangen. Sie hörten immer noch den Hund von weitem bellen.

Sie begegneten einem Lastwagen in der Nacht. Sie sahen die Scheinwerfer aus weiter Entfernung, sahen sie größer werden, über die Felder leuchten, die gewundene Straße heraufkommen. Sie hockten sich in den Straßengraben, warteten, bis er vorüber war. Nummernschild und Aufschrift waren nicht zu erkennen, nur das Rattern eines alten Dieselmotors, ein Windzug, und dann war er in der Nacht verschwunden, die schmutzverkrusteten Hecklichter fast unsichtbar.

»Das war nicht die Friedenstruppe«, sagte Wyatt.

»Wer weiß?« antwortete Mallen, trabte weiter nach Westen. Noch drei Stunden bis zum Morgengrauen, sagte er sich. Er fühlte, daß er bald am Ende seiner Kräfte sein würde, und Wyatt stolperte ständig. Sie waren beide benommen vor Kälte. Dicke Schneeflocken benäßten sein Gesicht.

Mallen hatte es nicht gesehen, aber Wyatt.

»Briefkasten«, sagte Wyatt mit heiserem Flüstern. Sie gingen von der Straße auf einen schlammigen Seitenweg zu und sahen sich den

Briefkasten an. Auf der Seite war ein Namensschild, aber Mallen konnte es im Licht der Sterne nicht lesen. Der Weg war schmal und auf beiden Seiten von welkem Buschwerk eingesäumt. Keine Reifenspuren, stellte er fest. Und auch keine Hufspuren.
»Das ist es«, sagte er, und sie gingen den Weg hinauf, hielten sich auf dem Gras. »Mach möglichst kein Geräusch. Falls ein Hund da ist, hauen wir schnell ab.«
Das Farmhaus lag weit hinter der Hauptstraße zurück. Kein Licht brannte. Auf dem Hof standen verschrottete und rostige landwirtschaftliche Maschinen herum, deren Silhouetten sich im schwachen Sternenlicht wie riesige prähistorische Insekten abhoben. Etwas weiter westlich erkannte Mallen die Umrisse einer Scheune und eines Silos. Ohne ein Wort führte er Wyatt zur Scheune, ließ dabei das Haus nicht aus den Augen, spähte und lauschte auf Bewegungen. Endlich daheim, sagte er sich.
Das Innere der Scheune war kohlschwarze Geborgenheit, erfüllt von den Gerüchen und Geräuschen unruhigen Viehs. Mallen ließ Wyatt an die Stalltür gelehnt, während er selbst sich mit vorgestreckten Armen weitertastete, um die Leiter zum Heuboden zu finden. Er stolperte über einen Jauchegraben, stürzte schwer, schlug mit dem linken Arm an die rauhe Betonkante. Der Schmerz war unglaublich, und er biß sich auf die Zunge, um nicht aufzuschreien. Selbst unter dem dicken Verband spürte er, daß die Wunde sich wieder geöffnet hatte. Er entschloß sich, ein Streichholz anzuzünden, und sah die Leiter fast in Armeslänge vor sich.
»Hier rüber«, flüsterte er. Wyatt taumelte auf ihn zu, schwerfällig, willenlos. »Und paß auf den Scheißgraben auf.«
Sie stiegen die Leiter hinauf und schoben ihre Sachen in eine Ecke. Mallen rollte die Schlafsäcke auf, breitete sie aus. »Zieh dir die Kleider aus«, sagte er. Wyatt antwortete nicht, schnarchte bereits. Mallen stieß ihn wach. »Zieh dir die Kleider aus und leg dich in den Schlafsack.«
»Zu kalt«, murmelte Wyatt. »Mir ist kalt.«
»Und mir vielleicht nicht? Es wird dir schon wärmer werden.«
Wyatt zog sich mühsam aus, kroch in den Schlafsack. »Kalt«, sagte er und war eingeschlafen. Mallen tat es ihm nach. Endlich daheim.

Mallen sah das erste Sonnenlicht durch die Ritzen der verwitterten

Planken schimmern und rückte sich in die dunkelste Ecke des Heuschobers. Etwa sechs Uhr früh, schätzte er. Er rollte sich langsam auf die andere Seite in seinem warmen, aber immer noch feuchten Schlafsack. Die Scheune war ein massiver Bau, und die schweren alten und trocknen Stütz- und Querbalken erhoben sich über ihm im Dämmerlicht. Staub und winzige Strohteilchen tanzten in der Ritze, durch die das Sonnenlicht drang. Leuchtende, hauchdünne Pünktchen schwebten zwischen den Spalten der Abdichtungen, und während sich seine Augen an das Licht gewöhnten, sah er die dichten Spinnenweben in den Nischen der Scheune, in denen noch Fliegen längst vergessener Sommer hingen.

Wyatt schlief immer noch, hatte sich die Kapuze seines Schlafsacks über das Gesicht gezogen. Sein Atem war schwer und mühsam. Eine leichte Dunstwolke lag über seinem feuchten Schlafsack.

Soll er schlafen, sagte sich Mallen. Gott allein weiß, wie sie es bis hierher geschafft hatten. Der Schlaf ist ein Schatz, den man hüten muß, um für künftige Strapazen gewappnet zu sein. Auch Mallens Körper schmerzte von den Anstrengungen und Anforderungen der letzten Tage, aber er genoß die Wärme des Schlafsacks und den Frieden der Ruhe. Er stellte sich im Kopf eine Liste der Dinge auf, die er zu tun hatte: Das Gewehr putzen, und die Luger, die im Rucksack verstaut war, und dann vielleicht etwas zum Essen auftreiben. Aber während er versuchte, seine Gedanken zu formen, übermannte ihn wieder der Schlaf. Er las einen Heuhalm auf, schob ihn sich zwischen die Lippen, träumte von den Heuschobern seiner Jugend. Geheime Treffen der White Mountain-Pfadfindertruppe, feierliche Beschlüsse, die mit einem Nagel auf ein Stück Schiefer gekritzelt wurden, und auf die man einen brüderlichen Schwur ablegte. Und dann die erste Zigarette. Und dann das erste Mädchen. Gegen seinen Willen senkten sich seine Augenlider und schlossen sich. Er rollte sich herum, schlief wieder ein, den Halm in die Zähne geklemmt.

Mallen wachte später auf, wußte nicht, warum. Später Vormittag, schätzte er. Die Sonne war noch im Osten, aber höher. Unter ihm hörte er die Tiere, die sich in ihren Stallungen bewegten. Aber irgend etwas hatte ihn geweckt, das fühlte er jetzt. Er lauschte angespannt, wünschte sich, daß Wyatt weniger Lärm machte, obgleich sein Schnarchen kaum lauter als der Wind war. Jetzt hörte er ganz deutlich, was ihn geweckt hatte – Schritte. Leichte und rasche Schritte. Ein Eimer wurde an die Wand gestellt. Kein Geräusch, dann wieder Schritte. Dann rollte die Scheunentür in ihren quietschenden Fugen auf. Klopfenden Herzens riß Mallen den Reißverschluß seines Schlafsacks auf und kroch zum schmutzbedeckten Fenster. Himmelherrgott, welch eine Kälte! Er zog den Sack zu sich, warf ihn sich wie einen Schal über, hockte sich an die Ecke der Scheibe. Eine Gestalt in einem Mantel und mit blauer Wollmütze ging über den Hof zum Haus zu. Könnte eine Frau oder ein halbwüchsiger Junge sein, sagte er sich. Die Gestalt blieb vor den Stufen stehen, ließ den Eimer von der linken in die rechte Hand gleiten, fingerte an der Tür und verschwand dann im Haus. Mallen wurde gewahr, daß er bis jetzt den Atem angehalten hatte, atmete langsam aus, entspannte sich. Es war nichts weiter als das morgendliche Melken, stellte er fest.

Hinter dem Haus und Zufahrtsweg war das Land ein Flickenwerk weißer, schneebedeckter Felder. Weitere Häuser waren nicht zu sehen, nur eine Landstraße und Telegraphenmasten ohne Draht, die sich wie eine Reihe unbenutzter Galgen nach Süden erstreckten. Wenn er sich weiter umdrehte, konnte er das niedere Hügelland erkennen, durch das sie gekommen waren. Sein Atem beschlug die Scheiben, und versuchsweise hauchte er noch einmal drauf und zog mit dem Finger ein Viereck darüber. Die Feuchtigkeit seines Atems vernebelte das Fenster, fror fast sofort ein, und sein Finger fuhr über Eis. Verdammt kalt, aber wenigstens würde dann der See schneller zufrieren. Noch fünf oder sechs Tage dieser Art, und man könnte mit einem Lastwagen darüberfahren. Ganz unwillkürlich bekreuzigte er sich.

»*Pax vobiscum*«, sagte Wyatt. Er hatte sich auf einen Ellbogen gestützt, und der Rand des Schlafsacks hing ihm über das Kinn. Nur das Oval seines Gesichts war zu sehen.

»Noch ein paar Zentimeter Schnee gefallen«, sagte Mallen und schlüpfte in seinen Schlafsack zurück. »All unsere Spuren sind verdeckt. Andererseits können wir nicht weiter, bevor es nicht wieder schneit, es sei denn bei Nacht und auf den Straßen. Du kannst also ruhig weiterschlafen.«

»Was war das da eben?« Wyatt nickte zum Fenster zu.

»Melkzeit. Jemand kam heraus, um die Kühe zu melken. Ein Kind oder eine Frau der Größe nach. Kein Problem.«

»Sonst noch jemand?«
Mallen schüttelte den Kopf, legte sich zurück, die Augen halb geschlossen. »Schlaf dich ruhig aus. Wir haben Zeit, uns zu überlegen, was wir als nächstes tun. Wie fühlst du dich?«
»Wie aufgewärmte Scheiße. Elend erkältet, und die Wunde im Nacken stinkt. Ich mich fühlen ziemlich bekotzt, Massa!«
Mallen drehte sich um, um ihn genauer anzusehen. Wyatts Gesicht war im Schatten. Eine Schweißschicht lag über seinem Gesicht, und Schleim hing ihm aus der Nase. Wyatt bemerkte es und schickte sich an, es wegzuwischen.
»So schlimm?« fragte Mallen.
»Viel schlimmer als gestern. Es tut mir überall weh. Fieber habe ich auch. Wenigstens hat der Durchfall aufgehört. Aber mir ist nicht sehr nach Bewegung zumute.«
Ihre Blicke trafen sich. Mallen streckte die Hand aus, berührte Wyatts Gesicht. Heiß wie ein Ofen. »Herrgott!« sagte er fast unwillkürlich.
»Gib mir einen Tag«, sagte Wyatt. »Nur einen Tag. Dann werde ich mich wieder bewegen können.« Beide wußten, daß es gelogen war. Auch Mallen fühlte, wie sein eigener Körper protestierte. Zu lange der Kälte ausgesetzt und fast nichts gegessen – das hatte allmählich die Reserven aufgezehrt. Und vor allem die seelische Belastung, pausenlos auf der Flucht zu sein.
»Wir werden noch länger warten«, sagte er schließlich, Wyatts Blick vermeidend. »Während wir uns ausruhen, arbeitet die Zeit für uns. Der See friert zu. In mindestens fünf Tagen ist das Eis fest genug, um den Sperber darauf zu starten. Außerdem gibt es uns Verschnaufzeit und schützt uns eine Weile vor der Suchaktion. Irgendwann müssen sie es ja einmal aufgeben. Dann machen sie einen Abschlußbericht und legen die Sache zu den Akten. Im Haus drüben gibt's gutes Essen und Heizung. Kein Telephon. Sagen wir fünf Tage.«
»Meinst du wirklich?«
»Warum nicht?« erwiderte Mallen. »Warum sollten wir uns denn so beeilen?«
»Gott, ich könnte es brauchen. Auch das Essen. Wenn da unten eine Kuh ist, könnten wir uns das Biest schlachten und ein paar gute Steaks braten.«
Mallen schnaufte zufrieden aus der Tiefe seines Schlafsacks, fühlte sich reich. Rindfleisch, das wäre was. Sein Magen knurrte bereits.

»Willst du es dir mal anschauen?« fragte Wyatt leise. »Ich kann den Kopf nicht genug drehen.«
Mallen schlüpfte wieder aus dem Schlafsack und beugte sich vor. Der Verband war locker und schwarz von geronnenem Blut. Er wickelte ihn sanft ab, vorsichtig, um die Wunde nicht aufzureißen, aber das war nicht nötig. Die Wunde war offen, schied Blut und eine dicke graugelbe Flüssigkeit aus. Noch bedenklicher war die ringsum stark geschwollene Haut und weitere Schwellungen, die sich über den ganzen Nacken und den Arm herunter ausbreiteten. Der Gestank war ekelerregend. Unwillkürlich rümpfte Mallen die Nase.
»Das Deodorant habe ich leider vergessen«, sagte Wyatt. »Wie sieht es aus?«
»So so«, erwiderte Mallen und legte den Verband zurück. »Müßte gesäubert werden. Infiziert.«
»Was du nicht sagst! Das hätte ich nie erraten.« Wyatt legte sich wieder nieder, starrte auf die Deckenbalken. »Haben wir irgendwas zu essen? Vielleicht ein bißchen Schnee. Ich bin ganz ausgetrocknet.«
Mallen stieß seinen Schlafsack beiseite und zog sich seine nassen Hosen an, die darunter lagen, und dann die Jacke. Er blickte noch einmal aus dem Fenster – niemand auf dem Hof. Aus dem Schornstein stieg Rauch auf, wurde vom Wind weggeblasen, ringelte sich auf der anderen Seite des Hauses nach unten. Er beobachtete das Haus einige Minuten lang, zitterte vor Kälte. Einmal sah er eine Bewegung hinter einem Fenster, sonst kein Lebenszeichen. Fußspuren vom Haus zur Scheune und zurück, aber sie verwischten sich im Wind und dem leicht fallenden Schnee.
Behutsam kletterte er die Leiter hinunter. Der untere Teil der Scheune war in zwei lange Reihen von Stallboxen eingeteilt, dazwischen ein Gang und der Jauchegraben. Hie und da fielen ein paar Sonnenstrahlen auf den brüchigen Betonfußboden, sonst war in der Dunkelheit nicht viel zu sehen. Zwei Kühe bewegten sich unruhig in ihren Boxen, eine hagere Schecke streckte den Hals hinter einem Bretterverschlag empor und bleckte die Zähne. Die übrigen Boxen waren leer, seit langem nicht mehr benutzt, in einigen lag rostiger Schrott. Er suchte und fand einen Eimer, ließ ihn dann aber stehen, weil er ganz von Rattenmist verklebt war. In der Nähe der Türschwelle fand er eine Emailleschüssel. Wahrscheinlich für die Katze, sagte er sich.

Die Kuh hatte fast keine Milch mehr und protestierte, und er hatte auch vergessen, wie man an den Zitzen zog, aber es gelang ihm schließlich, die halbe Schüssel mit dampfender Milch zu füllen. Vorsichtig kroch er wieder die Leiter hinauf, den Mund voller Speichel, wie gebannt auf die Schüssel blickend.

Sie teilten sich schweigend die Milch, tranken abwechselnd. Er mußte Wyatt helfen, der eine Menge verschüttete. Beide hatten nun weiße Schnurrbärte und weiße Flecken auf den Bartstoppeln. (Mallen fand das sehr komisch und begann zu lachen. Doch dann fiel ihm ein, daß man seine Stimme hören würde, und er versuchte, das Lachen zu unterdrücken, machte es aber nur schlimmer, schnaubte und würgte und kicherte mit offener Kehle. Er warf sich zu Boden, vergrub das Gesicht im Schlafsack, schüttelte sich, fand es einfach idiotisch komisch – zwei erschöpfte und gebrochene Männer, krank und am Verhungern, die nicht nur gegen andere Menschen kämpften, sondern auch gegen das unerbittliche zermürbende Wetter. Und doch lachte er, und die Trännen brannten in seinen Augen. Endlich beherrschte er sich und blickte zu Wyatt hinüber. Aber Wyatt war aus seinem Sack gekrochen, krümmte sich, kotzte die Milch aus. Als Mallen Wyatt wieder in seinen Schlafsack half, fühlte er die Hitze des Fiebers auf der kohlschwarzen Haut und wußte, daß er nichts tun konnte, um es aufzuhalten. Ohne ein weiteres Wort legten sie sich hin und versanken abermals in Schlaf.

Sie schliefen den ganzen Tag durch. Mallen erwachte in der Abenddämmerung, sein Magen knurrte vor Hunger. Aber sein Schlafsack war fast trocken, und die Wärme war angenehm auf der nackten Haut. In der Scheune schien es jetzt wärmer zu sein, seit die bleiche Oktobersonne darüber geschienen hatte.

Wyatt schlief noch immer, hatte sich den Schlafsack um das Gesicht gezogen. Sein Atem war heiser und wässrig, sein Körper zuckte konvulsivisch auf, wenn er im Schlaf hustete. Obgleich Mallen an den Gestank von Fäulnis gewohnt war, verspürte er Übelkeit.

Er versuchte sich zu erinnern, was man gegen Blutvergiftung oder Starrkrampf tun konnte, wußte es aber nicht. Vor dem Krieg hatte niemand derartige Probleme. Mit jeder Kratzwunde lief man sofort zum Arzt. Eine Spritze und vier Pillen täglich, solange das ärztliche Rezept reichte. Die Wunde auswaschen? Das wäre eine Möglichkeit, aber dazu brauchte er heißes Wasser und sauberes Verbandszeug.

Tief in seinem Inneren wußte Mallen, daß Wyatts Entzündung äußerst kritisch war, und daß er viel mehr brauchte als Ruhe und Essen. Außerdem war es unmöglich, noch viel länger hier zu bleiben, denn früher oder später würde eine Streife kommen.
Im Zwielicht untersuchte er jetzt seine eigene Wunde. Das Narbengewebe war aufgebrochen, und die Wunde war feucht, sah aber sauber aus. Roch gut. Das war der große Unterschied. Er rückte den Verband wieder zurecht und zog den Reißverschluß seines Schlafsacks zu.
Er plante, bald aufzustehen, sich das Haus etwas genauer anzusehen. Er stellte sich vor, wie er warten würde, bis alle Hausbewohner beim Essen saßen, und wie er dann mit dem Gewehr durch die Tür stürmen würde. Aber vielleicht wäre es besser, bis zum Morgen zu warten und die Person, die zum Melken kam, als Geisel zu benutzen. Das bedeutete weitere zwölf Stunden Schlaf – ein immer noch verlockender Gedanke, sei es aus Erschöpfung oder Hunger.
Der Wind hatte sich gelegt, und die Stille verstärkte jedes Geräusch. Er hörte die Tiere unten. Falls man sie inzwischen gefüttert hatte, mußte er während des Kommens und Gehens geschlafen haben. Irgendein Nagetier rannte auf einem Balken entlang, und sein Vorüberhuschen klang wie ein ausgedehntes Flüstern. Seit dem Sonnenuntergang und der wiedereintretenden Kälte ächzte und knackte es im Gebälk. Und das feuchte hohle Rasseln Wyatts bildete einen ständigen Hintergrund.
Zuweilen, in unbeherrschten Augenblicken, empfand er Wyatt als lästig, haßte ihn sogar, wie jemand, der im Wasser von einem in Panik geratenen Schwimmer heruntergezogen wird. Und doch wußte er, daß Wyatt viel mehr zur Flucht beigetragen hatte, als er selbst. Wäre er ohne Wyatt überhaupt bis nach Kanada gekommen? Aber vor allem war es Wyatts Anwesenheit, jenes Gefühl, das sie zusammenhielt und dem er keinen Namen zu geben vermochte, das ihn bisher aufrechterhalten hatte.
Er drehte sich um, vergrub das Gesicht in der Wärme des Daunensacks, spürte das feuchte Brennen hinter seinen geschlossenen Augenlidern und schlief schließlich ein.

»Levez-vous. Lentement.«
Mallen wurde langsam wach, versuchte, das Geräusch aus seinem

Kopf zu verdrängen. Er hatte vom Essen geträumt, von einem riesigen Rehbraten und duftendem ofenheißem Brot.
»De suite!«
Er öffnete ein Auge, blinzelte in die Sonnenhelle, die durch das staubverschmierte Scheunenfenster drang.
»Sortez vos mains d'abord. Tout doucement.«
Mallen drehte sich langsam um, wollte sehen, wer da sprach. Eine Frauenstimme, dachte er, und dann hörte er das metallische Klicken einer Waffe. Er erstarrte. Die in der Stille noch eindringlicher klingende Stimme hatte französisch gesprochen, aber der warnende Ton war ihm nicht entgangen. »Ich spreche nicht . . . non parlez-vouz français.«
Ein verächtliches Schnaufen ertönte aus der Dunkelheit hinter ihm. »Ich habe gesagt, Sie sollen aus Ihrem Schlafsack kommen. Hände zuerst und sehr langsam. Ich habe Ihr Gewehr. Und dann wecken Sie die andere Person auf.«
Mallen blickte zu Wyatt herüber. Die Kapuze des Schlafsacks bedeckte sein Gesicht. Dann suchte er den Rucksack, in dem die Luger lag. Verschwunden.
»Ich habe ihn«, sagte die Stimme. Ein Kind. Keine Frau, ein Kind! Er behielt die Hände im Schlafsack, gähnte erzwungen. »Wir sind nur auf der Durchreise. Haben letzte Nacht hier geschlafen. Wir gehen gleich wieder.«
»Gehen werden Sie schon, aber vielleicht nicht so, wie Sie es geplant haben. Ich habe den Umgang mit Waffen gelernt. Alle Arten von Waffen. Strecken Sie zuerst die Hände aus Ihrem Schlafsack. Dann kommen Sie heraus und stellen sich aufrecht hin.«
»Ich habe nichts an . . .«
Die Explosion des Schusses fegte wie eine Schockwelle durch die Scheune. Er spürte das Vorbeipfeifen der Kugel und den heißen Wind der brennenden Gase.
»Jetzt!« rief die Stimme. In der folgenden Stille klickte der Hahn, nahm eine neue Patrone aus dem Magazin auf. Mallen spürte den beizenden Geruch verbrannten Schießpulvers in der Nase, und blauer Rauch erhob sich vor dem Scheunenfenster. Wyatt war nun auch wach, zappelte in seinem Schlafsack wie ein Mann, der in einem Netz von Seetang ertrinkt.
Die Stimme hatte einen leichten Klang von Panik, tönte wie am

Rande der Verzweiflung. »Zum letzten Mal, tun Sie, was ich Ihnen sage.« Wieder ein Klicken, der Hahn des Gewehrs wurde zurückgezogen. Mallen wußte, daß die Winchester beim Einlegen einer neuen Patrone gespannt sein würde. Der Junge hatte einfach den Hahn heruntergezogen und ihn dann noch einmal gespannt, um seine Geste zu betonen, und das zeugte immerhin von einer mehr als flüchtigen Kenntnis im Umgang mit Schießwaffen.
»Schon gut, verdammt noch mal. Um Himmels willen, sei bloß vorsichtig mit dem Ding!« Wyatt hatte den Kopf aus dem Schlafsack gesteckt, wie ein Maulwurf, der aus seinem Loch schaut. Sein aschgraues und schweißbedecktes Gesicht drückte Verwirrung, Zweifel und Angst aus. Mallen hielt in seiner Bewegung inne, blickte auf Wyatt, das aufgedunsene Gesicht, die zum Bersten geschwollene Haut, die tief eingesunkenen Augen, die dicken und vom Fieber brüchigen Lippen. Er öffnete den Mund, versuchte, etwas zu sagen, brachte nur einen heiseren Laut hervor.
»Steh auf«, sagte Mallen. »Er hat das Gewehr.« Wyatt nickte, rührte sich aber nicht. »Wie fühlst du dich?«
Wyatt schüttelte den Kopf. »Nichts«, flüsterte er rasselnd. »Völlig erledigt.« Er sank zurück, die Augen geschlossen.
Eine Frauenstimme rief von weitem. Dann noch einmal ihre Stimme, dann das Ächzen der Scheunentür in ihren rostigen Angeln. »Paul . . .« rief die Stimme von unten.
Mallen zog den Schlafsack auf, erhob sich langsam, hielt die Hände hoch. Die Kälte war schneidend, und er fühlte, wie sich der Schließmuskel und der Penis in die Höhlungen des Körpers zurückzogen.
»Kannst du aufstehen?« fragte er Wyatt.
»Je tiens les deux gars. Va-t-en à la cuisine et restes-y. Et pis charge la carabine.«
Mallen hörte ganz deutlich, wie die Frau unten aufstöhnte und dann über den Hof lief. In der Ferne öffnete sich eine Tür und schlug zu.
»Er hat seiner Mutter gesagt, sie soll ein Schießgewehr holen«, erklärte Wyatt. Seine Stimme war fast nicht wiederzuerkennen. Er beendete den Satz mit einem langen rollenden Husten, der ihm die Lungen zu zerhacken schien.
»Kannst du es schaffen?« fragte Mallen. »Im Haus wird es wärmer sein.« Wyatt blickte auf und nickte.
»Ihr beiden da – die Leiter herunter. Dann in die Mitte des Hofes. Dort wartet ihr, bis ich euch auffordere, weiterzugehen.«

Die drei kamen aus der Scheune, Mallen und Wyatt zuerst, dann der Junge. Mallen sah ihn nur einmal flüchtig, als er Wyatt die Leiter herunterhalf. Ein Junge von kaum fünfzehn Jahren, breitbeinig aufgepflanzt, die Winchester schußbereit haltend. Ein mageres Gesicht, schien es Mallen, und strohblondes Haar. Ein starrer und ausdrucksloser Blick.
Sie gingen über den Hof, Wyatt und Mallen nackt und zitternd im Wind. Der Himmel war blauweiß, leuchtete diamantenscharf. Die Kälte ließ jede Hoffnung auf weitere Herbsttage schwinden. In der Mitte des Hofes blieb er stehen, hielt Wyatt fest, damit er nicht fiel. Die Tür des Hauses öffnete sich, und er sah im Schatten die kleine Gestalt einer Frau mit einer Flinte. Sie nickte, ließ sie näher kommen. Der Junge war hinter ihnen, seine Schritte knirschten im Schnee.
»An die gegenüberliegende Wand«, sagte sie. »Setzt euch auf den Boden in die Nähe des Ofens. Mein Sohn wird euch Decken holen.«
Sie hielt sich in guter Distanz, die Flinte in ihren kleinen Händen. Mallen sah ihr ganz kurz in die Augen. Kalt, die Farbe von Gletschereis.
Mallen half Wyatt auf den Boden, Wyatt stöhnte vor Schmerz, als er den Druck auf seiner Schulter fühlte. Die Haut um Nacken, Hals, Gesicht und Arm war zum Platzen gestrafft, und die Reste seines Verbandes hingen ihm locker über die Schulter, denn der Schweiß hatte das Klebepflaster gelöst. »Sie wird uns Decken bringen«, sagte er leise zu Wyatt. Wyatt nickte, hatte die Augen geschlossen.
Der Junge kam herein, trug Mallens Rucksack in der einen Hand, das Gewehr in der anderen, den Finger am Abzug. Wie ein blöder Halbwüchsiger, der den Cowboy spielt. Mallen lächelte ein wenig.
»Es ist gar nicht so komisch, Mr. Mallen«, sagte sie. Sie nahm ein gelbes Stück Papier von einem Regal über dem Spültisch, stieß es ihm über den Fußboden zu. »Hier steht, daß Sie und der Neger mehrere Menschen getötet haben. Aus dem Hinterhalt.«
Der Handzettel war schlecht gedruckt, mit Spalten auf Französisch und, wie er annahm, Russisch. Die Zahl 75 war ganz groß auf die untere Seite gedruckt, und daneben das Wort *Otschki.*
»Was steht da drin?«
»Was ich Ihnen gesagt habe. Sie haben mehrere Menschen getötet, die ihre Pflicht erfüllten. Es steht drin, daß Sie gefährlich sind. Sie haben sie ohne Warnung getötet. Es gibt eine Belohnung von fünfundsiebzig Punkten.«

»Zuerst die Decken«, verlangte Mallen. »Und bringen Sie ihn zu Bett. Er hat eine schlimme Infektion.«
Sie nickte, vermied es, ihre nackten Körper anzuschauen, verließ das Zimmer. Der Junge stand an der Tür, mit undurchdringlicher Miene, das Gewehr erhoben. Minuten verstrichen. Mallen sagte sich, falls er wieder Herr der Lage sein wollte, müßte er rasch handeln, oder es war zu spät. Als ob der Junge seine Gedanken gelesen hätte, versteifte er sich, zog mit dem Fuß einen Stuhl an sich, schob ihn zwischen sie. Der Lauf der Winchester schwankte, und Mallen fragte sich, ob der Junge imstande wäre, aus Unachtsamkeit zu schießen. Fünfundsiebzig Punkte konnten ebensogut tot wie lebendig heißen. Er entspannte sich, lehnte sich an die Wand zurück, nahe genug an Wyatt, um die Wärme seines Körpers zu spüren. Ein kurzer Blick auf den Jungen zeigte ihm, daß auch er etwas entspannter war.
»Sie holt ein paar Decken«, sagte er zu Wyatt, um das Schweigen zu brechen. Wyatt nickte, hielt die Augen geschlossen.
Irgendwo im Haus öffnete sich eine Tür, man hörte ein kurzes Stimmengemurmel, dann schloß sich die Tür. Die Stiefelabsätze der Frau hallten durch den Flur, und dann stand sie in der Tür, ging hinter dem Tisch herum, hielt sich aus der Schußlinie. Sie warf ihnen zwei verschlissene Decken zu. »Das ist alles, was ich zu bieten habe. Wir haben kein Bett für den Schwarzen. Mein Großvater ist krank. Er schläft im Erdgeschoß. Die anderen Zimmer sind oben.«
»Dann kann er doch eins von denen benutzen«, erwiderte Mallen wütend. »Herrgott, Sie sehen doch, daß er krank ist. Er braucht Wärme, ein Bett.«
»Das er aber nicht haben kann. Mein Sohn wird zur Garnison gehen. Ich bewache euch beide, bis er mit der Truppe zurückkommt. Paul wird sie bitten, einen Sanitäter mitzuschicken.«
Mallen wollte protestieren, aber sie brachte ihn zum Schweigen.
»Kein Wort mehr«, sagte sie. »Gegen Abend wird er ärztliche Hilfe haben. Hier ist es warm, und ich kann euch Tee machen. Wir haben ein paar Kartoffeln im Ofen. Das ist aber wirklich alles, was wir zu bieten haben.«
Mallen wollte sich erheben. Der Junge hielt die Winchester hoch, sein Ausdruck wurde härter, zuversichtlicher, beherrschter.
»Wenn Sie glauben, ich schieße nicht, irren Sie sich!« Er stellte den Hahn zurück.

Mallen trat an die Wand zurück, beugte langsam die Knie, ließ sich in Sitzstellung gleiten. Er war sich nur allzu sehr seiner Nacktheit bewußt, und der Tatsache, daß die Frau ihn anstarrte. »Verdammt«, sagte er leise. Die Lage war wirklich lächerlich. Er blickte zu ihr auf, sah sie zum ersten Mal genauer an. Um die Dreißig, ein gut geformtes Gesicht, feine Knochenstruktur. Die Augen, wie die des Jungen, waren von einem Blau, das man nicht näher beschreiben konnte, aber schwimmen könnte man in ihnen, versinken, ertrinken.

»Ich wollte ja nicht . . .« begann er. Er beugte sich über Wyatt, hüllte ihn in die Decke, stopfte ihm die Zipfel unter die Beine. »Ich wollte euch nicht überrumpeln«, sagte er schließlich mit bemüht ruhiger Stimme. »Aber wißt ihr auch, was ihr tut – was mit uns passiert, wenn sie uns kriegen? Wollt ihr damit leben?«

»Das ist nicht unsere Sache«, antwortete sie. »Sie sind für Ihre Taten verantwortlich. Und Sie haben Menschen getötet, nicht wahr?«

»So verdammt einfach ist es aber nicht«, fuhr Mallen sie an. »Ausweispapiere. Ich hatte keine Ausweispapiere, und da haben sie mich mit Elektroschocks behandelt.« Er streckte die vernarbten Hände aus, zeigte die Brandmale auf seinen Handflächen. »Was, zum Teufel, hättet ihr denn getan? Einfach auf die zweite Dosis gewartet? Wyatt und ich, wir mußten raus. Und das ging halt nicht ohne Gewalt.«

»Elektroschocks werden nicht mehr angewandt«, sagte der Junge im Brustton der Überzeugung. »Das ist verboten.« Er sagte es, als sei es das Evangelium, eine längst bekannte Tatsache. »Und ich sollte es wissen – ich bin im Schulungskurs für die Friedenstruppe.«

»Großartig!« höhnte Mallen. »Dann weißt du ja wohl auch, daß man uns in eine Besserungsklinik nach Albany geschickt hätte, nicht wahr?«

Der Junge seufzte resigniert, verlagerte sein Gewicht auf das andere Bein. »Besserungskliniken dienen zur Berichtigung staatsfeindlicher Einstellungen. Sie stehen unter fachmännischer Pflege und werden von Psychiatern geleitet.« Er schien es irgendwo auswendig gelernt zu haben. »Nur sehr wenige erweisen sich als unheilbar . . .« Er verstummte, schien sich an den weiteren Text nicht mehr erinnern zu können.

»Er ist nicht bei der Friedenstruppe«, sagte die Frau. »Nur im

Jugendverband.« Sie blickte ihren Sohn verärgert von der Seite an. »Aber jedenfalls«, fuhr sie fort, »steht es hier nicht zur Diskussion. Das müssen Sie und Ihr Freund mit der Friedenstruppe ausmachen. Wir haben nur die Pflicht, Sie hierzubehalten, bis sie kommen.«

»Und dann ist da auch noch die Kleinigkeit von den fünfundsiebzig Punkten«, fiel Mallen ein, um zu sehen, wie sie darauf reagieren würde.

»Jawohl, die fünfundsiebzig Punkte spielen auch eine Rolle.« Sie setzte sich an den Tisch, knöpfte sich ihre dicke Wolljacke auf. »Und ich muß an meinen Großvater denken, der schwer krank ist. Ohne Punkte können wir uns nicht die notwendigen Medikamente besorgen. Aber auch das ist nicht Ihre Sache.« Sie wandte sich an ihren Sohn, sprach in raschem Französisch zu ihm, die Augen immer noch auf Mallen geheftet. Er nickte, nahm den Rucksack, schüttete seinen Inhalt auf die Tischplatte aus. Die Luger fiel mit einem Plumps heraus. Der Junge nahm sie, fingerte am Abzug, ließ das Magazin herausgleiten. Das Gewehr lehnte an der Wand, tausendstel Sekunden vom Jungen entfernt. Mallen spannte die Muskeln an. Jetzt muß ich es tun, sagte er sich.

Sie sah den Ausdruck auf seinem Gesicht, nahm dem Jungen die Waffe ab, schob das Magazin wieder ein. »Luger, Modell 1908«, sagte sie, drehte die Pistole um, hielt sie so, daß nur das Ende des Laufs sichtbar war. »Mein Mann hatte eine. Von ihm weiß ich, wie man damit umgeht.« Ihr Daumen erschien über der Tischplatte, drückte den Sicherungshebel auf Feuerstellung, ohne Zögern, ohne hinzusehen.

Das Gewehr war wieder auf Mallen gerichtet, und er sah die plötzliche Röte auf den Wangen des Jungen, und ihre Blicke trafen sich kurz. Beinahe hätte er es geschafft, und der Junge wußte es. Mallen entspannte sich. »Ihr Mann . . .?« fragte er, lehnte sich mit der Schulter an die Wand. Der Herd ließ ein leichtes Dröhnen vernehmen, begann Wärme auszustrahlen.

Sie ließ den Arm etwas hängen, hielt den Rand der Luger auf die Tischkante gestützt, und der kleine schwarze Schlund des Laufs starrte ihm entgegen. »Mein Mann wird gleich hier sein«, sagte sie ausdruckslos.

»Mein Vater ist tot«, sagte der Junge ebenso teilnahmslos. »Er war in Montreal, als es passierte.«

Mallen blickte auf seine nackten Füße und zuckte die Schultern. In dieser menschlichen Tragödie schienen so viele ihr Leben gelassen zu haben, daß man drüber wie vom Wetter sprach. »Das tut mir leid«, sagte er schließlich.

»Ja«, sagte sie. »Auch mir und meinem Sohn tat es leid. Es war kein kanadischer Krieg.«

Mallen nahm sich zusammen, versuchte, die Lage doch noch irgendwie auszunutzen. Er fühlte sich gedemütigt, wütend, benommen, kalt, weil er Wyatt – und sich selbst – nicht hatte retten können. Und doch fiel es ihm schwer, um Gnade zu bitten. »Herrgott, liebe Frau«, sagte er. »Wir haben alle verloren. Jeder auf diesem verbrannten Planeten hat jemanden verloren. Aber das hilft uns jetzt nicht weiter. Dieser Mann . . .« er zeigte auf Wyatts zusammengekauerte Gestalt, ». . . und ich, wir können uns nicht erlauben, gefaßt zu werden. Es würde nur unseren Tod bedeuten. Lassen Sie uns gehen. Wir verschwinden von hier, und niemand wird es wissen. Behalten Sie die Waffen, aber lassen Sie uns . . .« Er unterbrach sich, wußte, daß es keinen Zweck hatte, daß er wie ein greinendes und bettelndes Kind klang.

Aus ihrem Gesicht konnte er nichts lesen. Kein Anzeichen irgendeines Gefühls. Nur das ruhige, unverwandte Starren. Endlich schüttelte sie den Kopf. »Es hat alles keinen Zweck, Mr. Mallen.« Sie schaute auf das Flugblatt. »Falls wir Sie laufenließen, und Sie würden später gefaßt, würde uns das in große Schwierigkeiten bringen.« Sie überlegte eine Sekunde und fügte hinzu: »In sehr große Schwierigkeiten.« Dann flüsterte sie dem Jungen etwas zu. Er nickte, nahm einen alten Ledermantel aus dem Schrank. Als er die Tür öffnete, warf er Mallen einen so haßerfüllten Blick zu, wie ihn Mallen von einem Jungen seines Alters für unmöglich gehalten hätte. Wie der Krieg doch die Menschen verändert, sagte er sich. Ihre Blicke trafen sich immer noch, als die Tür zuschlug.

»Wo geht er hin?« fragte Mallen. Und wußte es.

»Er sattelt das Pferd. Es ist ein langer Ritt. Die Garnison ist zwei Stunden von hier entfernt.« Sie knöpfte die alte Strickjacke weiter auf, ließ sie offen hängen. Es war heiß im Zimmer, und Mallen fühlte den Schweiß zwischen seinen Schulterblättern und in den Achselhöhlen. Zum Teil von der Wärme. Auch vor Angst? War der Junge einmal fort, so würde es kaum zwei Stunden dauern, und dann

schwirrten hier die Hubschrauber herum wie die Eintagsfliegen auf einem Apfel.
Mallen drehte sich nach Wyatt um, bewegte sich langsam und entschlossen, bemüht, Zeit und Entfernung richtig einzuschätzen, genau zu errechnen, wie es möglich sein würde. Wyatt war kaum bei Bewußtsein, schlief vielleicht. Er hockte schlaff an der Wand, den Kopf vornübergebeugt, das Kinn auf die Brust gestützt. Der Schweiß lief ihm in Strömen von der Stirn, durchnäßte die Decke. Mallen hielt den Kopf von ihr abgewandt, fingerte an Wyatts Decke, versuchte, sich genau an die Luger zu erinnern. Je mehr er darüber nachdachte, desto ausführbarer erschien ihm sein Plan. Er blickte sie wieder an.
»Ich weiß noch gar nicht Ihren Namen«, sagte er. Er hörte, wie draußen die Scheunentür geöffnet wurde.
»Le Borveaux, Jeanne Le Borveaux. Mein Sohn heißt Paul.«
Mallen blickte auf seine nackten Füße, weiß und faltig von der Kälte und der Feuchtigkeit der vergangenen Tage. Er drückte auf eine Blase. »Also, Mrs. Le Borveaux«, sagte er, aufschauend, »eins muß ich Ihnen noch sagen, bevor Ihr Sohn das Haus verläßt. Dieser Mann«, er nickte Wyatt zu, »und ich, wir haben nichts getan. Nichts als unser eigenes Leben gelebt. Alles ist nur passiert, weil die Friedenstruppe hinter uns her war.« Er blickte zu Boden, bewegte die Zehen und Fußgelenke, um bessere Durchblutung zu schaffen. »Und ich kann Ihnen garantieren, daß Wyatt und ich bei Sonnenuntergang tot sind, falls Ihr Junge die Truppe holt. Können Sie damit leben?«
Sie seufzte auf. Ob es Mitleid oder Ungeduld war, hätte er nicht sagen können. »Wahrscheinlich würde ich an Ihrer Stelle genau das gleiche sagen, Mr. Mallen. Aber es ist nicht an mir, darüber zu urteilen. Paul hält es für das beste. Er erzählt mir ständig, daß sich bei der Friedenstruppe viel geändert hat, daß man sich immer mehr bemüht, den Leuten zu helfen. Und Sie geben doch selbst zu, daß Sie Menschen getötet haben.«
Es war eigentlich mehr eine Frage, denn er erinnerte sich nicht, derartiges zugegeben zu haben. Gewiß, da war dieser Mann im Hubschrauber. Er stützte die Füße auf den Boden, lehnte sich mit dem Rücken an die Wand, sprungbereit, und doch bemüht, ruhig und vertrauenerweckend zu klingen. Ich bin doch ein vernünftiger Mensch, sagte er sich.
Er schaute auf, sah immer noch die Frage in ihrem Blick. Etwas weiter

unten die Luger. Entsichert. Aber da war ein kleines Zünglein auf dem Abzieher, das über dem Einschieber leicht hervorragte, wenn er geladen war. Sein Vater hatte es ihm gezeigt, als er einundzwanzig geworden war und die Luger als Geburtstagsgeschenk bekommen hatte. Der alte Herr hatte ihm dazu erklärt, daß man daran erkenne, ob die Pistole geladen sei. Auf dem Zünglein war es auch eingraviert: *Geladen.* »So kannst du mit dem Finger fühlen, ohne hinzusehen, ob du eine Patrone drin hast.«

Mallen blinzelte, versuchte, es genau zu sehen, aber der Lauf war direkt auf ihn gerichtet, in einem Winkel, wo der Lader nicht sichtbar war. Er konnte sich nicht erinnern, ob die Luger geladen war, als er sie in den Rucksack gesteckt hatte, aber er glaubte es nicht.

»Haben Sie Menschen umgebracht?« fragte sie.

Er blinzelte noch angestrengter, gab sich den Anschein, nach einer Antwort zu suchen. Er konnte es nur mit Bestimmtheit sehen, wenn die Waffe etwas mehr seitlich gehalten wurde. Falls die Luger keine Patrone im Lauf hatte, würde selbst ein erfahrener Schütze mindestens eine Sekunde brauchen, um den Spannverschluß zu betätigen und eine einzulegen Vier Schritt über den Küchenfußboden. Ein Sprung über den Tisch. Zwei, höchstens drei Sekunden. Er spannte alle Muskeln an.

Die Hufgeräusche auf dem vereisten Hofpflaster, die Stimme des Jungen, der dem Pferd etwas zurief, klangen von draußen hinein. Jetzt oder nie, sagte sich Mallen. Er hockte sich auf die Hacken. »Sie wissen sehr gut, daß die Pistole nicht geladen ist«, sagte er in ganz beiläufigem Ton.

Er hatte so ruhig, so gleichgültig gesprochen, daß sie nicht sofort verstand. Sie wollte etwas sagen, hielt inne, blickte auf die Pistole in ihrer Hand. Kein Zünglein, sagte er sich; nicht geladen. Er schnellte auf seinen Hacken nach vorn, rutschte etwas auf dem blanken Fußboden, vermied um ein Haar den glühend heißen Herd, die Füße in grotesk clownischer Watschelstellung, während die Frau verzweifelt am Ladehahn fingerte, ihn auf- und zurückzustellen versuchte. Er stürzte an den Tisch, hatte seinen Sprung falsch eingeschätzt, stieß die Kante gegen sie. Dann kämpften sie, und sie rief nach ihrem Sohn. Es gelang ihr, den Lauf auf seine Stirn zu richten. Er fühlte brennenden Schmerz, als die Waffe an seinem Ohr vorbei explodierte. Herrgott, sagte er sich, sie hat es doch fertiggebracht, das Ding zu laden. Sie beugte den Arm zurück, biß ihm ins Handgelenk, und in seinem Schmerz hätte er beinahe den Lauf losgelassen. Schritte hallten im Flur, die Luger fiel aus ihrer Hand, und er riß sie an sich.

Der Junge stand in der Tür mit erhobenem Gewehr. Mallen war hinter der Frau, hatte ihr den Lauf in den Nacken gebohrt. Die Winchester fiel klappernd zu Boden, und die drei standen wie vom Schock gelähmt im Zimmer, in das jetzt die Kälte von draußen drang. Man hörte nur noch das rauhe Atmen des Jungen, das Summen des Herdes und den Wind in der Dachrinne.

»Mach die Tür zu«, sagte Mallen.

»Salaud, salaud«, zischte der Junge, und Tränen traten ihm in die Augen. »Salaud . . .«

»Aber ein freier Scheißkerl«, berichtigte ihn Mallen. »Mach endlich die Tür zu.«

Mallen schloß den Jungen zuerst in die Speisekammer ein, befahl dann der Frau, das Pferd wieder in den Stall zu bringen. Während sie fort war, schlüpfte er in seine Kleider, die der Junge aus der Scheune gebracht hatte. Sie waren fast trocken, und in der heißen Küche roch er den Schweiß und den Schmutz seines Körpers. Er nahm die Decke, wickelte Wyatts Füße in den fadenscheinigen Wollstoff ein. Bevor die Frau zurück war, leerte er die Winchester und die Flinte, legte die Patronen auf den oberen Rand der Fensterrahmens. Amüsiert stellte er fest, daß die Flintenpatronen aufgeschlitzte Pappdinger waren, die kaum genug Pulver enthielten, um einen Knall zu verursachen, sonst aber nichts ausrichten konnten. Dann stellte er sich ans Fenster und sah sie zurückkommen. Sie hatte den Kopf in den Wind gebeugt.

Mallens erste Sorge war nun, Wyatt in ein Bett zu kriegen. »Was habt ihr da oben?« fragte er.

»Mein Schlafzimmer, Pauls Zimmer und ein Badezimmer.« Ihre Hände bewegten sich ständig, rieben und verschränkten sich ineinander. »Mein Großvater hat das untere Schlafzimmer. Er ist sehr alt und bettlägerig«, sagte sie.

Er schob sie zur Seite, sah sich zuerst einmal das untere Stockwerk an. Das Wohnzimmer erweckte verschwommene Kindheitserinnerungen: ein vergilbter und in den Nähten knarrender Linoleumfußboden, altes Mobiliar, ein geknüpfter Teppich, ein Klavier an der

Innenwand mit Noten auf dem Ständer, getrocknete Blumen in einer mit Glanzschicht überzogenen Vase. Vor dem Fenster, und von der Sonne beschienen, ein Sofa mit vielen Kissen. Mallen befahl der Frau, ihm zu helfen, als er Wyatt ins Wohnzimmer brachte. Wyatt war halb bewußtlos, ließ den Kopf hängen, wachte dann plötzlich auf.
»Wir besorgen dir gleich etwas zu essen«, sagte Mallen und hüllte ihn in die beiden Decken. Wyatt öffnete kurz die Augen, versuchte ein schwaches Lächeln, ließ den Kopf in die Kissen zurücksinken.
»Gib mir nur noch ein bißchen Zeit«, flüsterte er. »Schlaf . . .«
Mallen nickte, trat zu ihm, horchte auf seinen Atem. Essen und Schlaf, vielleicht wird es genügen. Er drehte sich um, nahm die Frau beim Arm, verließ das Wohnzimmer, schloß die Tür leise hinter sich.
Sie führte ihn in das Zimmer des alten Mannes. Er beobachtete sie, wie sie sich vor ihm bewegte, das Haar in goldenen Strähnen über die Schulter hängend, von der Enge des Kopftuchs befreit, heller glänzend im Sonnenschein, der durch die sauber geputzten Fenster drang. Auch ihren Seifengeruch nahm er wahr, und er verspürte ein seltsames Gefühl in seinem Inneren.
Das Haus war alt, typisch für jene des äußersten Neuenglands und der östlichen Dörfer von Quebec. Lange enge Gänge, mit verblichenen Blümchenmustern tapeziert, polierte Ahornholzmöbel aus Großvaters Zeiten.
Die Frau öffnete sanft die Tür und trat ein. Die Jalousien waren heruntergezogen, und der Raum war eine dunkle Höhle, in der man zuerst nur das Eisenbett erkannte. Sie rieb ein Streichholz an, hielt es an den Docht einer Öllampe, den sie dann behutsam etwas höher drehte.
Der alte Mann war wach, schien bis jetzt fest geschlafen zu haben. Unter einer Unzahl von Decken stak sein Kopf wie der einer Schildkröte heraus, kahl, fleischlos, die runzlige Haut locker auf dem Schädel liegend. Ringsum an den Wänden hingen verblichene Fotos: Männer in Uniform, ein Ehepaar vor einem Roadster, Modell 1930, Gruppenbilder von Familien, feierlich und steif um einen reich gedeckten Tisch sitzend. Über dem Bett zwei Flaggenwimpel, deren kleine Masten sich kreuzten und mit Reißzwecken an der Wand befestigt waren – ein Union Jack und eine kanadische Fahne mit dem Ahornblatt. Beide waren verblichen, das Rot zu Rosa, das Blau ganz blaß.

»C'est-y qui, c'gars?« Die Stimme des alten Mannes war kaum mehr als ein Flüstern.
»Un Americain. Un criminel«, antwortete sie. »C'est okay.«
»Was haben Sie gesagt?« fragte Mallen. Er blickte auf das Gesicht des Mannes – die gleichen Augen, eisblau.
»Er hat gefragt, wer Sie sind. Ich habe es ihm gesagt.«
Sie rieb den Arm des Mannes mit einem in Alkohol getränkten Wattebausch ein, nahm eine Ampulle aus einem Holzkästchen auf dem Nachttisch, zog die Schublade auf, nahm eine Spritze, füllte sie mit der bernsteinfarbenen Flüssigkeit der Ampulle, spritzte es in den Arm des Mannes ein, kniff dabei die Haut mit den Fingerspitzen. Mallen sah, daß der ganze Arm von Einstichnarben übersät war.
»Was hat er denn?«
Sie drehte den Docht der Lampe herunter, beugte sich über den alten Mann, hielt seine Hand, massierte sie behutsam mit ihren schmalen Fingern. »Eine Art Krebs. Es gibt einen Namen dafür. Wir können nichts weiter tun, als ihm Narkotika geben. Mit den Punkten hätten wir uns Vorrat für viele Monate beschaffen können. Das und das Essen, das ihm noch Freude macht.«
»Whiskey«, sagte der alte Mann mit zahnlosem Lächeln. »Was ich brauche, ist ein gutes Glas Whiskey.« Er stieß die Decken von seinem Gesicht, streckte den Hals empor, blickte Mallen im Halbdunkel an. »Sie sagt, Sie seien ein Verbrecher.« Man hörte nur eine leise Spur des französischen Akzents.
Mallen stellte sich ans Fußende des Bettes. Das Gesicht des alten Mannes war eingefallen, aber die Droge hatte ihm eine leichte Färbung gegeben.
»Ich war nicht angemeldet. Sie haben mich geschnappt, und ich bin ihnen wieder entwischt.« Es schien ihm lächerlich, die ganze Geschichte noch einmal zu erzählen.
Der Mann nickte unbeholfen. Die Augenlider zuckten unter der Einwirkung der Droge. »Und jetzt sind Sie auf der Flucht?«
Mallen nickte. »Ja.«
»Tun Sie meiner Enkeltochter nichts zuleide. Oder ihrem Sohn.« Er hatte es leise gesagt, aber es war ein Befehl.
»Ich tue ihnen nichts«, versprach Mallen.
Der alte Mann murmelte noch irgend etwas, und dann entspannte sich sein Gesicht, die Runzeln glätteten sich, die Lider fielen zu.

Sie blies die Lampe aus und stieß Mallen sanft zur Tür. »Er ist fast neunzig«, sagte sie im Flur. »Sehen Sie jetzt, was Sie uns antun?«
»Soll ich es vielleicht zulassen, daß Sie uns ausliefern?«
Sie drehte sich um, ging wieder in die Küche. »Nein, das kann ich wohl nicht von Ihnen erwarten. Wir werden Ihren Freund auf dem Sofa im Wohnzimmer lassen. Dort hat er es warm. Ich will nur, daß Sie und Ihr Freund so bald wie möglich von hier verschwinden.« Sie blieb stehen, wandte sich nach ihm um. Zum ersten Mal sah er nun wirklich ihr Gesicht, sah die kleinen Falten an den Augenrändern und um den Mund, die zarte Haut, das fast durchsichtig schimmernde Haar in ihrem Nacken.
»Beabsichtigen Sie, uns umzubringen?«
Er schüttelte den Kopf. »Natürlich nicht.«
»Dann stecken Sie doch bitte das Ding da weg.« Sie blickte auf die Luger in seinem Hosenbund.
»Und Ihr Sohn? Was wird er tun? Ich kann ihn nicht die ganze Zeit in der Speisekammer einsperren.«
»Er kann bei meinem Großvater bleiben. Sie können die Tür von außen abschließen.«
»Und das Fenster?«
»Er wird nichts tun, wenn ich ihm sage, daß Sie uns in Ruhe lassen. Sagen Sie ihm, was Sie wollen.« Sie drehte sich wieder um und ging in die Küche. Er bemühte sich, die Bewegungen ihrer Hüften nicht zu sehen.
Sie traten ins Wohnzimmer. Sie breitete eine Bettdecke über Wyatt aus. »Er hat sehr hohes Fieber. Dafür habe ich nichts. Wenn Sie wollen, daß er überlebt, müssen Sie sich ausliefern. Man würde seinen Gesundheitszustand bestimmt berücksichtigen.«
Wyatt öffnete die Augen. »Nein«, röchelte er. »Tu es nicht, Mallen. Laß mich hier und haue allein ab.«
»Ich bleibe«, erwiderte Mallen. »Drei bis vier Tage Ruhe, und dann bist du wieder okay.«
»Erzähl mir keinen Bockmist. Ich kann es riechen, daß ich am Verfaulen bin. Mit mir ist es aus, und wir wissen es beide.«
Sie wollte die Vorhänge zuziehen, die Sonne nicht hereinlassen.
»Lassen Sie bitte die Vorhänge offen«, sagte Wyatt und drehte sich zum Fenster um. »Ich möchte hinausschauen.«
»Wir bringen dir gleich etwas zu essen«, sagte Mallen und ging zur Tür.

Wyatt schüttelte den Kopf. »Lassen Sie uns allein, liebe Dame.« Er winkte Mallen zu sich. »Setz dich her.« Er wies auf den Fußboden.
Mallen hockte sich neben das Sofa. Wyatt stank, und sein Atem war sauer. Er erinnerte Mallen an verfaultes Schweinefleisch. Unwillkürlich rümpfte er die Nase.
Wyatt schnitt eine Grimasse. »Du findest, ich rieche schlecht? Dann steck dir mal die Nase unter deine eigenen Achselhöhlen.« Er begann zu lachen, aber es endete in einem Hustenanfall.
»Ich hole dir noch etwas Tee. Sie hat bestimmt irgendwo gutes Essen versteckt.«
Wyatt schüttelte den Kopf, immer noch hustend. »Kein Essen«, brachte er schließlich hervor. »Ich könnte es nicht runterkriegen.« Das Husten hörte auf. »Nimm dich vor dem Jungen in acht, Mallen.«
Mallen nickte. »Nein, ganz im Ernst. Du weißt doch, wie gefährlich ein Kind in seinem Alter werden kann.«
»Noch zwei Tage, und dann sind wir hier raus. Ich könnte das Flugzeug auf ihrer Weide landen.«
»Benzin. Hat sie Benzin?«
Mallen log. »Ein bißchen«, sagte er.
»Du schaffst es schon«, sagte Wyatt und schloß die Augen. »Bleibe noch einen Tag bei mir. Nicht länger.«
»Ich hole dich hier aus.« Mallen fand, daß seine Stimme nicht sehr überzeugt klang. Er wollte wieder aufstehen.
»Erzähl mir von Britisch-Kolumbien, Mallen.«
»Später.«
»Nein, jetzt. Erzähle mir, wie es dort ist.«
Mallen setzte sich zurück, zog die Luger aus seinem Gürtel, legte sie auf den Teppich. Selbst geknüpft, wahrscheinlich hat sie ihn gemacht. Draußen der weiße weite Hof, die kahlen Bäume. Dahinter ein offenes Feld mit Maisstoppeln, die leicht im Wind zitterten. Ein Sperlingsschwarm flog nach Süden, bog nach Westen ein, dann wechselten sie alle zugleich die Richtung, und ihre Leiber hoben sich schwarzglänzend vom Himmel ab. »Britisch-Kolumbien? Es liegt da drüben. Offenes Land. Berge bis zum Meer herunter. Was willst du noch wissen?«
»Ich möchte wissen, *wie* es dort ist. Die Leute, das Land – das Gefühl, das man da hat.«
Mallen wünschte sich eine Zigarette, irgend etwas, um seine Hände

zu beschäftigen. Er fragte sich, warum er sich plötzlich so verdammt wertlos fühlte. Herrgott, wenn er doch nur irgend etwas tun könnte! Er blickte aus dem Fenster, vermied Wyatts Blick. »Wie es dort ist?« sagte er und versuchte, es sich vorzustellen. »Wie ich gesagt habe, Berge bis herunter zum Meer. Tiefe Buchten mit so vielen fetten Muscheln, daß du nur ein paar Minuten zu graben brauchst, um zehn Menschen ernähren zu können. Auch Wild überall. Und im Binnenland weitere Gebirgszüge, die Monashee Range und die Rockies. Wirklich hohe Berge, nicht wie das Zeug hier im Osten. Ich habe Täler gesehen, in denen im Frühjahr die Apfelbäume blühten, rosa und weiß . . .«

»Und Seen?«

»Seen überall. Und so voller Forellen, daß du nur einen Haken an einer Schnur ins Wasser zu werfen brauchst.« Er erzählte Wyatt vom Howe Sound und vom Fraser-Tal, beschrieb ihm Big Bar Creek und D'Arcy, Täler mit weit auseinandergestreuten Gehöften, fruchtbaren Feldern und saftigen Wiesen. Und dann schmückte er es mit Menschen aus, mit Menschen, die einen nach dem Namen fragten und stets freundlich winkten, wenn man ihnen auf einer Straße begegnete. Und dann die Hochebene. Mallen beschrieb den frischen kühlen Wind in den Engtälern und den klaren und reinen Geschmack des Gletscherwassers der Ströme und Bäche.

Wyatt atmete regelmäßig, hielt die Augen geschlossen. Mallen erhob sich leise, bemüht, kein Geräusch zu machen.

»Im Frühling wird es schön da oben sein«, sagte Wyatt.

»Ja«, erwiderte Mallen. »Im Frühling . . .«

Die Sonne war bereits untergegangen, und es wurde rasch dunkel. Mallen führte den Jungen von der Speisekammer ins Zimmer des alten Mannes. Dort nahm er eine alte Öldrucklampe aus dem Schrank, pumpte sie voll, zündete sie mit einem Streichholz an. Sie flammte auf, erlosch dann fast bis zu einem leicht flackernden Glimmen, wie bei einem Öl von schlechter Qualität. Der Junge beobachtete jede seiner Bewegungen vom Sessel in der Ecke aus.

»Jetzt kann ich nicht mehr viel tun, Mr. Mallen«, sagte er schließlich. »Sie haben die Waffen. Ich hätte meine Mutter nie mit Ihnen allein lassen sollen. Ich hätte wissen müssen, daß sie nicht auf Sie schießen würde.«

»Unterschätze deine Mutter nicht«, erwiderte Mallen müde und setzte sich auf die Bettkante. Der alte Mann bewegte sich im Schlaf, streckte seinen mageren knochigen Arm hervor und hielt ihn sich über das Gesicht. Mallen bemerkte im Lampenlicht, daß die Haut fast durchsichtig war, und die blauen Adern standen hervor wie Nebenflüsse eines Stroms, der sich durch Schneefelder ergießt. Er blickte auf den Jungen zurück, empfand es als peinlich. Erwachsener Mann und kleiner Junge. Er fuhr sich mit der Hand durch das Haar, sagte dann: »Sie ist sehr mutig, deine Mutter.« Mallen erinnerte sich lebhaft an das Abfeuern der Luger, das Gefühl heißen Gases, das ihm über die Haut brannte.

»Ich möchte, daß Sie mich richtig verstehen, Mr. Mallen.« Der Junge hielt inne, richtete sich auf, die Hände auf den Sessellehnen, wie bei einer Thronrede. »Falls Sie ihr weh tun – Sie berühren – werde ich Sie töten.«

Mallens Bartstoppeln juckten, die Müdigkeit zehrte an seinen letzten Reserven. Ein Bad, sagte er sich. Wenn ich nur ein Bad nehmen könnte! Er blickte wieder auf den Jungen, der ihn unverwandt anstarrte, auf eine Antwort wartete.

»Es hängt ganz von dir ab«, sagte Mallen schließlich. »Ich will niemandem hier weh tun.« Er nickte bedeutungsvoll in die Richtung der Küche. »Aber ich muß hier bleiben, bis es meinem Freund bessergeht – allerhöchstens drei oder vier Tage.«

»Sie sind dumm«, sagte der Junge verächtlich und lehnte sich in den Sessel zurück. »Der Mann liegt im Sterben. Ohne Arzt ist er in den nächsten sechsunddreißig Stunden tot. Aber wenn Sie jetzt weggehen, gebe ich Ihnen zwölf Stunden und melde es erst dann bei der Garnison. Dort hat er noch eine Chance. Und Sie können Ihre eigene Chance wahrnehmen.«

Mallen schüttelte den Kopf. »Das will er aber nicht. Und es ist sein Leben.« Mallen lehnte sich an einen Bettpfosten und blickte zur Decke. Der Anblick einer Tapete, wenn sie auch verblichen und voller Flecken war, wirkte auf ihn wie ein Schock – als gäbe es noch eine Zivilisation und normale Menschen, die derartige Dinge für selbstverständlich hielten.

»Er phantasiert ja«, fuhr der Junge fort. »Er weiß gar nicht, daß er stirbt. Sie müssen für ihn entscheiden.«

Mallen schüttelte den Kopf. »Nein, Wyatt weiß, daß er stirbt. Aber er

will der Friedenstruppe nicht in die Hände fallen. Er gehörte einmal dazu. Auf ihn sind sie ganz besonders scharf.« Der Junge blickte ihn überrascht an. Mallen nickte. »Du hast es kapiert. Wenn sie ihm das Leben retten, machen sie es nur noch schlimmer für ihn. Ich bleibe bei ihm bis zum Ende.«
»Aber warum . . .?« begann der Junge zu fragen.
»Das steht nicht zur Diskussion«, unterbrach ihn Mallen. »Unsere Abmachung ist ganz einfach. Du bleibst hier beim alten Mann. Und keine Mätzchen. Ich kann das Fenster nicht vergittern, aber falls du fliehst, mußt du mit den Folgen leben. Für deine Mitarbeit hast du die Garantie, daß deine Mutter bei guter Gesundheit bleibt.«
Paul streckt die Hand aus, nahm eine Decke vom Fuße des Betts, zog sie über sich. »Ich habe keine Wahl«, sagte er schließlich. »Aber eins müssen Sie mir versprechen . . . daß Sie . . .« Er würgte die Worte heraus, ». . . daß Sie meine Mutter *respektieren* werden.« Sie blickten sich lange an. »Darauf gebe ich dir mein Wort«, sagte Mallen endlich und erhob sich. Er zog die Tür hinter sich zu, verschloß sie dann von außen nach einigem Zögern. Vertrauen, erinnerte er sich, beruht auf Gegenseitigkeit.
Mallen und die Frau aßen im gelben Schimmer der Öldrucklampe. Es gab Rührei mit gebackenen Kartoffeln und dazu ein paar Scheiben Schwarzbrot, an dem man sich hätte die Zähne ausbeißen können. Trotzdem war es ein köstliches Mahl. Sie aßen meist schweigend, blickten sich hie und da an. Einmal stand sie vom Tisch auf und ging zu einem Schränkchen am Fenster, das er noch nicht bemerkt hatte. Aus diesem brachte sie eine Holzschüssel mit Butter und ein bißchen Ahornsirup.
»Das macht das Brot eßbar«, sagte sie und setzte sich wieder. Es fiel ihm auf, daß sie sich umgezogen hatte und jetzt einen langen gefältelten Wollrock trug, der ihr bis an die Knöchel hing. Die Bluse war aus geblümter Baumwolle, mit einem blauen Fliedermuster, das die Farbe ihrer Augen hervorhob. Und der Pullover stammte bestimmt von vor dem Krieg, denn er war flaumig weich. Plötzlich wurde ihm bewußt, daß sie sich für ihn umgezogen hatte.
»Sie sehen hübsch aus«, sagte er.
Sie zuckte die Schultern. »Wir müssen ja nicht wie die Tiere leben. Ich ziehe mich abends immer für Paul um. Es ist eine Gewohnheit.«
Mallen stellte die letzte Kartoffel beiseite. »Können Sie die mit ein

bißchen Milch und Butter zerdrücken? Ich glaube zwar nicht, daß Wyatt essen wird, aber ich möchte, daß er es wenigstens versucht.«
Sie schüttelte den Kopf. »Das ist nicht nötig. Ich habe ihm einen Pudding gemacht. Und etwas heißen Tee.« Sie stellte es auf ein Tablett, und Mallen trug es ins Wohnzimmer.
Wyatt war halbwach, murmelte vor sich hin. Sein Gesicht war aufgedunsen und verzerrt, die Lippen aufgesprungen, und Mallen war froh, daß kein Licht brannte.
»Abendessen. Ich bringe dir etwas Pudding und Tee.«
Wyatt schüttelte den Kopf. »Könnte das Zeug nicht runterkriegen. Wie wär's mit einem Steak? Und Pilzen?« Er lachte keuchend.
Mallen setzte ihn auf, Wyatt stöhnte vor Schmerzen, und dann fütterte er ihn löffelweise.
»Die Frau hat das gemacht?«
Mallen nickte. »Ja. Milchpudding.«
»Sage ihr, ich bedanke mich. Frage sie, ob ich noch ein bißchen mehr Eis in dem Handtuch haben kann.« Er wies mit dem Kopf auf einen durchnäßten Lumpen auf der Sofalehne. »Mein Kopf ist am Zerbersten.«
»Hat sie das getan?« fragte Mallen.
»Ja. Während du mit dem Jungen oben warst. Und sie hat mir auch den Verband abgenommen und einen neuen angelegt. Und eine Pille hat sie mir gegeben, die angeblich wie Aspirin wirken soll.«
»Wie fühlst du dich?«
»Wie soll ich mich fühlen? Ich dämmere ein und aus. Manchmal hab' ich ganz wilde Träume. Leute, an die ich seit Jahren nicht mehr gedacht habe. Es ist wie ein Drogentrip. Ich will nur schlafen.«
»Ich hole dir noch ein bißchen Eis für das Handtuch.« Mallen stand auf, nahm das Tablett und das Handtuch.
In der Küche stand die Frau hinter dem Tisch im Halbdunkel, hielt die Luger in der Hand. Sie war jetzt bestimmt geladen, und Mallen fluchte innerlich, so blöde gewesen zu sein. Ihre Blicke trafen sich, keiner sagte ein Wort, und dann legte sie die Luger auf den Tisch.
»Ich finde, Sie sollten dieses Ding irgendwo wegschließen«, sagte sie.
»Ich hole jetzt Eis für das Handtuch.«
Später brachte er dem alten Mann und dem Jungen das Essen. Er hatte keine Ahnung, wie spät es war, wußte nur, daß drei bis vier Stunden seit Sonnenuntergang verstrichen waren. Eine alte Kamin-

uhr in ihrem geschnitzten Walnußholzgehäuse stand auf dem Sims, aber sie war tot, zeigte für immer zwölf Uhr fünfzehn an.
»Weißt du, wie spät es ist?« fragte er den Jungen.
Paul funkelte ihn nur an, beugte sich, nahm einen Gabelbissen in den Mund.
Der alte Mann lächelte, ließ einige vergilbte Zahnstumpfe sehen, die sich wie schmale Grabsteine aus rotschwarzer Erde erhoben. Er blickte auf eine Armbanduhr, deren Nylonband ihm locker auf dem knochigen Vorderarm hing. »Zehn nach neun ungefähr. Paul erzählte mir, Sie seien hierher geflogen.«
Mallen erklärte, ließ nur aus, wo sie abgestürzt waren, und daß das Flugzeug noch reparierbar war, und daß sie Benzin brauchten, und Zeit, und Antibiotika und eine unglaubliche Menge Glück. Denn mehr als alles andere wünschte er sich für sich und Wyatt, noch einmal einen Frühling zu erleben.
Der alte Mann lächelte wieder und streckte ihm die Hand entgegen. »Colin Le Borveaux. Französischer Vater – genauer gesagt, aus Quebec – und eingewanderte irische Mutter. Deshalb trinke ich irischen Whiskey ebenso gern wie Cognac.« Mallen nahm seine Hand. Der Druck war kühl und überraschend kräftig. Der Alte bemerkte Mallens erstauntes Gesicht, griff unter die Bettdecke, holte einen Gummiball hervor. »Den drücke ich platt. Kann weder gehen, noch meine verdammten Gedärme kontrollieren, aber Hände habe ich noch. Die halte ich mir stark.« Er drückte auf den Gummiball, preßte ihn zusammen.
Mallen stellte das Tablett auf den Nachttisch und half dem alten Mann in Sitzstellung. In den folgenden zehn Minuten erzählte er ihm von seiner Jugend in Neuengland, führte ihm die Gabel an den Mund, wischte ihm die Lippen. Le Borveaux hatte recht – seine Hände waren kräftig, aber die Koordination war weg, und die Gabel mußte geführt werden. Mallen fühlte sich auch gar nicht verlegen, ihm helfen zu müssen, empfand es einfach als eine Notwendigkeit, die beide anerkannten. Irgendwie war Le Borveaux ihm äußerst sympathisch, glich ihm in vielem: Hilflosigkeit, Müdigkeit, Todesgedanken, Angst vor dem Ende. Er gab ihm den letzten Happen, wischte ihm das Kinn ab. »Kriegen Sie jetzt noch eine Spritze?« fragte er leise.
»Verdammt noch mal. Einen Schuß Whiskey könnte ich jetzt vertra-

gen. Aber das andere Zeug? Nein. Das lasse ich, bis es wirklich zu schlimm wird. Jeanne gibt mir gewöhnlich eine Spritze täglich, um die Wölfe fernzuhalten, damit sie mir nicht die Gedärme zerfleischen. Verdammt! Bin fast süchtig von dem Zeug.« Le Borveaux drehte sich auf die andere Seite, was sehr mühsam und schmerzlich zu sein schien. »Die eine Seite wird müde, und dann lege ich mich auf den Rücken, und dann wird mir der Arsch müde, und dann lege ich mich wieder auf die andere Seite. Werden Sie bloß nicht alt, Mr. Mallen, es lohnt sich wirklich nicht.« Er ließ den Kopf in die Kissen sinken. »Ist die Friedenstruppe oder die Sonderabteilung hinter Ihnen her?«

»Beide«, erwiderte Mallen. »Ein gewisser McKennon hatte mich verhaftet und verhört. Scheint 'ne Menge Hilfe gefunden zu haben.«

Le Borveaux nickte. »Friedenstruppe«, sagte er gähnend. »Typische Bullen. Bullenmentalität. Aber die Sonderabteilung ist noch schlimmer. Die meisten sind wahrscheinlich Berufssoldaten – für die ist das Leben nur Kampf. Ganz bösartige Kerle, die meisten. Alle Nationalitäten.«

Er wandte sich an den Jungen. »Hol mir ein Glas«, sagte er. »Und auch eins für Mr. Mallen.« Der Junge wollte protestieren, aber der alte Mann fuhr ihn an: *»Tu, was ich dir sage.«* Dann wieder zu Mallen: »Sie trinken doch ein Glas Rum?« Er erwartete keine Antwort, lehnte sich in sein Kissen zurück. Mallen konnte sich leicht vorstellen, wie er im Sarg aussehen würde.

Paul ging an den Schrank, nahm eine Flasche und zwei Zinnkrüge heraus. Außer der gewöhnlichen Kleidung sah Mallen eine salbeigrüne Uniform mit leicht angerosteten Messingknöpfen, und hinter der Schranktür hing ein Schwert in der Scheide.

»Einundzwanzigstes Kanadisches Schützenregiment«, erklärte der alte Mann mit Stolz. »Verdun und einige andere Orte, die jetzt längst vergessen sind. Und wir glaubten damals, es sei das Ende der Welt.« Er rief dem Jungen zu: »Beeil dich, Paul.«

Der Junge wandte sich widerstrebend vom Schrank ab und goß die bernsteinfarbene Flüssigkeit in die Krüge ein. Dann ging er zum Bett, gab jedem seinen Krug und legte die Flasche auf die Bettdecke. Mallen begegnete seinem Blick, entdeckte aber nur wachsame Neutralität.

»Auf Ihr Wohl«, sagte der alte Mann, »und auf meins, und falls Sie

was dagegen haben, zum Teufel mit Ihnen und auf mein Wohl allein.« Er lachte kurz auf, ein Glucksen, und trank.
»Also auf Ihr Wohl«, sagte Mallen. Er roch und trank, der Rum schmeckte süß und scharf auf seiner Zunge. Ein leichter Rübengeschmack. »Wie steht es mit dem übrigen Kanada? Haben Sie eine Ahnung, welche Städte getroffen wurden, und wie das Land jetzt aussieht?«
»Wer, zum Teufel, soll das wissen? In den *Standards* erzählen sie einem, es sei das reinste Schlaraffenland. Jeder ist glücklich, alles wächst und gedeiht und blüht in einer gerechten, klassenlosen Gesellschaft. Die schreiben alles in Technicolor, Mallen. Da hat man den Eindruck, man sei der einzige, der schäbig und beschissen lebt. Der einzige, der nicht seine vorgeschriebene Arbeit tut.« Der alte Mann nahm noch einen Schluck, den Kopf halb erhoben, behielt den Schnaps im Mund, ließ ihn von Wange zu Wange spülen, schluckte dann. Dann ließ er sich atemlos auf die Kissen fallen. »Herrgott, dieses Zeug ist vielleicht der einzige Grund, weshalb mein Herz noch tickt. Der örtliche Schwarzhändler verkauft es – behauptet, es sei aus rumänischen Zuckerrüben hergestellt – fünf Punkte die Flasche. Und dann hat er die Frechheit, es Rum zu nennen.«
Auch Mallen nahm noch einen Schluck, fühlte bereits den Alkohol in seinem Blut. Das Zeug mußte sehr hochgradig sein. »Schauen Sie«, sagte er. »Ich möchte von Ihnen wissen, was Ihnen über die Lebensbedingungen bekannt ist. Welche Gegenden man vermeiden soll, was man an Reisepapieren braucht, welche Städte immer noch heiß sind.«
Le Borveaux machte ein Gesicht, preßte die Lippen zusammen. »Sie haben es scheint's immer noch nicht begriffen«, sagte er. »Es gibt keine Reisen. Und auch keine anderen Nachrichten als die, die man uns hören lassen will. Ein Reisepaß in diesem Friedenstruppengebiet ist wahrscheinlich schon im nächsten nur noch einen Dreck wert. Wir befinden uns in einem ganz neuen System von kleinen Staaten, Mallen. Die Friedenstruppe regiert zwar offiziell, aber in Wirklichkeit hat die Sonderabteilung die ganze Macht.«
Jetzt mischte sich der Junge ein, der bisher geschwiegen hatte. »Das ist nicht wahr«, sagte er. »Die Sonderabteilungen werden aufgelöst. Die Befriedigungsphase ist fast beendet. Nur Männer wie dieser hier geben ihnen Grund, weiterhin zu existieren.«

Der alte Mann lachte. »Mein lieber Paul«, sagte er kopfschüttelnd. »Nur weil ein Idiot in einem Klassenzimmer steht und euch diesen Mist einpaukt, ist es noch lange nicht wahr.« Er wandte sich Mallen zu. »Paul glaubt, der große leninistische Traum verwirklicht sich, der Traum von einem weltweiten sozialistischen Staat. Aus diesem Glauben ist ja dieser ganze unsinnige Krieg entstanden, in dem wahrscheinlich nahezu vier Billionen Menschen umgekommen sind. Nur aus diesem einzigen verdammten Grund. Und dann? Was geschah dann? Dann sollten die Sonderabteilungen, wie der Junge sagte, als einzige bewaffnete Truppen allmählich abgerüstet werden, sowie die Befriedigung erreicht worden ist.« Er grinste Mallen spöttisch zu. »Haben Sie je schon mal von einer Armee gehört, die freiwillig ihre Waffen abliefert, Mallen? Verdammt noch mal, das gibt's doch nicht! Statt dessen bauen sie ihre Machtstellungen aus, rekrutieren, führen ihr eigenes Besteuerungssystem ein – verweigern der Bevölkerung sogar Nahrung und Kleidungsmittel, um überall ihren Willen durchzusetzen.«
»Und wie ist es mit den Sowjets? Sind sie nicht die Herren der Lage?«
Der alte Mann lachte. »Welche Sowjets? Glauben Sie vielleicht, von denen hätten so viele überlebt? Wie Paul mir erzählt, kämpfen sie immer noch gegen die Chinesen. Mit den Kernwaffen ist es ja jetzt Gott sei Dank aus. Momentan beschießen sie sich mit Artillerie und Gewehren, und die letzten werden sich dann wahrscheinlich mit Steinen bewerfen. Weiß Gott eine schöne neue Welt, Mallen.«
Der Junge trat in den Lichtkreis der Öllampe. Er blickte Mallen durchdringend an. »Es sind Männer wie Sie, die uns diesen Krieg beschert haben. Und Männer wie Sie tun alles, um ihn fortzusetzen – kämpfen und zerstören und plündern und weigern sich, beim Aufbau zu helfen.« Er kam näher, die Gesichtsmuskeln angespannt. »Und nur Männer wie Sie sind für das Weiterbestehen der Sonderabteilungen verantwortlich. Erst wenn es Sie und Männer Ihresgleichen nicht mehr gibt, werden die Sonderabteilungen aufgelöst oder an die chinesische Front geschickt. Erst dann, Mr. Mallen, werden wir in Frieden wiederaufbauen. Erst dann!«
»So steht es in deinen Märchenbüchern, Paul«, rief ihm der alte Mann zu. »Und ich sage dir immer wieder, du sollst dich da raushalten. Du hast in der Friedenstruppe nichts zu suchen. Vielleicht wirst

du dann einmal zum Dienst in der Sonderabteilung gezwungen. Darauf scheint es jedenfalls hinauszulaufen.« Seine Stimme wurde lauter, überschlug sich. »Hast du mich verstanden?«
Der Junge wandte sich ab, setzte sich in den Sessel in der Ecke des Zimmers, zog eine Decke über sich. »Du bist es, der nichts versteht, du alter *Papuschka.*«
Das Gesicht des alten Mannes war müde und verzweifelt, mit Schmerzensfalten um den Mund und die Augen. Mallen griff spontan nach seiner Hand und drückte sie. Le Borveaux erwiderte den Druck sofort, aber schwach.
»Machen Sie nur weiter, Mallen«, sagte er schließlich. »Kämpfen Sie, und fliehen Sie. Das ist immer noch besser, als sich hinzusetzen und zu warten, bis die Welt sich nicht mehr dreht. Dies ist mein Haus. Bleiben Sie so lange, wie es nötig ist. Ich verstehe auch das mit dem anderen Mann – daß Sie bei ihm bleiben müssen, obgleich es nutzlos ist. Sie wären kein Mann, wenn Sie ihn hier allein sterben ließen.«
»Er hat mir geholfen, als ich ihn brauchte.«
»Wie andere mir geholfen haben«, antwortete Le Borveaux. »Sie brauchen es nicht zu erklären. Und Mallen, wenn ich Ihnen die Wahrheit sagen soll, so sind es doch nur die Liebe und der Respekt, die wir anderen Menschen entgegenbringen, die eine wirkliche Kultur ausmachen. Ohne das ist der Mensch nur ein Stück Dreck auf einem schmutzigen Planeten.« Er blickte auf, und sein Lächeln verzerrte sich zu einer Grimasse. »Der Schnaps hat mir nicht sehr gutgetan. Rufen Sie Jeanne herein. Sie wird mir die Hölle heißmachen, aber sie versteht.« Er ergriff Mallens Hand. »Alberta oder Britisch-Kolumbien, Mallen. Schaffen Sie es bis dorthin, und dann sie Sie frei und daheim. Es ist unverseucht, und man munkelt, daß es dort noch freien Handel gibt.«
»Keine organisierte Regierung?«
Der alte Mann grinste ihn an. »Keine«, sagte er. »Keine, soweit ich es weiß. Es lohnt die Mühe, Mallen.«

Mallen hatte das Geschirr gewaschen, als sie zurückkam. Während er die Teller abwischte, nahm sie den Kessel vom Herd und goß heißes Wasser in das Teesieb.
Mallen setzte sich auf einen Stuhl, schaukelte mit der Lehne zurück, hauchte auf die heiße schwarze Flüssigkeit. »Ein großartiger Mann, Ihr Großvater.«

»Für mich ist er es.« Sie hielt inne, strich den Rest eines Teeblatts fort, das am Rand ihrer Tasse klebte. »Es war wirklich gemein von Ihnen, ihn Schnaps trinken zu lassen.«

»Wie sollte ich denn wissen . . .?«

»Wie sollten Sie es *nicht* wissen? Ein Mann in seinem Alter, mit Krebs? Sehen Sie denn nicht, was Sie uns antun?«

»Ich kann leider nicht anders.« Er wies mit dem Kopf zum Wohnzimmer, wo Wyatt lag. »Ich muß an ihn denken.«

Sie ignorierte seine Erklärung. »Falls man Sie hier faßt, oder falls Sie sogar fliehen und man Ihre Spur bis zu diesem Haus zurückverfolgt, bedeutet das, daß mein Großvater keine Medikamente mehr bekommt. Paul wird bestraft werden – ich weiß nicht. Wir werden vielleicht das Wenige verlieren, das wir noch haben.«

Mallen nippte an der Tasse. Der Tee schmeckte eher wie ein Gebräu aus Gerste und Rinde – bitter, mit einem starken Nachgeschmack. »Ich verschwinde so schnell wie möglich. Mehr kann ich Ihnen nicht versprechen.«

Er blickte von seinem Tee auf und sah, daß sie ihn intensiv beobachtete. In ihrer Art ist sie eigentlich schön, sagte er sich. Ein bißchen hart und verbittert, vielleicht etwas zu dünn, scharfe Gesichtszüge, aber doch hübsch auf ihre Art.

»Ich muß da noch etwas erwähnen. Es ist nicht sehr angenehm.«

»Schießen Sie los. Ich bin ganz Ohr«, sagte er, stellte die Tasse nieder und beugte sich nach vorn.

»Wollen Sie . . . mich haben?«

Sie hatte es so beiläufig gesagt, daß er ganz verblüfft war. »Nein, ich hatte gar nicht . . .«

Sie reichte ihm einen abgenützten Schlüssel. »Zu meinem Schlafzimmer«, sagte sie. »Sie schließen von außen zu, und ich schiebe von innen den Riegel vor. Auf diese Weise hat keiner von uns Scherereien.« Sie stand auf, glättete die Falten ihres Kleides. »Ich habe eine Schere, Mr. Mallen. Meine einzige Waffe, aber ich benutze sie, falls Sie versuchen sollten, mit Gewalt in mein Zimmer zu kommen.« Sie führte ihn hinauf, blieb noch einmal im Türrahmen stehen. »Auf dem Herd steht noch ein großer Wasserkessel, falls Sie zu baden wünschen. Und da Sie Paul in das Zimmer meines Großvaters gesperrt haben, können Sie sein Zimmer benutzen.« Sie zeigte auf eine Tür gegenüber ihrem Zimmer.

Sie erschien Mallen so zerbrechlich, besonders im Kerzenlicht, wo ihr Gesicht weicher wirkte, die Augen überschattet waren. Er stellte sich vor, wie sie sich das Haar bürstete, den Kopf zurückgeworfen, mit der Bürste durch die lange goldene Flut ihres weizenblonden Haares fahrend. Ihr Atem war rascher geworden, der Pullover ließ die Form ihrer Brüste erkennen. Sie trat in die Tür zurück, blickte immer noch Mallen an, die Hand auf der Türklinke. Unwillkürlich streckte er die Hand aus, um ihr Gesicht zu berühren, aber sie schloß schnell die Tür, ließ ihn draußen stehen. Er hörte, wie sie den Riegl vorschob. In der Stille des Hauses war das Geräusch so laut wie das Pochen seines Herzens.

In der Küche schlüpfte er aus seinen schmutzverkrusteten Kleidern, legte sie neben sich, um sie morgen zu waschen. Er fand einen Eimer unter dem Spültisch, stellte sich wie ein Storch mit dem einen Bein hinein, dann mit dem anderen, wusch sich den Schmutz mit heißem Wasser und einem seifeähnlichen Zeug ab. Die Wunde hatte sich wieder geschlossen, war nur noch eine hellrosa Fleischfalte mit schwarzer Kruste. Er betupfte sie mit einem nassen Tuch, wollte die Narbe nicht mit dem heißen Wasser aufweichen. Es juckte, und das fand er ein gutes Zeichen.

Frisch gewaschen stand er nackt am Herd, trocknete sich in der Wärme, ließ sie in sich eindringen, empfand sie als den Höhepunkt des Luxus, wünschte sich, sein Körper könne sie aufspeichern. Aber er mußte sich ständig drehen, wie ein Spanferkel am Spieß, damit die Hitze ihm nicht das Fleisch versengte. Falls ich je wieder einmal ein Haus haben sollte, versprach er sich, werde ich zwei Öfen haben, an jeder Zimmerwand einen, um die Wärme gleichmäßig zu verteilen. Er stellte es sich vor: ein gut verdichtetes Blockhaus. Öfen, vielleicht sogar Kamine aus Ziegelstein. Die konnte er noch in späteren Jahren einbauen, wenn er das Haus größer machte, Räume hinzufügte. Aber auf jeden Fall Heizung in jedem Zimmer.

Er taumelte vor Müdigkeit. Da er die Wärme nicht gegen die Kälte da oben eintauschen wollte, holte er sich eine Decke aus dem Wohnzimmer. In der Dunkelheit hörte er Wyatt atmen. Eine Luftverarbeitungsmaschine, sagte er sich – das sind die Lungen. Und Wyatts Lungen waren kaputtgegangen, füllten sich mit Flüssigkeit.

An der Tür des alten Mannes hörte er nichts. Er schloß auf, warf einen Blick hinein. Die Lampe glühte nur noch ganz schwach und

rötlich. Er sah den Schatten des auf dem Sessel schlafenden Jungen. Leise machte er die Tür wieder zu, verschloß sie.
Er breitete die Decke neben dem Herd aus, legte sich darauf, fühlte, wie die Hitze des Eisens allmählich durch den Stoff drang. Er verspürte den beizenden Geruch des glühenden Holzes. Dann schlief er ein.
Er erwachte beim Morgengrauen, und es war kalt in der Küche. Im Flurschrank fand er einen verschmutzten Wintermantel und ein Paar Wollhosen. Er zog sie an, kehrte in die Küche zurück, benutzte die bleibende Glut, legte ein paar Holzscheite ein und machte Feuer im Herd. Die Wasserpumpe verweigerte ihm den Dienst, und er goß Wasser aus einem Krug hinein. Endlich rann ein dünner Strahl rostigen Wassers heraus, und dann floß es regelmäßig bei jedem Stoß. Er füllte den Kessel und stellte ihn auf den Herd.
Der Himmel hinter den eisbeschlagenen Fensterscheiben war immer noch klar. Kein neuer Schnee, aber am westlichen Himmel hoben sich lange dünne Streifen von Zirrhuswolken ab, und er bezweifelte, daß der Tag ohne einen neuen Schneefall zur Neige gehen würde. Vielleicht gerade genug, um neue Spuren zu verdecken. Aber wie stand es um Wyatt?
Wyatt lag fast regungslos, sein Atem ging flach wie der eines japsenden Hundes. Mallen faßte ihn an die Schulter, aber er drehte sich um, mit dem Gesicht zur Sofarückenlehne, hustete, atmete dann wieder ein bißchen regelmäßiger. Mallen ließ ihn schlafen.
Sie war wach und angezogen, als er an ihre Tür klopfte. Ohne ein Wort ging sie an ihm vorbei in den Flur und herunter zur Küche. Er setzte sich an den Tisch, beobachtete ihre sparsamen Bewegungen.
»In vier Tagen wird Paul wieder in der Garnison erwartet«, sagte sie endlich und brach das Schweigen zwischen ihnen. »Und Sie müssen ihn aus dem Zimmer lassen. Er hat Arbeit, muß melken und Holz spalten.« Sie wandte ihm den Rücken zu, nahm Teller von einem Bord und stellte sie auf den Herd. »Wie geht es Ihrem Freund?« Sie hatte sich ihm wieder zugewandt, glättete ihre Schürze.
»Nicht besser. Er schläft noch.«
»Wird er etwas essen wollen?« Er bemerkte einen leichten Glanz

auf ihren Lippen; sie mußte einen farblosen Lippenstift benutzt haben. Und ihr Haar war ausgekämmt. Sie sah jünger aus als gestern.

»Später«, sagte er. »Vielleicht will er später essen. Ich hole den Jungen.«

»Paul . . .« sagte sie über die Schulter. »Er ist kein kleiner Junge, und ich glaube, er würde es vorziehen, nicht wie ein kleiner Junge behandelt zu werden.«

Paul war wach, bewegte sich im Zimmer. Mallen lauschte einen Augenblick an der Tür, drehte dann leise den Schlüssel im Schloß. Er öffnete die Tür rasch, ohne angeklopft zu haben.

Paul stand vor der offenen Schranktür, zog sich einen Pullover an. Er drehte sich um, blickte Mallen überrascht an, schloß die Schranktür.

»Deine Mutter braucht dich für ein paar Arbeiten.« Der Junge nickte, wollte sich an ihm vorbeidrängen. Mallen ergriff ihn beim Arm, hielt ihn zurück, zwang ihn sanft, sich umzudrehen. Jetzt standen sie sich gegenüber, der Junge fast ebenso groß wie er, aber um einige Pfunde leichter. »Aber keine Mätzchen, Paul.«

Paul riß sich frei und trat rasch aus dem Zimmer. Mallen hörte ihn kurz mit seiner Mutter streiten, und dann schlug die Küchentür zu. Er schob die Vorhänge beiseite, sah Paul über den Hof gehen, die Scheunentür aufrollen, in den Stall treten.

»Er wird keine Dummheiten machen«, sagte Le Borveaux.

Mallen drehte sich um und sah, daß der alte Mann in seinem Bett saß, unter die Matratze griff und eine schmale Zigarrenkiste herausholte.

»Bedienen Sie sich«, sagte er und zündete sich eine an. Der Rauch war beizend scharf, qualmte blau in den Sonnenstrahlen, die zwischen dem Vorhangschlitz eindrangen.

Sie rauchten schweigend, und man hörte nur die Geräusche der Frau in der Küche. Der alte Mann nahm einen letzten Zug, schnippte die Glut behutsam in eine Untertasse ab, benetzte sich den Finger mit Spucke, schnupfte den Rest.

»Wie geht es dem Schwarzen?« fragte er schließlich und ließ sich in die Decken zurücksinken.

»Unverändert, schätze ich.«

Le Borveaux zupfte an seinem Kissen, lehnte sich zurück. »Habe einen Jungen in Frankreich sterben sehen«, sagte er. »Wenn ich's bedenke, habe ich sogar eine Menge Jungens sterben sehen. Neunzehnhundertsechzehn, neunzehnhundertsiebzehn. Scheint ein Jahrhundert her. Aber dieser eine Junge starb wie Wyatt. Ohne die allernotwendigsten Medikamente ist da nichts zu machen.« Er nahm die verlöschte Zigarre, steckte sie sich zwischen die Lippen, saugte daran.

»Dieses Flugzeug, mit dem Sie geflohen sind – kann es noch fliegen?«

Mallen zuckte die Schulter. »Mit ein paar kleinen Reparaturen und ein bißchen Benzin. Eine Benzinleitung war ganz durchlöchert. Ich brauche einen Schlauch und Schlauchklammern. Aber das Wichtigste ist das Benzin. Mit vernünftigem Oktangehalt.«

»Super, meinen Sie?«

»Genau.«

Der alte Mann zog an seiner Zigarre, machte ein trockenes Lutschgeräusch. »Benzin«, sagte er und dehnte das Wort aus, »habe ich in jeder Menge. Man lebt nicht auf dem Lande ohne einen gewissen Benzinvorrat.« Er zeigte vage mit der Zigarre auf die Scheune. »Ich habe da ein Faß mit etwa hundertzwanzig Litern. Das Übrige finden Sie wahrscheinlich bei der Werkbank. Sonst müßten Sie den Wagen auseinandernehmen.«

»Den Wagen?« Mallen konnte es nicht glauben.

Le Borveaux nickte. »Ja, den Wagen. Ein alter Peugeot, Modell neunundsechzig, aber noch ganz gut imstande. Der zweite Wagen meines Lebens. Hatte ihn ganz neu gekauft.«

»Ich dachte – hörte, daß alle Wagen beschlagnahmt wurden.«

»Stimmt. Alle, die sie finden konnten, haben sie beschlagnahmt. Ich hatte ihn ganz mit Buschwerk verdeckt und fast ein ganzes Jahr lang hinter der südlichen Weide in einer Baumgruppe versteckt gehalten. Behielt ihn für den Notfall.« Er rollte die Zigarre zwischen seinen Fingern, dachte nach. »Eigentlich nur, weil ich verdammt sein will, wenn ich etwas hergebe, für das ich hart gearbeitet habe.«

»Und das Ding läuft noch?«

Le Borveaux blickte ihn eine Weile an und lächelte dann. »Mallen – Sie *nehmen* den Wagen nicht. Ich *gebe* ihn Ihnen. Aus meinem eigenen freien Willen. Es wäre wahrscheinlich ein Staatsverbrechen, falls Jeanne je versuchte, ihn zu benutzen. Und was mich anbetrifft,

so kann ich mir nur noch eine Fahrt leisten, und zwar im Leichenwagen mit Pferd.« Er schüttelte den Kopf. »Nein, Mallen, er gehört Ihnen. Der Wagen steht jetzt im Schuppen. Paul weiß, wie man den Motor in Gang setzt, und er wärmt ihn einmal die Woche auf.«
»Sind Sie wirklich sicher, daß ich ihn haben soll?«
»Mein Gott, Mallen – wie oft soll ich es Ihnen noch sagen? Benutzen Sie das verdammte Ding, wie Sie wollen. Es wird mir eine Freude sein, wenn ich weiß, daß Sie damit eine Chance haben. Schicken Sie mir eine Postkarte, wenn Sie angekommen sind – das heißt, falls wir bis dahin so etwas wie einen Postbetrieb haben.« Er schnaufte, warf den Zigarrenstummel in den Kamin. »Ich weiß noch was Besseres, Yankee. Schicken Sie mir eine Kiste Chivas Regal.«
»Ich . . .« Mallen machte eine hilflose Geste, versuchte, seine Dankbarkeit in Worten auszudrücken.
»Sie brauchen mir nicht zu danken.« Le Borveaux machte eine wegwerfende Geste mit der rechten Hand. »Ich will keinen Dank. Nur eine Gefälligkeit.«
»Nennen Sie sie.«
Der alte Mann seufzte. »Schauen Sie, Mallen. Pauls Vater war nicht viel wert – ein Schürzenjäger. Die Ehe war nicht glücklich. Und jetzt sehe ich, daß Jeanne sich anzieht, wie sie es seit zwei Jahren nicht mehr getan hat. Ist da etwas zwischen euch beiden?«
»Nichts.« Mallen testete seine Gefühle. Nichts Wirkliches, fand er.
Le Borveaux blickte ihn eine lange Zeit an, und Mallen begann, sich unbehaglich zu fühlen. »Dann möchte ich Sie bitten, es bei dem zu belassen«, sagte der alte Mann schließlich. »Sie müssen verstehen: Paul hat ein bißchen Angst vor Ihnen, haßt Sie vielleicht sogar ein bißchen. Aber er bewundert Sie auch. Ich sehe, wie er Sie beobachtet. Paul haßte seinen Vater, weil er wie jeder dreizehnjährige Junge wußte, daß sein alter Herr fremdging.«
Der alte Mann richtete sich halb auf, stützte sich auf seine spindeldürren Arme und Ellenbogen. »Ich will damit nur sagen, daß der Junge seiner Mutter gegenüber die Beschützerrolle spielt und es verdammt ernst nimmt. Tun Sie also, was ich Ihnen sage, und machen Sie keine Dummheiten. Solange es dabei bleibt, können Sie auf den Jungen zählen. Aber sowie Sie diese Grenze überschreiten, ist seine Reaktion nicht abzusehen. Verstehen Sie das?«
Mallen stand auf und ging zur Tür. »Verstanden«, antwortete er.

14

McKennon kratzte geistesabwesend das Nackenfell des Schäferhundes. Das Tier saß mit geschlossenen Augen, zurückgelehnt in die Hand seines Herrn, hie und da wollüstig knurrend. Vor ihm auf dem Schreibtisch lag ein verstreuter Haufen verschiedener Berichte über Mallens Hintergrund, das Verhör und alle Einzelheiten, soweit sie McKennon über den Verlauf der Flucht hatte ermitteln können. In einem getrennten Haufen befanden sich alle Informationen über Wyatt, aber McKennon interessierte sich vor allem für Mallen, denn seine Intuition sagte ihm, daß Mallen der Führer war, und in dem Rätselraten, das sie jetzt spielten, konnte es sich weder Wyatt, noch Mallen, noch McKennon leisten, der Verlierer zu sein.

Der nun nicht mehr beachtete Hund spreizte die Vorderpfoten, ließ sich heruntergleiten, fühlte die kalten Fußbodenplanken unter seinem Bauch, überlegte es sich noch einmal, richtete sich wieder auf, legte sich in die Nähe des Ofens. Er winselte einmal, wünschte sich den rituellen Nachmittagsspaziergang mit McKennon, aber da er keine Reaktion sah, bettete er seinen Kopf zwischen die Pfoten und döste ein.

Das kahle Zimmer war kalt und schäbig eingerichtet. Der Schreibtisch, ein Eisenbett, ein Regal in einer Ecke, und sonst war der Raum leer. Es roch nach verbranntem Holz und Desinfektionsmitteln. Lane, die Büro-Ordonnanz, hatte gesagt, das Haus sei schon immer eine Kaserne gewesen, in den vierziger Jahren erbaut.

McKennon hatte Kopfschmerzen, die eher von Spannung und Schlafmangel herrührten, als vom Trinken, obgleich er täglich eine Flasche Brandy zu sich nahm. Seine Macht war fast völlig ausgehöhlt. Fast alle in der Garnison wußten, wie es zwischen ihm und Brinkerhoff stand, und wahrscheinlich auch von der Frist, die Brinkerhoff ihm gesetzt hatte, um Mallen und Wyatt zu finden. Jetzt blieben ihm nur

noch wenige Tage, und während der vier letzten Tage hatte sich nicht die geringste Hoffnung ergeben, so daß sein Ansehen auf ein Mindestmaß gesunken war. Sogar beim Abendessen mied man seinen Tisch, und er mußte meist allein essen. Aber er hatte immer noch den Befehl über drei berittene Langstreckenpatrouillen und einen Hubschrauber. Und überraschenderweise war Baines sein Pilot geblieben und flog für ihn täglich zwei bis drei Einsätze.
Er stieß seinen Stuhl zurück und ging zum Fenster. Immer noch klar und kein neuer Schnee. Eigentlich gute Bedingungen zum Aufnehmen von Spuren, aber falls Mallen sich eingeigelt hatte, wie anzunehmen, hatte er die Zeit auf seiner Seite, denn Mallen würde und konnte sich nicht bewegen, bis es nicht schneite oder sonstwie schlechtes Wetter gab, um seine Spuren zu verwischen.
Über dem Pflaster des Kasternenhofs lag eine festgetrampelte Schicht von Schnee, Eis und Pferdemist. Er sah einen jungen Soldaten Asche auf den Weg streuen. Außer zwei altersschwachen Diesellastwagen mußten sie sich in diesem Winter ausschließlich mit berittenen Patrouillen und ein paar Hubschraubern begnügen. Die Elektrischen waren in diesem vereisten Matsch nutzlos.
Er nahm zwei kurze Scheite vom Holzstapel und legte sie in den Ofen ein. Die eiserne Verkleidung flimmerte in der Hitze, aber die schlechte Verdichtung und das einscheibige Fenster ließen das bißchen Wärme im Raum ins Freie dringen. Er zündete sich eine Zigarette an und trat an die Landkarte an der Wand. Abschnitt für Abschnitt hatte er die kleineren Dörfer durchgekämmt, die isolierten Gehöfte und die bekanntermaßen ungenutzten Gebäude. Aber das war erst ein Drittel des Gebietes, durch das Mallen und Wyatt seiner Meinung nach kommen mußten. Und wenn er sich nun getäuscht hatte? Das war mehr als nur eine Möglichkeit.
Er schnippte den Zigarettenstummel geschickt auf die Asbestplatte zwischen dem Ofen und dem Fußboden. So ein Bockmist, sagte er sich. Falls sie tot oder entkommen sind, werde ich es nie wissen. Aber falls sie, wie er mit wachsender Überzeugung glaubte, bis in die östlichen Ortschaften Quebecs gelangt waren, um sich Unterkunft und Nahrung zu verschaffen, mußte er seine berittenen Patrouillen immer weiter nach Süden und der Grenze zu ausschicken. Er nahm einen Bleistift und zeichnete die gestern zurückgelegten Strecken ein, und jetzt begann er, den Zeitdruck in seinem Rücken zu spüren. Er

mußte unbedingt schneller vorgehen, die Streifen in noch kleinere Gruppen verteilen und Dörfer von mehr als drei Häusern vermeiden, denn er sagte sich, daß es Mallen leichter sein würde, sich in einem abgelegenen Einzelgehöft oder in einer Scheune zu verbergen, als in einer kleinen Ortschaft.

Während weiterer zwanzig Minuten war McKennon schweigend damit beschäftigt, die Gebiete für die heutigen und morgigen Streifeneinsätze abzuzeichnen und die Marschrouten für die einzelnen Patrouillen aufzustellen. Als er damit fertig war, lehnte er sich in seinem Stuhl zurück. Der Hund hatte seine Bewegung gehört, erhob sich erwartungsvoll, kam schwanzwedelnd auf ihn zu. Dieser namenlose Hund, um den sich niemand besonders kümmerte, gehörte zum festen Bestand der Kaserne. McKennon hatte sich nie nach seinem Namen erkundigt, und für ihn hieß er einfach Bettler. Er goß sich einen halben Becher Pflaumenschnaps ein, zündete sich noch eine Zigarette an, strich dem Hund mit der Hand über die Ohren. Das Tier reagierte mit einem zufriedenen Knurren, legte den Kopf zurück, blickte ihm in die Augen.

»Bettler. Du alter Bettler«, sagte er leise zu dem Hund. Das Fell fühlte sich samtig an, er kraulte ihm den Nacken und die Ohren, stieß ihn dann sehr sanft von sich.

»So einen Hund wie dich hatte ich meinem Sohn geschenkt«, sagte er, und der Hund setzte sich mit gespitzten Ohren. »Er wäre in diesem Herbst vierzehn gewesen«, fügte McKennon unnötigerweise hinzu. Dann goß er sich noch einen halben Becher ein, blickte hinaus auf die Felder, über den Hof hinaus, wollte an nichts denken. Falls es ihm möglich wäre.

Mallen half dem Jungen am Nachmittag beim Hereinschaffen des Brennholzes. Die Sonne hatte sich hinter hohen Zirrhuswolken verborgen, strahlte nicht mehr Wärme aus als ein blasser Porzellanteller.

Sie luden es sich auf die Arme, trugen es vom Holzschuppen zur Küche, stapelten es in einer Ecke auf. Der Junge verrichtete schweigend seine Arbeit. Zweimal sah Mallen Kaninchen und zeigte sie Paul.

»Wir haben keine Patronen mehr für die Flinte«, sagte er. »Erst bei der nächsten Versammlung gibt's wieder welche. Ich bekomme zwei pro Monat. Die Hülsen lade ich dann noch einmal mit Bleikugeln auf – für die Rehe. Letztes Jahr habe ich drei geschossen.« Er ging Mallen weit voraus, als fürchtete er, von ihm angesteckt werden zu können. »Außerdem«, fügte er hinzu, »sind die Kaninchen nicht eßbar. Sie haben irgendeine Krankheit.«

Mallen half ihm beim Ausmisten der Ställe und Füttern des Pferdes. In der Scheune war es wärmer, vom Wind geschützt, und irgendwie auch behaglich – denn er liebte den Stallgeruch, den Stadtmenschen fast immer als störend empfinden. Er erinnerte sich an einen Onkel, der eine zwanzigköpfige Viehherde besaß und behauptete, er brauche seine Nase nur fünf Sekunden lang in einen Kuhstall zu stecken, und wüßte sofort, ob eins der Tiere krank sei – und an was.

Endlich ruhten sie sich erschöpft und schwitzend auf einem Holzstapel aus. Paul warf Mallen einen Seitenblick zu, griff in seine Tasche, zog einen Lederbeutel hervor. »Tabak«, sagte er. Dann holte er ein Stück Papier aus seiner Hosentasche und legte es auf das Brett zwischen ihnen.

Mallen hob die Brauen.

»Von meinem Vater«, sagte der Junge. »Er ist schon alt, und vielleicht wird er Ihnen nicht mehr schmecken.«

Mallen rollte sich eine Zigarette und fragte sich, ob der Junge auf diese Idee gekommen war, oder seine Mutter. Der Tabak war dick geschnitten und trocken, krümelte, wenn man ihn drückte, hatte aber noch Aroma.

»Schmeckt ausgezeichnet«, sagte Mallen schließlich und blies einen mißratenen Rauchring. Er stippte sich die Asche in die hohle Hand. »Was lernst du eigentlich auf deiner Schulung?« fragte er.

Paul drehte einen Strohhalm in seiner Hand, blickte zu Boden. »Sprachen. Umgang mit Waffen, Verwendung von Ausrüstungsgegenständen.« Er warf den Strohhalm fort. »Und politisches Zeug.«

Mallen wollte ihm eine Frage über Politik stellen, aber dann fiel ihm ein, daß dieses Thema nur Feindseligkeit zwischen ihnen heraufbeschwören konnte. So fragte er: »Mit welchen Ausrüstungsgegenständen geht ihr um?«

Der Junge stand auf, ging auf und ab, den Kopf geneigt, stieß mit

dem Fuß Stroh vom Boden auf. »Alles mögliche. Die Elektrischen natürlich. Dieselmotoren und solche mit Spiritusantrieb.« Er blickte zu Mallen auf. »Sie sind doch bei der Air Force gewesen, nicht wahr?« Sein Gesicht war nicht anklagend. »Als Pilot?«
»Transportflüge«, antwortete Mallen. »Zwei- und viermotorige Flugzeuge.«
»Wie ist es, wenn man fliegt?«
Mallen dachte zuerst, wie blöd es oft sein konnte – das stundenlange Sitzen im muffigen Cockpit, die Langeweile, die Flugmahlzeiten, die immer nach Pappe und Gummi schmeckten. Aber dann erinnerte er sich, wie es war, wenn die Sonne auf einem Überseeflug plötzlich aus dem Meer auftauchte, oder wie man sich fühlte, wenn man allein über den Wolken schwebte. Er drückte die Zigarette auf dem Brett aus, verschränkte die Hände im Nacken.
»Ich weiß nicht. Man fliegt halt«, sagte er schließlich. Er schlug die Beine übereinander, rückte etwas ab.
»Das ist alles?«
Mallen blickte ihn aufmerksam an, dachte nach. »Viel mehr als das, Paul. Wenn du zum ersten Mal fliegst – ich meine natürlich als Pilot – dann schnappt es irgendwo in dir, oder auch nicht. Falls es geschnappt hat, mußt du einfach fliegen. Dann triffst du alle möglichen dummen Entscheidungen, die dein Leben beeinträchtigen, nur damit du fliegen kannst. Ich sollte Farmer werden. Liebte das Land und die Unabhängigkeit, die dieser Beruf mit sich bringt. In meiner Familie waren wir seit Generationen Farmer. Und dann, eines Tages – es muß etwa an meinem sechzehnten Geburtstag gewesen sein – schenkte mir einer meiner Onkel eine Freikarte für einen Flugkurs auf unserem örtlichen kleinen Flugplatz. Ich nahm meinen Fotoapparat, hatte die Absicht, unsere Farm von der Luft aus aufzunehmen. Später stellte ich fest, daß ich den Apparat nicht einmal aus seiner Hülle genommen hatte. Konnte mich an überhaupt nichts mehr erinnern, außer eben jenem Gefühl, daß es geschnappt hatte.«
»Ich möchte auch einmal fliegen.«
»Du bist noch nie geflogen?« Das Pferd stampfte gegen die Bodenplanke, ein hohles Geräusch voller Ungeduld.
»Nur einmal«, sagte Paul. »Mit meinem Vater. In einem zweimotorigen Flugzeug, glaube ich, von Montreal nach Toronto. Aber wir saßen ganz hinten. Ich kann mich an nichts mehr erinnern, außer daß

er mir eine Limonade bestellt hat.« Er stand auf, trat an die Futterkrippe, griff mit beiden Händen in den Eimer und füllte sie auf.
Mallen sah ihm zu, fühlte sich irgendwie um einen Sieg betrogen, glaubte, fast an Paul gelangt zu sein und unerklärlicherweise sein Ziel verfehlt zu haben. »Und dein Vater? Wie war er?« Kaum hatte er es gesagt, da fiel ihm ein, wie dumm es von ihm war, die Vergangenheit heraufbeschworen zu haben. Er wollte ja nur einen Kontakt zu dem Jungen finden.

Paul stieß mit dem Fuß ins Stroh, zuckte die Schulter. »Er hat nicht viel für uns getan. War die meiste Zeit fort, auf Reisen. Angeblich geschäftlich, aber ich glaube, er hatte – irgend jemand in Montreal, irgendeine Frau.« Er zuckte nochmals die Schulter, als ob er beweisen wollte, wie unwichtig es ihm war. Dann wandte er sich an Mallen und fragte plötzlich: »Waren Sie verheiratet?«

»Nein. Nicht ganz. Einmal fast . . .«

Der Junge nickte, als habe er verstanden. »Mögen Sie meine Mutter?« Er blickte Mallen forschend an.

»Ja«, sagte Mallen, und kaum hatte er es gesagt, da sah er, wie sich die Stirn des Jungen runzelte. »Sie ist sehr nett zu mir gewesen«, berichtigte er sich. »Ohne sie wäre Wyatt . . .« Er hielt inne, riß den Mund auf. Auf dem Hof ertönte Hufgetrappel, gedämpft auf der dünnen Schneeschicht, aber unverkennbar.

Sie waren fünf – zwei in der grünen Uniform der Sonderabteilung, die anderen drei im Grau der Friedenstruppe. Alle hatten AK-47 Gewehre. Mallen beobachtete sie durch einen Spalt in den Scheunenplanken. Die Pferde der Sonderabteilung waren besser gepflegt, hatten Satteldecken mit Schnurbesatz und in Goldfaden aufgestickte Divisionswappen. Während er sie beobachtete, blickte einer der Männer der Sonderabteilung, den Gesichtszügen nach ein Mongole, direkt auf die Scheune.

Mallen wurde sich sehr intensiv dreier Dinge bewußt: die Luger und das Gewehr waren ungeladen in der Speisekammer, seine Spuren und die des Jungen zeichneten sich ganz deutlich im Schnee zwischen der Scheune und dem Haus ab, und seine Lebenserwartung hatte sich auf einen Schlag beträchtlich verringert. Er packte Paul, hielt ihm die Hand über den Mund, drückte ihn fest an sich. Paul wehrte sich zuerst, aber dann gab er es auf, entspannte sich, schüttelte langsam den Kopf unter dem Druck von Mallens Hand.

Der Mongole und einer der FTOs stiegen vom Pferd, der Mongole rannte gebückt um die Scheune herum, der andere, etwas älter und von nordischem Typ, das Gesicht steif vor Kälte, ging auf das Haus zu. Die übrigen drei blieben in ihren Satteln sitzen, fanden es offenbar zu ermüdend oder zu langweilig, abzusteigen. Und wie die meisten Soldaten überall ergriffen sie keinerlei Initiative, warteten nur auf einen Befehl.
Mallen drehte sich langsam um, drückte den Jungen an sich, blickte durch die Spalte dem Mongolen nach. Der Mann war gut. Mallen hätte erwartet, daß er ganz um die Scheune gehen würde, aber er war umgekehrt, hielt sich geduckt, lief auf den Fußballen, lautlos im weichen Schnee. Kaum einen halben Meter entfernt und auf der anderen Seite der Planken hörte Mallen das Klicken eines Gewehrhahns, das Laden der automatischen Waffe. Ein Schatten huschte an der Ritze vorbei, und die Scheunentür öffnete sich einen Spalt, als der Mann mit seinem Stiefel daran stieß. Das Geräusch war kaum vernehmbar, denn die Tiere im Stallstampfen nervös.
Mallen ließ sich langsam hinter einigen Heuballen in Hockstellung sinken, zog den Jungen zu sich herunter. Es konnte nur noch Sekunden dauern, und dann würde der Mongole die Tür aufstoßen, und dann noch weniger Sekunden, bis sich seine Augen an die Dunkelheit gewöhnt hatten.
Der schmale Lichtspalt wurde zu einem Streifen, breit genug, daß ein Mann eintreten konnte. Aber der Mongole hielt sich an die Außenwand gedrückt, bot keine Zielscheibe. Nur die Gewehrmündung war zu sehen – und der Pelzstiefel, der leise an die Tür stieß.
Plötzlich ertönten Rufe auf dem Hof, hart akzentuierte Stimmen in einer Fremdsprache, die slawisch klang.
Paul überraschte Mallen durch eine plötzliche Körperwendung, befreite sich aus seinem Griff. »Bücken Sie sich«, zischte er ihm zu. »Man sagt ihm, er soll eine Granate werfen!«
Wieder ein Schrei auf dem Hof, und dann Stimmen – eine Frau rief etwas, die Männer antworteten ihr gereizt und verärgert. Mallen hörte sie abermals, jetzt auf Französisch. Der Mongole schien sie etwas zu fragen, und sie antwortete ihm.
Während einiger Sekunden geschah gar nichts, aber dann stand der Mongole plötzlich in der offenen Tür. »Komm raus«, befahl er.
Mallen sah ihn ganz deutlich durch den schmalen Zwischenraum

zweier Heuballen. Mittelgroß und untersetzt, in einen pelzgefütterten grünen Mantel gehüllt. Den Ärmelstreifen nach vermutlich ein Unteroffizier, schätzte Mallen. Da schien jeder Widerstand zwecklos. Er nahm einen tiefen Atemzug, war bereit, aufzustehen. Paul lag mit dem Gesicht im Stroh, die Hände über den Kopf gelegt.

»Raus hier, *Majibink*!« Der Mongole hob seine AK an, richtete den Lauf auf das Dach, feuerte, eine rötlich weiße Flamme blitzte mit einem ohrenbetäubenden Knall in der Dunkelheit auf.

Sie stürzte sich auf den Mann, boxte von hinten auf ihn ein, versetzte ihm Fußtritte mit ihren Stiefeln. Hinter ihr lachten die anderen, riefen ihr und dem Mongolen Worte auf französisch, englisch und slawisch nach. Mallen verstand nur »Einen Tritt in die Eier«, und dann gingen die Worte in schallendem Gelächter unter.

»Paul, sors de suite!« schrie sie.

Der Junge erhob sich langsam, ohne auf Mallen herunterzublikken, bewegte sich vorsichtig. »Dis lui . . .« sagte er verächtlich, ». . . de mettre son fusil au cran de sûreté.« Dann kroch er über die Heuballen, ging langsam auf die Tür zu, die Hände im Nakken verschränkt.

Der Mongole saß jetzt in Hockstellung und mit erhobenem Gewehr. Sie ging zuerst auf das Haus zu, dann der Junge, gefolgt vom Mongolen.

Mallen wartete zehn Sekunden, kroch dann zur Türspalte. Alle Männer waren inzwischen von den Pferden gestiegen, streckten sich und trampelten, um ihren Blutkreislauf anzuregen. Sie waren ihr nun in die Küche gefolgt, der Junge und der Mongole als letzte. Mallen hatte die Frau nur ganz kurz erblickt, und es war ihm nicht entgangen, daß sie viel zu große Stiefel für ihre Füße trug, wahrscheinlich die ihres Mannes, deren Größe ungefähr seinen eigenen Fußspuren im Schnee entsprach. Das hat sie für mich getan, stellte er mit Verwunderung fest.

Nach einer Stunde gingen sie wieder. Zwei traten zuerst aus dem Haus, dann zwei andere. Der größte, der mit dem frostversteiften Gesicht, blieb im Türrahmen stehen. Er grabschte plump nach der Frau, aber sie stieß ihn lachend zurück. Die anderen bogen sich vor Lachen, und einer rief ihr zu, daß sein Kamerad ein Dauerverhältnis mit seiner rechten Faust habe. Sie lachte wieder, die Hände in die Hüften gestemmt, den Oberkörper leicht zurückgeneigt, den Busen unter ihrem Hemd hervorstreckend. Dann schwenkte sie leicht die Hüften, was zugleich komisch und provozierend wirkte. Die Männer brüllten ihr beifällig zu, stiegen wieder auf ihre Pferde, entfernten sich je zu zweit, der Frostgesichtige die Nachhut bildend. Kurz vor der Wegbiegung drehte er sich noch einmal um, machte einen Ring mit dem Daumen und Zeigefinger seiner linken Hand, in den er den Zeigefinger der rechten führte. Sie lachte und erwiderte die Geste.

Mallen wartete noch lange Minuten, kehrte dann ins Haus zurück. In der Küche roch es immer noch nach Pferden und Gewehrschmierfett, feuchtgeschwitzter Kleidung und starkem Tabak. Sie stand am Spültisch und wusch ein paar Tassen aus.

Mallen warf noch einen letzten Blick aus der Tür. Die Patrouille hatte sich auf der Hauptstraße in zwei Teile getrennt, und niemand war mehr in Sicht. Er schloß die Tür, trat an den Herd, wärmte sich den Rücken, rieb die kalten Hände aneinander. Sie hatte sich nicht einmal umgedreht, als er eingetreten war.

»Wo ist Paul?« fragte er zögernd.

»Ich habe Wyatt im Schrank meines Großvaters versteckt. Paul hilft ihm gerade wieder ins Wohnzimmer zurück. Seine Wunde eitert ganz entsetzlich. Ich habe den Gestank mit der Krankheit meines Großvaters erklärt.«

»Sie hätten uns leicht ausliefern können.«

»Der Gedanke ist mir auch gekommen«, antwortete sie. »Ich mußte Paul die Entscheidung überlassen – er hat am meisten zu verlieren.« Sie wandte sich von ihm ab, stellte die Teller und Tassen auf das Regal. »Er hat Sie von Anfang an gedeckt.«

»Aber warum?«

Sie zuckte gleichgültig die Schulter. »Spielt es denn eine Rolle?« antwortete sie leise. »Ich glaube kaum, daß er willens ist, es zu erklären.«

Mallen sammelte ein paar Zigarttenstummel auf, verfertigte sich eine Zigarette daraus, zündete sie an. »Diese Streife – haben die Leute irgendwas gesagt, wo sie uns suchen?«

»Sie haben nichts gesagt, und ich habe auch keine Fragen gestellt. Fishbeck, der ältere Mann, ist ein französischer Kanadier. Ich bin ihm schon einmal auf dem Jahrmarkt begegnet. Er erzählte, sie hätten nur noch zwei Tage, und dann würden sie in die Garnison zurückkehren. Ich glaube, er meinte damit, daß die Suche dann aufgegeben wird. Im übrigen hat er nur ganz normale Fragen gestellt – ob wir Fremde in der Gegend gesehen hätten – ob wir ein kleines Flugzeug erblickt hätten. Sie schienen uns nicht zu verdächtigen.«

»Aber der Mongole war recht argwöhnisch.«

»Kann ich nicht sagen. Er sprach nicht viel mit den anderen. Paul sagte mir, er sei immer so.«

Er stand auf, zog an seiner Jacke. »Ihr Großvater hat mit mir über den Wagen und das Benzin gesprochen. Vor der Dunkelheit möchte ich es mir einmal ansehen. Und mir ein paar Sachen für das Flugzeug aussuchen.«

Sie schnellte herum. »Sie werden den Wagen nicht nehmen! Falls sich sein Zustand verschlimmert, habe ich wenigstens die Möglichkeit, ihn in Quebec City in eine Klinik zu bringen.«

»Jeanne, die Sache heute nachmittag war verdammt brenzlig. Früher oder später kommt eine weitere Streife vorbei. Dieser Kerl McKennon ist nicht der Typ, die Suche abzublasen. Mit dem Benzin und dem Wagen kann ich . . .«

»Nehmen Sie uns doch gleich *alles* weg«, schrie sie ihn an und zerschmiß eine Tasse im Spüleimer. »Nehmen Sie sich alles – den Wagen, Benzin, Nahrungsmittel, Kleider – *alles!* Wir riskieren unser Leben für Sie, und Sie wollen immer noch mehr.«

Er trat auf sie zu, wollte ihr Gesicht berühren, sie an sich drücken. Aber er ließ die Arme hängen. »Verstehen Sie denn nicht meine Lage?« fragte er sanft.

Ihr Gesicht war verzerrt, am Rande der Hysterie. Mallen trat behutsam zurück, setzte sich auf die Tischkante. »Nein«, sagte er schließlich, »Sie verstehen es nicht. Aber Ihr Großvater versteht es. Mit jedem Tag, den ich hier bleibe, sind Sie alle in größerer Gefahr. Wenn ich den Wagen habe, kann ich Wyatt und das Benzin mitnehmen. Er kennt einen Ort in Ontario. Vielleicht habe ich dann noch eine Chance, ihn lebendig von hier wegzubringen. Morgen verschwinde ich, falls das Wetter einigermaßen ist.«

Sie hatte sich umgedreht, stand mit dem Rücken zu ihm, schüttelte sich.

Mallen war verlegen und beschämt, überlegte, was er ihr sagen

könne, um sie zu beruhigen. Endlich stand er auf, zog den Reißverschluß seiner Jacke zu, schlüpfte in seine Handschuhe. Er ging auf die Tür zu.
»Gregory . . .?« Sie hatte sich ihm zugewandt, wischte die Hände an ihrem Rock ab, schien gefaßt.
»Ja?«
»Ich verstehe. Nehmen Sie den Wagen. Er gehört ihm, und er hat ihn Ihnen gegeben. Und gehen Sie nicht schon morgen. Ihr Freund ist nicht transportfähig. Es würde ihn töten. Noch ein paar Tage spielen doch keine Rolle.«
Mallen zuckte leicht die Schulter. »Ich werde mit Wyatt drüber reden«, sagte er. Er öffnete die Tür, drehte sich noch einmal nach ihr um.
»Bleiben Sie«, sagte sie fast tonlos. »Bitte.«
Er fand das Benzinfaß zwischen ein paar Sägeböcken hinter der Tür des Werkzeugschuppens. Er öffnete den Messinghahn und ließ einen dünnen Strahl herauslaufen – zuerst meist Wasser, aber dann wurde die Farbe rosa. Er roch daran, erkannte den beizenden Benzingeruch. Die klare Flüssigkeit war nur Kondensation gewesen.
Weiter hinten, unter einer niedrigen Decke voller Spinnenweben, fand er den Peugeot. Trotz der dicken Staubschicht auf der Karosserie und dem auf der Kühlerhaube verstreuten Hühnermist sprang der Motor leicht an. Die Batterie war genügend geladen, und der Zeiger der Benzinuhr stand auf Voll. Er stellte die Zündung wieder ab, ließ die Schlüssel auf dem Armaturenbrett, wo er sie gefunden hatte, stieg aus, trat an die wacklige und seit langem nicht mehr benutzte Werkbank. Er fand zwei Rollen Isolierband, einige Handwerkzeuge und – o Wunder – eine Anzahl verschiedener Schlauchstücke. Er verglich sie mit dem Muster, das er mitgenommen hatte, fand eins mit einem leicht größeren Durchmesser, das durchaus verwendungsfähig schien.
Mit den Klemmschrauben war es schon schwieriger. Nichts auf der Werkbank und in den oberen Regalen. Er suchte unter der Haube des Peugeots, fand aber nur die der Scheibenwischeranlage, die der Größe nach nicht paßten.
Während er suchte, dachte er immer wieder an Jeanne und ihre Reaktion. Sie hatte natürlich recht. Wyatt war nicht transportfähig. Ein paar Tage mehr spielten keine Rolle. Aber sie hatte es auf eine Art

und Weise gesagt, die fast vermuten ließ, daß sie ihn gar nicht gehen lassen wollte, seine Abreise fürchtete. Er zuckte die Schulter, schlug sich den Gedanken aus dem Kopf.

Er wollte seine Suche schon aufgeben, als er eine Holzkiste voller weggeworfenem Kram entdeckte. Er schüttete den Inhalt auf dem Lehmfußboden aus, erwartete nichts. Aber dann sah er neben den Überresten eines auseinandergenommenen Bügeleisens, rostigen Nägeln und Schrauben ein paar mit Draht zusammengebundene Klemmschrauben. Er bog den Draht auf, verglich die Größe mit seinem Schlauchmuster. Sechs paßten fast genau, waren nur leicht angerostet. Er wählte die vier besten aus, arbeitete eine halbe Stunde daran, scheuerte sie mit einer Drahtbürste, ölte sie. Während der Arbeit pfiff er leise vor sich hin, es war ein Beatles-Song, an dessen Worte er sich nicht mehr erinnern konnte.

»Sie haben doch sicher geglaubt, ich würde Sie ausliefern, nicht wahr?«

Mallen drehte sich um. Paul stand hinter ihm, hielt eine dampfende Tasse in der Hand.

»Ich habe dich nicht hereinkommen hören.« Er wischte das überflüssige Fett von den Klemmschrauben und warf sie dann mit dem Werkzeug, dem Schlauch und dem Isolierband in einen Plastikeimer. Dann drehte er seinen Schemel um, ließ die Schultern hängen. »Du hast ganz recht. Noch vor ein paar Stunden nahm ich an, daß du und deine Mutter die Sache auffliegen lassen würdet.«

Der Junge stellte die Tasse auf die Werkbank. »Kakao«, sagte er. »Vorkriegsware. Einer der FTOs hat mir ein Paket geschenkt.«

Mallen hob die Brauen, lächelte. »Für mich?«

Paul stemmte die Hände in die Jackentaschen. »Ich dachte mir, es würde Ihnen schmecken. Ich kann mir immer noch mehr besorgen.«

Mallen nippte an der fast brühenden Flüssigkeit, schmatzte genüßlich. Es war schlecht – ein bißchen schal, aber man schmeckte noch das Schokoladenaroma. »Was verschafft mir die Ehre?« sagte er schließlich. »Fünfundsiebzig Punkte, und jetzt das alles?«

Paul trat an die Bank, sah sich den Inhalt des Plastikeimers an. »Ich weiß nicht«, sagte er fast zu sich selbst. »Zum Teil, weil Mr. Wyatt so krank ist. Es wäre schlimm für ihn gewesen, wenn man ihn weggeschafft hätte.« Er griff nach einer Zange, öffnete und schloß sie einige

Male, warf sie wieder in den Eimer. »Zum Teil aber auch, weil es meine Mutter in Schwierigkeiten gebracht hätte.« Er blickte Mallen von der Seite an, wollte sehen, wie er reagierte. »Jedenfalls habe ich es nicht getan. Wahrscheinlich möchte ich doch, daß Sie es schaffen«, sagte er schließlich. Er stieß mit dem Fuß an den Eimer. »Sind das die Teile, die Sie brauchen?«
Mallen nickte lächelnd. »Damit komme ich schon zurecht. Die Federal Aviation würde es zwar nicht genehmigen, aber es langt.«
Paul schien irgendwie schüchtern zu sein. Mallen beobachtete ihn, wie er im Schuppen umherging, Sachen auflas und sie wieder fallen ließ. Er stieß einen zerschrumpelten Fußball über den Lehmfußboden. »Mein Vater spielte Fußball. Sie auch?«
»Fußball.« Mallen fuhr sich mit dem Finger über die Nase. »Hat mir nie sehr gutgetan. Kickte immer, wenn ich hätte dribbeln sollen.«
Der Junge lächelte höflich, wechselte das Thema. »Sie haben Mr. Wyatt sehr gern, nicht wahr?«
»Ich denke schon.« Er dachte darüber nach. »Ja, sehr sogar.«
»Mein Urgroßvater sagt, er wird sterben. Glauben Sie das auch?«
Mallen nahm einen tiefen Atemzug. »Ich denke schon, Paul. Ich kann nicht mehr viel für ihn tun. Wundbrand und dazu wahrscheinlich Lungenentzündung. Ich kann nur hoffen, daß sein Körper irgendwie über die Entzündung wegkommt.«
Der Junge nickte. »Aber wenn er stirbt – müssen Sie ihn doch begraben?«
Mallen rührte den Kakaorest in seiner Tasse, trank ihn aus. »Ja«, erwiderte er. »Das ist etwas, woran ich nicht denken mag.« Es ist so leicht, sich unangenehme Dinge einfach aus dem Kopf zu schlagen, stellte er fest. Vielleicht können wir nur deshalb überleben. Wir verwerfen das Undenkbare.
Paul ging zur Tür, drehte sich noch einmal um. »Ich habe daran gedacht«, sagte er. »Da ist ein Flecken Erde unter der großen Eiche nördlich vom Haus. Es ist geweihter Boden. Meine Urgroßmutter ist dort begraben. Ich habe meinen Urgroßvater gefragt, und ihm wäre es recht, wenn Mr. Wyatt dort beerdigt wird – falls es dazu kommen sollte.« Er zog sich die Mütze über die Oh-

ren, öffnete die Tür, blieb einen Augenblick stehen, blickte über die Felder, wandte sich dann um. »Wenn Sie wollen«, sagte er, »kann ich mich im Frühling darum kümmern. Die Stelle mit Gras und so bepflanzen. Vielleicht auch ein paar Blumen.«

»Danke«, sagte Mallen leise, aber die Tür hatte sich bereits geschlossen.

Mallen saß lange Zeit im düsteren Werkzeugschuppen, lauschte zuerst den Schritten des Jungen, der zur Scheune ging, dann der sich quietschend öffnenden Scheunentür, dann der folgenden Stille, die nur noch der Wind und sein eigener Atem unterbrachen. Er dachte lange über Wyatt nach, wie wohl sein Leben verlaufen war, was für eine Kindheit er gehabt, welche Freunde und Feinde er sich gemacht hatte. Das quälende Gefühl, nichts tun zu können, nagte an seinem Magen, hinterließ eine gähnende Leere in ihm. Er griff nach einem Spaten in der Ecke des Schuppens und schlürfte in den bitterkalten Nachmittag hinaus.

Wie Paul gesagt hatte, stand eine große Eiche nördlich des Hauses, und ein einsamer Grabstein ragte aus dem Schnee. Er schritt ein langes Viereck ab und begann, Wyatts Grab aus dem hartgefrorenen Boden zu schaufeln.

Mallen, die Frau und der Junge aßen schweigend beim Licht der Öllampe. Kurz vor der Dunkelheit war Wyatt erwacht, wollte nichts essen, hatte etwas von Regen gemurmelt und den Teller aus Mallens Hand gestoßen, so daß das Essen sich über dem Kopfkissen ausgoß. Mallen hatte so gut es ging aufgewischt und die Decke über ihn gezogen.

»Wie geht es ihm?« fragte Jeanne.

»Nicht besser. Vielleicht auch nicht schlechter – schwer zu sagen. Nur scheint er mich meistens nicht zu erkennen und weiß auch nicht, wo er ist.«

»Sie müssen noch zwei bis drei Tage länger bleiben«, sagte Paul plötzlich, als hätte er es vorher geprobt. »Der ungarische Korporal hat gesagt, die Suchaktion sei morgen beendet, aber sie würden noch einige Zeit brauchen, bis sie zurück sind. Sie kämmen jetzt das Hügelland durch, und dann kehren sie in östlicher Richtung durch das Tal zurück, bis zum Seaway hinunter.«

»Bist du sicher? Und dann ist die Suche zu Ende?« Er blickte Paul prüfend an, wußte nicht, ob er ihm glauben konnte.

Paul nickte. »Ganz bestimmt! Sie haben sogar erwähnt, daß der mit der Suche beauftragte Offizier aus disziplinarischen Gründen abgesetzt wird. Etwas Politisches, meinte der Korporal.«
Mallen lehnte sich in den Stuhl zurück. So einfach ist es also, sagte er sich. McKennon hat verloren, und ich habe gewonnen.
Der Junge sprach jetzt immer schneller, sprudelte mit allem heraus, was er vorher zurückgehalten hatte. »Wenn Sie wollen«, sagte er ganz aufgeregt, »kann ich eine Menge helfen. In drei Tagen muß ich in die Garnison zurück, aber der Schulungskurs dauert nur eine Woche. Wenn ich zurückkomme, kann ich Ihnen alles bringen, was Sie brauchen. Pässe, vielleicht auch Werkzeug. Sogar Medikamente. Ich kann Ihnen helfen, das Flugzeug zu reparieren . . .« Sein Gesicht war rot, er lächelte.
»Du sagst, du würdest mir helfen?«
»Ich habe Freunde in der Verwaltungsabteilung«, erwiderte der Junge. »Die besorgen mir alles, was ich will. Und ich kann auch Dieselmotoren reparieren.«
Stille legte sich über den Tisch, und Mallen beobachtete den Jungen immer aufmerksamer, versuchte, seine Motivation zu erraten.
»Ich stelle deine Fähigkeiten nicht in Frage, Paul. Nur ist mir nicht ganz klar, *warum* du mir unbedingt helfen willst.«
Das Lächeln verschwand. Nach ein paar Sekunden sagte sich Mallen, er habe einen schlimmen Irrtum begangen, Paul irgendwelche dunklen Absichten unterstellt.
Der Junge stand rasch auf, stieß fast seinen Stuhl um. »Ich weiß einfach nicht, warum! Muß es denn immer einen Grund geben?« Er warf seine Serviette auf den Tisch, lief aus der Küche, warf die Tür hinter sich zu.
Mallen blickte Jeanne an. »Verdammt noch mal, was habe ich denn jetzt wieder Falsches gesagt?«
Sie stand auf, begann, den Tisch abzudecken. »Sie haben nichts Falsches gesagt. Sie haben nur unterstellt, daß er nicht vertrauenswürdig ist. Daß er vielleicht irgendwie beabsichtigt, Sie in eine Falle zu locken, wenn er zur Garnison zurückgeht. Er hat Ihnen seine Hilfe angeboten, und Sie haben ihn beleidigt. Sonst haben Sie nichts Falsches gesagt.« Sie wusch das Geschirr, kehrte ihm den Rücken zu.
Mallen fuhr sich mit der Hand durch das Haar, ärgerte sich über sich

selbst. *Wie blöde von mir!* Der Junge war aufrichtig mit ihm gewesen, und jetzt hatte Mallen mit wenigen Worten wieder alles verdorben. »Immerhin war er noch vor einigen Tagen bereit, mich abzuknallen«, sagte er zu seiner Verteidigung.

Sie war lange Minuten schweigend beschäftigt, wusch die Teller, stellte sie in den Trockenständer, füllte einen Kessel mit Wasser aus der Pumpe, stellte ihn auf den Herd, und dann wandte sie sich ihm wieder zu. Sie hängte das Handtuch zum Trocknen auf die Herdseite, warf den Kopf zurück, rückte sich mit der Hand ein paar Haarsträhnen zurecht.

»Gregory, können Sie sich denn nicht mehr erinnern, wie es ist, kein Kind mehr und doch noch nicht erwachsen zu sein? Ich weiß nicht, was er Ihnen erzählt hat, aber er liebte seinen Vater auf jene blind vertrauende Art, in der ein Junge seinen Vater liebt. Vielleicht sieht er in Ihnen einen Ersatz. Vielleicht fühlt er sich zu unsicher oder ist es müde, der Mann im Hause zu sein. Vielleicht braucht er einfach die Liebe und das Verstehen eines Mannes. Können Sie das verstehen?«

»Ja – aber er muß verstehen, daß ich kein Risiko eingehen darf . . .«

Sie unterbrach ihn. »Mallen, wissen Sie denn überhaupt, was wir heute nachmittag für Sie und Wyatt riskiert haben? Glauben Sie, das war so einfach? Wie Fishbeck ständig unter dem Tisch nach mir grabschte – und wie ich mir die widerlichen Roheiten dieser Männer anhören mußte? Und noch dabei so tun, als fände ich das witzig, während Paul mich ständig beobachtete? Das war eine Demütigung, an die ich mich noch lange erinnern werde – und Paul auch.«

Mallen legte den Kopf in die Armbeuge, starrte auf das verschwommene Muster des Wachstuchs.

»Ich wollte nicht . . .« Er fand keine Worte, um den Satz zu beenden.

Es trat eine lange Stille ein. Sie öffnete die Herdklappe, legte zwei kleine Scheite ein, schloß sie wieder. Dann kam sie zu ihm, stellte sich hinter ihn. Sie berührte ihn nicht, aber er fühlte den Druck ihres Körpers an seiner Stuhllehne.

»Es ist nicht einfach, erwachsen zu werden, selbst in den besten Zeiten«, sagte sie ruhig. »Er hat mir sogar gesagt, er wolle Sie bitten, hierzubleiben. Vier Kilometer von hier liegt ein verlassenes Gehöft. Er könnte sich wahrscheinlich die notwendigen Papiere besorgen, um Ihnen eine neue Identität zu verschaffen. Er wollte es zur Sprache bringen.«

»Ich kann nicht . . .«

»Das weiß ich, und Sie wissen es, aber er weiß es nicht«, erwiderte sie. »Paul glaubt fest, daß die Sonderabteilungen bald abgezogen werden, weil man sie nicht mehr braucht. Aber wir beide wissen, daß das nie geschehen wird. Es wird immer so weitergehen.« Sie seufzte. »Geben Sie mir den Schlüssel zur Speisekammer. Wir haben uns jetzt alles gesagt.«

»Ich werde morgen früh noch einmal mit ihm reden.« Und was werde ich ihm sagen? fragte er sich. Wie kann man so etwas wiedergutmachen? Er erhob sich und schloß die Tür auf. Während sie in den verstaubten Regalen kramte und irgend etwas suchte, überprüfte er noch einmal die Luger und die Winchester 94, die er auf dem obersten Brett verstaut hatte. Ich muß sie morgen putzen, sagte er sich. Ich werde nachlässig.

Sie hatte gefunden, was sie suchte. Er schloß die Tür wieder zu, setzte sich, gähnte. Müde, stellte er fest.

Sie stellte für ihn ein Glas auf den Tisch, füllte es mit einer bernsteinfarbenen Flüssigkeit, und dann goß sie auch sich eins ein.

»Pfirsichschnaps«, sagte sie nippend. »Auf Ihr Wohl. Mögen Sie noch lange leben.«

»Wie die Chancen stehen, könnte ich es vielleicht noch bis auf fünfzig schaffen.« Er trank, und es schmeckte süß und scharf, eigentlich eher wie ein destillierter Wein.

»Mein Vater hat mich gelehrt, wie man ihn macht«, sagte sie. »Auch das Boxen und Basteln hat er mir beigebracht. Von ihm habe ich mehr über den kanadischen Norden und unsere Geschichte gelernt, als in den Schulbüchern steht.« Sie trank Mallen zu, ließ das Licht durch die goldene Flüssigkeit leuchten.

»Ihr Vater war ein vielseitiger Mann.«

»Er hat vierzig Jahre lang bei der Eisenbahn gearbeitet«, sagte sie. »Ein sehr gütiger Mann – ein Mann, der sich liebend um alles und jeden kümmerte und für die Seinen immer da war.«

»Haben Sie ihn im Krieg verloren?«

»Nein – vor vielen Jahren. Er kam bei einem Eisenbahnunfall um.«

»Also auf Ihren Vater«, sagte er leise, »und auf Sie.« Er nippte, stellte das Glas nieder, sah einen Tropfen am Glasrand herunterrinnen, der wie ein Katzenauge das Licht widerspiegelte. Er langte über den Tisch, legte seine Hände über die ihren. Sie erwiderte lang seinen Blick, ihre Augen im Schatten, und dann wandte sie sich ab.
»Ich werde es in Britisch-Kolumbien versuchen«, sagte er schließlich. Er zog seine gefühllosen Hände zurück, die ihm plötzlich plump und hölzern schienen, legte sie um das Weinglas. »Das Flugzeug ist am Ufer eines Sees in Maine versteckt, und es braucht Benzin und einige Reparaturen. Ich hätte gern eine Karte von dieser Gegend, falls Sie eine haben.«
Sie stand auf, strich sich über die Falten ihres Rocks, drückte ihn an die Schenkel. Ihre Schritte hallten im Flur, dann hörte er Stimmen aus dem Zimmer des alten Mannes, das Schließen einer Tür, das Öffnen einer anderen. Sie kam in die Küche zurück, zog ihren Stuhl neben ihn. »Sie gehörte meinem Vater«, sagte sie. »Er ging jeden Herbst auf die Rehjagd nach Maine – und im Frühling fischte er auch dort.«
Es war eine amerikanische Karte mit kleinem Maßstab, auf der alle topografischen Einzelheiten gut sichtbar waren. Sie war ziemlich abgenutzt, und einige Risse waren mit durchsichtigem Tesafilm zugeklebt, der inzwischen vergilbt war.
»Wir sind hier«, sagte sie, lehnte sich an ihn. Er roch mehr als nur den Duft einer sauberen Frau; ein Parfüm von Ingwer und Mandeln. Ihre Schulter berührte die seine, und er rückte ab, unbewußt entschlossen, es bleiben zu lassen, aber in ihm regte sich etwas, ein undefinierbares Gefühl.
Er verfolgte ihren Weg zurück, orientierte sich an der Flugstreckenkarte, auf deren Rand er einiges flüchtig notiert hatte. Zurück, der Landstraße entlang, durch die Felder an den Hängen, und dann die Hügel hinauf. Sein Finger glitt über Bodenumrisse, über bewaldete Hänge, durch ein Tal und dann über mehrere Bergkämme, bis zur Stelle, wo sie ihr Lager aufgeschlagen hatten. Er legte die ungefähren Koordinaten fest, übertrug die höchsten Richtpunkte auf die geodätische Karte. Er fand den höchsten Kamm, von dem er und Wyatt zuerst das St.-Lawrence-Tal erblickt hatten, ging dann zurück durch die Furche der Tumbledown Mountains in Maine. Die letzte Peilung zeigte auf das blasse Blau eines Sees, dessen Umrisse einer sitzenden

Katze glichen. *Christian's Portage* las er in der winzigen Kursivschrift.
Jeanne beugte sich über seinen Arm, sah sich die Stelle genau an. »Sie könnten diese Forststraße hier benutzen«, sagte sie und folgte mit dem Finger einer gebrochenen grauen Linie.
Das wäre vielleicht wirklich eine Möglichkeit, sagte sich Mallen. Die Straße – falls sie noch befahrbar war – lief am gegenüberliegenden Seeufer entlang, gerade gegenüber der Stelle, wo der Sperber versteckt lag. Weiter zurück kreuzte sie sich mit einer südlich des Sees liegenden Straße, die nach einer Kurve in ost-westlicher Richtung verlief, möglicherweise die gleiche, die er und Wyatt am zweiten Tag ihrer Nordwanderung überquert hatten. Die Straße mit den Wagenspuren. Die wäre wenigstens wohl noch befahrbar. Ein langer Weg, aber mit dem Peugeot und bei einem Durchschnitt von fünfundzwanzig Stundenkilometern – wie lang? Er schaute noch einmal hin, orientierte sich nach dem Maßstab und stellte entsetzt fest, daß er und Wyatt auf ihrer ganzen Wanderung eine Strecke von kaum dreißig Kilometern zurückgelegt hatten, eigentlich sogar noch weniger.
»Wie lange dauert es, bis so ein See ganz fest zugefroren ist?« fragte er.
Sie überlegte eine Weile, spielte mit dem Bleistift, sagte dann: »Eine Woche. Vielleicht noch weniger, falls der See nicht tief und dem Wind ausgesetzt ist. In einem Wetter wie diesem höchstens ein paar Tage. Wollen Sie ihn mit dem Wagen überqueren?«
Er sah sich die Strecke noch einmal genau an, ignorierte ihre Frage. Ja, es schien durchaus möglich. Er rollte sich eine Zigarette, dachte nach. »Sind Sie schon einmal an diesem See gewesen?«
Sie schüttelte den Kopf. »Nein. Ich kann mich nicht erinnern. Aber mein Vater war mehrere Male dort. Er sagte, er eigne sich gut zum Angeln und sei nicht zu tief.«
»Und diese Straße hier? Sind Sie schon einmal da gewesen?« Er zeigte auf das gefleckte Papier.
Sie schenkte ihm und sich noch etwas Pfirsichschnaps ein. »Ein- oder zweimal im Herbst nach der Ernte. Und dann im Frühjahr bei der Ahornzuckerernte. Das Land war zwar zumeist eine Forstreservation, aber niemand sagte etwas. Die Nachbarn halfen sich untereinander. Die Kinder durften den Ahornsirup in den Schnee gießen, und

wenn er dann hart wurde, schmeckte er wie . . .« sie suchte nach dem Wort, ». . . wie Zuckerguß.«
Er lauschte lächelnd ihrer Stimme, stellte sich vor, wie es gewesen sein mußte. Der Winter war fast vorüber. Das Eis bricht in den Seen und Strömen. Kaninchenspuren. Das erste Grün in den unteren Höhenlagen. Und vor diesem Hintergrund die fast ritenhafte Arbeit des Ahornzucker-Zapfens.
»Sie lachen«, sagte sie, und ihre Stimme klang erstaunt.
»Nicht über Sie, nicht über irgend etwas Besonderes.« Er wandte sich ihr zu und berührte ihr Haar, einem inneren Zwang gehorchend. Sie versteifte sich, wandte sich ab. Mallen zog seine Hand zurück. »Das hatte nichts zu bedeuten.«
»Und warum haben Sie es getan?«
»Ich weiß nicht – Sie sind schön, ich bin müde. Der Schnaps . . .« Er machte eine ausladende Geste mit der Hand. »Wie, zum Teufel, kann ich es erklären? Es war einfach etwas, was ich tun wollte, seit . . .« Er beendete den Satz nicht. Zwecklos.
Sie stand auf, strich sich entschlossen das Haar zurück, tat es, als wolle sie damit jede Möglichkeit einer weiteren Annäherung abschneiden. Ein paar Minuten lang beschäftigte sie sich in der Küche, stellte Dinge an ihren Platz. Dann trank sie ihr Glas leer, stellte es behutsam in den Spüleimer, wollte die Küche verlassen.
Hinter ihm blieb sie stehen, legte die Hände auf seine Schultern.
»Ich glaube . . .« Sie sprach zögernd, als müsse sie die genauen Worte finden, ». . . daß ich mir im Grunde meines Herzens wünsche, Sie würden hierbleiben. Aber ich weiß, daß das unmöglich ist. Paul ist manchmal – unberechenbar. Und furchtbar eifersüchtig. Und eines Tages wird wieder eine Streife kommen, oder jemand aus dem Dorf würde Sie anzeigen. Man hat doch bestimmt Fotos von Ihnen gemacht.« Sie seufzte. »Ich möchte, daß Sie bleiben, aber ich weiß genau, daß es nicht geht.«
Sie zögerte einen Augenblick, verlagerte ihr Gewicht, lehnte sich an seinen Stuhl, drückte ihre Finger in seine Schultermuskeln. Mallen spürte ihre Nähe, die Wärme ihres Körpers. Er hielt die Hände auf dem Tisch, spielte mit der ausgebrannten Zigarette, blickte starr vor sich hin.
»Manchmal«, sagte sie, »bilde ich mir ein, daß ich Sie liebe. Aber dann sage ich mir, daß wir beide ja nur furchtbar einsam sind. Oder

müde, oder gelangweilt, oder in Angst. Irgend etwas in dieser Art, aber nicht ganz. Es ist einfach eine lange, fortwährende Leere. Ich bin mir meiner eigenen Gefühle nicht mehr bewußt. Und dann der Tod – immer der Tod vor mir. Ihr Freund liegt im Sterben, und mein Großvater liegt im Sterben, und wir alle tragen in uns die dauernden Nachwirkungen des Krieges. Nach all dem Sterben, immer mehr und mehr.«

»Und eines Tages«, fuhr sie fort, »und zwar sehr bald werden Sie uns verlassen. Und ich will auf nichts mehr hoffen, mich mit dem begnügen, was ich habe.« Sie beugte sich nieder, berührte seinen Kopf mit ihren Lippen. »Was immer Sie auch tun, wohin auch immer Sie ziehen, ich wünsche Ihnen alles Glück.« Sie drehte sich um und ging hinaus, und er lauschte ihren Schritten, die sich von ihm entfernten.

Er stand auf, trat ans Fenster, fuhr mit der Hand über den Dunstbeschlag, blickte in die Nacht hinaus. Seine Augen gewöhnten sich langsam an die Dunkelheit, und die Schatten unter dem Sternenhimmel nahmen Form an. Gott gebe ihr wenigstens eine Art von Frieden, sagte er sich. Und mir genug Kraft, um weiterzumachen. Es war fast ein Gebet, und seinem Vermögen nach kam es einem Gebet am nächsten. Er hatte sie nicht gehört. Sie berührte leicht seinen Rücken mit den Fingerspitzen.

»Ich habe ein frisches Handtuch und ein Stück echter Seife für Ihr Bad. Das Wasser wird gleich heiß sein.«

Er drehte sich um und küßte sie mit großer Heftigkeit. Sie bewegte sich nicht, stand stocksteif, reagierte nicht. Mallen hatte das Gefühl, einen glatten steilen Hang herunterzurutschen, angenehm und unbekümmert außer Kontrolle geraten zu sein. Er vergrub sein Gesicht in der Höhle ihres Nackens, spürte das Klopfen ihres Herzens, schmeckte das Salz ihrer Haut mit seiner Zunge.

Sie stand lange da, ohne sich zu bewegen, und endlich stieß sie ihn sanft von sich fort, hielt ihre Finger auf seiner Brust gespreizt. »Ich kann nicht«, sagte sie. »Ich weiß nicht, warum, aber ich kann nicht.«

Er ließ die Arme fallen, und als sie sich von ihm abwandte, sah er Tränen aus ihren Augen rinnen.

Mallen blieb noch eine weitere Stunde auf, beschwipste sich leicht mit dem Pfirsichschnaps, bemühte sich, nicht an sie zu denken, oder an

McKennon, oder an die Tage hinter ihm und die Tage vor ihm. Dann wusch er sich mit Seife und heißem Wasser, komisch und grotesk in der flachen Waschschüssel stehend, in die er sich abtropfen ließ. Er fühlte sich lächerlich wie ein gerupfter Truthahn. Er schlug sich eine Decke um den nassen Körper, stand noch eine lange Weile am Fenster und verfluchte sich, sich wie ein Idiot benommen zu haben. Noch ein letztes Glas Schnaps, dann blies er die Lampe aus und tastete sich durch den Flur in Wyatts Zimmer.

Sein Atem war flach, die Haut heiß und trocken. Wyatt bewegte sich, als er ihn berührte, rollte sich herum, erwachte.

»Was ist los . . .?« murmelte er.

Mallen beugte sich über ihn. »Ich bin es. Wie fühlst du dich? Etwas besser?«

»Müde. Alles tut mir weh. Und immer die verrückten Träume. Wie beim Sterben.« Er versuchte, den Kopf zu heben, Mallen in der Dunkelheit zu sehen. »Kannst du noch ein bißchen länger bleiben, Mallen?«

»Ich kann den ganzen beschissenen Winter hier bleiben, wenn du willst. Die Leute von der Streife haben dem Jungen gesagt, in zwei Tagen wird die Suche abgeblasen. Also ruhe dich aus und schlafe nach Herzenslust. Brauchst du was?«

Wyatt hustete, ein keuchender trockener Husten aus Lungen ohne Elastizität. Er spuckte in einen Lappen. »Wasser. Nur ein bißchen Wasser.«

Mallen brachte einen Krug, goß ein Glas ein, aber Wyatt schlief schon wieder, und er ließ ihn in der Dunkelheit schnarchen.

Er hatte sich Pauls Zimmer am Nachmittag angesehen – ein richtiges Jungenschlafzimmer. Fotos von Männern in Uniform, Lehrbücher über den Umgang mit Waffen. Die sterile Sauberkeit hatte Mallen deprimiert.

Während er die Treppe hinaufging, dachte er an den Jungen. Vielleicht sollte er doch lieber die Tür zuschließen. Aber das wäre wie eine Verletzung des wachsenden Vertrauens, das sich zwischen ihnen zu bilden schien. Der Junge hätte heute nachmittag alles auffliegen lassen können, und er hatte es nicht getan. Also lassen wir die Tür unverschlossen.

Als Mallen an die Ecke des Treppenabsatzes gelangte, blieb er ver-

blüfft stehen, und sein Herz pochte. Jeanne trat ihm entgegen, ihr Nachthemd schimmerte weiß in der Dunkelheit. Sie nahm ihn bei der Hand, führte ihn in ihr Zimmer, schloß die Tür leise hinter sich.
Sie umarmte ihn im Schein der flackernden Kerze, wiegte sich leicht hin und her, schwankend oder nicht ganz fest auf den Füßen stehend, die Hände hinter seinem Nacken verschränkt. Er küßte sie, zuerst sanft und dann immer heftiger, und die runden Knöpfe ihres Nachthemdes drückten sich schmerzhaft in seine Brust.
Sie führte ihn zum Bett, blies die Kerze aus, schlüpfte aus ihrem Hemd, das in der Dunkelheit leise raschelnd zu Boden fiel. Er zog sie an sich, sie schob mit dem Finger die Decke, die er umgehängt hatte, beiseite, fuhr ihm über die Schultern, den Rücken hinab, die Hüften entlang.
Ohne recht zu wissen, was er sagte, oder wie er es sagen würde, ließ er den in sich angestauten Worten freien Lauf, sprach von der unglaublich blauen Farbe ihrer Augen, von ihrem Haar, das in der Sonne wie Weizen glänzte.
Sie schmiegte ihren Kopf an seine Brust, ihr wallendes Haar ergoß sich wie ein Strom über seinen Körper, und er fühlte das Naß ihrer Tränen auf seiner Haut.
»Halte mich lange in deinen Armen«, flüsterte sie. »Halte mich lange, lange fest.«
In der frühen Dämmerstunde, als das erste Grau durch das verhangene Fenster drang, liebten sie sich endlich, klammerten sich verzweifelt aneinander, wie von einem reißenden Strudel erfaßt, voller Angst, alleine zu ertrinken, und doch wieder besorgt, den anderen nicht mit sich herunterzuziehen. Er sagte ihr Dinge, von denen er wünschte, daß sie sie glaubte, und an die er selbst glaubte. Und sie sagte, daß sie ihm glaube, obwohl es unmöglich sei; sie antwortete ihm manchmal auf französisch, und die Tränen schmeckten salzig auf ihren Lippen. In ihrer letzten Befreiung rief sie seinen Namen, laut, als sei er weit von ihr entfernt.
Später, als sie schlief, hielt er sie umschlungen, atmete den Duft ihres Haares und ihrer Brüste und ihres Nackens, fühlte den Schlag ihres Herzens.
Dann schlief auch er ein, erwachte jedoch bald wieder mit wild pochendem Herzen, als er das Stampfen von Hufen auf dem gefrorenen Schnee vernahm.

15

Mallen war mit einem Satz am Fenster, aber die Scheibe war mit Frost beschlagen und undurchsichtig, und obgleich er verzweifelt mit den Fingernägeln daran kratzte, konnte er nichts sehen. Das Hufgetrappel wurde immer leiser, und dann war es verschwunden. Ein Reiter, sagte er sich. Der Junge.

Jeanne war hellwach, hatte sich eine Bettjacke übergezogen, das Haar hing ihr in langen Strähnen über Gesicht und Schultern. »Was ist los? Was hast du?« Ihre Stimme war leise und erschrocken.

»Der kleine Scheißkerl!« rief er wütend aus. Er stürzte aus dem Zimmer, raste die Treppe hinunter, fühlte kaum die Kälte auf seinem nackten Körper. Dieser kleine Scheißkerl, sagte er sich, als er die Speisekammertür sah. Zwei der drei Scharnierstifte waren herausgerissen, und nur der dritte, der in der Mitte, steckte noch drinnen, weil er eingerostet war, und nur deshalb war die Tür nicht aufgebrochen. Ein großer Schraubenzieher lag auf dem Boden, und im Türholz waren zahlreiche Risse, wo Paul versucht hatte, das mittlere Scharnier herauszubrechen.

Mallen holte den Schlüssel, der unter dem jetzt kalten Herd lag, und öffnete die Tür. Die Luger und die Winchester waren noch da.

Ihr Plan? fragte er sich. Sie und der Junge haben sich das ausgedacht – aber er wußte sogleich, daß das nicht sein konnte: Ihre Tränen und die Art, wie sie ihn an sich gedrückt hatte, waren keine Komödie. Aber der Gedanke kam immer wieder zurück, nagte an ihm wie ein hungriger Fisch. »Scheiße!« fluchte er und schlug mit der Faust an die Wand.

Ihr Schrei schreckte ihn auf, hallte durch das leere Haus. Sie schrie abermals, dieses Mal seinen Namen.

Sie war im Wohnzimmer, hockte auf dem Boden, in eine Decke gehüllt, hielt Wyatts Kopf in den Armen, versuchte, mit den Fingern das Klebeband an seinem Mund zu lösen. Wyatt lag auf der Seite, splitternackt, Hände und Füße mit einem dicken Strick gefesselt. Mallen sah keine Atembewegung der Brust, fühlte keinen Pulsschlag an Wyatts Hals. Seine Haut war kalt und feucht, fühlte sich wie auftauendes Fleisch an.

Mallen stieß sie roh beiseite. »Stell den Kessel auf und mache heißes Wasser«, fuhr er sie an, bückte sich, löste behutsam das Klebeband von Wyatts Haut. Irgendwie wußte er, daß Wyatt noch am Leben war.

Die letzte Schicht war abgerissen, Wyatts Mund war frei, er öffnete die Lippen, streckte leicht die geschwollene Zunge heraus. Seine Augen blinzelten ins Licht, schlossen sich, öffneten sich wieder.

»Er ist fort«, flüsterte Wyatt.

Mallen nickte, schob Wyatt ein Kissen unter den Kopf, nahm die Decken vom Sofa, bedeckte Wyatts Körper.

»Ich weiß«, sagte er. »Wir bringen dich wieder ins Bett und geben dir ein bißchen heiße Suppe. Wir haben noch ein paar Stunden Zeit. Der alte Mann hat einen Wagen. Ich packe unsere Sachen zusammen, und dann verschwinden wir von hier.«

Wyatt hatte die Augen geschlossen. »Ich nicht, Kumpel.« Mallen mußte sich über ihn beugen, um ihn zu hören. Wyatts Stimme war nur noch ein Hauch, die Lippen formten Worte, aber man hörte sie nicht.

»Ich bringe uns hier raus«, beharrte Mallen, obgleich er wußte, daß sie es nicht weiter schaffen würden, als ein Tank voll Benzin reichte, eine Stunde Vorsprung, eine Schachtel Munition.

Wyatt schüttelte den Kopf. Sein Mund öffnete sich, die Zunge wollte sich bewegen, aber dann hustete er, und die Anstrengung schien zu groß und zu schmerzhaft zu sein, denn sein Gesicht verzerrte sich. Kein Ton kam heraus – nur ein schwaches Keuchen und fauliger Atem. Sein Adamsapfel zuckte, er schluckte, öffnete wieder die Augen. »Du verschwindest, Mallen. Mir ist jetzt warm, ich will nur schlafen.« Er schloß wieder die Augen. »Ich wollte zum Flur raus, um dich zu warnen, aber vergeblich . . . er kam, Mallen . . . heulte, war ganz außer sich. Verrückt genug, um dich zu töten . . . wahnsinnig.«

Mallen fühlte, wie Wyatts Muskeln sich entspannten, da wieder etwas Wärme in ihn drang. Er hörte, wie Jeanne in der Küche Wasser pumpte, Scheite in den Herd legte, die quietschende Ofentür schloß.

»Alles okay«, sagte Mallen. »Mach dir keine Sorge.« Er strich Wyatt das Haar aus der Stirn. Ein bißchen unsinnig, sagte er sich, wie ich da versuche, ihn wieder gesund zu machen, auf die gleiche Art wie meine Mutter, als ich klein war und hohes Fieber hatte. Das Haar zurückstreichen, die Schläfen leicht massieren. »Wird schon wieder gut«, sagte er.

Wyatt öffnete die Augen weit. Er brauchte eine Weile dazu, und es schien ihn sehr anzustrengen. »Gar nichts wird wieder gut, mach mir keinen blauen Dunst vor«, sagte er deutlich vernehmbar. »Bin schon lange im Eimer . . . wollte nur noch Adios sagen. Bring nur . . . deinen Arsch . . . in Sicherheit, Mann.« Er sank wieder in sich zusammen, schloß die Augen.

Mallen packte Wyatt bei den Schultern, drückte sie hart, schrie ihm erschrocken und wütend ins Gesicht: »Wyatt, du wirst mir jetzt nicht abkratzen, verdammt noch mal. Nein!«

Er kniete sich, zog Wyatts Kopf und Schultern in seinen Schoß, beugte sich über ihn, versuchte, Leben und Wärme auf ihn zu übertragen, von Haut zu Haut, von Körper zu Körper. Er griff ihn fester, drückte ihn mit Armen und Brust nieder, schrie ihm keuchend ins Ohr, er könne doch jetzt nicht alles stehen und liegen lassen – gerade jetzt, kurz vor dem Abhauen. Verdammte Scheiße, doch nicht ausgerechnet jetzt, wo es nach Britisch-Kolumbien geht, in den Frühling . . .

Jeanne kam herein, nahm eine Decke vom Sofa, warf sie Mallen über, aber er bemerkte es nicht einmal, klammerte sich an Wyatts erkaltenden Körper, mit verzerrtem Gesicht. Eine lange Weile glaubte er, Wyatts Herzschlag zu vernehmen, bis er endlich merkte, daß es nur sein eigener war.

Jeanne wartete einige Minuten, trat dann zu ihm, löste seine Finger von Wyatts Schultern, ließ Wyatts Kopf langsam zu Boden sinken. Dann bedeckte sie Wyatts Gesicht in Ermangelung eines Besseren mit einem Handtuch, während Mallen immer noch wie verkrampft am Boden hockte und auf den Boden starrte. Die Decke war zu kurz, um Wyatts Körper ganz zu bedecken, und sie ließ seine nackten und immer noch gefesselten Füße herausragen.

»Du mußt jetzt gehen«, sagte sie behutsam.
»Dein Sohn hat seinen Tod verursacht.« Mallens Stimme war ruhig, fern, abwesend. Er fuhr mit dem Fingernagel über einen Riß im Boden, kratzte zerstreut Schmutz und Bohnerwachs hervor.
»Es war meine Schuld«, sagte sie. »Er hat uns gehört. Es wäre nie geschehen, wenn . . .«
Mallen nickte. »Ja, wenn«, wiederholte er. Erst jetzt bemerkte er, daß er unbeherrscht zitterte.
»Zieh dich an«, sagte sie. »Ich packe dir etwas zu essen ein. Du findest Kleidung in Großvaters Schrank. Vielleicht ein bißchen zu weit, aber sie wird passen, denke ich.« Sie beugte sich, nahm seinen Arm, zog ihn sanft herauf. »Es ist höchste Zeit. Du kannst nichts mehr für ihn tun.«
Er stand auf, zog sich die Decke um den Leib. Bleierne Wolken in einem stählernen Himmel draußen vor dem Fenster. Verstreute lange Grasbüschel ragten aus dem Schnee, bogen sich im frischen Wind. Geistesabwesend nahm er das alles wahr, sah es als nicht mehr und nicht weniger als einen Wintertag in Neuengland. Dann wandte er sich ihr zu, faßte ihre Schultern, blickte ihr ins Gesicht, ohne sie zu sehen.
»Dein Sohn hat Wyatts Tod verursacht«, sagte er noch einmal leise. »Hattet ihr das gemeinsam geplant?« Er schüttelte sie sanft und träge, als sei sie ein schweres Paket mit unbekanntem Inhalt.
»Mein Gott, Mallen, wie kannst du nur . . .« Ihre Augen waren geschlossen, und sie versuchte, sich ihm zu nähern, sich an seine Brust zu schmiegen, aber er stieß sie fort.
»War es so?« Er schüttelte sie noch heftiger, bohrte ihr die Finger ins Fleisch. Sie schüttelte nur den Kopf, hatte die Augen geschlossen, und Tränen strömten ihr über das Gesicht. »Nein, nein, nein«, sagte sie flüsternd. Ihr Kopf schwankte widerstandslos hin und her, die Sonne leuchtete auf ihrem goldenen Haar. »Wir waren es, du und ich«, schluchzte sie. »Er hat uns gehört, Gregory.«
»Na schön, dann waren wir es eben«, sagte er mit müder Wut. Er wußte ganz genau, daß sie nicht log, hatte es die ganze Zeit gewußt, es nur nicht einsehen wollen. Er ließ sie los, und sie sank zu Boden, lag zusammengekrümmt da, schluchzte, ihr nacktes Fleisch blaßblau in der beißenden Kälte.
Er drehte sich wieder nach Wyatt um, der unter der khakifarbenen

Decke ausgestreckt am Boden lag. »Ich habe an dir gehangen, du blöder Scheißkerl«, sagte er mit verschwommenem Blick. »Und jetzt kann ich nur noch eins für dich tun.«

Der alte Mann lag auf seine Kissen gestützt, und eine fettige Daunenjacke hing ihm um die Schultern. Er war halb wach und nickte vor sich hin. Neben ihm auf der Decke lag eine leere Spritze und die Schachtel mit den Ampullen. Er öffnete mühsam die Augen, seine Lider zuckten, und dann hob er die knochige Hand, blickte blinzelnd auf die Uhr.

»Sie haben noch zwei Stunden, Mallen. Mehr nicht. Eher weniger.« Er sagte es mit pedantischer Stimme, wie ein Schullehrer, der die Frist einer Prüfung verkündet.

Mallen fuhr mit der Hand durch den Kleiderschrank, fand ein Paar schwere Arbeitshosen und Drillichhemden. Von einem Bügel nahm er eine ausgetragene, aber mit Wollstoff gefütterte Lederjacke. Er griff nach den Sachen, setzte sich auf das Bett, zog sich die Hosen an. Keine Unterwäsche, keine langen Unterhosen, und es würde bestimmt verdammt kalt werden – besonders in den Höhen. Er erinnerte sich an die Mahnung seiner Mutter, saubere Unterwäsche mitzunehmen, um jedem Unfall gewachsen zu sein. Er stellte fest, daß er absichtlich seinen Verstand mit trivialen Dingen beschäftigte, um nicht an Wyatts Tod denken zu müssen.

Der alte Mann sprach sehr leise und langsam zu ihm, fast flüsternd, als sei es ein Geheimnis. »Der Fuchs scheißt nicht in seinen eigenen Bau, Mallen. Ich habe Ihnen Essen und Unterkunft gegeben. Habe Ihnen ausdrücklich gesagt, Sie Yankee . . .« Er nieste leicht, ». . . Sie sollten es bleiben lassen, aber nein, Sie mußten unbedingt zu ihr ins Bett, nicht wahr? Konnten nicht warten . . .«

Mallen knirschte mit den Zähnen, bemühte sich, die Stimme des alten Mannes und die seines Gewissens nicht zu hören. Er zog sich ein Hemd an – etwas locker, aber es paßte. Gürtel. Socken trocknen in der Küche – hier im Schrank sind auch welche, die werde ich mir nehmen. Geht nicht. Überall Löcher in den Zehen, gehörten wahrscheinlich dem Alten. Die Stiefel stehen sauber und trocken auf dem Herd, noch einmal frisch eingefettet. Er stand auf, machte sich für seine letzte Aufgabe bereit. Wyatt.

»Sie sind hierhergekommen, Mallen. Ich habe Ihnen das Haus

gegeben. Jeanne und der Junge haben Sie und den Schwarzen geschützt. Und das ist nun der Dank . . .«
»Das schert mich einen Dreck, Le Borveaux!« Mallen schrie den alten Mann an, und seine Stimme überschlug sich. Zeit, Zeit, Zeit, sagte er sich. Man hat immer zuviel oder zuwenig Zeit. Jetzt hatte er alles verpatzt – faul herumgelegen, wo er alles für diesen Augenblick hätte organisieren sollen. Der Wagen, Benzin, Proviant, Kleidung. Er zog sich die Jacke an, zog sie sich wieder aus, nachdem er einen Pullover oben im Schrank gesehen hatte, und dann zog er sich beides an. Jetzt die Stiefel. Dann Wyatt, dann den Wagen, dann zum See. *Los*, rief ihm sein Verstand zu. Los.
»Gehen Sie noch nicht«, sagte röchelnd der alte Mann. »Noch einen Augenblick.«
Er war schon halb aus der Tür, drehte sich noch einmal um, wütend und ungeduldig. Er wollte all seine Verzweiflung herausschreien, mit einem Fluch seinem Haß und Kummer und seiner Angst Luft machen. Aber als er Le Borveaux sah, zerplatzte seine Wut wie eine Seifenblase im Wind. Seine Feinde waren die Zeit und McKennon, und nicht dieser sterbende und gebrochene alte Mann, der sich grimmig an den letzten Rest seines Lebens klammerte. Mallen stieß den aufgestauten Atem in einem langen Seufzer aus und antwortete: »Eine Minute, mehr habe ich nicht.«
Le Borveaux hatte den Kopf in die Kissen zurücksinken lassen. Er richtete sich mit großer Mühe noch einmal auf, und als er sah, daß Mallen noch da war, ließ er sich wieder zurücksinken. »Mallen, was ich eben gesagt habe, war reiner Quatsch. Es war nur das Wimmern eines alten Trottels, der den Tod vor sich sieht und nicht genug Stolz besitzt, noch einige Würde zu wahren.«
Mallen nickte. »Ich verstehe.« Automatisch blickte er auf sein Handgelenk, vergaß, daß er keine Uhr trug. »Ich muß jetzt gehen, Le Borveaux. Die Sache tut mir verdammt leid. Aber sie war – ist – mir doch viel wichtiger als alles, was Sie gesagt haben.« Er überlegte einen Augenblick, wurde sich klar, daß er eben genau die Wahrheit gesagt hatte. »Ich liebe sie nämlich. Ich will mich nicht entschuldigen, bedaure aber, euch all den Ärger gemacht zu haben. Ich konnte einfach nicht anders, denn ich liebe sie.« Er unterbrach sich, wußte, daß all seine Worte nutzlos waren.
Le Borveaux machte eine große Anstrengung, wollte sich aufsetzen,

aber es gelang ihm nur, sich auf seine spindeldürren Ellbogen zu stützen. »Ich weiß«, sagte er. »Und ich verstehe es auch. Ich hatte es von Anfang an in Ihrem Gesicht gesehen. Und irgendwie wünschte ich es mir auch – Sie und das Mädel. Sie braucht jemanden. In besseren Zeiten wäre alles gutgegangen.«

»Es war ja nur wegen dem verdammten Jungen . . .«

Wut zuckte kurz in dem Gesicht des alten Mannes auf, und dann war der Ausdruck hart und neutral. »Paul? Versetzen Sie sich mal in seine Lage, Mallen. Das Zimmer des Mädels liegt genau über diesem hier. Wir haben euch beide ganz deutlich gehört. Alles. Der Junge war ganz wild. Nichts konnte ihn mehr aufhalten. Aber Sie müssen ihm wenigstens seine Ehre lassen. Er hat im Zorn gehandelt, aber aus einem ehrlichen Motiv.«

Mallen nickte. »Vielleicht . . .«

»Da gibt es kein vielleicht! Sie hätten an seiner Stelle das gleiche getan, Mallen. Schreiben Sie es einfach dem enttäuschten Glauben an gefallene Idole zu.« Er beugte sich noch weiter vor, die Sehnen zeichneten sich auf seinem zusammengeschrumpften Hals ab. »Ich habe noch eine Bitte, Mallen.«

Die Zeit war wie ein Eisblock in der Sonne, schmolz unaufhaltbar dahin. »Ich kann nicht länger bleiben, Le Borveaux. Es ist höchste Zeit, daß ich verschwinde.«

»Oberste Schublade. Da ist eine Packung mit Richeloffs. Rote und grüne. Nehmen Sie die mit.«

Mallen fand im Schreibtisch eine kleine durchsichtige Plastikpackung mit zwei winzigen Spritzen, deren Nadeln mit einer Schutzhülle überzogen waren. Sie waren von der gleichen Größe, aber eine war mit einer rosa Flüssigkeit, die andere mit einer grünen angefüllt. Mallen hielt sie ans Licht, sah jedoch keine Aufschrift. Um den alten Mann zu beruhigen, steckte er sie sich in die Hemdtasche. »Wozu sind die gut, Le Borveaux?« Mallen zog am Reißverschluß seiner Jacke, wollte rasch das Gespräch beenden.

»Sie haben noch nie davon gehört?« Er starrte Mallen ungläubig an.

»Verschwenden Sie keine Zeit. Ich habe keine Ahnung, was sie sind.«

Le Borveaux blickte zur Decke. »Man nennt sie das Richeloff-Set, nach der Herstellungsfirma, nehme ich an. Es war ungefähr das letzte, was die kanadische Regierung nach dem Krieg tat. Sie wurden

gratis verteilt – zu Millionen. Das letzte Geschenk unseres Wohlfahrtsstaates.« Er gab ein heiseres Husten von sich, das wie Lachen klingen sollte. »Gibt dem alten Spruch ›Von der Wiege bis zum Grabe‹ die richtige Bedeutung.«
Er beugte sich noch weiter vor, sprach eindringlich. »Verstehen Sie, Mallen, viele Leute konnten einfach den Gedanken nicht ertragen, langsam an der Strahlenseuche zu sterben, oder sie hatten all die Ihren verloren und wollten nicht zurückbleiben. Die rosa Flüssigkeit ist ein Narkotikum, und sie wirkt zuerst beruhigend, enthält aber auch eine langsam wirkende Nervendroge. Zwei Stunden nach der Einspritzung hört das Herz von ganz allein zu schlagen auf.«
»Allmächtiger Gott!«
»Jawohl, Mallen, er wartet auf Sie da drinnen. Ich weiß nicht, ob es in den letzten Tagen auch bei Ihnen so war, aber hier wurden die Leute plötzlich religiös. Habe gehört, wie sich die Menschen auf Parkplätzen versammelten und sich alle gemeinsam das Leben nahmen, während einer ihnen dabei eine Predigt hielt.«
Mallen hatte es nicht bemerkt, aber er starrte den alten Mann an, hatte alles Zeitgefühl verloren, konnte sich nicht bewegen.
»Das grüne Zeug«, fuhr Le Borveaux fort, »hebt die Wirkung der rosa Flüssigkeit wieder auf, falls es innerhalb einer Stunde eingenommen wird. Sie müssen verstehen, viele Leute wußten, daß sie massiver Strahlung ausgesetzt waren. Haarausfall, Durchfall, Entzündung der Atmungsorgane – sie wußten, daß sie lebende Tote waren. Aber die meisten brachten einfach nicht den Mut auf, die rosa Spritze zu nehmen. Deshalb brachte Richeloff die grüne Spritze heraus, verteilte sie sogar mit der rosa in einer Doppelpackung. Das grüne Zeug ist ein Gegengift, wenn Sie es so nennen wollen. Es ist eine Art von psychologischer Stütze, die den Prozeß rückgängig machen kann, falls man es sich doch noch anders überlegt. Macht es leichter, die rosa Spritze zu nehmen, weil man weiß, daß man noch Zeit hat, nach einem besseren Ausweg zu suchen. Aber wie gesagt, das rosa Zeug ist ein Narkotikum, Mallen. Da gleitet man ganz glatt und leicht direkt ins Paradies. Von denen, die das rosa Zeug genommen haben, sind verdammt wenige auf halbem Weg wieder umgekehrt. Verdammt wenige.«
»Glauben Sie doch bloß nicht, daß ich je . . .«
Le Borveaux schnitt ihm das Wort ab. Seine Stimme klang kalt und

metallisch. »Halten Sie den Mund, und hören Sie mir zu, Mallen. Paul glaubte, richtig zu handeln, und er wird Sie anzeigen. Verstehen Sie mich, Mallen, irgendwie bewunderte und liebte er Sie. Hielt Sie für eine Art von Gott, den man fürchtet, aber den man auch verehrt. Sie hatten absolut gar nichts mit seinem Vater gemein, diesem Nichtsnutz. Der hatte nie Zeit für Paul oder Jeanne, keinen Ehrgeiz, keinen Mumm. Dachte nur ans Trinken und seine Weibergeschichten. Aber das ändert nichts mehr an den Tatsachen. Pauls Aussage wird letztendlich darauf hinauslaufen, daß Jeanne Sie und Wyatt bei sich beherbergt hat, und das ist ein Staatsverbrechen schlimmster Sorte. Ich sage es Ihnen jetzt ganz offen, Mallen. Sie dürfen es nicht dazu kommen lassen, daß man Jeanne verhaftet.«
»Du lieber Himmel, Le Borveaux! Sie erwarten von mir . . .?«
Le Borveaux starrte ihn an. »Sie haben mich gehört! Falls sie hier bleibt, ist es vorbei. Sie werden aus Paul die Wahrheit herausquetschen, und dann ist sie geliefert. Sie müssen sie mitnehmen. Und falls sie in Gefahr gerät, gefangengenommen zu werden, müssen Sie ihr die rosa Richeloff geben.«
Mallen fühlte das Blut aus seinem Körper weichen. »Das kann ich nicht . . .« Er ließ den Satz unbeendet.
»Bei Gott, Sie *werden* es tun! Sie scheinen das ganze System noch nicht begriffen zu haben. Natürlich wird man sie nicht erschießen, o nein! Das wäre Verschwendung kostbaren Staatseigentums, und dazu ist sie auch nicht wichtig genug. Nein, man wird sie in eins der Freizeitheime für die Sonderabteilungen schicken. An einen Ort, wo die Soldaten ihren Wodka gratis und eine Hure für *dwa Otschki*, für zwei Punkte bekommen, Mallen. Nur mit dem Unterschied, daß eine eines Staatsverbrechens überführte Frau ebenfalls gratis zu haben ist. Und die Männer werden ermutigt, möglichst oft von diesem Vorrecht Gebrauch zu machen. Ein ganz besonderes Vorrecht, denn da kann man seine Mannhaftigkeit beweisen und gleichzeitig eine Staatsfeindin bestrafen. Das würde Jeanne nicht aushalten.« Er nahm einen tiefen Atemzug und hauchte ihn langsam aus. Dann fragte er mit festerer Stimme: »Verstehen Sie mich jetzt?«
Mallen nahm die Schachtel aus seiner Hemdtasche, sah sie sich an, steckte sie wieder ein. Trotz der Dicke seines Hemdes fühlte er sie durch den Stoff. »Ich verstehe, Le Borveaux. Aber ich werde sie nie benutzen. Wir schaffen es schon.«

»Irgendwie weiß ich das auch«, schloß Le Borveaux. »Und zweifeln Sie nie daran, Mallen.« Er lächelte, aber es war eher die Grimasse eines Totenkopfes. »Also viel Glück, Yankee. Und geben Sie mir die Hand.« Er streckte seine knochige Klaue aus.
Mallen schüttelte sie. »Alles Gute, Colin. Haben Sie alles, was Sie brauchen?«
Der alte Mann nickte, blickte auf die Spritze und die Ampullen. »Ich habe alles.« Ein Strahl der Wintersonne fiel seitlich auf die Spritze. »Alles, was ich brauche.«
Mallen war verlegen, hatte nichts mehr zu sagen, trat langsam auf die Tür zu.
»Tun Sie, was ich Ihnen gesagt habe, Mallen«, rief ihm der alte Mann nach. »Und, wie meine Mutter zu sagen pflegte . . .«
Mallen drehte sich noch einmal kurz nach ihm um, zögerte im Türrahmen, blickte auf die eingefallene Gestalt unter den zerknitterten Decken.
». . . wie meine Mutter zu sagen pflegte, Mallen, erhalten Sie sich den Glauben.«
»Das werde ich tun«, erwiderte Mallen. Weil es die einzig mögliche Antwort war.

Die bittere Kälte drang ihm unter die Jacke, der Wind fegte winzige Eisstückchen auf und blies sie ihm schneidend ins Gesicht und über den Körper, als er Wyatt durch den Schnee zerrte. Ganz zuletzt, in sinnlos verzweifeltem Bemühen, hatte er Wyatt noch einmal in die Küche gelegt, vergeblich auf das Schlagen seines Herzens gelauscht, ihm sogar eine Patronenhülse unter die Nase gehalten, nach feuchtem Beschlag ausgespäht. Nichts.
Wo Jeanne war, wußte er nicht, dachte nicht daran.
Nachdem er den verwehten Schnee mit den Händen aus der Grube geschaufelt hatte, legte er Wyatt hinein. Sie war zu kurz, der Körper paßte nur in der Diagonalen hinein, von Ecke zu Ecke. Mallen fand es unmöglich, hinunterzublicken. Fast gleich darauf begannen die Schneeteilchen wieder über den frostigen Boden zu wehen und Wyatt zu bedecken.
»Es tut mir leid«, war die einzige Segnung, die Mallen einfiel.
Sie kam hinter ihm auf ihn zu. Er drehte sich nicht um, wußte, daß sie es war. Sie berührte ihn nicht, reichte ihm eine Topfpflanze. Sie trug

eine Blüte, ein zerbrechliches rötliches Gewebe, das bereits in der Kälte welkte.
»Ich dachte mir, du würdest sie gern für ihn haben«, sagte sie. »Ich habe den Wagen laufen. Bleib nicht lange.« Sie wandte sich ab, ging zum Schuppen zurück.
Er wollte das Grab mit Schnee zudecken, und dann fiel ihm ein, daß die Pflanze ihnen ein Hinweis sein könne, und das wollte er nicht. Er stellte sie auf Wyatts Brust, zwang sich, ihm ins Gesicht zu sehen, bedeckte dann alles mit lockerem Schnee, ließ den Wind die Arbeit beenden. »Adios«, sagte er stumm.

Jeanne wartete an der Scheunentür, die jetzt offen war, und die Auspuffgase des Peugeot stiegen in einer Wolke auf, verloren sich dann im frischen Wind. Sie trug einen alten Armeemantel, der wahrscheinlich ihrem Großvater gehört hatte, und man sah noch die Leutnantsstreifen an den etwas ausgefransten, aber immer noch fast schwarzen Epauletten. Dazu Skihosen aus einer längst vergangenen Zeit, Pelzstiefel und einen dicken warmen Pullover. Ihr Haar hatte sie unter der Wollmütze in einen Knoten verstaut, und nur ein paar vereinzelte Strähnen rahmten ihr Gesicht ein.
»Ich bringe dich hin«, sagte sie tonlos.
Mallen spürte die Plastikschachtel über seinem Herzen. »Wenn du es so willst«, sagte er fast zu beiläufig. Er wußte genau, daß sie ein bißchen Widerstand erwartete. »Hilf mir mit dem Faß«, sagte er, um das Gespräch abzuschneiden, und trat in das dunkle Innere des Schuppens. Sie hatte den Peugeot bis zu den Sägeböcken zurückgefahren, auf denen das Faß ruhte, und eine Strickschlinge um das Faß gespannt. Er zog die Handbremse los, stieß den Wagen noch weiter zurück, bis die Stoßstange die Sägeböcke berührte. Der Kofferraum war bereits geöffnet. Er hievte das Faß, doch es gelang ihm nicht, es an den Rand des Kofferraums zu bringen. Sie erschien auf der anderen Seite des Wagens, griff einen Teil der Schlinge, half ihm beim Hieven, ohne sonst von seiner Gegenwart Notiz zu nehmen. Nun rutschte das Faß aus der Spalte der Sägeböcke, schwankte eine Sekunde, fiel dann schwer in den Kofferraum.
Mallen ging um den Wagen herum, trat an die Seite des Fahrersitzes, aber sie hatte dort bereits Platz genommen, zog die Tür zu und verriegelte sie. Er zuckte die Schulter und ging auf die andere Seite.

»Fahren wir los«, sagte er.
Sie fuhr mit größter Konzentration, legte fachmännisch die Gänge ein, steuerte den Peugeot äußerst gekonnt über die eisige Straße. Er beobachtete sie, sah, wie sie sich ganz mit Körper und Geist in ihre Aufgabe vertiefte, sprach kein Wort, dachte nach. Die Plastikschachtel lastete mit unnatürlichem Gewicht auf seiner Brust.
Sie brach als erster das Schweigen. »Ich habe euch reden gehört. Viel habe ich nicht mitbekommen. Aber die Wände sind sehr dünn.«
»Und?«
»Ich weiß nicht, was Colin gesagt hat, aber du mußt dir über zwei Dinge im klaren sein. Paul hat nicht unrecht gehandelt. Das weißt du so gut wie ich. Wir allein sind verantwortlich – für das, was geschehen ist.«
Sie schaltete zurück, schlitterte um eine Kurve, gab leicht Gas. Der Wagen rutschte, schlenkerte, lief dann wieder fest und geradeaus. Sie schaltete rasch, blickte auf den Tachometer, legte wieder den Hauptgang ein.
»Und was noch wichtiger ist«, fuhr sie fort, »ich fahre dich dorthin. Ich kenne den Weg, und du nicht. Aber dann fahre ich zurück.«
»Das kannst du nicht.«
»Ich kann und werde es tun. Genauso, wie du Wyatt nicht im Stich lassen konntest, kann ich den alten kranken Mann nicht im Stich lassen – geschweige denn meinen Sohn.«
Mallen blickte auf den Geschwindigkeitsmesser, sah die Nadel auf achtzig Stundenkilometer steigen. Sie flitzten an den verrosteten und ausgebrannten Überresten eines Lastwagens vorbei, gingen in eine Kurve, dann kam ein langes gerades Stück, eine leichte Steigung in Richtung der Hügel.
»Würdest du es riskieren, mit mir zu kommen, falls es möglich wäre?« fragte er.
Sie warf ihm einen Seitenblick zu, konzentrierte sich dann wieder auf die unbefestigte Straße, auf der eine frische Schneeschicht lag, und deren Verlauf nur durch die beiden Gräben sichtbar war. »Natürlich, falls nichts anderes zu berücksichtigen wäre. Aber diese Wahl habe ich nicht. Also rede bitte nicht mehr davon.«
Er sah am Ausdruck ihres Mundes, daß die Diskussion für sie abgeschlossen war, aber er konnte es nicht lassen.

»Du kannst nicht zurückkehren«, sagte er. »Man wird dich beschuldigen . . .«
»Ich werde zurückkehren«, schnitt sie ihm das Wort ab. »Und wir werden nicht mehr darüber reden. Du hast bereits zuviel gesagt.«
Sie fuhr in südlicher Richtung die Straße entlang, auf der Wyatt und er gekommen waren, steuerte geschickt durch den glatten spurenlosen Schnee. Mallen blickte nach Hufspuren aus, aber dann fiel ihm ein, daß der Junge in die entgegengesetzte Richtung geritten sein mußte, wahrscheinlich sogar abseits der Straße.
»Wie lange?« fragte er. »Wie lange braucht Paul bis zum nächsten Telephon?«
Sie saß nach vorn gebeugt, und ihr Gesicht war angespannt, der Blick auf die Straße konzentriert. Ohne ihm zu antworten, schaltete sie herunter, nahm das Gefälle der Straße mit Vollgas, die darauf folgende Steigung zuerst mit wirbelnden Reifen, die dann schließlich wieder Halt faßten. »Zwei Stunden«, erwiderte sie schließlich. »Vom Morgengrauen an gerechnet. Der politische Kreisinspektor hat ein Handfunkgerät, das aber nicht immer funktioniert, und in dem Fall braucht er noch einmal eine Dreiviertelstunde bis zur Kaserne. Sie werden mit Hubschraubern kommen.«
Erst jetzt bemerkte er, daß sie seine ganze Ausrüstung auf den Rücksitz gelegt hatte: Die Luger und die Winchester, die Ersatzteile, seinen Rucksack und ein Einkaufsnetz voller Konserven. Er mußte lächeln, als er die kleine Büchse mit Gänseleberpastete sah. Feinschmeckerkost zum Überleben. Zu seinen Füßen fand er eine Flasche mit hausgemachtem Schnaps, nahm einen langen Schluck, spürte, wie die Flüssigkeit ihm die Kehle wärmte. Jetzt geht es schon wieder besser, sagte er sich. Einfach ruhig bleiben und abwarten.
Er lehnte sich in den Sitz zurück, versuchte, seinen Körper zu entspannen. Zehn, höchstens fünfzehn Minuten würde er brauchen, um den Schlauch über die Benzinleitung zu stülpen und mit den Klemmschrauben zu befestigen. Weitere fünf Minuten zum Auffüllen der Tanks, falls sie den Wagen in genügende Nähe bringen könnten. Aber fast unbewußt verkrampfte er sich wieder auf der Sitzkante, wünschte, sie kämen schneller vorwärts. Die Reifen haben bestimmt kaum noch Profil, sagte er sich, denn an steileren Hängen zog der Wagen nur sehr schwach an, und aus der Karte und

seiner eigenen Erfahrung zu schließen, müßte es von jetzt an meist aufwärts gehen, vielleicht sogar durch dicke Schneewehen.
»Falls sie mit Hubschraubern kommen, werden sie natürlich den Wagenspuren folgen. Das weißt du doch«, sagte sie.
Er nickte, dachte darüber nach, stemmte unwillkürlich den Fuß fester auf den Boden, um den Peugeot zu beschleunigen. Doch Gedanken und Wagen waren kaum noch unter Kontrolle, schlitterten, rutschten in alle Richtungen. »Weiß Paul, wo der See ist?« Es war halb Frage, halb Feststellung, und es war ihm entschlüpft, bevor er Zeit hatte, den Gedanken zu verdrängen.
»Falls du meinst, ich hätte es ihm gesagt, so ist die Antwort nein. Er weiß nur, was du ihm gesagt hast. Ein See in Maine.«
Er blickte zu ihr herüber, aber es war kein Ärger in ihrem Gesicht zu sehen.
»So hatte ich es nicht gemeint.« Aber er wußte, daß seine Stimme ihn verraten hatte.
»Ich . . .« sie wollte etwas sagen, zögerte dann, schien nachzudenken. Eine Reihe Zaunpfähle huschte an ihnen vorbei, ein schwarzer Vogel saß auf dem Draht, schaukelte im Wind. »Ich kann dir nicht sagen, was ich davon halte«, begann sie schließlich. »Aber ich weiß, daß Paul nur in seiner Wut so handelte. Und vielleicht aus einer Art von eifersüchtiger Liebe uns beiden gegenüber. Diese Gefühle sind manchmal sehr nahe beieinander. Damit mußt du dich abfinden.«
Mallen wollte widersprechen, fand dann aber, daß sie recht hatte. Sie alle, Wyatt und der Junge, der alte Mann, Jeanne, er selbst – sogar McKennon – waren die Opfer eines Krieges. Wenn es ums Überleben geht, ist man zu weit vom normalen Leben entfernt und kann sich keine normalen Gefühle mehr leisten. Mit einer Ausnahme allerdings, stellte er fest: Er hatte die Fähigkeit zu lieben wiedergewonnen, wo vorher nur eine Leere gewesen war.
»Wyatt . . .« begann er.
»Wyatt ist tot«, unterbrach sie ihn mit Schärfe. »Du hast für ihn getan, was du tun konntest, aber er ist gestorben. Er wäre ohnehin gestorben. Aber er hätte bestimmt nicht gewollt, daß du jetzt daran denkst.«
Er nickte. »Ich weiß, es war nicht Pauls Schuld. Ich wollte nur sagen, daß Wyatt – etwas Besonderes war.« Er dachte darüber nach. Etwas Besonderes.

Sie kamen an einer Anzahl von Farmgebäuden vorbei, die auf beiden Seiten der Straße lagen, Häuser und Schuppen rechts, Scheunen und Ställe links. Mallen sah gerade noch die Umrisse eines Gesichts hinter einem Fenster, als sie vorüberfuhren. Ein kleines Kind spielte auf dem Hof, häufte Schneeklumpen aufeinander. Dann blickte es auf, lächelte, winkte mit einem Stock. Mallen hob unwillkürlich die Hand zum Gruß, eine automatische Geste, aber es war schon zu spät, und sie waren vorbei. Er blickte zurück, als wolle er den Eindruck in Erinnerung halten, aber der Wagen hatte einen kleinen Hügel überquert, fuhr mit beschleunigtem Tempo herunter, dann die nächste Steigung hinauf. Noch einmal blickte er sich um und sah Elektrizitäts- oder Telegraphenmasten, die sich in einer langen Reihe nach Norden durch die weißen offenen Felder hinzogen. Zu spät, aber dann erinnerte er sich, daß der Draht seit langem von Plünderern abgeschnitten worden war.

Die Karte lag zwischen ihnen. Er starrte darauf, versuchte, die zurückgelegte Distanz und die Zeit einzuschätzen.

Je länger er sich bemühte, es sich im Kopf auszurechnen, desto wirrer schossen ihm alle möglichen zusammenhanglosen Gedanken durch den Kopf, und dabei war es doch nur eine ganz einfache Gleichung, eine Schulaufgabe in Algebra, in der es um Zeit, Entfernung und Bewegung ging.

Zeit: Er blinzelte in die scharfe Helle, wo sich die Sonne hinter niedrigen und flachen Wolkenschichten verbarg. Vielleicht eine Stunde seit Morgengrauen, wahrscheinlich weniger. Die Nadel des Tachometers schwankte zwischen fünfzig und achtzig Kilometern.

Entfernung: Seiner Schätzung nach lagen die Farm und die Megantic-Kaserne etwa in gleicher Entfernung vom See, vermutlich fünfzig Kilometer. Nur mit dem Unterschied, daß er über vereiste Straßen fuhr, während McKennon die Distanz direkt überfliegen würde.

Mallen stellte sich eine Schiefertafel vor, zeichnete genau die Farm, die Kaserne und den See ein, darüber spitze Pfeile mit Aufschriften, und dann schraffierte er den See mit blauer Kreide.

Frage: Wird McKennon Mallen den Weg abschneiden, bevor Mallen den See erreicht? Oder wird McKennon direkt zum See fliegen und dort warten? Wer gewinnt den Preis? Antwort: Alle oder keiner der oben Erwähnten.

Mallen lehnte das Gesicht an die kalte Fensterscheibe, vermied alle

weiteren Berechnungen. Nur nichts überstürzen. Sie war eine gute und sichere Fahrerin. Die Reparaturen würden einige Zeit in Anspruch nehmen. Alles andere ist reine Glücksfrage.
Sie kamen immer höher, aus den Feldern hinaus in Gras und Weideland, dann in verstreute Waldungen. Fichten und Ahorn links und rechts der Straße, und Jeanne fuhr meist im zweiten Gang, der Motor auf hohen Touren, die Räder drehten oft durch. Plötzlich hörte die Straße auf, und sie waren auf einem holprigen und eingeschneiten Weg. Schon in der ersten Kurve streifte der rechte Kotflügel einen Felsvorsprung am Wegrand, und sie riß das Steuer herum, vermochte gerade noch, den Wagen unter Kontrolle zu halten.
Es wurde noch schlimmer. Überall tiefe eingefrorene Furchen und spitze Felssplitter, die aus dem Schnee hervorragten. Jeanne bemühte sich, ein Tempo von vierzig Stundenkilometern durchzuhalten, aber es krachte in der Federung, und das Benzinfaß im Kofferraum rollte herum und stieß mit voller Wucht an die Seitenwände.
»Nicht so schnell«, sagte er, als sie gerade in einen Graben schlitterten und der Schnee sich wie eine Sturzwelle über die Kühlerhaube ergoß.
Er sah es auf der Wagenuhr: Zwölf Minuten nach der Wagenuhr brauchten sie, um den Peugeot unter Ächzen und Schwitzen wieder auf die Straße zu bringen. Zwölf unersetzliche Minuten. Gleichungen von Zeit und Entfernungen waren nur gut für Wandtafeln, aber nicht für die Wirklichkeit.
Während der letzten zehn Minuten war Jeanne sehr ruhig, fuhr langsam, paßte sich der Straße an. Sie waren jetzt viel höher im Vorgebirge, sahen nur noch einige verstreute Wiesen inmitten der eintönigen Waldlandschaft. Vor ihnen machte die Straße eine leichte Biegung durch einen Birkenhain, lief dann über einen kleinen Hügel. Und da sahen sie sie, kaum dreißig Meter von ihnen entfernt: Zwei Männer mit Pferden, einer noch im Sattel, der andere am Straßenrand hockend, verrichtete sein Geschäft. Beide trugen die grünen Uniformen der Sonderabteilungen. Die Pferde atmeten schwer, wie nach einer Anstrengung, ihr Fell dampfte im dunstigen Sonnenlicht.
Der im Sattel hatte sie zweifellos kommen hören. Er hatte bereits das Gewehr von der Schulter gerissen, das Pferd auf der Straße dem Wagen entgegengewendet. Der andere erhob sich taumelnd aus dem

Schnee, zog sich die Hosen hoch, blickte verblüfft aus seinen mongolischen Schlitzaugen.
»Fahr weiter!« schrie Mallen ihr zu, entsicherte den Hahn der Luger. Ohne zu zögern, schaltete sie zurück und gab Vollgas.
Es war wie ein Zeitlupenfilm: Lebhafte Eindrücke, unbedeutende Dinge, die die Aufmerksamkeit fesselten; die langsamen, komischen Bewegungen des Mongolen, der bis zu den Knien im Schnee watete, dann stolperte oder sich wohl eher absichtlich hinfallen ließ, in Deckung ging. Das Pferd bewegte sich zur Seite, den Kopf erhoben unter dem Druck der angespannten Zügel. Das Seitenfenster, das unter Mallens verzweifelten Bemühungen endlich herunterging, aber viel zu langsam, trotz allen gewaltsamen Kurbelns.
Der Berittene hatte seinen Karabiner in die Schulter geklemmt, den Riemen um den Ellenbogen gespannt. Mallen sah es aus dem Lauf aufblitzen, fühlte den Stoß, als die Kugel an der Kühlerhaube abglitt. Dann schoß er rasch zurück, wußte aber schon beim Abdrücken, daß er sein Ziel verfehlen würde, sah das Grinsen des Mannes, der seinen Karabiner herumschwang und zum entscheidenden Schuß ansetzte, und Mallen drückte nochmals ab, hatte den vollen Körper des Mannes im Schußfeld durch das offene Fenster. Der Soldat feuerte noch, hielt den Finger verkrampft in dem auf Vollautomatik eingestellten Abzug geklemmt, entlud die Waffe mit einem ohrenbetäubenden Knall, während sein Körper unter der Wucht der Lugerpatrone nach hinten sank. Das Pferd bäumte sich auf, und Mallen sah den Mann rücklings über den Sattel sinken.
Und dann waren sie vorbei. Mallen blickte durch das Rückfenster, sah den in seinem Sattel hängenden Mann, den das erschrockene Pferd in das dichte Gestrüpp zerrte. Ein Stiefel hing noch locker im Steigbügel. Jetzt war der Mongole auf der Straße, hatte sich hingekniet, und während Mallen ihm zusah, knallten drei Schüsse kurz hintereinander in den Peugeot, zerschmetterten das Rückfenster und sprühten ihm Splitter über den Arm und das Gesicht. Jeanne war in eine Kurve gebogen, angespannt und konzentriert, unbeeindruckt von den Einschüssen, und er sah noch einmal den Mongolen, der seinen vierten Schuß abgab. Dann war die Sicht durch die Bäume versperrt.
Vor ihnen erstreckte sich die lange kurvige Straße, führte leicht ansteigend durch das Tal, an dessen Ende sich ein Bergkamm abhob. Die immer noch tiefstehende und hie und da durch die Wolkendecke

dringende Sonne zeichnete durch die kahlen Birkenäste verworrene Muster in den Schnee. Die Spuren der beiden Reiter waren deutlich zu sehen, führten nach Norden, wiesen auf einen raschen Galopp hin. Er war versucht, einfach weiterzufahren, den Mongolen abzuhängen. Aber er hatte keine Gewißheit, daß der Wagen schneller als das Pferd sein würde, und der Mann brauchte nur ihren Spuren zu folgen, sich auf Distanz halten, auf eine gute Gelegenheit warten, um einen gezielten Schuß aus der Deckung abzugeben.

Jeannes Gesicht war wie versteinert; kleine Schweißperlen formten sich über ihren Lippen. Sie fuhr ausgezeichnet, beschleunigte das Tempo, ohne in Panik zu geraten. Mallen sah, wie sie kurz in den Rückspiegel blickte, und er drehte sich halb um, aber die Kurve hinter ihnen bot ihnen Deckung.

»Halte hier«, sagte er, und sie fuhr sofort langsamer, bremste in kleinen Stößen, um den Wagen nicht ins Schleudern zu bringen. Er griff nach der Winchester auf dem Rücksitz, öffnete die Tür, bevor der Wagen hielt. »Warte auf mich hinter dem nächsten Hügel«, rief er ihr zu, rollte sich aus der Tür, stolperte, schlug mit dem Rücken auf, landete im Straßengraben. Sie hielt immer noch an, blickte aus dem geöffneten Beifahrerfenster, wollte etwas sagen, und er schlug mit der Faust an den Kotflügel und schrie sie wütend an: »Los, hau sofort ab!« Sie sagte etwas, das er nicht hören konnte, aber es mußte eine Frage gewesen sein, und dann drehte sie sich um, das Gesicht weiß vor Schreck oder Wut, und schaltete den Gang ein. Die Räder rutschten einen Augenblick im Schnee, und dann setzte sich der Peugeot in Bewegung, spritzte einen Sprühregen auf und verschwand.

Erst jetzt wurde er sich klar, daß er fast nichts mehr hörte – nur noch ein Zischen in seinem Kopf, wie ein scharfer Wind in den Baumkronen. Der Knall der Luger im engen Innenraum des Wagens, und nur zentimeterweit von seinem Gesicht, hatte sein Gehör betäubt. Eine schöne Bescherung für einen Jäger, sagte er sich – oder für einen Gejagten.

Mallen zog das Schloß zurück, legte ein Magazin ein, ließ den Hahn wieder zuschnappen. Er ließ den Hahn halb gespannt, wartete, kroch so tief wie möglich in den Graben. Um sich noch besser zu tarnen, griff er in den Pulverschnee, bedeckte sich Haar und Mantel.

Der Mongole kam nicht, wie Mallen erwartet hatte. Eine Minute lang

nichts, dann zwei und dann drei. Der Peugeot war über dem Hügel. Jeanne mußte etwa auf halbem Weg zum Bergkamm sein. Er horchte nach Geräuschen aus, hörte aber nur das Pochen seines Herzens. Vier Minuten, fünf Minuten. Nichts. Er blickte über den Graben, in den Wald rings herum. Vor allem auf die Straße. Keine Bewegung, nur das leise Knistern und Knacken der Äste und Zweige im leichten Wind. Gelegentlich brach die Sonne hervor, durchflutete die graue Landschaft mit Licht und Schatten, verschwand dann wieder hinter einem Wolkenfetzen.
Weitere Minuten. Immer noch nichts – und jetzt sagte er sich, daß es eigentlich dumm von ihm gewesen war. Aus irgendeinem Grunde war der Mongole ihnen nicht gefolgt, und nun lag er hier steif vor Kälte in einem Straßengraben, verschwendete kostbare und unersetzliche Minuten. Der Schnee auf seinem Haar schmolz von der Körperwärme. Er fühlte, wie das Eiswasser ihm die Kopfhaut herunter unter den Kragen rann. Jetzt reichte es ihm, und er wollte aufstehen.
Da sah er ihn im Schatten auf der gegenüberliegenden Seite der Straße – eine am Boden kriechende Gestalt, die gleich wieder verschwand, sich in der verschwommenen Mischung von Halblicht und Halbschatten verlor. Mallen blickte angespannt, glaubte, es sei nur Einbildung gewesen. Seine Lage in dem flachen Graben war exponiert, und er drückte sich in den Schnee herunter, hielt den Atem an, horchte vergeblich auf Geräusche, die er nicht hören konnte.
Und dann sah er ihn wieder, sah wenigstens eine Bewegung ein gutes Stück vor ihm, die der Richtung der Wagenspuren folgte. Der Mongole hatte ihm jetzt den Rücken zugewandt, aber zwischen ihnen waren zu viele Bäume für einen klaren Schuß, besonders ohne Zielfernrohr. Mallen stellte den Hahn zurück.
Der Sonderabteilungsmann war gut. Er bewegte sich unregelmäßig, lief in kurzen Abständen, nutzte gut jede Deckungsmöglichkeit aus. Selbst in den tieferen Mulden lag der Schnee nicht einmal kniehoch, und auf den dem Wind ausgesetzten Flächen war er bestimmt noch weniger tief. Der Mann arbeitete sich geschickt vorwärts, hob in den Mulden die Beine hoch an, rannte geduckt und vornübergebeut, ging dann wieder in natürliche Deckung. Es war wie die Vorführung eines Felddienstdrills aus der Ausbildungsvorschrift der Infanterie: Die automatische Waffe horizontal vor dem Körper ausgestreckt, Kopf

gebeugt, Knie stets eingezogen, Ellbogen heraus, um sich nicht von Zweigen behindern zu lassen. Das Ganze zeugte von Training und Erfahrung.
Mallen dachte besorgt darüber nach, warum der Mongole das Pferd nicht benutzt hatte. Es wäre doch logisch gewesen, sich im Hintergrund zu halten, den Wagen zu beschatten, sich der Energie des Tieres und nicht seiner eigenen zu bedienen. Es war, als wüßte der Mongole etwas, was Mallen nicht wußte, und das ergab keinen Sinn. Wenigstens nicht für Mallen.
Der Mongole war ihm ein gutes Stück voraus, etwa fünfundzwanzig Meter längs der Straße, bewegte sich in der Deckung der Büsche und Bäume auf der gegenüberliegenden Seite. Während Mallen ihn beobachtete, hatte er sich nur einmal ganz kurz umgedreht, und es war eher eine reflexmäßige Geste. Seine ganze Aufmerksamkeit war nach vorne gerichtet, auf das, was hinter der Kurve lag, und was Mallen nicht sehen konnte.
Die Erklärung lag in der Tatsache, daß Mallen vorübergehend das Gehör verloren hatte. Und dazu kam, daß der Mongole auf der gegenüberliegenden Straßenseite war, wo er besser sehen konnte, was vor ihm lag. Jetzt erst sah Mallen den Peugeot, der halb hinter den Birken verborgen gehalten hatte. Jeanne hatte nicht verstanden, daß sie bis zum Bergkamm hätte fahren sollen, und nicht hinter die Hügelkuppe. Der Mongole mußte sich nach seinem Gehör orientiert haben, denn in diesem Engtal wäre das Geräusch eines eine starke Steigung erklimmenden Wagens auch aus großer Entfernung vernehmbar gewesen.
Der Mongole robbte sich jetzt voran, hielt sich gut in Deckung, den Karabiner quer über die Arme gelegt. Er kroch auf die Straße zu, war jetzt etwa dreißig Meter hinter dem Peugeot.
Alternativen schossen Mallen durch den Kopf, keine von ihnen ausführbar. Den Mann angreifen? Seine Schließmuskeln verkrampften sich bei dem Gedanken, eine Ladung Blei in den Bauch gefeuert zu bekommen. Ablenkungsmanöver? Zu welchem Zweck? Im Endeffekt die gleichen Kugeln, das gleiche Ergebnis. Mit dem Teleskop hätte er noch die Chance eines sicheren Schusses gehabt, aber mit bloßem Auge war das Risiko zu groß.
Der Mongole war jetzt an der Baumreihe am Straßenrand, kroch hinter eine Zwillingsbirke. Er streifte sich die Riemen seines Torni-

sters ab, hatte den Karabiner an den Baum gelehnt. Mallen sah die kleinen Kondenswolken seines Atems, die sicheren, ruhigen Bewegungen seiner Hände, der Hände eines Fachmanns, der sein Werkzeug kennt und es zu benutzen weiß. Der Tornister lag nun offen vor ihm, der Mann hatte sich die Handschuhe zwischen die Zähne geklemmt, hantierte geschickt und rasch.
Und dann sah Mallen, daß ihm keine Wahl mehr blieb. Der Mongole schob eine Gewehrgranate in den Schießbecher des Karabiners, und er würde damit bestimmt auf den Peugeot zielen. Mallen konnte von seinem Platz aus den Wagen nicht genau genug sehen, um zu wissen, ob Jeanne ihn verlassen hatte. Aber der Peugeot bedeutete alles – Benzin für einen halben Erdteil.
Er legte den Lauf der Winchester in eine Astverkrümmung, bewegte sich langsam. Das Visier war auf die Zielkerbe ausgerichtet, er zielte auf das linke Schulterblatt des Mongolen, kalkulierte einen Spielraum von sieben Zentimetern über die Entfernung von etwa hundert Metern ein. Lungenschuß. Wahnsinnsgedanke. Kein Jagdschein für Menschenjagd. O Gott, er ist ja nicht der, den ich vorher in der Scheune gesehen hatte. Dieser da ist ja ein Kind. Mallen nahm einen tiefen Atemzug, stieß die Luft zur Hälfte aus, drückte, wie er es beim Abschießen von Rehen oder Murmeltieren oder Pappzielen getan hatte; immer die Überraschung, wenn die Waffe losgegangen war, und dann der Schock danach und das Zögern vor dem Einlegen einer neuen Patrone. Aber dieses Mal blieb ihm keine Zeit zum Zögern. Der Mann war unversehrt und drehte sich um.
Mallen war bereits aufgesprungen und in Bewegung, als der Mongole ihn endlich sah. Er versuchte es mit einem Schuß aus der Hüfte, und dann sah er den Mongolen ganz deutlich, als dieser sich ihm zuwandte, leicht in die Knie ging, die Waffe anhob, feuerte. Mallen wußte, daß er ein toter Mann war, der immer noch rannte, verzweifelt im Todesradius einer Splittergranate rannte.
Die Erschütterung war überwältigend, eine Welle von Druck und heißem Gas schleuderte ihn zurück. Die Schockwelle ließ eine Wolke weißen Schnees aufstieben, und abgerissene Zweige fielen rings um ihn zu Boden.
Mallen stürzte schwer auf seine Seite, rollte sich herum, lud ha-

stig nach, feuerte in die Richtung des Mongolen. Dann noch eine, während die verbrauchte Patrone im Sonnenlicht zurücksprang, und dann schoß er wieder, lud wieder durch.

Nichts. Kein Gegenfeuer, keine Bewegung in den Bäumen. Er warf einen Seitenblick auf den Peugeot, aber der war leer, die Tür stand offen, und ein Sicherheitsgurt hing heraus.

Mallen hob den Kopf, wischte sich den Schnee vom Gesicht, blickte in die Bäume vor sich, schaute nach dem Mongolen aus. Rindenfetzen hingen von der Zwillingsbirke, als habe ein Sturm sie abgerissen. Auf dem Boden Kleidungsfetzen, Leinsackstücke, Trümmerreste, mehr war von dem Mann nicht geblieben.

Der Mongole, soweit er noch als solcher erkenntlich war, lag auf dem Rücken. Tot, ohne jeden Zweifel. Mallen wandte sich ab, versuchte, sich zu erbrechen, aber er spuckte nur Galle. Die Granate war von einem Baumast abgelenkt worden und zurückgeprallt. Die Einschlagstelle war kaum einen Meter von der Zwillingsbirke entfernt, wo der Mann gestanden hatte.

Mallen durchsuchte den Tornister, fand eine weitere Granate, ein in Alupapier gewickeltes Proviantpaket, Zigaretten, vier Patronenrahmen für den Karabiner, die jetzt nutzlos am Boden lagen, denn die Waffe war völlig zersplittert. Und am Fuße des Baums fand Mallen die Überreste eines schwarzen Transistorgeräts mit Sprechanlage und abgebrochener Antenne. Mallen war sofort klar, daß der Mongole es benutzt hatte.

Jeanne kam über die Straße zurück, und ihr Gesicht war bleich. Mallen blickte noch einmal auf den Mann – nein, den Jungen –, ging ihr dann entgegen, wollte nicht, daß sie ihn sah. Ein Gedanke schoß ihm immer wieder durch den Kopf: McKennon wußte jetzt genau, wo er ihn finden würde.

16

Brinkerhoffs Anruf kam, wie McKennon es erwartet hatte, nämlich gerade früh genug, daß die Ordonnanz ihn wecken mußte. Zweifellos auf Brinkerhoffs Anweisung hin hatte die Ordonnanz laut und deutlich McKennons Namen durch den stillen Flur gebrüllt, und die Leute, die an jenem Wintermorgen aus ihrem Schlaf gerissen wurden, wußten, daß McKennon jetzt ganz und gar den Launen Brinkerhoffs ausgesetzt war.

Als McKennon in die Halle herunterging, sah er die teilnahmslosen und leicht verlegenen Blicke der Leute, die einem Mann auf dem Wege zu seiner Hinrichtung zu gelten schienen. Und als McKennon sich umdrehte, sah er kein Zeichen des Erkennens auf ihren Gesichtern. Er schien für sie bereits nicht mehr zu existieren.

Die Ordonnanz, ein schmächtiger junger Holländer mit eingefallener Brust, hatte ihm den Rücken zugewandt, hantierte an einem Samowar herum. »Es ist der Kommandant«, sagte er, ohne sich umzudrehen.

»Die Zeit ist abgelaufen«, begann Brinkerhoff ohne Begrüßung. »Haben Sie schon was?«

»Die Patrouillen sind noch nicht alle zurück.«

Schweigen – das Geräusch eines auf den Tisch klopfenden Bleistifts, klar vernehmbar, und es klang ganz so, als telefonierte Brinkerhoff von einem Konferenzzimmer aus. Eine Stimme im Hintergrund sagte etwas. Brinkerhoff lachte laut auf – es war mehr ein Ausruf – und sagte: »Also, Sie haben noch nichts, was?«

»Noch nicht.« Selbst in der Kälte des Ordonnanzzimmers fühlte McKennon die Hitze und den feuchten Schweiß in seinen Achselhöhlen. Der Holländer stellte seinen Tee auf die Schreibtischplatte, ließ sich in den Sessel sinken, blätterte in einem Stapel Papiere herum, ein vielleicht rein zufälliger Zeuge, vielleicht auch etwas verlegen, aber

dem man es durchaus zutrauen konnte, daß er das Gespräch beim Frühstück einer interessierten Zuhörerschaft haargenau erzählen würde.
»Jetzt langt es mir«, sagte Brinkerhoff schneidend. »Sie haben ausgespielt, McKennon. Ich erwarte Sie heute abend in Albany. Spätestens morgen früh. Und morgen abend wird ein voller Bericht erstattet.«
»Niemand hätte es besser machen können«, verteidigte sich McKennon. Die Ordonnanz blätterte nicht mehr in den Papieren, hatte das Gesicht abgewandt, hörte aber offensichtlich sehr aufmerksam zu.
Ein Knistern in der Leitung, und dann war es wieder klar. McKennon hörte die Genugtuung in Brinkerhoffs Stimme, als er sagte: »Niemand, McKennon? Ich glaube kaum, daß wir das je einmal feststellen werden.« Er gab deutlich zu erkennen, daß die Sache für ihn abgeschlossen war. McKennon wollte noch etwas sagen, aber Brinkerhoff hatte aufgehängt.
McKennon zog sich seinen Schlafrock fester zu, knüpfte den Gürtel enger. Er ging an das Regal, nahm eine Tasse, auf die ein Walroß gemalt war, füllte sie mit schwachem Tee, trat ans Fenster. Er mußte die Tasse mit beiden Händen halten, um den Tee nicht zu verschütten, so zitterte er.
Es war ein Morgengrauen von unbestimmter Farbe. Flache und dicke Stratuswolken ballten sich am östlichen Horizont, über ihnen Zirrus, die kaltes Wetter und wahrscheinlich Schneefälle ankündigten. Immerhin war das Wetter noch gut genug für einen Hubschrauberflug, und es gab keine Entschuldigung, ihn herauszuschieben.
McKennon fühlte sich wie jemand, der seine Zukunft in einem Börsenkrach dahinschwinden sieht, und tat vielleicht deshalb alles, um nicht an die Folgen seines Versagens denken zu müssen. Er dachte kurz an Brinkerhoff, zwang sich dann, sich mit anderen Dingen zu beschäftigen, vertiefte sich in die Betrachtung der Frostmuster auf der Fensterscheibe, der kahlen Ulmen auf dem Hof, lauschte den Geräuschen, die aus den Schlafsälen der Kaserne gedämpft herunterdrangen. Geistesabwesend spielte er mit der Goldmünze an der Kette um seinen Hals, dachte an die Inschrift über dem Wappen, verwarf auch das, nippte an seinem Tee.
»Holen Sie mir Baines«, sagte er laut, immer noch auf den Hof hinausstarrend. Die Ordonnanz antwortete nicht.
Er drehte sich um. »Rufen Sie mir Baines, habe ich gesagt. Er muß

unten im Werkstattschuppen sein. Sagen Sie ihm, er soll in zehn Minuten auf mein Zimmer kommen.«

Die Ordonnanz antwortete noch immer nicht, aber McKennon sah ihn nicken und etwas auf seinen Notizblock schreiben.

Baines ließ ihn über zwanzig Minuten warten. McKennon war voll angezogen, ging wutschnaubend in seinem Zimmer auf und ab, war nicht willens, sich in der Kaserne sehen zu lassen. Der Hund verfolgte aufmerksam seine Bewegungen, wedelte leicht mit dem Schwanz, wenn McKennon an ihm vorüberkam.

Endlich kam Baines, trat ein, ohne anzuklopfen. »Sie wollten mich sprechen?« Sein Gesicht war rot vor Kälte, er hatte sich eine Lederkappe über die Ohren gezogen, machte ein ausdrucksloses Gesicht.

»Sie werden mich nach Albany fliegen.«

»Ist das eine Bitte oder ein Befehl?«

McKennon setzte sich müde auf die Bettkante, und all seine Wut und Verbitterung waren plötzlich verflogen. »Lassen Sie die Sticheleien, Baines. Brinkerhoff hat gesagt, Sie sollen mich heute nach Albany bringen. Wir wissen ja beide, was das bedeutet.«

Baines zuckte leicht verlegen die Schulter. Er setzte sich neben McKennon, zog eine Plastikflasche aus seiner Jackentasche. »Guter Rye Whiskey«, sagte er, nahm einen Schluck, reichte die Flasche McKennon. McKennon nickte, nahm einen Schluck und dann noch einen.

»Sie haben es jedenfalls auf die richtige Art versucht«, sagte Baines, »und fast alle ihre Bewegungen vorausgesehen.« Er nahm die Flasche zurück, nahm noch einen Schluck, schraubte sie wieder zu. »Und auch jetzt hatten Sie wieder recht«, sagte er und stand auf. »Wenigstens so, wie ich es sehe.«

McKennon blickte auf. »Womit hatte ich recht?«

Baines nahm McKennons kleinen Kleidersack, klemmte sich ihn unter den Arm. Unten im Hof hörten sie Hufgetrappel auf dem gefrorenen Schnee, Stimmen und die bellenden Rufe eines Mannes, der irgend etwas auf russisch brüllte. Baines trat ans Fenster, blickte hinunter und nickte. »Eine der Teilpatrouillen, Jasew und Reiss, hat sich etwa vor einer Viertelstunde gemeldet. Schlechte Funkbedingungen. Unser Funker hat sie kaum verstehen können.«

»Und was haben sie gesagt?« McKennons Herz begann plötzlich zu pochen.

»Nichts Definitives.« Baines rülpste in seine Faust, wandte sich zur Tür. »Es war Jasew – der kleine lispelnde Sibirier. Sein Russisch klingt zwar wie saure Eulenscheiße, aber er hat irgendwas von einem Wagen gesagt. Mit zwei Leuten drin. Haben angeblich Reiss erschossen. Es klingt mir ganz nach Mallen und Wyatt.«
»Wo war Jasew? In welchem Sektor?«
Baines runzelte die Stirn, dann lächelte er. Er ging an die Wandkarte, zeigte auf den östlichen Sektor, auf einen Punkt, etwa sieben Kilometer von der alten Grenze entfernt. »Ungefähr dort, McKennon. Aber falls Sie jetzt vorhaben, mir zu befehlen, Sie dahin zu fliegen, schlagen Sie es sich lieber gleich aus dem Kopf. Brinkerhoff hat beim Offizier vom Dienst angerufen. Sie sind von der Suche suspendiert.«
»Er ist es«, rief McKennon aus. »Brinkerhoff soll mich am Arsch lecken – es kann nur Mallen sein, und falls ich ihn nicht persönlich anbringe, hänge ich in zwei Tagen am Fleischerhaken, und Brinkerhoff lacht sich ins Fäustchen.« McKennon wollte aufspringen, aber Baines stieß ihn sanft auf die Pritsche zurück.
»Lassen Sie den Quatsch«, sagte Baines, und dieses Mal lächelte er nicht. Er ging zur Tür zurück, den Kleidersack unter dem Arm. »Weiner sagt, Sie stehen unter Arrest. Ihre Waffe kriegen Sie nicht mehr zurück. Weiner bestand sogar darauf, daß Sie Handschellen tragen müssen, aber ich habe es ihm ausgeredet. Zu verdammt kalt im Hubschrauber.«
Baines griff unter seine Jacke, fingerte mit seiner freien Hand herum, zog dann eine kleine neun Millimeter Browning Pistole heraus, warf sie auf das Bett neben McKennon. »Ich will verdammt sein, wenn ich weiß, so Sie das Ding her haben, aber falls Sie es mir unter das Kinn halten, wenn wir in der Luft sind, kann ich mich Ihren Plänen nicht widersetzen. Nur vergessen Sie nicht, McKennon, daß Sie Ihren eigenen Hals riskieren. Lassen Sie meinen da raus.«
»Ich werde Ihnen das nie vergessen . . .« begann McKennon zu sagen, aber Baines, der die Tür bereits geöffnet hatte, unterbrach ihn.
»Sie sollten es aber lieber vergessen, McKennon. Ich nehme Muller als Eskortwache mit. Er weiß nichts von alledem, und dabei soll es auch bleiben. Aber er wird tun, was ich ihm sage, wenn es

brenzlig wird. In etwa fünf Minuten fliegen wir ab.« Er schlug die Tür hinter sich zu.

Mallen saß jetzt am Steuer. Es ging gefährlich schnell, und in den Furchen schlugen die Federn durch. Jeanne hielt sich am Armaturenbrett fest, stemmte sich dagegen, wenn das Chassis in wilden Sprüngen über die holprige Straße rutschte. Auf geraden Strecken fuhr er zwischen sechzig und siebzig, und die Schatten und Sonnenflecke huschten kaleidoskopartig über die Windschutzscheibe. Durch verschwommenes Fichtengehölz, dann an einem offenen, kahlen Birkenhain vorbei, dann eine starke Steigung hinan, bei der der Motor im ersten Gang aufheulte und das unbefestigte Benzinfaß im Kofferraum polternd an die Seitenwände schlug. Dann wieder im zweiten und dritten Gang, das Gaspedal auf den Boden gedrückt, die Tachonadel um die achtzig.
Die Illusion der Geschwindigkeit war erschreckend: Bäume peitschten vorbei, der Wagen schwankte und schlingerte, geriet fast außer Kontrolle, rutschte in den Kurven, streifte Steine und Felsblöcke. Nur ein Fehler, sagte er sich, und der Wagen würde sich überschlagen, das Benzin verspritzen, in Flammen aufgehen. Mallen hatte das Gefühl, daß die Zeit ein immer schmaler werdender Tunnel war, der die Chancen einschränkte, die Möglichkeiten verringerte, zu einem fast voraussehbaren Endpunkt führte.
Er dachte darüber nach, wie er es seit dem Zusammenstoß mit der Patrouille getan hatte – sagte sich, daß er Jeanne in etwas hineinzog, mit dem sie nichts zu tun hatte, daß der alte Mann sich geirrt haben mußte. »Du mußt aus dieser Sache raus«, sagte er. »Und zwar jetzt. Ich lasse dich am Straßenrand. Zu Fuß bist du in höchstens fünf Stunden wieder zurück. Falls du etwas kommen hörst, verstecke dich im Gebüsch. Und falls du gefaßt wirst, sage, ich hätte dich gezwungen.«
Sie antwortete nicht, blickte geradeaus, die Handknöchel weiß auf der Plastikborte verkrampft.
Er wollte sie nicht gehen lassen und wollte es doch. »Jetzt!« sagte er und fuhr langsamer. »Sie können dir nichts nachweisen. Paul weiß nicht, daß du mitgekommen bist, und der alte Mann wird dich decken.«
Sie antwortete noch immer nicht, aber er sah in seinem Blickwinkel,

wie sie den Kopf schüttelte. »Ich werde die Sache mit dir durchstehen«, sagte sie schließlich. »Das bin ich dir zumindest schuldig.«
»Verdammt noch mal, du bist mir überhaupt nichts schuldig.«
Sie blickte ihn an, und ihre Augen glänzten. »Mallen«, sagte sie, »ich bringe dich zum See. Widersprich mir nicht. Laß mich meine Schuld auf meine Weise bezahlen.«
Er trat das Gaspedal durch, schaltete herunter für die lange Steigung, die zum Bergkamm führte. Es schien ihm, als würden sie nie über den Hügel kommen, die Reifen faßten, drehten durch, faßten wieder, die Hinterräder mahlten sich quietschend durch die Furchen. Zweimal mußte sie aussteigen und sich gegen den Kofferraum stemmen, um den Peugeot wieder in Bewegung zu bringen. Mallen hatte die Wagenuhr kurz nach der Begegnung mit dem Mongolen auf sieben zurückgestellt. Jetzt wagte er es nicht einmal, auf die Zeiger zu schauen, denn er wußte, wie die Zeit verflog. Er stellte sich den abfliegenden Hubschrauber vor, der sich nach Süden wandte, die Männer mit den automatischen Waffen. Er horchte auf ein Hubschraubergeräusch, aber das Heulen der Reifen und des Getriebes war so laut, daß er es erst gehört hätte, wenn es bereits zu spät war. »Los, fahr schneller«, sagte er mit zusammengebissenen Zähnen, versuchte, den Wagen mit der Kraft seines Willens anzutreiben.
Als er endlich die Paßhöhe erreicht hatte – die Kupplung stank nach verbranntem Gummi – hielt er noch einmal an. Vor ihnen im Süden lag der See, eine breite und matte Fläche. Von Ufer zu Ufer vereist und ohne Risse. Von dieser Höhe aus konnte er alle Einzelheiten des Sees und seine katzenförmigen Umrisse erkennen. Er suchte auf der gegenüberliegenden Seite nach Menschen oder Bewegung, versuchte, den Sperber zu erkennen. Nichts. Falls die Männer bereits da waren, hatte er keine Wahl. Eine Fluchtmöglichkeit gab es nicht, nur die schwache Hoffnung des Fluges.
Sie fuhren hinunter, langsamer, blickten nach der Straße aus, die zum südlichen Ufer führte. Zweimal sahen sie Kaninchen und auch die Spuren von Rehen. An den südlichen Hängen war der Schnee geschmolzen, die Straße schneefrei und gut befahrbar, aber in den schattigen Gebieten lag er immer noch sehr hoch, schimmerte purpurweiß im Morgenlicht. An einer Stelle beugte sich Jeanne zu ihm, faßte seinen Arm, hielt ihn fest, sagte jedoch nichts.
Fast hätten sie die Abzweigung verpaßt, sahen nur eine leichte

Vertiefung, die durch die Büsche führte. Man konnte es kaum eine Straße nennen, sie bog nach Osten ab, war mit zwei Jahre altem Buschwerk überwachsen. Mallen hielt an, setzte zurück, legte dann den ersten Gang ein, fuhr so rasch, wie er es sich erlauben zu können glaubte, hoffte, nicht stecken zu bleiben. Der Auspufftopf klemmte in einer Furche fest, er setzte etwas zurück, zog den Peugeot heraus. Dieser Weg war noch viel schlimmer, als die Straße es gewesen war, schmal, einspurig, überwachsen, voller Risse.
»Nur noch etwa eine Viertelmeile«, sagte Jeanne, die sich die Karte auf den Schoß gelegt hatte.
Mallen mußte zweimal anhalten, um gefallene Bäume von der Straße zu zerren. Beim zweiten Mal sah er einen stark aus der Art geratenen Biber, der furchtlos an einem Birkenstamm nagte. Endlich zuckte das Tier mit dem Schwanz und watschelte davon, unbeirrt von dem seltsamen Geschöpf, das ihm da begegnete, aber immerhin vorsichtig.
Mallen zündete sich eine der Zigaretten des Mongolen an, bevor er wieder in den Peugeot stieg. Für alles gibt es ein letztes Mal, sagte er sich. Den letzten Schultag, den letzten Aufenthalt in einer Stadt, in die man nicht wiederkehren wird, den letzten Kuß mit einer Frau, von der man für immer Abschied nimmt. Und all diese Dinge sind Kennzeichen auf dem Weg ins Grab, nicht immer leicht erkennbar, aber vorhanden.
Seltsamerweise hatte er aber eher das Gefühl, an einem Anfang und nicht an einem Ende zu stehen, eine kurze Pause vor der Arbeit einzulegen, nachzudenken, wie er sie am besten anpacken sollte. Er mußte sich eingestehen, daß er ungeachtet aller Fehler bisher sein Bestes getan hatte, und daß es nur persönliche Dinge wie Zeit und Umstände waren, die jetzt noch für oder gegen ihn arbeiten konnten. Er nahm einen tiefen Zug aus der Zigarette, deren volles Aroma nach türkischem Tabak schmeckte. Der Wald war beunruhigend still, kein Lüftchen wehte. Über den kahlen Baumwipfeln konnte er den Himmel sehen, der sich inzwischen mit mehreren Wolkenschichten überzogen hatte, und ganz oben Zirrus von Nordwesten her. Die Sonne war eine matte Scheibe, verbreitete mehr Licht als Wärme. Vereinzelte Birken- und Ahornblätter hingen leblos an ihren Zweigen wie gehängte Diebe. Er blickte zu ihnen auf, und dann zum Himmel darüber. Wenn er dahin gelangen könnte – zum Himmel!

Ein letzter Zug, dann warf er den Stummel vor sich auf den Boden, trat ihn aus. Ein Gedanke kam ihm, ein Wort von Robert Frost, der dieses Land so geliebt hatte: »Und Meilen noch, bevor ich schlafe.«
Bei der letzten Biegung erstreckte sich der zugefrorene See vor ihnen, breitete sich wie eine matte Bleiplatte vom Osten zum Westen aus. Der Peugeot nahm die letzte Steigung, ließ Kies und Schnee hinter sich aufsprühen, und dann ging es bergab, und er ließ den Wagen rollen, ohne auf die Geschwindigkeit zu achten, nur bemüht, ihn auf der Straße zu halten. Erst am Strand trat er auf die Bremse, kurz vor dem Uferrand, auf dem sich formlose Eisstücke häuften.
Mallen stieg aus, prüfte die Festigkeit des Eises mit seinem eigenen Gewicht, sprang, stampfte auf die leicht rauhe Oberfläche. Es klang dumpf und fest, kein Anzeichen hohler Stellen mit dünnem Eis, kein Einsacken unter seinen Füßen. Er hielt inne, blickte sich um. Keine Spur von irgendwelchem Leben. Kein einziger Vogel, kein sich bewegendes Tier, aber der Himmel war dunkler geworden, die Sonne hinter den Wolken verschwunden, und die Bäume neigten sich im aufkommenden Wind. Es war entschieden kälter.
»Du mußt jetzt gehen«, sagte er. »Geh über den Weg zurück.«
»Das haben wir bereits besprochen. Wir haben nicht mehr viel Zeit. Wird der See das Gewicht des Wagens aushalten?«
»Wir können es versuchen«, sagte er.

Muller saß auf dem Rücksitz des Hubschraubers, kaute an einem dicken Brocken, machte ein ausdrucksloses Gesicht. Eine AK-47 lag auf seinem Schoß. Auf den Sitz neben sich hatte er einen Rucksack voller Schwarzbrot und Wurst gestellt. Er begrüßte Baines und McKennon mit einem zögernden, gleichgültigen Blick, nickte ihnen kurz zu, kaute weiter.
»Steigen Sie ein«, sagte Baines. »Und trampeln Sie sich den verdammten Schnee von Ihren Stiefeln.«
McKennon ignorierte die Anweisungen, kletterte in den rechten Vordersitz, zog seinen Kleidersack hinter sich her, verstaute ihn neben Mullers Rucksack auf dem Hintersitz.
Die Patrouille war bereits ausgeritten – zwölf Mann, denen ein Lastwagen folgen sollte. Aber der Lastwagen wollte nicht anspringen, trotz allen Fluchens und Fäustehämmerns des alten Polen, dem die Wartung der Fahrzeuge oblag. Ein Mann hatte die Handkurbel

angesetzt, ließ sie ein paarmal durchdrehen, während der Pole Benzin in die Lüftungsklappe goß. Einmal war der Motor kurz angesprungen, aber der Fahrer hatte es versäumt, rasch genug am Choke zu ziehen, und nach einem Puff und Knall stand er wieder still. Der Pole stieß sein ganzes Vokabular an slawischen Flüchen aus, stampfte im Schnee herum, während acht Zuschauer in lautes Gelächter ausbrachen.

Baines schlug sich den Schnee von den Stiefeln und kletterte hinein. Nachdem er sich angeschnallt hatte, fuhr er wie ein Organist mit den Fingern über die verschiedenen Schalter und Knöpfe auf dem Bordbrett, machte alles startbereit. Er zog am Zündungsgriff, der Motor sprang sofort an, ging gleich auf höhere Tourenzahlen. Die langen Schraubenblätter schnitten durch die Luft, drehten sich immer schneller, pfiffen und zischten. Baines spielte an der Steuertafel, ließ sich nicht drängen, überprüfte und beklopfte alle Instrumente, stellte das Funkgerät auf die vorgeschriebenen Frequenzen ein.

McKennon schnaubte vor Wut, stampfte mit den Stiefeln auf den Metallfußboden. »So fliegen Sie doch endlich los«, schrie er Baines zu, der ihn völlig ignorierte, in seine Jackentasche faßte, einen Tabaksbeutel herausholte, eine Prise nah.

»Kümmern Sie sich um Ihren eigenen Mist, und lassen Sie mich in Ruhe«, rief er zurück. »Immer diese Eile. Der Motor ist kalt. Wenn ich ihn zu früh überanstrenge, riskiere ich noch eine Panne. Haben Sie es wirklich so eilig, Brinkerhoff zu sehen?« Er nickte McKennon bedeutungsvoll zu, rollte die Augen in die Richtung Mullers.

Er nahm zwei Kopfhörer vom Haken, gab McKennon einen, zeigte ihm den Stecker auf dem Bordbrett. Die dicken Ohrenklappen verringerten den Motorenlärm und den der Schraubenblätter auf ein erträgliches Brummen.

»Hören Sie mich jetzt gut?« Baines Stimme war klar, fachmännisch, nur mit einem leichten Südstaatlerakzent.

»Ja. Laut und klar.« McKennon drehte sich nach Muller um, der seinen Blick lächelnd erwiderte, immer noch kaute. Muller hatte keine Kopfhörer.

»Geht das über den Funk?« McKennon klopfte auf das Funkgerät.

»Nein. Nur wenn ich dieses Mikrofon auf das Sendenetz einschalte.« Baines drückte mit seinem behandschuhten Daumen zweimal auf einen weißen Knopf, und McKennon hörte es in seinem Kopfhörer zweimal klicken. Er stellte es noch einmal ein, ließ es eingeschaltet.

»Megantic-Kaserne, hier ist Hubschrauber F. T. Vier – hören Sie mich?«
Elektronische Nebengeräusche. ». . . laut und deutlich.« Slawische Aussprache.
»Ich bin startbereit. Soll ich unterwegs noch einmal nach Süden abschwenken und das Suchgebiet überfliegen?«
Eine andere Stimme – älter, mit starkem deutschen Akzent. »Baines, hier spricht Weiner, der Kasernenkommandant. Ich wiederhole meine Anweisungen. Fliegen Sie direkt nach Albany. Alle Meldungen über Kennwort Rutland auf dieser Arbeitsfrequenz. Keine Kursabweichungen. Wir haben zwei Hubschrauber von Montpelier ausgesandt.« Kurze Pause. »Diese Befehle kommen direkt vom Kommandanten Brinkerhoff. Er ist über den Stand der Dinge informiert und hat direkte Kontrolle über die Fahndungsaktion übernommen.«
Baines wandte sich an McKennon, hatte den Daumen vom Mikrofonknopf genommen. »Der gibt aber ganz schön an, was?«
»Baines, haben Sie mich genau verstanden?« fragte Weiner über den Funk.
»Verstanden«, erwiderte Baines.
Er gab allmählich mehr Gas, der Motor heulte lauter auf, die Schraubenblätter drehten sich schneller, schwirrten, bildeten einen durchsichtigen Kreis. Dann drehte er langsam die Luftschraubenverstellung. Der Helikopter erhob sich vom Boden, schwankte leicht im Wind, gewann Höhe, und als McKennon hinunterblickte, sah er die Gesichter der Männer auf dem Hof, und ihre aus dieser Perspektive seltsam verkürzten Körper. Ein Mann winkte, sperrte den Mund auf, wie ein kleiner Junge, der die Eisenbahn vorüberfahren sieht. Baines schob den Steuerknüppel leicht noch vorn, die Bugnase senkte sich, der Hubschrauber flog in Vorwärtsfahrt.
Sie ließen das Gelände hinter sich, gewannen rasch an Höhe und Geschwindigkeit. Gleich darauf sah McKennon die berittene Patrouille zu seiner Linken, die sich in etwa zwei Kilometern Entfernung nach Süden bewegte. Sie ritten in kurzem Galopp, schienen frisch und guter Dinge zu sein.
McKennon klopfte Baines auf den Arm, zeigte auf die Patrouille. »Können Sie herausfinden, welche Frequenz die da unten benutzen?«
Baines antwortete nicht, zog eine Karte hinter der Sonnenschutzklappe hervor, zeigte darauf, reichte sie McKennon. »Ich habe nur zwei Hände. Schauen Sie selber nach.«

McKennon fand es, stellte die Frequenz ein. Wildes Stimmengewirr, die Männer redeten in drei Sprachen – zotige Witze, Befehle, Klagen, Nebengeräusche.
Baines streckte die Hand aus, verringerte die Lautstärke. »Undisziplinierte Scheißkerle. Können sich nicht mal auf eine Sprache einigen.« Er blinzelte in die Sonne, als sie sich über die niedrige Wolkenschicht erhoben, holte eine Sonnenbrille aus dem Schubfach, setzte sie sich mit einer Hand auf. »Und wohin nun, McKennon?«
»Fangen wir mit dem Sektor an, aus dem die Meldung kam. Von dort aus folgen wir den Spuren.«
Baines verlagerte den Priem in seinem Mund, machte eine leichte Wendung, drehte nach Süden ab. »Vergessen Sie nicht, McKennon, daß ich das nur unter Gewaltandrohung tue.« Er grinste vor sich hin, suchte das Gebiet vor sich ab. »Und wie es auch immer ausgeht – ich bekomme die Münze.«
»So ist es abgemacht«, erwiderte McKennon müde.
Der Hubschrauber war nun im Horizontalflug, stieß rasch nach Süden vor. McKennon versuchte, sich zu entspannen, nicht daran zu denken, daß er sich Brinkerhoff gegenüber würde verantworten müssen, falls er Mallen und Wyatt nicht schnellstens fand. Baines war immerhin ein großes Risiko eingegangen, und ferner mußte er berücksichtigen, daß sie gerade genug Benzin für den Flug nach Albany plus allerhöchstens vierzig Minuten für den Umweg hatten. Aber er war sich ganz sicher, daß sie es waren, und daß er sie von der Luft aus, indem er ihren frischen Spur folgte, leicht finden konnte. Jetzt blieb nur noch die Frage, wie lange die Hubschrauber aus dem Süden brauchen würden, um in dieses Gebiet zu kommen. Er blickte auf die Karte, maß die Distanzen mit den Fingern. Baines, der ihm von der Seite zusah, beantwortete die Frage.
»Etwa eine Stunde und fünfzig Minuten, vielleicht auch zwei Stunden bei diesem Gegenwind. Nur nicht nervös werden, Mister. Wir sind in zwanzig Minuten da.« Dann drehte er sich fast jovial in seinem Sitz um und schlug Muller auf das Knie. »Guter Flug?« rief er dem Mann zu. Muller nickte, kaute Brot und Wurst, murmelte etwas auf deutsch, sagte »Gut«. Er konnte ebensogut damit sein Wurstbrot gemeint haben, dessen Krümel ihm auf die Jacke fielen. Baines drehte sich wieder zurück, brummte McKennon durch die Sprechanlage zu: »Blödes Arschloch.«

Das Land erhob sich unter ihnen, den offen verstreuten Feldern folgten immer dichtere Baumgruppen. Sie überquerten einen kleinen Bergkamm, flogen in ein kleines Tal ein. Vor ihnen erstreckten sich lange bewaldete Berghänge.
McKennon war von dem Summen des Motors fast eingedöst, hatte den ersten Teil der Funkmeldung verpaßt, die nicht von der Patrouille, sondern von der Kaserne kam. Er drückte sich die Kopfhörer fest mit den Händen an die Ohren, versuchte, die sehr rasch gesprochenen Worte zu verstehen, aber der Funker sprach russisch, und er konnte es nicht schnell genug übersetzten.
Baines hielt einen Bleistift in der Hand, notierte sich in schneller Krakelschrift die Schlüsselsätze und Koordinaten, schaltete dann auf eine andere Frequenz um. Er meldete sich zuerst auf englisch, ging dann auf russisch über.
McKennon verstand nur einige Worte: »Le Borveaux«, »politischer Aufsichtsbeamter«, aber sonst kaum noch etwas. Baines Stimme klang ärgerlich, barsch und eindringlich. Nach einem weiteren kurzen Wortwechsel schaltete Baines ab. Sein Gesicht war weiß vor Wut, und er schlug mit der Faust auf das Steuerpult.
»Was war es?« fragte McKennon.
»Ein Junge rief vom Büro des örtlichen politischen Aufsichtsbeamten aus an – ein Ort auf der Route 181. Erzählte, Mallen und Wyatt seien wahrscheinlich in einem französischen Wagen geflohen, den sein Vater oder Großvater illegal für sich behalten hatten. Ihr Flugzeug sei noch heil und ganz und befände sich an irgendeinem See. Benzin und Waffen hätten sie angeblich auch.«
»Also?«
»Also Scheiße . . . Ich habe ihnen gesagt, wir seien nahe genug, um den Jungen abzuholen. Er glaubt zu wissen, welcher See es ist. Wir könnten sie dort erwarten. Und diese verdammten Kohlrabifresser erzählen mir, ich dürfe vom Kurs nicht abweichen. Weiner kann Brinkerhoff telefonisch nicht erreichen und sagt, an den Befehlen dürfe nichts geändert werden.«
»Bis die Hubschrauber aus Montpelier dort sind, können sie getankt haben und längst abgeflogen sein!«
»Ja, das verstehe ich doch, McKennon. Für wie blöde halten Sie mich eigentlich?«
McKennon zog den Browning aus der Tasche, legte ihn in seinen

Schoß. »Wie Sie sehr richtig sagten, mein lieber Baines, geht es jetzt um meinen Arsch. Route 181 liegt gerade rechts vor uns. Wie lange brauchen Sie bis zum Haus des Beamten?«

Baines grinste. »Etwa . . .« Er blickte auf die Karte, kaute angespannt, ». . . etwa sechs, höchstens acht Minuten.«

McKennon lehnte sich gegen die Plexiglastür, die Pistole leicht erhoben. »Dann tun Sie es, Baines.«

Der Hubschrauber machte eine scharfe Wendung im frühen Morgenlicht, der Motor heulte auf, die Nadel des Tourenzählers stand weit in der roten Zone. »Und noch etwas, was Ihnen gefallen sollte, McKennon«, sagte Baines in die Sprechanlage. »Weiner hat der Patrouille Anweisung gegeben, es mache ihm nichts aus, ob man ihm die Flüchtlinge tot oder lebendig bringt.«

»Bist du bereit?« fragte Mallen Jeanne.

Sie nickte. »Bringen wir es hinter uns.« Sie bekreuzigte sich.

Er fuhr den Peugeot etwa einen Meter zurück, kuppelte aus, rollte auf die Eisfläche zu, die wie eine verschneite flache Ebene vor ihm lag.

Sie hatten alle möglichen Vorsichtsmaßnahmen getroffen, die Sitzgurte gelöst, die Türen halb offen gelassen, um wenigstens eine kleine Chance zu haben, eventuell noch mit dem Leben davonzukommen, falls der Wagen durch das Eis brechen sollte. Es war Mallen eingefallen, daß ein Mensch nicht mehr als fünf Minuten in Eiswasser zu überleben vermochte und das auch nur, falls er sich gleich danach an einem warmen und trockenen Ort erholen konnte. Aber wo gäbe es hier einen warmen und trockenen Ort.

Die Räder rollten knisternd über die Eisstücke am Ufer, und dann waren sie auf dem See, schlingerten leicht, kamen jedoch sicher über alle Unebenheiten.

Zuerst manövrierte er viel zu heftig, und erst als der Peugeot Geschwindigkeit aufgenommen hatte, fand er, daß der Wagen sich gut mit einer ganz leichten Berührung des Steuers und der Handbremse lenken ließ. Die Tachometernadel ging bis auf dreißig Stundenkilometer hinauf. Plötzlich bemerkte er, daß er bis jetzt den Atem angehalten hatte, atmete aus, fühlte die Spannung in seinen Vorderarmen und das Zittern der Schenkelmuskeln. Er versuchte, sich zu entspannen, aber es gelang ihm nicht. Er wußte nur zu gut, daß er

jeden Augenblick auf eine dünne Eisschicht stoßen konnte, und dann war es das Ende.
Irgendwie schien es ihm, daß Jeanne sich besser beherrschte, obgleich keiner von ihnen ein Wort gesprochen hatte, seit sie auf dem Eis waren. Sie nahm ein in Stoff gewickeltes Paket vom Hintersitz, öffnete es, brach den Inhalt in kleine Stücke und steckte sie ihm in den Mund.
»Hast du gerne Fruchtkuchen?« fragte sie und bot ihm noch mehr an.
Es schmeckte gut, wenn auch trocken. »Danke, aber es ist jetzt genug«, antwortete er. »Das Eis scheint ziemlich fest zu sein, findest du nicht auch?«
»Fest genug für das Flugzeug?«
Eine gute Frage, fand er. Das Flugzeug war zwar leichter als der Wagen, aber das ganze Gewicht lastete auf dem relativ kleine Fahrgestell, also auf einer weniger breiten Fläche. »Ich glaube schon«, antwortete er schließlich.
Die Eisoberfläche ist gut, stellte er fest. Zum größten Teil sehr glatt, aber an einigen Stellen mit einer körnigen Schneeschicht, wo es wahrscheinlich einmal aufgetaut und dann wieder zugefroren war. Bei dem ziemlich starken Nordwestwind brauchte er keine lange Abflugstrecke, mußte allerdings zuerst den See ein gutes Stück in Windrichtung überqueren, um dann zu wenden und im Gegenwind aufzusteigen.
»Kannst du bei diesem Wetter fliegen?« Sie zeigte auf die Wolkendecke, die vor allem im Nordwesten viel dichter und dunkler geworden war. Hier auf dem See und ohne den Schutz der Bäume spürte er auch, daß der Wagen bei heftigen Windstößen leicht aus der Fahrbahn geriet.
»Es sieht etwas stürmisch aus, aber meine einzige Sorge ist das eventuelle Vereisen der Tragflächen. Mit ein bißchen Glück und genügend Zeit habe ich bald das Schlimmste hinter mir.«
»Wie weit kommst du mit dem Benzin, das du hast?« Sie wies mit dem Kopf zum Kofferraum, wo das Faß lag.
»Sechshundert Meilen mit den Haupttanks. Und mit der Reserve weitere vierhundert.«
»Und danach? Wie willst du dir dann Benzin verschaffen?«
»Ich klaue mir welches oder tausche es gegen irgend etwas ein, wenn ich kann. Aber das macht mir jetzt noch keine Sorge.«

Sie blickte gerade vor sich hin, sprach mit einer fast gleichgültigen Stimme. »Alberta«, sagte sie. »Tausend Meilen würden dich bis nach Alberta bringen, glaube ich.« Sie blickte kurz zu ihm herüber, fragte dann: »Und dann Britisch-Kolumbien?«

Mallen nickte nur. Er sah sie von der Seite an, als sie sich langsam wieder dem vor ihnen liegenden Ufer zuwandte.

Er hatte den See von einer Stelle aus überquert, die auf dem katzenförmigen Umriß etwa der Hüfte entsprach, und sich dann auf den Rücken zubewegt. Zu seiner Linken lag jetzt das Ufer, hinter dem er den Sperber versteckt hatte. Er blickte nach einem erkennbaren Punkt aus, versuchte sich zu erinnern, wie der See ausgesehen hatte, als er gelandet war. Schon glaubte er, zu weit gefahren zu sein, aber dann sah er die beiden Felsblöcke. Er dachte an Wyatt, den gemeinsamen Kaffee im ersten Morgengrauen, fallendes Laub, eine ganze Kette von Erinnerungen. Er steuerte vorsichtig auf das Ufer zu, nahm langsam den Fuß vom Gaspedal.

Der Sperber war unberührt, die Tarnung der Fichtenzweige immer noch grün und frisch. Die Erde, die Wyatt über die Tragflächen und den Rumpf geschüttet hatte, war fort, wahrscheinlich vom Regen weggewaschen, aber da inzwischen viel Schnee gefallen war, machte es keinen Unterschied. Weiß auf weiß. Mallen hielt parallel zur äußeren Tragfläche, fuhr dann im Rückwärtsgang bis zur Verschlußschraube des Benzintanks an der linken Flügelwurzel. Die Zeiger der Wagenuhr standen auf acht Uhr dreiundzwanzig, er hatte also mindestens zwei Stunden gebraucht, wenn nicht noch länger.

Ursprünglich hatte er geplant, den Treibstoff direkt vom Faß in die Tanks zu schütten, aber die Verschlußschraube lag zu hoch. Ohne ein Wort zu verlieren, half ihm Jeanne, das Faß aufzuhieven, stützte es dann auf das Ersatzrad. Er schraubte es auf, und das Benzin begann zu rinnen, zuerst trübe und mit Schmutzflecken, dann rosa und klar.

»Du machst jetzt die notwendigen Reparaturen«, sagte sie. »Ich kann unterdessen das Benzin einlaufen lassen.«

Er hielt inne, blickte sie eine kurze Sekunde lang an. Diese kleine, entschlossene Frau flößte Vertrauen ein, strahlte Kraft und Beherztheit aus, trotz ihres lächerlichen und viel zu großen Militärmantels. Ich kann sie nicht zurücklassen, sagte er sich. Ich kann es nicht, und ich will es nicht.

»Jeanne, komm mit mir. Du kannst nicht zurückkehren, das weißt du doch.« Er griff nach ihrem Arm, aber sie zog ihn weg.

»Du hast keine Zeit zu verschwenden. Paul hat es jetzt bestimmt gemeldet. Jede Minute zählt.« Sie trat von ihm fort, vermied seinen Blick, dann drehte sie sich wieder um, gefaßt, die Augen stahlhart. »Mallen! Zeig mir, was ich tun muß.«

Er wischte den Schnee von der Verschlußschraube, drehte sie auf. »Den Eimer«, sagte er. »Hol den Eimer und fülle diesen Tank. Mach dir keine Sorge, wenn etwas danebenläuft – das läßt sich nicht vermeiden. Tue es so gut, wie du kannst.«

Während sie den Eimer füllte, nahm er die Werkzeuge und Ersatzteile vom Rücksitz des Peugeots, ließ sich dann unter den Sperber gleiten. Der Wind war bitterkalt, und es war schmerzhaft und anstrengend, ohne Handschuhe zu arbeiten. Er stülpte den Schlauch über das Aluminiumrohr, verklebte es mit Isolierband, machte die Verbindung dicht. Dann setzte er zwei Klemmschrauben ein, schraubte sie fest zu. Ein weiterer Pluspunkt. Der Schlauch paßte gut – ein bißchen weit, aber die Klemmschraube dichtete ihn genügend ab. Jetzt die andere Seite: Rohr, Isolierband, Klemmschrauben. Zweimal glitt ihm der Schraubenzieher aus der Hand, riß ihm die Haut an den Fingerknöcheln auf, und er fluchte. Aber dann war es geschafft. Er legte das Verschlußbrett ein, schraubte es fest. Die Benzinleitung wird halten. Wenigstens dessen war er sicher.

Jeanne goß immer noch das Benzin ein. Er drückte ihren Arm im Vorübergehen, wußte nicht recht, was er ihr sagen könnte, begann, die Fichtenzweige von den Tragflächen und dem Rumpf zu entfernen, wurde sich allmählich wieder der Geräusche um ihn her bewußt, lauschte gespannt auf das Nahen von Hubschraubern. Es ist zu schaffen, ist doch noch zu schaffen, dachte er.

Er öffnete das Kabinendach: Der Geruch von Hydrauliköl, Schweiß, Kunstleder schlugen ihm entgegen. Streckenkarten in der rechten Seitentasche. Jetzt nicht, sagte er sich. Einfach Kurs nach Nordwesten, dicht unter der Wolkendecke. Alles andere konnte er entscheiden, wenn er in der Luft war. Er knipste den Hauptschalter an. Nichts. Die Instrumente blieben tot, die Nadeln zitterten nicht einmal. Es fühlte Panik im Magen, in der Brust, das Herz schnürte sich zu. Er knipste noch einmal an und dann noch einmal. Keine Reaktion auf dem Bordbrett. Die Batterie war tot.

Jeanne goß immer noch Benzin aus dem Eimer in den Flügeltank, verschüttete ein bißchen, aber nicht viel, hielt den Eimer fest,

stemmte ihn gegen den Wind. Er wollte gerade etwas sagen, als der Tank überlief.
Sie blickte auf. Ihre Augen tränten von den Benzingasen, und er bemerkte, daß ihr Mantel bis an die Ärmel ganz durchnäßt von dem verschütteten Benzin war. »Ich bin fertig«, sagte sie.
Er nahm ihr den Eimer ab, warf ihn in den Gepäckraum, schraubte die Verschlußkapsel zu.
»Es ist noch nicht fertig, Jeanne«, sagte er. Er nahm ihre Hand, zog sie an sich, umschloß sie mit seinen Armen. »Mit ein bißchen Glück sind wir in zwei Minuten in der Luft. Und in sechs Stunden sind wir sechshundert Meilen westlich von hier. Du kannst nicht zurückbleiben. Früher oder später werden sie erfahren, daß du Wyatt und mich freiwillig bei dir untergebracht hast. Wahrscheinlich wird Paul es ihnen erzählen. Wie willst du ihnen erklären, warum du die Patrouille angelogen hast? Und da sie Wyatt und mich nicht mehr kriegen, werden sie dich als Trostpreis ans Kreuz schlagen.«
Sie zitterte vor Kälte, drückte sich an ihn, vergrub ihr Gesicht in seiner Brust. »Nein«, schluchzte sie. »Ich kann es nicht tun. Du weißt es. Mein Großvater . . . ich schulde ihm, was du Wyatt schuldetest. Ich kann ihn einfach nicht im Stich lassen. Und Paul – er wird es mir nie . . .«
Mallen wandte sich ab, ließ sie los, wußte, daß es nur einen Weg gab. Sie stolperte, fiel zu Boden, eine tragikomische Gestalt, ein kleines Mädchen im Militärmantel, lange Haarsträhnen, die aus der Wollmütze fielen. Mallen ließ sie einfach liegen, warf die Proviantpakete in den Gepäckraum des Sperbers, verstaute die Luger unter das Kissen des Vordersitzes. Er dachte jetzt an die Windrichtung, fragte sich halb, wußte jedoch, daß es jetzt keine Rolle mehr spielte, ob der See das Gewicht des Flugzeuges aushalten würde. Entweder wird das Eis halten, oder nicht. Es gab keine andere Wahl.
Er fuhr den Peugeot aus dem Weg, ließ ihn am Ufer stehen, kam zu ihr zurück, zog sie an den Schultern hoch.
»Steig in das Flugzeug.«
Sie schüttelte heftig den Kopf. »Nein, Mallen. Ich kann nicht mit dir gehen. Ich habe keine Wahl.«
»Verdammt noch mal, Verehrteste, ich werde mich nicht mit dir streiten. Mach, was du willst. Wenn du dumm genug bist, um dir einzubilden . . .« Er zerrte sie zum Cockpit. »Schau, die Batterie ist

tot. Ich kann das Ding allein nicht starten. Du mußt mir helfen. Die Benzinleitung ist trocken. Ich muß den Motor mit dem Propeller ankurbeln. Und du mußt ihn mit dem Gashebel abfangen, sowie er anspringt. Tue das, und dann bist du mich los.«
Halb half er ihr, halb stieß er sie in den Rücksitz des Cockpits. Sie protestierte, zitterte unbeherrscht, Tränen rannen ihr über das Gesicht. »Greg, verstehe doch. Ich liebe dich, falls dir das etwas bedeutet. Aber . . .«
Er nahm ihr Gesicht in seine Hände, blickte ihr in die Augen. Dann küßte er sie. Er nahm ihr die Mütze ab, ließ ihr Haar im Wind wehen, küßte sie wieder. »Ich verstehe, ich verstehe«, flüsterte er. »Was immer auch geschehen mag, ich verstehe.«
Er nahm ihre Hand, legte sie auf den Gashebel, bewegte sie ihrem Körper zu. »Das ist die geschlossene Lage.« Dann führte er ihre Hand nach vorn. »So ist er ganz offen. Wenn der Motor anspringt, beweg den Hebel um ein Drittel nach vorn. Wenn er dann richtig läuft, ziehe ihn langsam zurück, bis er im regelmäßigen Leerlauf dreht. Hast du es begriffen?«
Sie sah ihn an und nickte, schien in einer Art von Schockzustand zu sein. Sie machte den Mund auf, wollte etwas sagen, schloß ihn wieder, biß sich auf die Unterlippe. »Ich werde es versuchen«, brachte sie schließlich hervor.
Mallen zog die Bremse scharf an, knipste den Hauptschalter und die Zündung ein. Keine Zeit, ihr das zu zeigen. Er zog den Choke heraus und stellte sich vor den Propeller. Durchdrehen. Er zog ihn einmal herum, fühlte, wie dickflüssig das Öl in den Kolben war.
Fünfmal drehte er durch, kein Aufhusten, kein Ansetzen. Noch einmal. Jetzt nahm er den Benzingeruch wahr. Die mechanische Pumpe saugte an, stieß den Treibstoff durch die Leitung, füllte das Schwimmergehäuse des Vergasers, ließ das Niveau ansteigen. Dämpfe drangen aus dem Mischrohr. Die Ventile, gleich kleinen Robotern, öffneten und schlossen sich blind in den schwarzen Tiefen des Motors. Durchdrehen, du Trottel! So spring doch an, du Scheißmotor!
Einmal tuckerte er kurz an, erstarb dann wieder. Benzin tropfte unter der Haube heraus, verflog im Wind, machte winzige Flekken im Schnee. Wenn die Zündkerzen jetzt im Treibstoff ersau-

fen, ist es aus, sagte er sich. Verdammte Zündkerzen. Er ging zum Cockpit zurück, stellte den Choke und die Zündung ab.
»Zieh den Gashebel ganz heraus, und laß ihn offen. Das verdammte Ding ist ersoffen.«
Sie blickte aufmerksam auf, nickte, bewegt die Hand nach vorn.
Er glaubte, etwas zu hören – mehr als nur den Wind in den Baumwipfeln. Eine Schneebö fegte über den See, ließ eine Wolke aufstieben, peitschte sie vor sich hin. Dicke Schneeflocken blendeten ihn, durchnäßten seine Jacke, brannten ihm in den Augen. Er lauschte noch angespannter.
Wieder das Geräusch. Mehr als nur der Wind, aber es konnte doch nicht sein – noch nicht.
Wieder und wieder zog Mallen den Propeller durch, stieß sich die Knöchel an den scharfen Kanten der Schraube wund. Fünfmal, sechsmal, siebenmal. Zündung wieder eingestellt.
»Stell den Gashebel zur Hälfte zurück«, rief er ihr gegen den Wind zu. Ihre Hand bewegte sich ganz zurück und dann leicht nach vorn.
Durchdrehen! Der Motor knallte und hustete, sprang wieder an, heulte auf, als kaltes Metall gegen kaltes Metall knirschte. Sie zog den Gashebel zurück, die Umdrehungen wurden regelmäßiger. Ihr Gesicht leuchtete auf, triumphierte, strahlte.
Er rannte auf das Cockpit zu, bevor sie sich erheben konnte. Sie blickte zu ihm auf, schlang die Arme um seinen Hals, zog ihn an sich.
»Ach du lieber Gott«, rief sie aus. »Ich hatte solche Angst, daß all die Mühe vergeblich war – daß der Motor nicht anspringen würde.« Ihr Gesicht war naß, feucht von Tränen und schmelzenden Schneeflokken auf ihren geröteten Wangen.
Er küßte sie ungestüm, preßte ihren Körper in seinen Armen, versuchte, alles, was er fühlte und hoffte, in diesen kurzen Augenblick zu packen. Und er wußte, daß ohne sie alles für ihn sinnlos wäre.
Fast als hätte sie gefühlt, was jetzt kommen würde, zog sie sich rasch von ihm zurück. »Du mußt jetzt gehen. Und ich auch.« Sie griff an die Leiste des Kabinendachs, zog sich daran hoch, um auf den Flügel zu steigen.
Er hielt sie fest an den Schultern, stieß sie in den Sitz zurück, erlaubte

ihr keine Bewegung. Jetzt muß ich sie überzeugen, sagte er sich. Denn trotz allem, was der alte Mann gesagt hatte, sollte sie sich freiwillig entschließen und sich nicht einem Befehl beugen.
»Jeanne!« Er griff ihr noch fester an die Schultern. »Jeanne – höre mich an. Du sollst wissen, daß ich dich liebe, wie man nur lieben kann. Ich bin nicht ganz sicher, daß ich es bis ins westliche Kanada schaffe, aber ich weiß, daß ich eine gute Chance habe. Und du mußt mit mir kommen.«
Sie schüttelte den Kopf, und Tränen liefen ihr über das Gesicht. »Mallen. Mach es nicht noch schwerer für mich, ich kann nicht . . . .«
»Du hast keine andere Wahl. Du kannst nicht mehr zurück. Diese Patrouille dort hinten auf der Straße – die hatten ein Funkgerät. Es kommt nicht mehr darauf an, was Paul tut oder nicht tut. McKennon wird die ganze Gegend durchkämmen lassen. Wenn du zurückfährst, fassen sie dich ganz bestimmt. Und Paul kann ihnen erzählen, was er will, sie haben genug Beweise, daß du mich und Wyatt bei dir versteckt hattest. Und wenn das geschieht, werden sie . . .« Er dachte an das, was der alte Mann gesagt hatte, brachte es nicht über sich, es ihr zu sagen – nicht einmal daran zu denken.
Jeanne starrte ihn an, schien endlich die ganze Tragweite des Geschehenen zu begreifen. Er sah es in ihren Augen.
Sie gab allen Widerstand auf, sank in den Sitz zurück. Der Wind fuhr ihr durch das Haar, blies es ihr über die Stirn. Schneeflocken sammelten sich auf ihren Brauen und ihrem Haar.
Sie saß ganz still, schwieg während langer Sekunden, blickte dann wieder zu ihm auf. »Ich habe euch beide reden gehört. Aber ich dachte, es sei nur wegen Paul.«
»Jeanne, ich mußte deinem Großvater versprechen, daß ich dich mitnehmen würde. Er sagte, du wärest nicht . . . in Sicherheit, falls du hier bleibst.«
Sie packte ihn an den Handgelenken, ihre Nägel bohrten sich in sein Fleisch. »Ich habe diese Geschichte gehört. Aber sie werden nicht . . . ich meine, Paul würde mich schützen. Sie werden auf Paul hören. Und Mallen, ich kann meinen Großvater nicht allein lassen. Er ist so alt und krank, und ihm bleibt nur noch so wenig Zeit zum Leben. Ohne mich würde er . . .«
»Verdammt noch mal, Jeanne«, schrie er sie an, fühlte Verzweiflung

und Wut in sich aufsteigen. »Kannst du denn nicht begreifen, daß Paul gar nicht fähig sein wird, dich zu beschützen – daß du ihn sogar in Gefahr bringen kannst, wenn du zurückkehrst? Bis jetzt ist er in ihren Augen noch sauber und hat seine Pflicht getan. Aber wenn sie dich erst einmal verhören, kann es leicht so aussehen, als habe er dir geholfen.« Mallen suchte verzweifelt nach Logik und Vernunftgründen, fand aber nur verworrene Ideenfetzen. Er beugte sich herunter, nahm ihr Gesicht in seine Hände, wandte es sanft dem seinen zu. »Jeanne«, sagte er leise, »dein Großvater ist ein alter Mann. Er ist dem Tode nahe und quält sich in Schmerzen. Das Einzige, was er dir noch geben kann, ist deine Freiheit. Er wollte unbedingt, daß du mit mir kommst, obgleich er wußte, wie gefährlich es ist. Wenn du ihm diesen Wunsch verweigerst, läßt du ihm nichts mehr – nicht einmal einen würdevollen Tod. Und was Paul anbetrifft . . .« Mallen sah den Schmerz in ihren Augen, fühlte, was sie jetzt fühlen mußte. »Was Paul anbetrifft – so können wir ihm nichts nachtragen. Er hat im Zorn gehandelt, und wir haben diesen Zorn heraufbeschworen. Er wird darüber hinwegkommen. Und ich glaube – ich weiß –, daß er uns eines Tages verstehen wird.«

Sie hatte die Augen geschlossen, die Arme verschränkt, wiegte sich hin und her, quälte sich in ihrer Unentschlossenheit. »Ich weiß nicht, Mallen – ich kann nicht einmal mehr denken.«

Da er draußen vor dem Cockpit stand, hörte er es zuerst – das tiefe, unverkennbare Motorengeräusch, das Rattern der Schraubenblätter. Noch ziemlich weit entfernt, schätzte er. Die niedrige Wolkenschicht reflektierte und verstärkte das Geräusch, wie der Nebel ja auch die Signale eines entfernten Schiffes lauter ertönen läßt. Er warf einen Blick auf das Bordbrett. Öldruck gut, Öltemperatur kaum über der Kältezone. Die Nadel des Strommessers zitterte ziemlich hoch auf Batterieladung, Treibstoffdruck regelmäßig. Er schob langsam den Gashebel zurück, ließ den Motor im Leerlauf drehen.

Er mußte das Risiko eingehen. Zwei bis drei Minuten, um mit Rückenwind ein Stück über den See zu fahren, dann in den Wind wenden – also etwa insgesamt vier Minuten auf dem Boden sichtbar. Einmal in der Luft konnten sie genügend Stratuswolken und Schneeschauer finden, um sich zu verbergen. Dieser Hubschrauber suchte wahrscheinlich nur ein weites Gebiet ab. Der Mongole von der Sonderabteilung konnte ja nur ein gewisses Gebiet und eine Richtung

angeben, aber auf kein genaues Ziel hingewiesen haben. Falls aber Paul inzwischen ausgepackt hatte, würden sie nach einem See in der Gegend suchen, und das wies dann allerdings ziemlich genau auf Christian's Portage hin.
Mallen wandte sich wieder Jeanne zu, zog den Sicherheitsgurt fest, legte ihr die Schultergurte an. Sie wehrte sich fast verzweifelt. Er griff ihr unter das Kinn, zwang sie, ihn anzusehen.
»Jetzt mußt du dich entscheiden«, schrie er sie an. »Sie sind schon hier – einer ihrer Scheißhubschrauber schwirrt bereits über dem Bergkamm da hinten. Wenn du bleibst, bleibe ich auch. Dann kriegen sie uns früher oder später, der alte Mann wird umsonst gestorben sein, und auch für Paul wird es brenzlig werden, weil er dir geholfen hat. Die einzige andere Möglichkeit ist, gemeinsam von hier wegzufliegen – falls wir es überhaupt noch schaffen.«
Sie riß erschrocken die Augen auf. Dann hörte auch sie den Hubschrauber. Er war jetzt viel näher, ganz eindeutig eine Einzelmaschine, die auf vollen Touren lief, wahrscheinlich also nichts suchte, sondern direkten Kurs auf den See nahm.
Er zeigte ihn ihr, blinzelte auf das verschwommene, zum Teil hinter einem Schneeschauer verborgene Bild. Er wurde ganz kurz sichtbar, verschwand hinter einem Hügel, wendete, überflog das Gebiet zwischen der Straße und dem See.
»Sie fliegen wieder ab«, sagte sie.
»Sie fliegen nicht ab«, erwiderte Mallen ärgerlich. »Sie haben die Zufahrtsstraße aufgenommen, und wenn sie die Reifenspuren sehen, sind sie in weniger als zwei Minuten hier und schießen auf uns.«
Er überlegte hin und her, suchte nach Alternativen, aber es blieb ihm nur eine Wahl. »Ich muß sie mit dem Wagen ablenken, denn falls sie das Flugzeug sehen, genügen zwei Zielschüsse, um es in Flammen aufgehen zu lassen. Falls ich an das gegenüberliegende Ufer kommen kann, habe ich Deckung. Dann müssen sie ja irgendwo den Vogel landen, und ich habe den Vorteil. So ist es noch am besten – und es ist unsere einzige Chance.«
»Ich werde fahren . . .«
»Nein! Wenn ich einmal drüben bin, mußt du einen Pfad treten, damit das Fahrgestell im Schnee nicht ins Stocken kommt. Wenn ich wieder zurück bin, wird uns verdammt wenig Zeit bleiben. Sie erwarten bestimmt Verstärkung über Land.« Er hielt inne, dachte nach. »Aber eine Frage hast du mir noch nicht beantwortet . . .«

Sie streckte die Hand aus, wischte ihm den Schnee aus dem Gesicht, aber es war mehr eine Geste der Zärtlichkeit. »Ich gehe mit dir. Wohin du willst.«
Er dachte an den alten Mann und an das Versprechen, das er ihm abgerungen hatte. Er griff in seine Hemdtasche, nahm die Schachtel mit den Richeloff-Spritzen heraus, legte sie in ihren Schoß. »Falls ich nicht zurückkomme . . .«
Sie nahm die Schachtel, sah sie angewidert an, schleuderte sie in die Büsche. »Du wirst zurückkommen, Mallen. Und ich werde hier sein, wenn du kommst. Laß mir nur die Luger.« Sie richtete sich auf und küßte ihn.
Das Hubschraubergeräusch wurde immer lauter, dröhnte vom anderen Ufer des Sees herüber.

17

Es war der Kleine, der Hubschrauber mit dem gelben Heck. Er schwebte vom westlichen Horizont heran, streifte fast die Baumkronen, zögerte in der Richtung, machte eine Wendung, sauste heulend direkt auf die Mitte des Sees zu.
Mallen sprintete durch den Schnee, riß die Wagentür auf, stieg ein, ließ den Motor an, schaltete den ersten Gang ein, fuhr auf das Eis zu, ließ hinter sich eine Wolke von Schnee und gefrorenem Sand aufsprühen.
Er hegte keinen Zweifel, daß der Sperber gut versteckt lag. Falls sie den Wagen zuerst sahen, war es mehr als unwahrscheinlich, daß sie das weiße Flugzeug im weißen Schnee erkannten. Aber er fluchte über all die verlorene Zeit – Zeit, die ihm einen Sicherheitsspielraum hätte lassen können. Verschwendete Sekunden, Minuten und Tage, die sich wie eine schwere Schuldenlast angehäuft hatten.
Der Hubschrauber war auf der halben Höhe des Sees, flog langsamer, beschrieb einige S-Kurven rechts und links von der Seemitte aus. Offensichtlich hatten sie die Spuren des Peugeots in den auf dem Eis vertreuten Schneewehen nicht gesehen. Während Mallen den Klistow beobachtete, mußte er den Piloten bewundern, der unter äußerst harten und böigen Bedingungen flog, manchmal fast ohne Sicht. Der Mann war gut. Sehr gut.
Mallen fuhr im zweiten und dann im dritten Gang, steuerte auf das gegenüberliegende Ufer zu. Wenn er sich bückte, konnte er den Hubschrauber sehen, der vor ihm seine Kreise zog, sich jedoch von ihm zu entfernen schien. Es war wichtig – unbedingt erforderlich – daß sie ihn sahen, aber der Hubschrauber kurvte immer weiter von ihm fort, am gegenüberliegenden Ufer entlang. »Herrgott, sie haben mich verfehlt«, stellte er erstaunt fest. Jetzt schwirrten sie wieder auf die Seemitte zu, dem Rücken der Katze entlang, dann auf Mallens

Seite hinüber, aber immer noch zu weit entfernt. Er war jetzt in ihrem toten Blickwinkel, und ihre Augen waren bestimmt auf die Strecke vor ihnen gerichtet, wo sie die Reifenspuren suchten. Mallen bremste, hielt an und wartete, bot sich ihnen als Köder an, wußte, daß sie bald wieder wenden würden.

Während er sie gespannt beobachtete, hatten sie das Katzenschwanzende des Sees erreicht, stiegen leicht an, verringerten die Geschwindigkeit, wendeten langsam zurück, dieses Mal auf Mallens Seite des Seeufers. Das Ding war wie ein bellender Hund, der die Fährte überrennt, dann wieder zurückläuft, jetzt seiner Beute sicher ist. Nun ja, hatte er es nicht selbst vor dem alten Mann ausgeplaudert? Und dem Jungen war kein Wort entgangen. »Da unten am Ufer eines Sees in Maine«, und dahin waren sie dann auch gekommen. Dank der Funkmeldung des Mongolen wußten sie dann genau, welcher See es war.

Nun war Mallen sicher, endlich entdeckt worden zu sein, schaltete in den zweiten Gang, fuhr schneller auf das gegenüberliegende Ufer zu. Er blieb ihm keine andere Wahl, wenn er sie vom Flugzeug ablenken wollte.

Mallen legte den dritten, dann den vierten Gang ein, raste am Ufer entlang, holperte über rissige Eisblöcke und Unebenheiten, und die Radachsen schlugen gegen das Chassis an. Die Schneebö war vorüber, hinterließ ein mattes, schattenloses Licht, hüllte die Landschaft in ein ebenmäßiges Grau. Keine Zeit, sich umzusehen – der Wind war hinter ihm – und nur die sehr schwache Möglichkeit einer neuen Schneebö bot ihm noch Hoffnung auf eine Gnadenfrist.

Er sah den Hubschrauber aus dem rechten Vorderfenster. Er kam rasch und im Tiefflug, wendete kurz vor ihm, um ihn abzufangen. Mallen schwang das Steuer herum, wollte wieder auf das Eis hinaus. Die Reifen faßten während einer Sekunde, zogen an, aber dann geriet der Peugeot ins Schleudern, schlitterte in eine Kehrtwendung. Über dem Aufheulen des Wagenmotors hörte er die immer lauter werdenden Auspuffgeräusche des Hubschraubers und dann das dumpfe Rattern automatischer Waffen. Er nahm es physisch wahr, fühlte den Druck des von den Schraubenblättern niedergedrückten Windes – jenes Gefühl, das man empfindet, wenn man beim Vorbeirasen eines Eisenbahnzuges ganz nahe an den Schienen steht, dem heftigen Luftdruck und dem unglaublichen Lärm ausgesetzt. Dann war es

vorüber, der Peugeot immer noch heil und in Bewegung, aber seitlich schleudernd, außer Kontrolle.
Er zog die Handbremse, schlug das Steuer herum. Der Peugeot schlitterte noch ein kurzes Stück, faßte Halt, nahm wieder Richtung ein, beschleunigte das Tempo.
Unten am östlichen Ende des Sees machte der Hubschrauber eine leichte Bogenwendung, gewann an Höhe. Mallen fuhr jetzt geradewegs auf das gegenüberliegende Ufer zu, schätzte die Entfernung auf etwa eine Meile oder eine Ewigkeit ein, bemühte sich jedoch verzweifelt, sie vom Sperber abzulenken. Der Peugeot benahm sich wie eine Kuh auf dem Glatteis, geriet ständig aus dem Gleichgewicht, ließ sich nur schwer lenken. Es war wie in einem Alptraum, wenn man wirr mit den Armen fuchtelt, um sich über eine angreifende Hundemeute zu erheben, sich aber zu langsam bewegt, alle Kontrolle und Hoffnung verliert, wieder zu ihnen hinabsinkt.
Und doch gewann der Peugeot unglaublicherweise wieder an Geschwindigkeit, die Reifen faßten in der rauhen Eis- und Schneeschicht, und das Gewicht des Benzinfasses im Kofferraum half beim Antrieb. Er richtete behutsam das Steuer aus, ging in den zweiten und dritten Gang, sah die Tachonadel auf fünfzig und dann auf sechzig steigen. Jetzt hatte er Glatteis unter sich, fühlte den Wagen wieder schlingern, nahm den Fuß vom Gaspedal, kam wieder auf eine rauhe Eisschicht, ging in den vierten Gang, trat das Gaspedal durch, kam auf sechzig, siebzig.
Keine Hoffnung, die Winchester zu benutzen. Jeanne hatte sie geladen, aber sie lag außerhalb seiner Reichweite auf dem Rücksitz. Jetzt war er auf achtzig, und der Wagen schlingerte wieder, geriet außer Kontrolle. Er wagte einen Blick nach Osten. Der Gelbschwanz hing in der Luft, Bugnase leicht gesenkt, setzte zum Vorwärtsflug an, kam merklich langsamer auf ihn zu, nahm sich Zeit für einen leichten Todesstoß.
Vor ihm war das Ufer schon viel näher. Bäume, einzelne Dinge wurden immer größer und deutlicher, als er sich näherte. Er suchte sich die am nächsten liegende Stelle aus, gab noch mehr Gas. Jetzt sah er Büsche und einen Uferrand, auf dem sich Felsbrocken, Geröll und verkrüppelte Bäumchen abhoben.
Der Hubschrauber kam von der Seite auf ihn zu, holte ihn schnell ein. In seinem äußersten Blickwinkel sah Mallen Fontänen schneeigen

Eises über dem See aufsprühen, wie Reihen ganz plötzlich erblühender weißer Blumen. Der Peugeot und die Blumen trafen sich, die Windschutzscheibe explodierte in einer kristallenen Splitterwolke. Er fühlte die heftige Erschütterung des Chassis unter den Hammerschlägen, dann den schrillen Aufschrei zerreißenden Metalls, ein nicht endenwollendes Geräusch – und das alles in einem ganz kurzen Augenblick.

Sein Gesicht war starr, die Sicht verschwommen. Die Bäume und das Ufer nur noch eine formlose weiße Masse. Er war sich gerade noch bewußt, daß der Wagen zur Seite schlitterte, hatte gerade noch Zeit, sich die Hände vor das Gesicht zu halten, als der Peugeot am Uferrand aufschlug. Der Wagen schlingerte wie verrückt, kam wieder ins Gleichgewicht, die Reifen faßten, und dann rollte er in die gegenüberliegende Richtung. Mallen trat auf die Bremse, als der Wagen geradewegs auf einen schneebedeckten und halb im Fichtengestrüpp versteckten Felsen zuraste. Beim frontalen Anprall zerbarst der Kühler in einer Dampfwolke. Der Peugeot versuchte noch, über den Felsen zu klettern und gewann das Rennen fast, blieb in einem Winkel von dreißig Grad hängen. Und dann, in jenem Vakuum, das einer Schockwelle folgt, herrschte relative Stille. Nur zischender Dampf aus den Eingeweiden des Motors und das Krachen und Knacken von überhitztem Metall, das sich in der Kälte wieder zusammenzieht.

Es waren nur Sekunden, und an diesen Gedanken – soweit er überhaupt noch denken konnte – klammerte er sich jetzt. Sekunden entziffern, Sekunden lesen. *Bewege dich,* schrie eine Stimme in seinem Kopf. Er griff zum Gewehr auf dem Rücksitz, taumelte aus dem Wagen, ging rückwärts auf dem gefrorenen, schneebedeckten Boden, sah alles verschwommen vor sich, fühlte sich wie betäubt von der Nachwirkung des Schocks. Kleine rote und grüne Lichtpunkte schwammen vor seinen Augen, schwebten langsam aus seinem Blickfeld. Er versuchte, ihnen zu folgen, stellte belustigt fest, daß er es nicht konnte. Nur einmal hinsehen, und sie waren nicht mehr da, bewegten sich fort wie ein Schwarm kleiner Fische oder Fliegen. Fort. Und dann wieder da.

Er erinnerte sich. Hubschrauber. Er stolperte auf seine Beine, fiel beinahe um, griff nach irgend etwas, an dem er sich festhalten konnte, fand nichts. Ich habe Füße – ein Paar Füße – bewege deine

Füße! Er taumelte auf die Büsche zu, um dort reglos zu verharren, die einzige rettende Gnade. Keuchend sank er in das Geäst, kroch über die spitzen und stechenden Zweige, schwamm durch dichtes Blattwerk hinan.
Dann war es wieder da: Das Peitschen der Schüsse, die Erschütterung des gefrorenen Bodens unter dem Aufprall der Geschosse, das Auffliegen großer Erdklumpen kaum einen Meter hinter ihm. Der Hubschrauber kam im Tiefflug vorüber, in einer Welle von Lärm und Wind, wandte sich dann wieder dem See zu, stieg leicht an, blieb dann mit verändertem Rotorgeräusch im Schwebeflug kurz vor dem Ufer hängen.
Mallen lag zwischen zwei verkrüppelten Fichten, keuchte, versuchte klar zu sehen, fühlte, wie alles um ihn kreiste, hatte den Eindruck, auf einem Drehschemel herumzuwirbeln. Er bemühte sich, die Augen auf irgendetwas zu konzentrieren, hob die Hand, wollte das verdammte Kreisen endlich zum Stehen bringen. Immer noch alles verschwommen. Jetzt bemerkte er, daß er blutete. Die Sicht wurde klarer, aber als er seine Stirn berührte, war die Hand voller Blut. Er faßte sich noch einmal sanft mit dem Finger an die wunde Stelle, verspürte einen stechenden Schmerz, versuchte es wieder und zog behutsam einen nadeldünnen Glassplitter heraus. Die Blutung wurde stärker, und er wischte sich die Stirn mit dem Ärmel seiner verschmutzten Jacke. Er schloß die Augen, öffnete sie wieder, blickte auf seine Hand. Zehn Finger tauchten vor ihm auf, ihre Umrisse wurden schärfer, und dann waren es wieder fünf. Sein Kopf war benommen, begann zu schmerzen, aber wenigstens hatte er noch alle Glieder beisammen – leicht beschädigt, angestoßen, ausgefranst, aber immer noch aktionsfähig.
Der Hubschrauber hing tief im Schwebeflug etwa über der Mitte des Sees, etwa vierhundert Meter von ihm entfernt, schaukelte langsam von rechts nach links wie ein träges Insekt, das noch unentschlossen nach seiner Beute ausblickte. Das Licht war hell und klar, aber Mallen konnte nicht erkennen, wie viele Leute im Hubschrauber saßen. Er sah nur unbestimmte Formen hinter dem Plexiglas der Kabine.
Weiter oben im Westen fegte eine weitere Schneebö den See herunter, die zweite Welle, die den kommenden Sturm ankündigte. Die Sicht würde also wieder gleich Null sein, ein Umstand, der sich zu seinen Gunsten oder Ungunsten auswirken konnte, je nach der

Reaktion des Mannes, der den Angriff leitete. McKennon? Mallen hegte keinen Zweifel mehr daran.
Er fuhr sich noch einmal mit dem Ärmel über die Stirn und sah, daß die Blutung nachgelassen hatte. Der Körper schaltet sein Schutzsystem ein, sagte er sich. Die Kapillargefäße verengen sich, die bittere Kälte hilft ihnen dabei. Er lehnte den Kopf gegen den Baumstamm, schloß vorübergehend die Augen, wollte sich ausruhen.
Seit wie lange hatte er Jeanne im Flugzeug gelassen? Eine unglaublich lange Zeit, in Wirklichkeit kaum ein paar Minuten.
Wie gebannt starrte er auf den Helikopter, konnte einfach nicht begreifen, wozu sie all das Benzin verschwendeten, ihre Reichweite verringerten. Er wußte, daß Hubschrauber wahnsinnig viel Treibstoff im Schwebeflug verbrauchten, also konnte es eigentlich nur bedeuten, daß sie das Risiko auf sich nahmen, ihn jetzt und hier auf den Boden zu kriegen. Falls sie auch nur einen Ersatzmann hatten, wäre es logisch, ihn für einen Flankenangriff herunterzulassen, aber das verdammte Ding hing einfach da, schwebte wie an einem unsichtbaren Faden außer Schußweite. Und dann fiel es ihm ein. Der Hubschrauber hing da draußen, schwankte wie eine dicke Schießbudenfigur in der Luft herum: Schieß ihn dir, und du bekommst den großen Teddybär vom obersten Brett – damit wollte es McKennon also versuchen. Er wußte ja nicht, ob Mallen eine Waffe hatte, und er mußte zuerst herausfinden, ob Mallen sich den Preis holen wollte oder kein Kleingeld mehr hatte.
Der Hubschrauber kam ein wenig näher, war jetzt weniger als dreihundert Meter entfernt, und Mallen schätzte das Risiko ein. Immer noch zu weit draußen für einen wirksamen Schuß, und dazu ständig in Bewegung. Falls sie ihn aufmerksam beobachteten, konnten sie das Feuer aus seinem Lauf sehen, und die Wahrscheinlichkeit, daß er einen Volltreffer landete, war nicht sehr groß. Er griff in seine Jackentasche und zählte die Patronen. Vier. Fünf weitere im Magazin. Mit der einen im Lauf insgesamt zehn. Es genügte nicht einmal annähernd, um auch nur einen Schuß auf ein so unsicheres Ziel zu verschwenden. Sollte McKennon nur glauben, er sei tot oder ohne Waffe.
Die Schneebö kam immer näher. In schätzungsweise fünf Minuten mußte sie hier sein, vielleicht noch eher. Hubschrauber oder nicht, er würde das Eis zu Fuß überqueren. Was in der Windrichtung des

Sturmes lag, wäre dann vielleicht noch einigermaßen zu erkennen, und schlechte Sicht war seine einzige Hoffnung. Er blinzelte, versuchte, den Sperber auszumachen, der etwa eine Meile über dem See vor ihm lag. Etwa sieben Minuten im Schnellauf. Die Umrisse des Flugzeugs konnte er nicht erkennen, aber er sah oder glaubte zumindest, die beiden Felsblöcke zu sehen. Er mußte also dem Wind entgegenlaufen, sich vielleicht ein wenig rechts halten. Die direkte Linie lief ziemlich weit am Heck des Gelbschwanzes vorbei.

Gott, welche Kälte! Die Kälte drang bis in die Knochen, und die Wunde an seiner Stirn begann zu pochen, nachdem der erste Schock vorüber war. Er kramte nach einer Zigarette, fand nur das leere zerknüllte Paket. Hätte er die Wahl gehabt, so würde er gern eine Patrone gegen eine Zigarette eingetauscht haben. Er lächelte, erinnerte sich, daß Anne gesagt hatte, das Rauchen sei nur die Fortsetzung eines infantilen oralen Befriedigungsinstinkts, und er solle doch lieber am Daumen lutschen. Das verspreche immerhin eine längere Lebensdauer. Aber dann wiederum hatte Mallen nicht das Gefühl, daß sein Leben in diesem Augenblick nur vom Lungenkrebs bedroht war.

Sie können doch nicht ewig da draußen herumhängen. Früher oder später mußte McKennon zuschlagen, wahrscheinlich mit einer Flankenbewegung. Vielleicht würde der Hubschrauber einen Mann im Westen absetzen und einen weiteren, falls sie genug Kanonenfutter hatten, im Osten oder in der Mitte des Sees, und dann wären sie insgesamt vier, und der Pilot konnte sich aus der Schußlinie halten.

Ein paar dicke Schneeflocken fielen ihm auf die Wangen, schmolzen, und ihnen sollten noch viele folgen. Um so besser, sagte er sich. Herzlich willkommen, du lieber Schnee. Er summte ein paar Takte aus »Winterwunderland«.

McKennon Stimme drang zu ihm, vom Wind getragen, entstellt durch die Lautsprecherverstärkung, aber ganz unverkennbar McKennons Stimme.

»Mallen . . . allen . . . allen . . . kommen . . . ommen . . . Sie . . . ie . . . raus . . . aus.«

Es echote um den See, gedämpft vom fallenden Schnee, ersterbend in den Bäumen. Immer noch keine Bewegung des Hubschraubers, außer dem hypnotisierenden Schwanken.

Mallen legte den Kopf auf den Arm, die Schneeflocken häuften sich auf dem Jackenärmel, auf dem hölzernen Kolben der Winchester. Er beobachtete zwei, die sich langsam zusammenfügten, einen Tropfen bildeten, in einem Mikrorinnsal am Kolben herunterrannten. Wie lange noch? Sicht noch ausreichend, um den Hubschrauber zu sehen. Die Bö war schwächer, als er erwartet hatte. Zuerst hatte es wie eine dichte Wand ausgesehen, aber jetzt war er sich nicht mehr so sicher. Einige Sekunden lang wurde es dichter, dann wieder heller, als käme es in Wellen. Ich muß jetzt bald los. Sehr bald sogar.

Der Hubschrauber verschwand plötzlich im Schneegestöber, das Motorengeräusch veränderte sich, lief schneller. Er nahm an, daß sie näher kamen und blickte gespannt auf. Aber dann sah er ihn weiter im Osten und im Tiefflug, rasch über den See stiebend. Jetzt ist es Zeit, sagte er sich, raffte sich auf. Ein Körper, den er nicht kannte, gehorchte ihm widerwillig, benommen und protestierend.

Einige Sekunden lang blieb er vor dem sterbenden Peugeot stehen, dessen zerborstener Kühler eine schmutzig braune Flüssigkeit ausschied. Die Tür am Fahrersitz hing noch offen, und ein blechern klingender und beharrlicher Schnarrsummer warnte den nichtexistenten Fahrer. Das Benzinfaß war noch unversehrt, und er drehte die Verschlußschraube ganz auf, weil er ihnen den noch verbleibenden Treibstoff nicht hinterlassen wollte. Einem nachträglichen Einfall folgend, nahm er den neben dem Faß liegenden Wagenheber und steckte ihn sich unter den Gürtel. Dann machte er sich nach Norden auf, in den Wind, auf das offene Eis.

Der Schnee fiel jetzt viel dichter, fegte weiß und verschwommen über den vereisten See. Es war schwierig, in den Wind zu blicken, und er blinzelte, schnitt Grimassen. Sein Gesicht hatte alles Gefühl verloren, war nur noch eine Maske toter Haut. Er schleppte sich mühsam vorwärts, rutschte wiederholt aus. Er bewegte sich, hielt auch die geplante Richtung ein, kam aber viel langsamer voran, als er vorausgesehen hatte.

Das Motorengeräusch des Hubschraubers, zuerst ein leises Dröhnen, wurde lauter. Er konnte ihn nicht sehen, wußte jedoch ungefähr, in welcher Richtung er flog. Er schien sich ins Landinnere zu bewegen oder nach Westen, und das entsprach auch Mallens Vorstellung von McKennons Strategie – nämlich zwei Leute flankierend abzusetzen, die ihn in die Zange nehmen sollten. Jetzt bleibt mir nur noch eins, sagte er sich. Über den See kommen, und zwar schnell. Das war bestimmt der Ort, an dem sie ihn am allerwenigsten vermuten würden.

Er wandte sich vom Wind ab, konnte die betäubende Kälte nicht mehr ertragen, bewegte sich aber rückwärts weiter dem gegenüberliegenden Seeufer zu. Während er ging, wischte er sich den Schnee vom Gesicht, drückte sich die Flüssigkeit, die seinen Blick trübte, aus den Augen. Und da sah er hinter sich eine Bewegung am Rande des Waldes vor dem Ufer, eine grüne Gestalt, die sich vor dem weißen Hintergrund abhob. Instinktiv bückte sich Mallen in Hockstellung. Der Mann hatte ihn noch nicht gesehen und bewegte sich rasch robbend dem Peugeot zu. Der Flankenmann Nummer eins war untersetzt, vielleicht übergewichtig, bewegte sich jedoch mit jener sicheren Beherrschtheit, die von diszipliniertem Training zeugt. Er trug einen Mantel mit aufgezogener Kapuze. Eine Waffe, die Mallen nicht erkennen konnte, die aber ihrer unregelmäßigen Form nach eine AK-47 sein mußte, ruhte sicher in seinen Händen, an die Seite gestützt, und den Lauf nach vorn, auf ein breites Schußfeld ausgerichtet.

Das Schneegestöber entzog ihn vorübergehend seiner Sicht, und als Mallen ihn wieder sah, lief er geduckt und im Watschelschritt um den Peugeot, die Waffe in Brusthöhe, näherte sich gerade dem Heck des Wagens.

Mallen nahm die Winchester, stützte sich mit beiden Ellbogen auf das Eis, schätzte die Distanz ein. Aus irgendeinem Grunde hatte er den Mongolen im Wald verfehlt, obgleich es ein sicherer Treffer hätte sein sollen. Die Patronen waren alt, das Schießpulver wahrscheinlich schon von geringerer Treibkraft und daher zielunsicher. Er nahm die Brust des Mannes ins Visier, hielt den Atem an, drückte ab.

Im gleichen Augenblick drehte sich der Mann um, ging in Hockstellung, feuerte in einem langen Bogen in Mallen Richtung.

Kugeln pfiffen ihm über den Kopf, prallten vom Eis ab, und es klang wie das Summen von Insekten an einem Sommernachmittag. Irgendetwas riß an seiner Jacke. Mallen zog den Arm zurück, legte eine neue Patrone ein, zielte auf den Unterleib des Mannes. Dieser hockte jetzt neben dem hinteren Kotflügel, wechselte das Magazin, brachte die Waffe hoch. Mallen feuerte, und im Bruchteil einer Sekunde später feuerte der Mann am Ufer. Die rosa-weiße Flamme aus dem

Lauf wuchs zu einer unregelmäßigen leuchtend weißen Blüte an, dann zu einem gelblich-weißen Feuerball – dann wurde die Gestalt von der Explosion wie eine Stoffpuppe in die Luft geschleudert, wirbelte ein paarmal herum, fiel zu Boden. Die Flammen sprangen hoch über dem Peugeot auf, als die Schockwelle donnernd über den See und wieder zurück schoß, dann ein gedämpftes knisterndes Geräusch, das langsam im fallenden Schnee erstarb. Mallen verspürte keine Begeisterung. Er hatte zwar den Mann getötet, dafür aber seinen Standort preisgegeben, und hier draußen auf dem Eis gab es keine Deckung.

Mallen lud noch einmal durch und wartete. Außer den gelben Flammen und einer fettigen schwarzen Rauchwolke, die der Wind vor sich hinpeitschte, war keine Bewegung am Ufer zu sehen.

Er blickte nach Westen, beobachtete das Ufer. Er hörte den leisen und langsamen Rhythmus der Schraubenblätter, jedoch nicht die Auspuffgeräusche. Möglicherweise war der Hubschrauber gelandet und setzte den Flankenschützen Nummer zwei aus. Die Sicht war sehr beschränkt, und es war, als versuchte man, durch mehrere Schichten von Tüllvorhängen zu sehen. Dann erblickte Mallen ihn, glaubte es wenigstens – nur eine Bewegung, ein dunkler Schatten vor dem weißen Hintergrund. Die Entfernung war nicht einzuschätzen, und Mallen war sich nicht einmal sicher, ob die Bewegung ein Mann war. Aber er gab drei schnelle Schüsse ab, zielte in einem kurzen Bogen in die Richtung, in der die Gestalt sich bewegt hatte.

Kein Gegenfeuer. Mallen wartete einige Sekunden, legte eine neue Patrone ein, wurde sich klar, daß es die letzte im Magazin war. Wieder laden und dann weiter, sagte er sich. Wie viele Patronen noch? Mit fast gefühllosen Fingern griff er in seine Jackentasche, zog sie heraus, und drei fielen auf das Eis. Jetzt dröhnte der Auspuff des Hubschraubers laut auf, immer lauter, bewegte sich von rechts nach links.

Eine Patrone legte er mit großer Mühe in das Magazin ein, versuchte, die anderen vom Eis aufzulesen, konnte sie nicht fassen, stieß sie herum, ließ sie aus seinen Fingern gleiten. Verdammte blöde Finger, eher wie Holzstümpfe an quietschenden Angeln. Er fühlte sich so verzweifelt unbeholfen, daß er hysterisch zu lachen begann.

Ohne Vorwarnung, ohne merkliche Zunahme des Motorengeräuschs schwirrte der Hubschrauber direkt über ihm vorbei, kaum fünf Meter über ihm, und sehr rasch.

Sie haben mich nicht gesehen!
. . .mich nicht gesehen! dachte er zuerst – betete es – wußte aber dann, daß es für seinen Verstand die einzige Möglichkeit war, sich mit der Wirklichkeit abzufinden. Der Hubschrauber flog eine Sekunde lang weiter, wendete dann scharf, verschwand vorübergehend im Schneegestöber, tauchte wieder auf, stieg leicht an, kam auf ihn zu. Er wollte rennen, sich verstecken, sich in das Eis eingraben, und dann fühlte er ganz plötzlich die Nacktheit und die Wehrlosigkeit des Opfers, allein auf offenem Feld, den Schüssen seiner Jäger ausgesetzt.
Aus der Entfernung von weniger als vierhundert Metern wirkte der Hubschrauber wie ein bald verschwindendes, bald wieder sichtbar werdendes Gespenst, als er durch das dichte Schneegestöber auf ihn zuflog, während die Schraubenblätter mit jenem deutlich erkennbaren Pfeifgeräusch aufheulten, das von der Bodenwirkung kommt.
Drei Patronen lagen auf dem Eis vor seinen Füßen, aber er hatte keine Zeit, an sie zu gelangen. Er hockte sich in Sitzstellung, zwang sich, das Gefühl von Panik zurückzuhalten, nahm das Gewehr, hob es an, legte den Finger an den Abzug. Noch eine Chance, sagte er sich. Adrenalin pulste durch seinen Körper, und plötzlich fühlte er sich heiß, vollkommen, voller Lebenskraft.
Der Anflugwinkel des Hubschraubers war ein bißchen zu weit, weiter nach Norden, als er erwartet hätte. Er rutschte rasch auf dem Hosenboden herum, zielte, kalkulierte eine mögliche Abweichung ein, drückte ab.
Aus seinem primitivsten Bewußtseinsniveau wurde Mallen gewahr, daß eine Veränderung in ihm vorgegangen war, daß Angst und Überlebensinstinkt jetzt bereits überschrittene Grenzen waren. Selbst als die Winchester 94 ihm gegen die Schulter schlug, wußte er, daß die Kugel genau dort einschlagen würde, wo er es wünschte, als ob Muskeln und Verstand sich zusammengetan hatten, um den Schuß nach seinem Willen zu steuern. Er hörte sich schreien, aber es war der Schrei eines gejagten Tiers, das sich umdreht und seinen Jäger anfällt.
Der Pilot bockte unter dem Anprall auf, streckte plötzlich den Arm in einer verteidigenden Geste heraus, die Kabine erzitterte, brach in Scherben, Plexiglassplitter sprühten heraus oder in das Cockpit.
»Jahhhhh!« brüllte Mallen. Seine Stimme ging im Heulen des

Motors unter, aber Mallen war sich nur noch der über ihm schwebenden Maschine bewußt, die maßlos anzuschwellen schien. Einschätzung, Übertragung von Blick auf Verstand, Berechnung der Schußbahn, alle Befehle der Gehirnzellen drangen automatisch in die Nervenbündel, in die Muskeln, ins Fleisch. Schloß abermals zurückgezogen, Patrone eingeschoben, Schloß eingeschnappt, Abdrücken. Hundertfünfzig Bleikörner drangen in einer Geschwindigkeit von über vierhundertfünfzig Stundenkilometern aus dem Lauf, blitzten während des Bruchteils einer Sekunde im grauen Licht, schlugen in den Ölkühler des Klistows ein.

Der Hubschrauber donnerte über ihm vorbei, nahe genug, daß er die Ölrinnsale oder die Flecke und die verschwommenen Gesichter im Cockpit sehen konnte. Mallen wirbelte herum, erwartete, daß das Ding abstürzte, aber der Hubschrauber stieg an, schaukelte wild von einer Seite zur anderen, schien kaum noch unter Kontrolle zu sein.

Etwa vierhundert Meter weiter verlangsamte der Klistow sein Tempo, ging in den Schwebeflug, begann dann rückwärts zu fliegen, das Heck wedelnd und schwankend unter dem außer Kontrolle geratenen Steuerruder. Das Auspuffgeräusch schwoll zu einem Heulen an, klang wie der Schrei eines sterbenden vorgeschichtlichen Tiers, und im heftigen Luftwirbel unter dem Hubschrauber stob eine Säule vom emporsprühenden Schnee und Eis auf.

Mallen schrie in enttäuschter Verzweiflung auf und lud noch einmal durch, als das Ding wieder über seinem Gesicht vorbeischwebte. Er nahm den Benzintank ins Visier, drückte ab. Es klickte nur – die Kammer war leer.

Wütend schleuderte Mallen die leere Winchester auf das Eis. Er zog den Wagenheber unter seinem Gürtel hervor, lief dem Hubschrauber nach, rannte, torkelte wie ein Betrunkener, rutschte aus, stürzte, nahm den Schmerz nicht einmal wahr. Die Wunde auf seiner Stirn blutete stark, er fuhr sich zornig mit dem Ärmel darüber und war überrascht, nichts zu fühlen. Irgendwie begriff er dunkel, daß sein Tun überhaupt keinen Zweck hatte, aber er war jetzt nicht mehr bei Verstand, war nur noch ein Wahnsinniger, der eine Eisenstange in der Luft schwang, gegen den Wind und den Lärm des Hubschraubermotors anschrie, Flüche, unzusammenhängende Worte und Triumpfgebrüll ausstieß.

Aber der Hubschrauber stürzte nicht. Irgendwie gelang es dem

Piloten, das Ding in der Luft zu halten. Es war völlig außer Rand und Band geraten, tat Sachen, die kein Flugzeug zu tun vermochte, schoß auf, ging im Sturzflug nieder, schwankte und wälzte sich, schlug immer weitere Bögen.

Mallen hatte es fast eingeholt. Während er rannte, brüllte er dem Hubschrauber mit einer Stimme zu, die er nicht mehr als seine eigene erkannte: »So stürze doch, du verdammtes Scheißding . . . VERBRENNE!«

Eine neue Schneebö fegte über das Eis, das Licht war ein dunkles eintöniges Grau, der Schnee peitschte ihm ins Gesicht, und der Wind wehte so stark, daß Mallen sich direkt in ihn hineinlehnen konnte. Vorübergehend verlor er ihn aus dem Blick, blieb stehen, drehte sich um, suchte den Hubschrauber, wußte, daß er ganz nahe war und näher kam. Zu seiner Rechten schoß jetzt der Hubschrauber durch einen Schneeschauer direkt auf ihn zu, bewegte sich rasch, schwebte kaum einen Meter über dem Eis. Er hatte gerade noch Zeit, den Arm zurückzuschwingen und mit der Eisenstange auf die Kabine einzuschlagen, und die Wucht der Bewegung brachte ihn aus dem Gleichgewicht. Er fiel schwer auf die Seite, strampelte mit den Füßen, fühlte den Wind und den Lärm des Hubschraubers über ihm wie das Vorbeidonnern einer Lawine. Er drehte sich halb um, blickte hinter sich, sah den Hubschrauber sich aufbäumen, die Heckschraube in einer Explosion von Metall und aufwirbelndem Eis in die dicke Eisschicht des Sees dringen. Das Ding schlitterte auf dem einbrechendem Rumpf zur Seite, und dann legte es sich schwer wie ein müdes Tier, fast im Zeitlupentempo nieder. Die Hauptschraubenblätter zerfetzten, lösten sich in nichts auf, brachen ab, schleuderten quer über das Eis. Das Ding rutschte ein Stück weiter, eine Kakophonie von quietschendem Metall und zerberstender Maschinerie. Noch eine letzte Erschütterung – eine dumpfe Explosion in den Eingeweiden des Motors – und dann war der Hubschrauber nur noch ein regloser Trümmerhaufen, halb eingebettet im aufgebrochenen Eis, und das Wasser begann, durch die Ritzen zu dringen und sich in einen immer größer werdenden Tümpel auszubreiten.

»Allmächtiger Gott«, sagte er sich. »Ich habe gewonnen.« Erschöpft erhob er sich, taumelte die letzten zwanzig Meter dem Hubschrauber entgegen. Man sah dem Klistow wirklich nicht mehr an, daß er noch vor kurzem hatte fliegen können. Ein Schrotthaufen. Ein wirres

Durcheinander von zerrissenen Metallplatten und verbogenen Rohren. Öl, Benzin und Hydraulikflüssigkeit ergossen sich langsam aus der zertrümmerten Motorhaube, bildeten bunte Flecke auf der dünnen Wasserschicht.

Der Pilot war tot oder dem Tod so nahe, daß es nichts mehr ausmachte. Er lag über die Bordinstrumente gebeugt, den Hals in einem unmöglichen Winkel, das Gesicht in den Trümmern des Bordbretts versunken. Seine linke Hand war steif, klammerte sich immer noch an den Hauptschalter. Blut tropfte ihm aus dem Jackenärmel, lief in das Wasser unter dem sinkenden Hubschrauber, fügte sich den anderen Ausscheidungen des verendenden Wracks zu.

McKennon saß im rechten Sitz, schien noch halb bei Bewußtsein zu sein, blutete aus der Nase. Er hielt sich aufrecht, war immer noch angeschnallt, nickte, als führe er ein Gespräch mit einer inneren Stimme. Mallen konnte nicht näher als etwa sieben Meter an das Wrack gelangen. Das Eis krachte weiter unter der Last auf, und während der Hubschrauber immer tiefer sank, verbreitete sich der Tümpel, und das Wasser drang bereits in den zusammengedrückten Rumpf ein.

»McKennon!« brüllte Mallen. Keine Bewegung, nur das Nicken. Keine Waffen im Cockpit, nur ein paar gefüllte Magazine und unidentifizierbare Speisereise auf dem Boden vor dem Rücksitz. Mallens Herz pochte noch so stark, daß ihm die Schläge im Kopf dröhnten. Aber er sammelte bereits wieder seine Gedanken, wurde sich voll bewußt, daß er gesiegt hatte, daß seine Zukunft nicht mehr auf wenige Sekunden beschränkt war. Wie viel Zeit war vergangen, seit er Jeanne verlassen hatte? Schwer zu sagen, aber es schien eine Ewigkeit, wenn es auch wahrscheinlich kaum eine halbe Stunde war.

»McKennon!« Er mußte gehen, das wußte er. Aber er konnte sich nicht losreißen, starrte wie gebannt auf McKennon, der da im zertrümmerten Cockpit hockte, in eisiges Vergessen versank. Mallen war sich zwar voll seines Sieges bewußt, aber solange McKennon diesen Sieg nicht anerkannte, war er bedeutungslos.

»McKennon!« schrie er wieder. »Hören Sie mich? Ich bin's – Mallen.«

Die Gestalt bewegte sich, hob die Hand, stieß langsam ein imaginäres Hindernis beiseite. Dann drehte er langsam den Kopf, wandte sich

Mallen zu, ganz langsam, als kostete es ihn große Mühe. Endlich öffnete er die Augen, blickte Mallen an, schien es als eine Störung zu empfingen, als etwas, das ihn in seinen Gedanken unterbrochen hatte.
»David?« fragte er, versuchte klarer zu sehen, blinzelte. Dann würgte er an irgend etwas, begann zu husten, und ein krampfhafter Schmerz verzerrte sein Gesicht. Er griff sich an die Brust, als versuchte er, seinen Körper vor einer inneren Explosion zu schützen, und dann klammerte er sich verzweifelt an den Schultergurt.
Als Mallen da auf dem Eis stand, zusah, wie McKennon sein Leben aushustete, das Eis unter dem zertrümmerten Wrack immer weiter aufbrechen hörte, wurde er sich plötzlich klar, daß McKennon zwar der Feind gewesen, aber jetzt ein besiegter und sterbender Feind war. Darüber konnte er keine Freude mehr empfinden. Der Kampf war zu Ende, und nun stand er hier herum und glotzte auf das Grab des Besiegten. Jede Minute war kostbar, jede verschwendete Minute brachte ihn in neue Gefahr, und doch konnte er sich nicht wegreißen.
Der Hustenanfall hatte sich gelegt, McKennon hob die Hände, blickte auf seine blutverschmierten Handflächen, schien einfach nicht zu begreifen, was ihm da geschah. Er hustete noch einmal, und ein schwärzlich roter Klumpen floß ihm langsam aus dem Mund. Sein Kopf begann zu schwanken, und er schien nicht mehr klar sehen zu können.
»Helfen Sie mir«, sagte er mit schwacher Stimme. Er hatte die Augen weit geöffnet, blickte auf den Mann auf dem Eis.
»Kommen Sie aus diesem Ding heraus!« brüllte Mallen. »Das Gurtschloß – klappen Sie das Gurtschloß auf!«
McKennon riß die Augen noch weiter auf, hob die Brauen wie ein Betrunkener, der gerade zu sich kommt, starrte Mallen an. Dann blickte er auf das, was einmal Baines gewesen war, dann auf den bereits überschwemmten Boden des Cockpits. »Mallen . . .?«
Eine Eiszunge brach krachend ein, und der Rumpf des Wracks neigte sich zur Seite, taumelte wie betrunken nach links. Das Wasser drang über die Verdeckleiste, sprudelte durch Ritzen, Kabel und Drähte.
»Mallen«, sagte er deutlich, »helfen Sie mir.«
»Schnallen Sie den Gurt los. Den *Gurt*, McKennon. Dann kommen Sie raus und schwimmen!«

McKennon klappte die Schnalle auf, benutzte beide Hände, fiel zur Seite, auf den toten Piloten, konnte sich nicht weiterbewegen.
»*Raus!*« brüllte Mallen ihm zu, und er hörte das Echo seiner Stimme wie im Spott auf ihn zurückkommen.
McKennon stemmte sich mit beiden Händen gegen Baines Körper, setzte sich langsam wieder auf, hustete. Dann fiel er in seinen Sitz zurück, schnappte verzweifelt nach Luft, bemühte sich, seinen keuchenden Husten zu beherrschen. Seine Haut war aschgrau, rasende Schmerzen gruben sich in die Falten seines Gesichts ein. Endlich ließen die Krämpfe nach, und er sagte röchelnd: »Die Beine sind tot. Kein Gefühl . . .« Er drehte sich Mallen zu. »Hab' Sie endlich eingeholt . . . wußte . . .«
Das Wasser im Cockpit stieg immer höher, plantschte um seine Knöchel und Waden, aber er schien es nicht zu bemerken. Er hob die Hände an seinen Hals, riß an etwas, einmal, zweimal. Dann hielt er einen Gegenstand in der Faust, blickte ihn an, zuerst die eine und dann die andere Seite, nickte befriedigt, hob den Arm, schleuderte das Ding schwerfällig über den Tümpel. Es landete zu Mallens Füßen, rutschte noch ein Stück auf dem Eis weiter.
»Es ist Ihrs«, sagte er. »Nehmen Sie es . . .«
Mallen las es auf, drehte es in seiner Hand. Eine dicke Goldmünze, ein alter amerikanischer Doppeladler, wertvoll genug, um sich damit ungefähr alles zu kaufen. Es war noch warm von McKennons Körper.
Plötzlich schoß die Heckschraube aufwärts, und der Rumpf begann völlig zu versinken. McKennon hob die Hand, die Finger zu einem letzten Gruß ausgestreckt. »Glück, Mallen . . . bis zum nächsten Mal . . .«
Der Winkel wurde steiler, McKennon sank vornüber, fiel gegen das Bordbrett, der Hubschrauber senkte sich zur Seite, ging unter. In weniger als zehn Sekunden war er verschwunden, hinterließ nur noch vereinzelte Eisstücke und einen flachen Strudel schmutzigen Öls.
Eine lange Weile, die sich nicht in Sekunden oder Minuten oder Ewigkeiten messen ließ, starrte Mallen wie hypnotisiert auf den Tümpel, trat unbewußt einige Schritte zurück. Blasen stiegen brodelnd und sprühend auf, und dann breitete sich die Ölschicht über der Einbruchstelle aus, drang langsam nach außen.

Endlich wandte sich Mallen ab und ging nach Norden, dem Ufer zu.

Er war einen langen Weg gekrochen, viel weiter, als er es unter diesen Umständen und mit seiner Wunde für möglich gehalten hätte. Seine Handschuhe waren durchnäßt, die Knie steif vor Kälte, und bei jeder Bewegung fühlte er den stechenden Schmerz im Bein. Paul Le Borveaux rastete kurz an eine Birke gelehnt und erlaubte sich dreißig Sekunden Rast, bevor er weiterging.
Minuten nachdem er verwundet worden war, hatte er den Hubschrauber stürzen gesehen, und er wußte, daß niemand – weder McKennon, noch Baines – Mallen jetzt noch aufhalten konnte. Nur er. Es blieb ihm nicht mehr viel Zeit, und dessen war er sich voll bewußt. Zuerst rückte er sich den Lederriemen seines ihm auf dem Rücken hängenden Karabiners zurecht, und dann kroch er weiter.
Er brauchte noch etwa vier Minuten, um auf die Kuppel des kleinen Hügels zu gelangen, aber von dort aus – so stellte er mit Erleichterung fest – brauchte er nicht mehr weiter. Vom Hang aus konnte er den See überblicken, hatte ein freies Schußfeld vor sich. Die ideale Position, um die Seeoberfläche zu beherrschen.
Paul suchte sich einen Platz zwischen zwei gefallenen Baumstämmen, denn hier war er gegen die eisigen Windstöße von Nordwest geschützt. Er zog sich an den ihm näher liegenden Baumstamm, klammerte sich dabei an die noch verbleibenden Aststümpfe und Zweige. Der obere Teil des Stamms war mit Schnee bedeckt, und die Rinde darunter war faulig, so daß er daran ausglitt und hinfiel. Der Schmerz seiner Wunde schoß ihm wie ein heißes Eisen durch den Körper, und er sah Wellen von roten und schwarzen Punkten, als er krampfhaft die Augen schloß, aber dann ging es allmählich wieder vorüber, und er fühlte nur noch einen dumpfen und pochenden Schmerz.
Zähneknirschend, um nicht laut aufzuschreien, nahm er behutsam das linke Bein mit beiden Händen, richtete es gerade vor sich aus. Dann klappte er sein Taschenmesser auf, schnitt in den Stoff seiner Hose, schaute sich die Wunde an. Es mußte eine auf dem Eis abgeprallte Kugel gewesen sein, ein leicht eingedrücktes Ding, das ihn mit verminderter Kraft, aber immerhin noch mit großer Heftigkeit getroffen hatte. Sie war ihm ins Fleisch gedrungen, gerade unterhalb der Lende, und sie saß tief in ihm drin. Er betastete

vorsichtig seinen Schenkel und fühlte eine harte und fremdartige Beule.
Von der Ausbildung wußte er, wie man eine Aderpresse macht. Aber die Wunde war nur wenige Zentimeter unter seiner Lende, und ließ nicht genug Raum für eine Schlinge. Sie war immer wieder aus ihrer Lage verrutscht, ganz gleich mit welcher Spannung er den Knebelstock drehte. So beschloß er schließlich, die Ader ganz zuzudrücken und den Knebel hie und da leicht zu lösen, um die Möglichkeit eines Wundbrandes auf ein Mindestmaß zu verringern.
Ich habe noch viel zu tun, sagte er sich: Ich muß den Lauf des Karabiners von Schnee und Schmutz freihalten – und mich vor der Kälte schützen. Das waren die beiden wichtigsten Dinge. Er konnte sich an den polnischen Sergeanten erinnern, der ihnen immer wieder diese beiden Befehle eingepaukt hatte – *Haltet die Waffe trocken* und *Körperwärme bewahren.*
Eine Welle von Benommenheit überflutete ihn, er fühlte sich schwindlig, und alles drehte sich vor ihm. Er wußte, daß er sich in den nächsten Minuten nicht gehenlassen durfte. Mallen würde jetzt bald mit seinem Flugzeug auf dem Eis erscheinen und es zuerst in seine Richtung bewegen – im Rückenwind. Das hatte er gelernt. Flugzeuge starten in den Gegenwind, wie es die Enten tun, wenn sie von einem Teich auffliegen. Mallen würde also zuerst mit Rückenwind fahren, um sich eine möglichst große Startbahn zu sichern, und Paul wußte, daß sein Karabiner die nötige Schußweite hatte. Ja, sagte er sich, es ist nur noch eine Frage von Minuten, und dann kann ich mir ein Feuer machen und mich um mich selbst kümmern.
Um sich bei Bewußtsein und klarem Verstand zu halten, konzentrierte er sich auf Mallen. In den frühen Morgenstunden, als er Mallen durch die dünne Zimmerdecke gehört hatte, war es ihm leicht gewesen, ihn zu hassen. Paul war zuerst aufgewacht, als er Mallens Schritte im Flur und dann das Öffnen und Schließen der Tür gehört hatte. Dann hatte er wieder Schritte auf der Treppe und Flüstern vernommen, dann wieder leise Schritte und eine sich schließende Tür. Darauf war eine lange Stille gefolgt, und Paul wäre beinahe eingeschlafen. Aber dann wieder die Stimmen – und das metallische Quietschen und Springen der Bettfedern, und dann ihr letztes Aufstöhnen. Minuten und dann Stunden hatte er wach gelegen, sich wild seiner Phantasie überlassen, Ekel und Haß beim Gedanken an die

beiden ineinander verknoteten Körper empfunden. Es war Verrat der allerschlimmsten Art, verbunden mit dem Schmutz des Sexuellen.
Er hatte die Zoten und Witze der Männer in der Kaserne gehört, ihre widerlichen Beschreibungen der Paarung von Mann und Frau. Für Paul war es etwas rein Tierisches, eine Schweinerei, die mit Liebe nichts zu tun hatte. Oft genug hatte er die Männer in der Kaserne in rohes Gelächter ausbrechen hören, wenn sie einander erzählten, zu was sie die Huren zwangen und sogar, was es jeweils kostete, als ob es etwas sei, was man sich kauft wie Eßwaren oder ein paar Stiefel.
Mallen hatte ihn verraten, sein Wort gebrochen, und doch mußte sich Paul eingestehen, daß er diesen Amerikaner gemocht hatte. Gewiß, er konnte hart und roh sein, aber er hatte auch Mitgefühl. Paul hatte gesehen, wie Mallen sich dem alten Mann und Wyatt gegenüber benahm, und dahinter steckte bestimmt mehr als Raffgier und Eigennutz.
Er dachte zurück, er erinnerte sich an das Gespräch in der Scheune. Da hatte er etwas bei Mallen gefühlt, eine wirkliche Gegenwart, das Gefühl, *mit jemandem zusammenzusein,* akzeptiert zu werden. Und das war etwas, was Paul nicht einmal bei seinem Vater oder bei seinen Kameraden gefunden hatte, und noch jetzt dachte er gern daran zurück. Wie Mallen ihm das Flugzeug beschrieben hatte, und jenes Gefühl beim Fliegen, wenn sich das Bewußtsein voll ins Dreidimensionale erweitert.
Aber dann hatte Mallen ihn verraten.
Paul stellte fest, daß er sehr müde war, wie nach einem langen Dauerlauf. Aber mit der Müdigkeit stellte sich ein Nachlassen des Schmerzes und ein gewisses Wärmegefühl ein. Er schloß die Augen, zählte bis fünfzig, öffnete sie wieder, machte zehn tiefe Atemzüge, versuchte, klar zu denken. Er blickte über den See, fand, daß es weniger schneite, aber irgendwie war es dunkler geworden, schwere Wolken zogen auf. Er schloß wieder die Augen, zählte bis dreißig. Es hat eigentlich keinen Zweck, ständig auszuschauen, sagte er sich, denn er würde ja den Motor des Flugzeugs hören. Oder nicht?
Er runzelte die Stirn und betrachtete mit schläfriger Neugier den Schnee, der sich um sein linkes Bein rötlich färbte. Sein Finger hatte die Ader losgelassen, und er hatte es nicht bemerkt. Jetzt drehte er den Knebel fest auf die Aderpresse, und allmählich hörte das Blut zu fließen auf. Wie blöde, sagte er sich. Meine Finger sind so kalt, daß sie

alles Gefühl verloren haben. *Haltet die Waffe trocken und bewahrt Körperwärme.* Er kicherte leicht benommen vor sich hin, stellte sich vor, er könne das ausgelaufene Blut irgendwie wieder einsammeln, aufbewahren, es warmhalten, es in seinen Taschen verstauen.

Paul dachte auch an seine Waffe. Trockenhalten. Er hatte sie an den Baumstamm gelehnt, nahm sie, prüfte den Verschluß, blies den Schnee vom Lauf. Sie schien ihm plötzlich besonders schwer und unhandlich.

Mallen und Wyatt werden nie kommen, sagte er sich. Das Flugzeug muß kaputt oder beschädigt sein. Mallen. Muß mich mal erinnern, wie er genau ausgesehen hat. Weiß gar nicht mehr, über was wir uns sonst noch unterhalten haben – außer übers Fliegen. Dieser Idiot, sagte er sich. Es war blöde von Mallen, mich zu verraten, denn ich hätte ihn nicht angezeigt – habe es ja bewiesen. Aber jetzt ist es etwas anderes. Die Lage hat sich halt geändert.

Er fühlte sich wärmer. Vielleicht boten ihm die gefallenen Baumstämme besseren Schutz. Und keine nennenswerten Schmerzen, nur ein verschwommenes Gefühl des Unwohlseins. Doch dann wurde ihm plötzlich klar, daß die Verbindung von Blutverlust und Kälte ihn einzuschläfern begann. Er mußte ein Feuer machen, nicht nur um sich warm zu halten, sondern auch um die Hubschrauberleute auf seinen Standort aufmerksam zu machen. Die Nacht könnte ich hier nicht überleben, sagte er sich – aber das brauche ich auch nicht. McKennon hatte gesagt, die Hubschrauber würden bald kommen, und die Landtruppen müßten noch vor dem Spätnachmittag hier sein.

Er zog aus seiner Tasche ein paar Dörrapfelscheiben, zerkaute sie methodisch. Sie hatten keinen Geschmack, aber er dachte vor allem an die Energie, die sie ihm spenden würden, an die Wärme, die dann seinen Körper durchfließen mußte, Sonnenwärme und Sonnenenergie, die sich auf die Zweige des Baums und dann auf die Frucht überträgt.

Das Geräusch kam zu ihm, wurde von Wind auf ihn zugweht. Kein Hubschrauber oder Lastwagen. Ein leichteres und höheres Geräusch, wie etwa das eines kleinen Benzingenerators. Er riß sich zusammen, setzte sich auf, blickte über den See,

Es war Mallens Flugzeug, vielleicht fünfhundert Meter entfernt von

ihm, rollte mit dem Wind im Rücken über das Eis, und die Auspuffgase flatterten im Wind in einer weißen Wolke vor ihm her. Das Flugzeug glich nichts, was Paul je zuvor gesehen hatte – ein schmaler graziöser Rumpf und riesig lange und zarte Tragflächen. Obgleich es schmutzig und voller Flecke ausgewaschener Erde war, konnte er deutlich den leuchtenden weißen Anstrich sehen, und die roten und blauen Streifen auf den Außenflächen der Flügel und dem Heck.
In seiner Anmut ließ es sich höchstens mit einem Habicht oder einer Möwe vergleichen, mit Vögeln die ganz mühelos in den Höhen schweben, ohne die Flügel zu bewegen, die sich immer höher in die Wolken erheben. Er hatte sie oft beobachtet, wenn er auf dem Rücken in der warmen Erde lag, während sie den Berghängen entlang glitten, auf den unsichtbaren Windkissen schwebend, den Aufwinden der Bergkämme. Paul war es immer als der Inbegriff der Freiheit erschienen – das Dahinschweben im Freiflug.
Das Flugzeug rollte immer schneller, schwankte hie und da ein wenig in den Windstößen. Während er es beobachtete, erkannte er weitere Einzelheiten: Die Nummern auf der Seitenfläche des Rumpfes, den verschwommenen Kreis des Propellers, die Lichtstrahlung auf dem Kabinendach.
Als es näher kam, mußte er das Visier neu einstellen, den Zielpunkt niedriger halten, um die abnehmende Entfernung auszugleichen. Etwa hundert Meter vor ihm wendete das Flugzeug in einem Halbkreis, blieb stehen, ließ den Motor hoch aufheulen, setzte stockend zum Abflug an.
Aus diesem Blickwinkel ist es sogar noch schöner, sagte er sich, und dann erinnerte er sich an ein Ereignis aus längst vergangenen Tagen, aus der Zeit vor dem Kriege. Er hatte einen abflugbereiten Vogel auf einem Zaunpfahl gesehen, mit der 22er seines Vaters auf ihn gezielt und abgedrückt, nicht in der Absicht, ihn zu töten, sondern nur zum Spaß – um ihn aufzuschrecken. Aber der Vogel war aufgeflogen, beim Schuß ins Taumeln geraten, in der Luft gestorben und leblos zu Boden gestürzt. Er hatte ihn nicht einmal auflesen und begraben können – er fand nur noch eine Masse aus seidigen schwarzen Federn und hellem Blut, und der Körper fühlte sich noch warm an.
Wieder bemerkte er, daß er die Augen geschlossen hatte, in Träumereien und Bilder der Vergangenheit abgetrieben war. Das Flugzeug war noch da, der Motor lief auf Hochtouren. Ein leichtes Zittern, als

die Bremse gelöst wurde, und dann begann es zu rollen. Er konnte sich nicht mehr erinnern, ob er das Gewehr auf Einzelschuß oder Automatik eingestellt hatte, aber es spielte keine Rolle. Er konnte es unmöglich verfehlen.

Paul krümmte den Finger um den Abzug, zielte auf das Cockpit. Er straffte den Finger, konnte aber nicht abdrücken, hatte das Gefühl, der Abzug sei eingefroren. Und dann verschwamm alles vor seinen Augen – er konnte nichts mehr klar erkennen. Konnte weder seine Lungen, noch seine Reflexe kontrollieren, sie waren wie eingeschnappt, wollten keinen Befehlen gehorchen. Paul biß sich auf die Lippe, wischte sich die Augen, versuchte es noch einmal, aber sein Finger hatte keine Kraft. Er schien vor einer Grenze zu stehen, die er nicht zu überschreiten vermochte.

Das Flugzeug beschleunigte zusehends, der Wind trieb Schneewirbel auf. Paul sah es zuerst etwas schwerfällig und linkisch am Boden kriechen – aber dann hob sich das Heck, und während einiger Sekunden schien das Flugzeug weder dem Eis noch dem Himmel anzugehören, schwebte zart auf dem Fahrgestell dahin, so zerbrechlich wie die Zeit des kurzen Übergangs von einem Element in das andere.

Und dann flog es – zuerst der Eisfläche entlang, immer mehr Geschwindigkeit annehmend. Während er es beobachtete, klappte das Fahrgestell in den Rumpf ein, und dann begann es, in einem langen und weiten Boden aufzusteigen, bis es leicht im Westen hinter den Bäumen in die Schräglage wendete.

Einige Minuten lang starrte er in den Himmel, schaute dem Flugzeug nach, bis es verschwunden war. Und dann starrte er immer noch, hoffte, es noch einmal zu sehen, die Lichtspiegelung auf dem Plexiglasdach, den kreuzförmigen Umriß vor dem Hintergrund der geballten Sturmwolkenwand. Aber es war fort.

Lange Zeit lag Paul mit der Wange an den Schaft seines Gewehrs gelehnt, die Augen geschlossen, dem Wind lauschend. Immer noch viel zu tun, sagte er sich. Feuer machen. Wärme.

Endlich öffnete er die Augen, blickte durch das Visier des Karabiners, suchte die Stelle, wo er zuletzt das Flugzeug gesehen hatte. Er atmete tief ein, drückte dann auf den Abzug, wie er es gelernt hatte. Der Karabiner erschütterte die Stille, spuckte eine lange Feuersalve in den leeren Himmel, der Kolben schlug ihm heftig an die Schulter. Er hielt

den Abzug, bis der Schlagbolzen in die leere Kammer stieß, die Ladung verschossen war.
Paul Le Borveaux lächelte, legte die Waffe fort, ließ sie mit dem Lauf nach unten vom Baumstamm in den Schnee sinken. Ein leises Zischen, als die Hitze des Laufs verdampfte. »Mallen, geh mit Gott, wer er auch immer sein mag«, sagte er halblaut.
Er atmete langsam aus, legte sich so bequem wie möglich zwischen die beiden Baumstämme, und dann arbeitete er eine lange Zeit, schälte geduldig die Rinde vom Baumstamm, schaufelte eine Mulde in den Schnee und die darunter liegende Erde, zündete ein Feuer an. Behutsam fügte er Zweige und abgebrochene Aststücke hinzu. Endlich schlug die Flamme auf, und nun legte er noch mehr Holz ein, baute das Feuer auf.
Während er damit beschäftigt war, aß er den Rest der Dörrapfelscheiben und vermied es, über die Gründe seines Tuns länger nachzudenken. Vielleicht könnte er einmal im Sommer hier zurückkehren und beim Angeln darüber nachdenken, aber jetzt wußte er bereits, daß er neben dem Gefühl des Verlustes ein noch viel stärkeres Gefühl des Gewinns empfand, jenes Gefühl, das einen beglückt, wenn man jemandem etwas Wertvolles geschenkt hat.
Er entspannte sich, barg die Hände unter seinem Mantel, rollte sich auf den Rücken. Die Leute mußten ja bald kommen, und der Rauch des Feuers würde sie zu ihm führen. Satt und im Schutze der wärmenden Glut versetzte er sich im Traum in einen Sommer zurück, als er noch sehr klein war und seine Mutter ihm erlaubte, oben auf dem Balkon zu spielen, von dem aus man die Felder überblickte.
Damals besaß er eine Katze, und sie spielten gemeinsam mit einem dicken Fadenknäuel, das sie aufwickelten und dann wieder abrollten, immer wieder das Spiel wiederholend. Über der Treppe hingen japanische Windglocken, die leise im Sommerwind aneinander schlugen. Und er hatte immer besonders das Abendlicht geliebt, das Ineinanderschmelzen der Farben im bunten Glasfenster der Veranda.
Eine Sekunde lang war er bei klarem Bewußtsein und öffnete die Augen. Mit einiger Schwierigkeit konzentrierte er den Blick auf eine Schneeflocke auf seinem Kragen, so vollkommen in ihrer sechseckigen Symmetrie. Und dann schloß er wieder die Augen, wartete.